Der junge Wohlklang
Ernst Schulze, 1789–1817
Tagebücher und Briefe

Der junge Wohlklang
Ernst Schulze, 1789–1817
Tagebücher und Briefe

Herausgegeben von
Oskar Ansull und Joachim Kersten

WALLSTEIN VERLAG

Herausgeber und Verlag danken folgenden Institutionen
für die großzügige Unterstützung:

Landschaftliches Kollegium des Fürstentums Lüneburg
Lüneburgischer Landschaftsverband
Martha Pulvermacher Stiftung, Hamburg
Regionalstiftung der Sparkasse Celle
VGH-Stiftung, Hannover

Bibliografische Information der Deutschen Nationalbibliothek
Die Deutsche Nationalbibliothek verzeichnet diese Publikation in der Deutschen Nationalbibliografie; detaillierte bibliografische Daten sind im Internet über http://dnb.d-nb.de abrufbar.

www.wallstein-verlag.de
Vom Verlag gesetzt aus der Stempel Garamond
Umschlaggestaltung: Susanne Gerhards, Düsseldorf,
unter Verwendung eines Kupferstichs von 1816
Druck: Hubert & Co, Göttingen
ISBN 978-3-8353-3117-4

Inhalt

Habent sua fata libelli
Warum Ernst Schulze?
JOACHIM KERSTEN 7

Imagination in Tändeleyen und Träumereyen
Schulzes erste Celler Jahre – 1789 bis 1806
OSKAR ANSULL 28

ERNST SCHULZE

Tagebücher und Briefe 37

Editorische Notiz 218

Wider die falsche Romantik oder Wie steht es denn jetzt mit dem Geschmacke in Berlin?
Ernst Schulze und die literarische deutsche Romantik
OSKAR ANSULL 219

Bei einem schlechten Gedicht geht's nicht vom Fleck
Ernst Schulze – Neun Gedichte
vertont von Franz Schubert 1825/26
OSKAR ANSULL 233

Lebensdaten 252

Biographische Angaben 254

Literatur 278

JOACHIM KERSTEN

Habent sua fata libelli[1]
Warum Ernst Schulze?

Dieses Buch beruht auf einem Buch, das 1905 erscheinen sollte, aber nie erschienen ist. Am 18. Mai 1968 fand ich in einem Katalog des Hamburger Antiquars Dieter Gätjens (1944–2009)[2] den folgenden Eintrag:

> SCHULZE, Ernst. Tagebücher und Briefe. Hrsg. von Karl Emil Franzos. (Stuttgart, Cotta um 1890). 464 S. Pappband. (ohne Titelblatt). 120.– Diese Ausgabe ist nie erschienen, da nach Fertigstellung neue Tagebücher und Briefe auftauchten, die eigentlich noch berücksichtigt werden sollten. – Eins von wenigen existierenden Exemplaren.

Elektrisiert rief ich am nächsten Vormittag den mir bestens bekannten Antiquar an und eilte ungesäumt in die Brahmsallee 28, wo Gätjens wohnte und sein Versandantiquariat betrieb, und erwarb das Rarissimum. Das Buch war privat gebunden, ohne Titelseite und endete auf Seite 464 mit dem Halbsatz: »Die plötzliche Veränderung der Lebensart trägt vielfach auch dazu bey, und besonders die unseelige«. Handschriftlich stand in Tintenschrift auf dem Vorsatz: »Ernst Schulze. Tagebücher und Briefe. Hrsg. von Karl Emil Franzos. Stuttgart, Cotta.« Und darunter hatte der Vorbesitzer Walther Voigt mit Bleifeder notiert:

> Das Buch wurde nicht fertiggestellt. Es fehlt vom Text der Briefe und Tagebücher etwa ein Bogen, außerdem die Einleitung und die Anmerkungen, beide von Franzos ge-

1 »Bücher haben ihre Schicksale«, Terentianus Maurus, 2. Jahrhundert n. Chr.

2 Dieter Gätjens, Katalog 11, Nr. 302, S. 35.

plant. Das Buch wurde wegen des Auftauchens neuer, dem Herausgeber unerreichbarer Schulze-Briefe eingestampft, soweit es fertiggestellt war. Eines der für die Witwe des Hrsgbrs, Frau Ottilie Franzos-Wien, reservierten Exemplare wurde mir auf deren Veranlassung vom Verlag Cotta überlassen. 8.10.1920

Meine Nachforschungen ergaben: Karl Emil Franzos (1848–1904) hatte in der von ihm herausgegebenen Zeitschrift Deutsche Dichtung von Band 5 im Jahre 1889 bis zum 34. Band im Jahre 1903 sukzessive Briefe und Tagebücher des Dichters Ernst Schulze gesammelt, kommentiert und publiziert (s. Literaturverzeichnis auf S. 278) und – um weitere Funde bereichert – sich in der Absicht darangemacht, diese Sammlung als Buch zu publizieren. Franzos starb am 28. Januar 1904. Nach seinem Tod übernahm der Verlag Cotta den unfertigen Druck zur Veröffentlichung. Seine Witwe Ottilie meldete im Jahre 1905, sie habe den Schluß des Manuskripts und die Anmerkungen ihres Mannes gefunden; Eigentümer der Briefe und Tagebücher sei der Amtsrichter Dr. Schulze in Verden, der mit der Publikation einverstanden und 1905 nach Hannover verzogen sei. Das Vorwort solle nun Ludwig Geiger beisteuern. Doch die Veröffentlichung unterblieb. Landrichter Dr. Schulze habe nicht mehr geantwortet; der Verlag stellte die Veröffentlichung zurück. Die Gründe sind unklar. Verweigerte der Großneffe und Jurist doch die Einwilligung zur Veröffentlichung? 1918 ließ der Verlag Cotta die Druckbögen makulieren. Elf Exemplare wurden aufbewahrt und zehn an Frau Ottilie Franzos übersandt.

1920 meldete sich Dr. Walther Voigt bei Ottilie Franzos; er hatte im Jahre 1919 über *Die bezauberte Rose* von Ernst Schulze bei Albert Köster in Leipzig promoviert und wollte die Edition wieder aufnehmen. Am 23. Juni 1920 schreibt Dr. Walther Voigt aus Döbeln i.Sa. an den Verlag Cotta nach Stuttgart, er habe von Frau Ottilie Franzos-Wien von der vorbereiteten Buchausgabe der Tagebücher und Briefe erfahren: »Die Veröffentlichung unterblieb, weil im Antiquariat Hiersemann noch unbekannte Schulze-Briefe auftauchten, deren Fehlen der Buchausgabe sofort den Stempel der Unverkäuflichkeit aufgedrückt hätte.« Weiter teilt Voigt mit, er sei in der Lage, »diese Lücke jetzt auszufüllen«. Er habe weitere Handschriften und das Recht zur Veröffentlichung der fehlenden Briefe erworben.[3] Voigts Bemühungen um die Veröffentlichung scheiterten an den Zeiten der Not nach dem Ersten Weltkrieg. Der Verlag Cotta teilte ihm am 26. Juni 1920 mit, »dass wir von einer Bewerbung um den Verlag Ihrer Arbeit leider absehen müssen«.[4]

Den Schatz dieses nie erschienenen Buches zu heben hatte ich mir immer vorgenommen. Nun ist der Anlaß da: Der 200. Todestag von Ernst Schulze am 29. Juni 2017.

Sein kurzes, äußerliches Leben ist schnell referiert: Geboren am 22.3.1789 in Celle, gestorben daselbst am 29.6.1817. Er studierte anfänglich Theologie, dann Philologie in Göttingen, wurde 1812 zum Dr. phil. promoviert und lehrte sodann als Privatdozent. 1813 veröffentlichte er einen ersten Band Gedichte. 1814 nahm er als Freiwilliger in einem Jägerbataillon an den Befreiungskriegen teil. Im Mai 1817 todkrank zurückgekehrt in sein Vaterhaus, erfuhr er, daß er einen vom Verleger Brockhaus ausgelobten Preis für die beste poetische Erzählung gewonnen hatte für sein Gedichtwerk *Die bezauberte Rose. Ein Gedicht in drei Gesängen*, dessen erster Gesang 60 Strophen, der zweite 32 Strophen und der dritte 107 Strophen umfaßt. Sein Freund Dr. Bergmann hatte das eben vollendete Werk nach Leipzig eingesandt.

Er war ein selbstbewußter Bürgerssohn, verkehrte mit den

3 DLA Marbach, Cotta-Archiv.
4 Mitteilung von Dr. Helmuth Mojem vom 7.4.2016. Cotta-Archiv: Deutsches Literaturarchiv Marbach, Karteikarte: Zum Überblick über die Herausgabe von Ernst Schulzes Tagebüchern.

Adeligen, die er kannte, auf Augenhöhe; er stammte aus einer Familie von Buchhändlern, Juristen und Pastoren; sein Vater war angesehener Bürgermeister und Stadtsyndikus von Celle. Aber für Politik interessierte er sich nicht, sondern fühlte sich von der »Deutschheit« zurückgestoßen, die man überall im Munde führte.[5] Gleichwohl meldete er sich freiwillig zum Kampf gegen Napoleon; seine Briefe und Tagebücher aus den Kämpfen vor Hamburg schildern das höchst lebendig.

Sein postmortaler Erfolg hängt unmittelbar mit seiner trostlosen Liebesgeschichte mit zwei Göttinger Professorentöchtern zusammen: Cäcilie (*18.3.1794) und Adelheit (*17.2.1792) Tychsen. Am kühlsten schildert das Karl Goedeke:

> Er erhielt seine Vorbildung auf dem Lyceum seiner Vaterstadt und bezog im Herbste 1806 die Universität Göttingen, um Theologie zu studieren. Doch wandte er sich bald der Philologie zu und fand, namentlich bei seinen dichterischen Bestrebungen, in seinem Lehrer F. Bouterwek einen freundlichen Förderer, der ihn auch in die gesellschaftlichen Kreise der Hochschule einführte. Im Hause des Professors und Hofrats Thomas Christian Tychsen (1758–1834) lernte er im Dezember 1811 dessen Tochter Cäcilie kennen, zu der er im Laufe der Monate eine tiefere Neigung faßte. Ihr früher Tod (sie starb am 3. Dezember 1812 18jährig und wurde auf dem Weender Kirchhofe begraben), ergriff ihn schmerzlich und gab ihm den Gedanken ein, die Verstorbene in einem großen Epos (›Cäcilie‹) zu verherrlichen. Diese Verherrlichung galt aber auch ihrer jüngeren Schwester Adelheit, in die sich Schulze kurz nachher, ohne Erwiderung zu finden, verliebte.[6]

5 Julius Tittmann, Vorwort. In: Ernst Schulze, Die bezauberte Rose. Ein Gedicht in drei Gesängen. Poetisches Tagebuch, Leipzig 1868, S. XXII.

6 Karl Goedeke, Grundriß zur Geschichte der deutschen Dichtung. Alte Aufl., fortgeführt von Edmund Goetze, 6. Band, Leipzig/Dresden/Berlin 1898, S. 371.

Nur in einem irrte Goedeke, wie auch später Ludwig Geiger[7]: Adelheit war die Ältere der Schwestern. Schulze, der tumbe Tor, hatte von weiblicher Eitelkeit und nachtragendem Frauen-Gedächtnis keine Ahnung, nahm nicht wahr, daß die Kränkung, die Jüngere vorgezogen zu haben, ihm niemals vergeben würde. Die Ältere war als zweite Wahl innerlich erstarrt, ließ sich schmeicheln, ihn aber zappeln. Sie werden davon hier soviel wie nötig, aber so wenig wie möglich in den Briefen und Tagebüchern lesen. Wenn diese gezierten, vom Biedermeier so vergötterten, albernen Töchter nicht gewesen wären, sein Leben wäre anders und besser gewesen. »Nur mit peinlichem Gefühl berichten wir über die letzte Periode seines Lebens«, stöhnt Biograph Tittmann.[8]

Sein früher Tod beförderte den Erfolg des Dichters enorm. *Die bezauberte Rose*, die Brockhaus 1818 in mehreren Ausgaben herausbrachte, machte Sensation und erlebte bis 1862 acht Auflagen, bis 1894 erschienen weitere sechs Ausgaben; Brockhaus gab zudem Miniaturausgaben heraus, die von 1848 bis 1887 in vierzehn Auflagen erschienen, und 1870 war Reclams Universalbibliothek am Zuge. Kein Wunder, daß die *Cellesche Zeitung* immer wieder, zuletzt 2005, vom Sohn ihrer Stadt als *Bestseller-Dichter* schwärmte.[9] Bereits 1822 gab sein Lehrer und Freund Friedrich Bouterwek bei Brockhaus in Leipzig eine vierbändige Werkausgabe heraus, die das 19. Jahrhundert lang ein Renner blieb. Bouterwek versah die Werkausgabe mit einer biographischen Vorrede, die das Datum 20. März 1818 trägt. Am Schluß heißt es:

> Ernst Schulze war ein Mann von edler Seele, voll männlichen Selbstgefühls, aber nie sich selbst, am wenigsten seine Talente überschätzend, verschlossen, aber unverstellt, kein

7 Ludwig Geiger, Ernst Schulze. In: K.E. Franzos, Deutsche Dichtung 5. Band, Dresden 1889, S. 273.
8 Ebd., S. XXIV.
9 Cellesche Zeitung, 26. März 2005, S. 16.

> philosophischer Geist, aber wahr in seinem Innersten, ein Todfeind der Lüge, des Trugs, der Schmeichelei und der Zweideutigkeit im Reden und Handeln, freigesinnt und ohne Furcht, fest und treu in der Freundschaft, standhaft bis zum Eigensinn in seinen Entschlüssen und verständig in allen gewöhnlichen Verhältnissen des Lebens, sehr empfindlich gegen Beleidigungen, aber jede Rache in eigenen Angelegenheiten verachtend, überhaupt wenig besorgt um sich selbst, zu wenig um sein äußeres Glück, desto bereitwilliger zu Aufopferungen und Entbehrungen, wo es galt, ein Ziel zu erreichen, das ihm eines liberalen Mannes würdig schien.[10]

Bouterweks Biogramm wurde mehrfach nachgedruckt. Zuerst im *Vaterländischen Archiv* des Königreichs Hannover[11] und 1831 als Vorrede zu einer Anthologie aus den Werken von Ernst Schulze, erschienen in der Nationalbibliothek der Deutschen Classiker.[12]

Von März 1825 bis März 1926 vertonte Franz Schubert (1797–1828) elf Gedichte von Ernst Schulze aus dem Poetischen Tagebuch vom 29. Juni 1814 bis 17. Februar 1817, das erstmals bei Brockhaus im Jahre 1822 in der Gesamtausgabe der Sämtlichen Werke erschienen ist. Schubert gab den Gedichten eigene Titel; wir drucken sie im Anhang ab. Welche Textvorlagen Schubert benutzt hat und wie er an die Gedichte Schulzes geraten ist, ist bisher ungeklärt. Bekannt ist nur aus einem Briefe von Moritz v. Schwind vom 31. Mai 1824, daß

10 Friedrich Bouterwek, Biographische Vorrede. In: Cäcilie. Ein romantisches Gedicht in zwanzig Gesängen von Ernst Schulze, Erster Theil, Leipzig 1822, S. XVIIf.

11 Vaterländisches Archiv. Oder Beiträge zur allseitigen Kenntniß des Königreichs Hannover, wie es war und ist, hg. v. G.H.G. Spiel, 3. Band, Hannover 1820, S. 249-273.

12 National-Bibliothek der Deutschen Classiker. Eine Anthologie in 100 Bänden. 15. Band. Ernst Schulze, Hildburghausen/New York o.J., S. 5-18.

Schubert nach Ungarn gereist sei mit einem Operntext: »Das Sujet der bezauberten Rose«.[13]

Goethe hat im dritten Band seiner Zeitschrift *Über Kunst und Alterthum* eine Rezension des Bandes *Östliche Rosen* von Friedrich Rückert veröffentlicht, die so beginnt: »Es läßt sich bemerken, daß von Zeit zu Zeit in der deutschen Nation sich gewisse dichterische Epochen hervorthun, die, in sittlichem und ästhetischem Boden ruhend, durch irgendeinen Anlaß hervorgerufen, eine Zeitlang dauern, denselben Stoff zu wiederholen und vervielfältigen. Man tadelt öfters einen solchen Verlauf, ich finde ihn aber nothwendig und wünschenswerth. Wir hören, weil hier besonders von Liedern die Rede sein soll, einen fast melancholischen Anklang, der sich von *Hölty* bis zu *Ernst Schulze* durchzieht.«[14]

Wolfgang Menzel, den Ludwig Börne »der Franzosenfresser« nannte, war ein wüster Polemiker. Zu Ernst Schulze fiel ihm ein:

> Keiner hat so sehr alle Geschmäcke durcheinander gerührt, keiner so glatte und elegante Verse gemacht, keiner so vornehm überfein gedüftelt. Seine ›Cecilie‹ ist ein Ragout aus allen Schönheiten Homers, Ossians, der Nibelungen, der nordischen Sagen, des Tasso, Ariost, der Orientalen etc. zusammengenommen, ein Spiritus, von allen epischen Dichtern der Welt abgezogen. Seine ›verzauberte Rose‹ ist das non plus ultra von Süßlichkeit, blumigen Redensarten, und koketten Wohllauten, eine vornehme poetische Plauderei ohne Inhalt, denn dieser ist nur eine triviale Allegorie.

13 Harald Müller, Ernst Schulzes Werk in Vertonungen. Zur Wirkungsgeschichte des Celler Dichters in der Musik. In: Celler Chronik I. Beiträge zur Geschichte und Geographie der Stadt und des Landkreises Celle, Celle 1983, S. 119f.

14 Johann Wolfgang von Goethe, Goethes Werke. Herausgegeben im Auftrage der Großherzogin Sophie v. Sachsen. 41. Band, 1. Abtheilung, Weimar 1902, S. 372.

Diese Verzärtelung und Ueberfeinerung, dieß Verschweben und Verduften, das schon Jean Paul den Nihilismus genannt hat, endet wirklich in Nichts, und zum Glück desto eher, je mehr es sich selber übertreibt. Man kann daher diese ganze Manier, die durch Ernst Schulze vorzüglich charakterisirt wird, die gallopirende Schwindsucht der Poesie nennen, und sie ist noch eine ihrer glücklichsten Krankheiten, weil sie nicht lange dauert. Und scheint sie sich nur deßwegen mit so vielem Blumengeruch zu umringen, um den eigenen Leichengeruch zu übertäuben.[15]

1855 verfaßte Hermann Marggraff eine erste Biographie *Ernst Schulze. Nach seinen Tagebüchern und Briefen sowie nach Mittheilungen seiner Freunde*, die einzeln erschien und auch als Band 5 der 3. Auflage der Werkausgabe von Brockhaus beigegeben wurde.

Der große Wilhelm Raabe (1831–1910) läßt in *Nach dem großen Kriege. Eine Geschichte in zwölf Briefen*, erschienen erstmals 1861, die den Katzenjammer der Freiheitskämpfer von 1813 beschreibt, seine Hauptperson in dem zweiten, auf den 15. Mai 1816 datierten Brief wie folgt beginnen:

Ich habe mich nun vollständig hier eingebürgert, Sever, und weiß, in Stadt und Umgebung Bescheid wie der älteste Eingeborene. Manch stilles verschwiegenes Plätzchen im Grün kenne ich, wo ich mich im Grase ausstrecken kann, die Odyssee zu lesen oder die Gedichte unseres Freundes Ernst Schulze, der, wie er mir schreibt, jetzt daran denkt, in Italien seine wunde Brust zu heilen, und der, ein anderer Ariost, neue Gesänge in sich bewegt. Der arme Freund mit dem kranken Herzen!

Um Ceciliens Grab erklingt nun das Lied *Cäcilia* und das Flüstern der Geisterstimme jener, die:

15 Wolfgang Menzel, Die deutsche Literatur, Zweite vermehrte Auflage. Dritter Theil, Stuttgart 1836, S. 241f.

> – still, als noch die Schand uns drückte,
> Ein deutsches Herz im freien Busen trug,
> Die stolz hinab auf fremden Schimmer blickte,
> Mit strengem Spott den Sklaven niederschlug,
> Die fromm und zart die rauhe Welt uns schmückte,
> Ein segnend Licht in finstrer Zeiten Fluch,
> Die Gott schon früh zu seinem Thron erhoben,
> Um herrlicher sein schönstes Werk zu loben – – –
>
> Armer Ernst! – Wie er meldet, dichtet er jetzt an einem Gedicht: *Die bezauberte Rose*. Im nächsten Frühling will er nach Rom; ach, wenn nur seine Seele nicht längst begraben läge auf dem Kirchhofe zu Göttingen![16]

Und am Schluß dieser Erzählung teilt der Briefschreiber mit:

> Am 26. Juli ist auch zu Celle unser armer Freund Ernst Schulze sanft entschlafen. Seine Sehnsucht nach Italien ist nicht erfüllt worden; er ist zu einem schöneren Lande hinübergegangen. Sänger der Liebe und Schönheit und Soldat der Freiheit, ist er den vorangegangenen Genossen gefolgt, und nach klinge ihm sein eigenes Wort:
> »Seliges Los! wer im frühesten Glanz der entfalteten Schönheit
> Hinsinkt, vielen geliebt, vielen noch lange beweint.«
> Er ist nur neunundzwanzig Jahre alt geworden; – sanft ruhe seine Asche! – –[17]

Mit den Daten hat Raabe frei geschaltet – Schulze starb am 29. Juni 1817 und wurde nur 28 Jahre alt.

Im Jahr 1866 machte der zweite und letzte, nicht nur an den Augen blinde König Georg V. von Hannover auf seiner Reise nach Langensalza, wo er die Schlacht gegen Preußen gewann,

16 Wilhelm Raabe, Sämtliche Werke, Erste Serie: Band 3, Berlin-Grunewald o.J., S. 378f.

17 Ebd., S. 505.

aber sein Königreich verlor und von dort ins österreichische Exil flüchtete, Cäcilie Tychsens Grabe in Göttingen »einen tiefempfundenen Besuch«.[18] Er hatte insgesamt 37 Lieder von Ernst Schulze mit Klavierbegleitung vertont, 23 Männerchöre, 1 Männerchor mit Soloquartett und 1 Männerchor mit Klavierbegleitung.[19]

1868 veröffentlichte Julius Tittmann ein Biogramm bei Brockhaus in Leipzig, das sich klug und differenziert mit dem jungen Mann auseinandersetzt. Er teilt auch Einzelheiten mit: »Er war von mittlerer Größe und fester Haltung, sein Gesicht regelmäßig und edel gebaut; aber sein geistvolles Auge war unstet.«[20] Schulze war stark kurzsichtig.

»Für die philosophischen Wissenschaften war jedoch die Anlage seines Geistes nicht geschaffen. Auch war er nichts weniger als ein fleißiger Besucher der akademischen Vorlesungen. Wie er bis jetzt alles sich selbst verdankte, so ging er auch hier lieber seinen eigenen Weg.« Und er habe es geradezu ausgesprochen, »daß er einen Ekel gegen alle Politik empfinde«:

»Die ersten Semester verlebte er arbeitend, lesend, dichtend in heitherer Tätigkeit; ›auch die liebe Theologie wurde mitunter etwas getrieben‹. Mehr aber interessierten ihn die griechischen Erotiker, in welchen er unter vielem sophistischen Schlamm doch manche schöne Perle fand. Für die beginnende Wiederbelebung der mittelalterlichen deutschen Dichtung bezeigte er die aufrichtigste Theilnahme; unter den italienischen

18 H. Pröhle. In: Allgemeine deutsche Biographie. Zweiunddreißigster Band. Leipzig 1891, S. 765.

19 Harald Müller, Bibliographie der Werke Ernst Schulzes. In: Celler Chronik I. Beiträge zur Geschichte und Geographie der Stadt und des Landkreises Celle. Celle 1983, S. 126f.

20 Julius Tittmann, Ernst Schulze. In: Bibliothek der Deutschen Nationalliteratur des achtzehnten und neunzehnten Jahrhunderts. Ernst Schulze, Die bezauberte Rose/Poetisches Tagebuch. Leipzig 1868, S. XIII.

Dichtern las er vorzüglich gern Ariost und Berni, unter den Engländern Shakespeare.«[21] Er glaubte sich nicht für die höhere und durchaus pathetische Poesie gemacht und bleibe deshalb lieber bei seinen ›Lieblingsgegenständen‹: Feen, Rittern, bezauberten Schlössern und grausenden Gefahren, diesen Erzeugnissen der freien und entfesselten Einbildungskraft.[22]

Nach Aufgabe des Theologiestudiums und Aufnahme der philologischen Studien attestiert ihm Tittmann: »Seine neue Bestimmung verfolgte er im Verein mit gleichstrebenden Freunden mit ernstem Fleiß; vor allem beschäftigte ihn ein eingehendes Studium der Homerischen Dichtungen. Daneben sammelte er Materialien zu einer Geschichte der griechischen Lyrik und arbeitete an einer umfassenden Darstellung der lateinischen Poesie seit Petrarca.« »Die Heiterkeit der Ideen, die seinen Geist erfüllten, spiegelte sich auch in seinem Leben ab. Nichts lag ihm ferner als Schwermuth.« Mit Genuß zitiert Tittmann einen Ausruf Schulzes: »Zwänge die großen Grazien in keinen Reifrock und setze Amor keine Allongenperüke auf; sie rächen sich dafür.«[23] Er promovierte und habilitierte sich am 21. März 1812 mit einer philologischen Dissertation, einer wenn auch fleißigen, doch sehr unbedeutenden Arbeit *Incerti auctoris Pervigilium veneris Commentario perpetuo illustratum, prooemio et lectionis varietate instructum cet.*[24]

Zwar habe die erste Sammlung seiner Gedichte im Jahre 1813 schon begonnen, »ihm einen berühmten Namen zu machen; aber in Göttingen waren dergleichen Dinge nicht zu verwerthen; noch hatten die Gelehrten, in deren Hand aller Einfluß lag, das Beispiel Bürger's vor Augen. Dazu fehlte ihm die Gabe des freien Vortrags; seine Vorlesungen waren wenig

21 Ebd.
22 Ebd., S. XIV.
23 Ebd., S. XV.
24 Ebd., S. XXIV.

besucht, und nur sein Privatunterricht beliebter.«[25] Für sein größtes Verdienst habe er es gehalten, »sich vor dem Einfluß der verderblichen Sekte dieser *falschen* Romantiker bewahrt zu haben«.[26]

Bei Tittmann erfahren wir auch, die Verzauberung in eine Rose hänge mit einem Lieblingsgedanken des Dichters zusammen. »Sie ist ihm ein Sinnbild alles Schönen, das oft in seinen Dichtungen wiederkehrt, das ihn selbst in ernsten philologischen Studien beschäftigt.«[27]

Im Jahre 1889 hat Gustav Karpeles zum 100. Geburtstag Schulzes in der Gartenlaube einen Gedenk-Artikel veröffentlicht: »Der Sänger der ›Bezauberten Rose‹.« Sachlich stellt er fest:

> Er wurde in Celle geboren, lebte in Göttingen und starb in Celle. Er hat also auch nicht in verschiedenen Kreisen gelebt. Demgemäß ist sein dichterisches Schaffen eng umgrenzt. Drei romantische Dichtungen »Cäcilie«, »Psyche«, »Die bezauberte Rose«, daneben eine geringe Anzahl lyrische Gedichte füllen dasselbe mehr als reichlich aus. Und doch bezeichnet sein Name einen Markstein in unserer Litteraturgeschichte, an dem kein Wanderer vorübergehen darf, ohne dem Manen des Dichters seine Huldigung dargebracht zu haben.[28]

Auch er stellte fest: Cäcilie Tychsen »wurde das Verhängnis seines Lebens«.[29] Richtig konstatiert er: »Der trostlos nüch-

25 Ebd., S. XXVIII.
26 Ebd., S. XXXII.
27 Tittmann teilt einen Aufsatz Ernst Schulzes mit über den Cultus der Rose im Classischen Alterthum, über ihre Bedeutung im Leben und in der Dichtung: *De Rosis lusus Scripsit* Ernest. Schulze, herausgegeben von Dr. Wilhelm Müldener, Göttingen 1867, »… weil er eben die Rose nicht aufgeben wollte.«, S. XXXIII.
28 Gustav Karpeles, Der Sänger der »Bezauberten Rose«. In: Gartenlaube XXVII/XII, Leipzig 1889, S. 190.
29 Ebd.

terne Ausgang, den seine Neigung für Adelheid Tychsen hatte, raubte ihm allen Muth.«[30]

Er resümiert: »Es ist nicht leicht, Ernst Schulze eine bestimmte Stellung in der Geschichte der deutschen Poesie zuzuweisen. Er geht von der Romantik aus und ist eigentlich zeitlebens nicht aus ihrem Feenschloß herausgekommen. Und dennoch darf man ihn nicht zu der romantischen Schule zählen.« Aber er bleibe »darum doch ein romantischer Poet in seinen Stoffen, in seinen Formen, in seinen Vorbildern und in seiner Art zu dichten.« Er behandle in seinen Versepen »romantische Stoffe«. »Seine Verse athmen einen Wohllaut der Sprache und eine poetische Anmuth, die in der deutschen Dichtung nur selten zu finden sind.« Und er nennt ihn – ein zweifelhaftes Kompliment –: »den wärmsten Dichter unserer nördlichen Zone«.[31]

In dem im Jahre 1891 erstmals erschienenen *Lexikon der Niedersächsischen Schriftsteller* behauptet Rudolf Eckart unter dem Eintrag von dem Vater der Geschwister Tychsen, Thomas Christian (1758–1834), Ernst Schulze sei der Bräutigam Cäcilies gewesen – dazu hatte er es aber nicht gebracht.

Was haben die Germanisten danach zu bieten? Mit dem Beginn des 20. Jahrhunderts ändert sich der Ton.

Richard M. Meyer urteilt streng: »Der junge Student war damals (1811) längt angefressen von jenem Laster, das ihn verderben sollte: Von der inneren Unwahrhaftigkeit.«[32]

Friedrich Kummer konstatiert: »Schulze war einst der Lieblingsdichter der Frauen von 1815 bis 1840; er selbst nannte sich einen Gegner der ›falschen Romantik‹.«[33] Er fährt fort:

30 Ebd., S. 191.

31 Ebd.

32 Richard M. Meyer, Die deutsche Literatur des Neunzehnten Jahrhunderts. Berlin 1909, S. 54.

33 Friedrich Kummer, Deutsche Literaturgeschichte des Neunzehnten Jahrhunderts, Dresden 1909, S. 173.

Schulze stellte eine Verschmelzung von Wieland und den eigentlichen Romantikern dar. Seinen Gedichten ist ein tieferes Interesse schwer abzugewinnen, obschon die Form durch ihre Eleganz, Leichtigkeit und die musikalische Sprache bestechend wirkt. Schulze war ein künstlicher Dichter, d.h. ein solcher, bei dem nicht das nach Aussprache ringende Gefühl, nicht die innere Anschauung, sondern die um Bilder und Reime nie verlegene poetische Beredsamkeit die treibende Kraft zum Dichten war. Schulze kann sich einschmeicheln mit seinem süßen Minnegesang; er kann auch in einzelnen Bildern und Beschreibungen poetisch sinnig sein; aber er kann weder hinreißen, noch erschüttern, noch seine Gestalten aus einem verschwimmenden Nebel klar hervortreten lassen. Unter solch ermüdender Breite der Schilderung und Reflexion leidet das Epos Cäcilie, das den Sieg des Christentums über die heidnischen Germanen darstellt. Die für Schulze bezeichnendste Dichtung ist das in Stanzen geschriebene Epos Die bezauberte Rose. Ein schwärmerischer, oft übertrieben romantischer Hauch liegt über dem Werk.[34]

Der Nationalist Eduard Engel nennt Schulze den »Erneuerer jener nie sehr lebendig gewesenen Poesie«. Zur Cäcilie äußert er: »Das ermüdend lange Werk ist eine Nachahmung von Tassos ja gleichfalls ermüdendem Befreiten Jerusalem.«[35]

Die bezauberte Rose mit ihrem süßen Wohllaut verdient gelesen zu werden als ein Beweis für die bildende Wirkung der klassischen Dichtung auf den jungen Nachwuchs. Dem bloßen Klange nach liest sich mancher Vers wie einer von Goethe oder Schiller. Aber Lotte Schiller hatte doch recht,

34 Ebd.

35 Eduard Engel, Geschichte der Deutschen Literatur von den Anfängen bis in die Gegenwart, 2. Band, 8. durchges. Aufl., Wien/Leipzig 1910, S. 101.

als sie darüber Knebel schrieb: »Alles mehr auf Schall als auf wahren Ausdruck gegründet.«[36]

Und auch der nicht minder nationalistische Josef Nadler beschwört jenen Cäcilienmythos, der die Zeit zu wehmütiger Teilnahme stimmte: »Die bezauberte Rose«, 1817, ein vollendetes Stanzenwerk, und »Caecilia«, 1818, in Fouqués Stil eine Feier des christlichen Sieges über das nordische Germanentum.«[37]

Gewiß unrecht hatte Erich Rosendahl in seiner *Niedersächsischen Literaturgeschichte* von 1932 mit seiner Behauptung: »Aber er gehörte zu den wenigen Dichtern der nachklassischen Zeit, die noch heute lebendig sind.«[38]

Zwei Stimmen sollen zu Wort kommen, eher lokalhistorischer und familiärer Natur. Die Cellenser Stadthistorikerin Carla Meyer-Rasch hat über das Vaterhaus Ernst Schulzes am Großen Plan 1 geschrieben und hervorgehoben, die *Bezauberte Rose* sei für Jahrzehnte »das vielgepriesene Lieblingsbuch aller romantischen Seelen in Deutschland gewesen«.[39] Sie hebt hervor, daß bei »seinen Briefen und Tagebuchblättern, wo die übertriebene Empfindsamkeit zurücktritt und an ihre Stelle der Reichtum seiner Gedankenwelt, oft zu feinsinnigen Sentenzen geprägt, zu uns spricht, wo sein Humor, sein Witz, Scherz, Satire, Ironie und tiefere Bedeutung« hervortritt »und seine unendlich unterhaltsame Art, Menschen und Begebenheiten zu schildern«.[40]

Hellmut Draws-Tychsen, ein Nachfahre der Familie, hat sich sein Leben lang mit Ernst Schulze und den beiden Schwestern

36 Ebd.

37 Josef Nadler, Literaturgeschichte des Deutschen Volkes, Dritter Band: Start (1814–1914), 4. neu bearb. Aufl., Berlin 1938, S. 492.

38 Erich Rosendahl, Niedersächsische Literaturgeschichte, Hildesheim/Leipzig 1932, S. 120.

39 Carla Meyer-Rasch, Das Dichterhaus. In: Alte Häuser erzählen. Von Menschen und Schicksalen in der Stadt Celle. Erster Band, Dritte verbesserte Aufl., Celle 1972, S. 10.

40 Ebd., S. 16.

beschäftigt, ein *Requiem und Hymnen für Cäcilie Tychsen* erschien erstmals 1930 und wurde erneut 1954 veröffentlicht. Ihm verdanken wir die Entdeckung der Totenmaske von Cäcilie Tychsen. Im Jahre 1965 hat er ein Buch *Ernst Schulze (1789–1817), Poetische Tagebuchblätter für die Schwestern Cecilie und Adelheit Tychsen* veröffentlicht und unter dem Titel *Erläuternde Bemerkungen des Herausgebers* leicht skurril die Ergebnisse seiner Forschungen niedergelegt. Genüßlich breitet er auch Göttinger Klatsch aus:

> In Göttingen lebte damals LOUISE FREIFRAU VON PENTZ. Sie hieß mit ihrem Mädchennamen LOUISE SCHLÜTER und stammte gleichfalls aus Celle. Ihr (leicht vertrottelter) Ehemann brachte es bis zum kommandierenden General und war daher öfter dienstlich stadtabwesend. ERNST SCHLÜTER, der jüngere Bruder, mußte dann Botschaften der beiden heimlichen Liebesleute hin- und hervermitteln. Einmal wurde ERNST SCHULZE in der Wohnung seiner Geliebten, während er deren Ehemann buhlerisch hörnte, von diesem unvorhergesehen überrascht. Louise verbarg sämtliche Kleidungsstücke ihres feurigen, aber wortkargen Liebhabers geschwind unter den ehelichen Betten und der Liebhaber selber mußte, nur mit seiner eigenen Haut bekleidet, quer durch ganz Göttingen in seine damals fast vorstädtisch gelegene Behausung flüchten. Gott sei Dank, war es spät nach Mitternacht gewesen und der Himmel hatte verständlicherweise gerade eine dicke Wolkenrobe angezogen. Auch gab es dazumal noch keine ordentliche und obligate, städtische Straßenbeleuchtung.[41]

Er weiß ferner zu berichten, die beiden Pentz-Töchter Lisette und Ida hätten Ernst Schulze nur den »Brillendoktor« ge-

41 Hellmut Draws-Tychsen (Hg.), Ernst Schulze (1789–1817), Poetische Tagebuchblätter für die Schwestern Cecilie und Adelheit Tychsen, München 1965, S. 173f.

nannt. Noch nach Jahrzehnten hätten sie beide und unabhängig voneinander »bildscharf« zu berichten gewußt, Ernst Schulze habe »einen strohgelben Leibrock mit blütenweißen, feinpolierten Knöpfen zu tragen« beliebt, »besonders viele solcher Knöpfe waren streifenförmig auf den beiden Ärmeln angebracht gewesen«.[42]

Über Ernst Schulze urteilt Draws-Tychsen, dieser sei »ein durchaus unphilosophischer und obendrein auch unpsychologischer Typ« gewesen; »er genoß die Frauen und das Leben und – verstand beide nicht«.[43]

Der Behauptung, Ernst Schulze sei ein Schwerenöter gewesen, ist der Göttinger Jurist und Privatgelehrte Karl Reck (1788–1869) entschieden entgegengetreten, ein Göttinger Studienfreund von Ernst Schulze, der im hohen Alter von seiner Reaktion auf die »biographische Vorrede« von Bouterwek berichtete:

> Das Opus von Bouterwek hatte mich mit Indignation erfüllt. Nun hieß es an einem schönen Sommertage, wie Horaz von sich sagt: »Ibam forte via sacra« als mir Bouterwek gerade vor der Krone begegnete und mich fragte, wie ich seine Portraitirung des seligen Freundes fände. Ich erwiderte ihm sofort: »Erbärmlich!« Er wurde roth vom Kopf bis zur Zehe und fragte: »Wie denn so?« worauf ich ihm erwiderte: »Sie haben den seligen Freund überall nicht gekannt. Sie glauben z.B. er habe mit den Weibern ausgeschweift *und er ist in dieser Hinsicht so rein wieder in die Erde zurück gegangen wie er aus dem Schooß seiner Mutter herausgekommen ist.* Das war nicht seine Schwäche, sondern früher seine Vorliebe für das Spirituosum und überhaupt sein Mangel an Diät.« – Das habe ich überall nicht gewußt! sagte der Hofrath. – »Um so schlimmer; warum fragten Sie denn eventualiter nicht mich,

42 Ebd., S. 174.
43 Ebd., S. 184.

> von dem Sie wußten, daß ich in der größten Intimität mit dem Seligen gelebt hatte.«[44]

Draws-Tychsen, der herablassend von »den leicht vertrottelten und etwas muffig-bigotten Sippenangehörigen unseres Dichters« höhnt,[45] mutmaßt weiter, die Familie Schulze habe konsequent gewünscht, »gewisse Lebensgeheimnisse ihres Dichters der Familie Tychsen nie und unter keinen Umständen preiszugeben«,[46] raunt auch etwas von »des Dichters geheimen Tagebuch, dessen lückenlose Veröffentlichung die Sippe ERNST SCHULZEs bis zum heutigen Tage nicht nur nicht erlaubt, sondern auch mit allen gesetzlichen und außergesetzlichen Mitteln verhindert« habe. Von den Briefen Ernst Schulzes sei ein großer Teil unwiederbringlich verlorengegangen, von denen hätten Hermann Marggraff und Karl Emil Franzos nur einen bescheidenen Teil veröffentlichen können und dürfen.

> Alles Übrige lagert noch unveröffentlicht irgendwo, ging während der rasanten Zerstörungen zweier Weltkriege teilweise (vielleicht sogar vollständig) zu Grunde oder ist seither (zumindest zeitlich) unauffindbar verschollen.[47]

Noch etwas Berichtenswertes teilt Hellmut Draws-Tychsen mit. In seinem Aufsatz *Unverblühbare Jungfrau und eines Dichters Seelenfreundin* schreibt er über Adelheit Tychsen: »Adelheit liebte einen anderen, der sie verschmähte. Auch Adelheit litt unter dieser Kälte zu Ernst Schulze. Die Kälte wandelte sich in Verachtung. Das schmerzte bitter.« Von Adelheit, die später einen Herrn v. Berlepsch heiratete, berichtet er,

44 Karl Emil Franzos, Ernst Schulze in Göttingen. Nach ungedruckten Quellen. In: ders., Deutsche Dichtung, Band 7, Dresden 1890, S. 171.

45 Draws-Tychsen, Ernst Schulze, Poetische Tagebuchblätter, a.a.O., S. 227.

46 Ebd., S. 185.

47 Ebd., S. 191.

> daß sie 42 (!) Jahre nach dem Tode ihrer Schwester bei dem Erscheinen der ersten großen Ernst Schulze-Biographie von Hermann Marggraff jene Blätter aus dem Tagebuch der Schwester riß, die von unserem Dichter in herzlichen Worten Erwähnung taten. Noch später als Greisin las Adelheit viel in seinen Werken und weinte um den früh Vollendeten. Das mag versöhnen. Tiefere Ursache zum frühen, langsam fressenden Tode Ernst Schulzes bleibt sie dennoch.[48]

Übersehen hat Hellmut Draws-Tychsen, was Oskar Ansull jetzt im Stadtarchiv Celle gefunden hat: einen Auszug aus Katalog 41 des Buchantiquars Karl W. Hiersemann in Leipzig aus dem Jahre 1913, in dem 85 eigenhändige Briefe von Ernst Schulze an Adelheit Tychsen,

> davon 39 aus der Zeit vom 22. März bis 15. September 1814 noch unveröffentlicht und nirgends abgedruckt. – Ferner 9 noch ungedruckte eigenhändige Briefe des Dichters an Adelheit's Mutter, die Hofräthin Tychsen in Göttingen, geschrieben vom 22. März bis 19. August 1814 aus Celle, Buxtehude und Moorburg. Im ganzen 94 Briefe auf 87 Bogen.

Der Antiquar gibt an, die Sammlung stamme »aus dem Nachlasse der Adressatin, Frau Adelheid von Berlepsch, geb. Tychsen, und gelangte durch ihre Enkelin in meinen Besitz«.

Hiersemann teilt auch mit, der Abdruck der Briefe an Adelheit in Marggraffs Biographie und durch Karl Emil Franzos in der *Deutschen Dichtung 1894*

> erfolgte aufgrund von Abschriften der Briefe, die sich in dem von vom 8. September bis 17. Juli 1816 reichenden Tagebuche Ernst Schulzes befanden. Eine Vergleichung der Originale mit den im Tagebuche aufbewahrten Abschriften

48 Hellmut Draws-Tychsen, Requiem und Hymnen für Cäcilie Tychsen, Diessen vor München 1954, S. 26f.

zeigt vielfache, wenn auch nicht wesentliche stilistische Abweichungen, die der Dichter nachträglich vorgenommen hat. Marggraff erwähnt in der Vorrede der Biographie (S. XI), daß das Tagebuch *sämtliche Briefe* Schulzes an Adelheid Tychsen einschließe. Diese Angabe ist jedoch nicht zutreffend, da die Eintragungen in dem Tagebuche von Anfang 1814 bis Mai 1815 eine fast 1½jährige Lücke aufweisen, während gerade aus dem Jahr 1814 vom 22. März bis 15. Sept. 39 besonders interessante Briefe des Dichters an Adelheid vorhanden sind, die mithin in dem Marggraff'schen Buche fehlen. Auch Franzos kennt keinen dieser Briefe.

Die gleichfalls bisher vollständig unbekannten 9 Briefe des Dichters an die Mutter Adelheids, die Hofrätin Tychsen in Göttingen aus der Zeit v. 22. März bis 19. August 1814 enthalten weiteres wertvolles Material für eine Ergänzung der Marggraff'schen und Franzos'schen Mitteilungen.

Diese 48 noch unveröffentlichten Briefe aus dem Jahre 1814, also über die Hälfte der ganzen Sammlung, sind besonders auch deshalb von hohem Interesse, weil sie aus der Zeit stammen, in welcher der Dichter als Freiwilliger des Beaulieu'schen Jägercorps im Kampfe gegen Frankreich an der Niederelbe teilnahm.

Das Angebot für dieses Konvolut betrug 2450 Mark. Als weitere Losnummer wird das Original-Manuskript sämtlicher 20 Gesänge des Epos *Cäcilie* und verschiedene andere Gedichte, von denen mehrere ungedruckt sind, aus den Jahren 1810 bis 1817 zum Preise von 2200 Mark ausgelobt.

Wohin ist diese wertvolle Sammlung gelangt? Wir haben es bisher nicht ermitteln können. Offenbar besaß Antiquar Hiersemann die Briefe an Adelheit im Jahre 1920 noch, denn in seinem Schreiben an den Verlag Cotta vom 23. Juni 1920 teilt Walther Voigt mit: »Von dem Antiquar Hiersemann habe ich das Recht zur Veröffentlichung der Briefe erworben.« Außerdem stehe ihm ein Auszug aus dem Tagebuch von Adelheit

Tychsen zur Verfügung: »Dieser Tagebuchauszug gibt eine eingehende kluge und überaus treffende Charakteristik der merkwürdigen Persönlichkeit des Poeten und ist das beste aus dem Kreise derer, die Schulze nahe standen.«[49] Auch dieser Tagebuchauszug ist bis heute verschollen.

Die für dieses Buch ausgewählten Briefe und Tagebücher korrigieren das süßliche Bild des Dichters, das sich das 19. Jahrhundert von ihm gemacht hatte. Er war nicht der »frühvollendete« Erfolgsautor, der »letzte Minnesänger« und »lauteste Rosendichter«, sondern ein junger Mann, der sein Leben und die von ihm erfahrene Welt reflektiert und so realistisch, wie es ihm möglich war, aufgezeichnet hat – jenseits seiner inzwischen verblühten Poesie. Dieses Buch unternimmt nicht den Versuch, die Verse dieses Dichters wiedererwecken zu wollen, ihn als Poeten erneut zu etablieren, sondern zu zeigen, daß er nicht nur ein Träumer war, sondern poetisch, realistisch und witzig seine Zeit erlebt und vergeblich versucht hat, ihrer Herr zu werden; das hat er präzise vermerkt. Es zeigt, daß er nicht das in Biedermeier-Zimmer gezwängte frühvollendete Weichei gewesen ist. Fremd ist der Fremde nicht in der Fremde, sondern zu Hause.

Wir hoffen, die nur durch einen bibliophilen Zufall erhaltenen Briefe und Tagebücher Ernst Schulzes eröffnen eine neue Sicht.

49 DLA Marbach, Cotta-Archiv.

OSKAR ANSULL

Imagination in Tändeleyen und Träumereyen

Schulzes erste Celler Jahre – 1789 bis 1806

... ich kann nichts tun als dichten und träumen
Ernst Schulze, Tagebuch, 24.8.1812[1]

Am 22. März, im französischen Revolutionsjahr 1789, kommt ein anfangs grundscheuer Ernst Conrad Friedrich Schulze in Celle an der Aller zur Welt, eine etwa 8.000 Einwohner zählende Provinzstadt, geographisch zwischen Hamburg, Hannover, Braunschweig und Bremen gelegen. Er ist das zweite Kind der Pfarrerstochter Christine Lampe aus Bissendorf (bei Hannover) und des Celler Advokaten Dr. Schulze und wächst zu einem Poeten der späteren deutschen Romantik heran. Die Mutter stirbt an Schwindsucht, als der Sohn zwei Jahre alt ist. Der Vater heiratet abermals und es stirbt auch die Stiefmutter nach der Geburt zweier Kinder. Zwischendurch kümmert sich eine Tante, bis 1799, mit der dritten Frau des Vaters, die dritte Mutter ins Haus kommt. Ihr widmet der elfjährige Ernst, der als Kind gestottert[2] haben soll, seine ersten uns überlieferten Verse, in denen »engelreine Freuden« keinen Reim finden, aber »Lebensscene« auf »Flötentöne« gekonnt sitzt.

1 Ernst Schulze, Tagebücher und Briefe, hg. v. Karl Emil Franzos, Berlin/Stuttgart 1904, S. 84 (gebundener Probedruck des Cotta Verlags, nicht erschienen).

2 Ernst Pfingsten, nach Mitteilung der Großmutter, Cellesche Zeitung vom 22.3.1939. Unter dem Titel *Rittergut Habighorst* schildert er zum 150. Geburtstag des Dichters dessen »Jugendparadies«.

An meine liebe Mutter[3]

Dich müssen engelreine Freuden
Auf Deinem Lebensweg begleiten,
Den Dir das Glück zu wandeln zeigt.
Musik und Tanz soll Dich vergnügen,
Wenn Sorgen Dir am Herzen liegen,
So werden sie dadurch verscheucht.
Sonst sei Dir jede Lebensscene
Wie Saitenspiel und Flötentöne!

Dass Mütter früh sterben, gehört zu den Grunderfahrungen dieser Zeit, so sind auch die frühen Lebensjahre des Jungen Ernst Schulze vom Verlust der Mutter und dessen Folgen geprägt, ein Verlust, dessen Bedeutung dem Dichter vielleicht nie ganz bewusst geworden ist. »Ich verstehe nichts von mir selber«, notiert der Vierundzwanzigjährige.[4] Er gedenkt in keiner der bisher bekannten Brief-, keiner Tagebuchstelle, in direkter Anrede der leiblichen Mutter. Nur einmal spricht er die eigentliche *Engelreine* an, versteckt im Gedicht *Cäcilie* heißt es: »Und Du, die nie mein Blick, die nur mein Herz gekannt, / O Mutter, die vielleicht als Engel mich jetzt leitet! Wie seh ich jetzt am Ende meiner Bahn / Euch alle mir so hold und freundlich nahn!«[5]

Sein Vater, Dr. Ernst Friedrich Wilhelm Schulze (1759–1820), ist ein Sohn des Celler Hofbuchdruckers und Begründers der *Schulze'schen Buchhandlung*, die noch bis 2002 am Ort existiert. Der Jurist amtet von 1797 nicht nur dreiundzwanzig Jahre als Bürgermeister, sondern seit 1801 auch als

3 Ernst Schulze, An meine liebe Mutter. In: Karl Emil Franzos, Deutsche Dichtung, 6. Band, Dresden 1889, S. 25.

4 Ernst Schulze, Tagebuch vom 13. März 1813. In: Franzos, Deutsche Dichtung, 12. Band, Berlin 1892, S. 250.

5 Ernst Schulze, Cäcilie. Ein romantisches Gedicht in zwanzig Gesängen, Leipzig 1818, XIX. Gesang, 6. Strophe.

Stadtsyndicus[6] und bleibt selbst während der französischen Besatzung als *Kanton-Maire* (Bürgermeister) im *Hôtel de ville* (Rathaus) von Celle. Der Advokat zeugt mit drei Frauen insgesamt achtzehn Kinder, allein die dritte Ehefrau gebiert vierzehn Mädchen und Knaben. Dem vielbeschäftigten Vater wird wenig Zeit für Frau und Kinder bleiben, und darunter der kleine Ernst sich meist selbst überlassen. Der Dichter schreibt später in der *Cäcilie,* ebenfalls im XIX. Gesang, 6. Strophe, dass der Vater: »schon früh des Sohnes Sinn verstand und nicht mit engem Maß ihm seinen Pfad bedeutete.« Es ist unklar, ob sich der Sohn hier nicht nur auf die freigestellte Studienwahl bezieht.

Wer mag im häuslichen Trubel unterdessen auf den kleinen Ernst achten? Wie kommt dieser mit den immer neuen »Müttern« zurecht, die sich mehr oder weniger um den in der Kinderschar aufwachsenden Jungen kümmern können. Ernst Schulze schreibt über sich: »Ungefähr bis in mein vierzehntes Jahr wurde ich zu Hause für ein ganz gutmüthiges, aber höchst unnützes Kind und zu allen Dingen unbrauchbares Geschöpf gehalten.«[7] Wenn die Lehrer der Lateinschule den Pubertierenden ermahnen: »Schulze spahre seine Unterhaltungsgabe bis zur rechten Zeit und verderbe hier dadurch nicht, was er anderweitig gewinnet«,[8] dann zeigt sich bereits ein allseits unterhaltsamer, um Aufmerksamkeit buhlender Wildfang und doch immer wieder sich zurückziehender, verträumter Schüler, der eine kurzzeitige Leidenschaft für das Sammeln von Münzen und Wappen entwickelt, die er perfekt nachzeichnen kann, »aber Rechnen zu lernen, wollte er sich nie bequemen«.[9]

6 Sachwalter der rathäuslichen Prozesse.
7 Ernst Schulze, Sämmtliche poetische Werke, V. Theil. Leipzig 1855, S. 3f.
8 Paul Alpers, Geschichte des Celler Gymnasiums, Celle 1928, S. 96.
9 Friedrich Bouterwek, Biographische Vorrede. In: E. Schulze, Cäcilie. Ein romantisches Gedicht in zwanzig Gesängen, Leipzig 1818, S. IV.

Im Ganzen eine Disposition, die in einigen Zügen bestimmend für das nur achtundzwanzig Jahre währende Poetenleben bleibt. Schule und Studium verlaufen im Kern nach dem Muster eines Jungen, der besonders angenommen, der be- und geliebt sein will, der früh Trennung(en) erfahren hat, der später die Liebe zu einer Cäcilie und Adelheit sich idealisch erdichten wird, weil die jungen Damen und die Wirklichkeit sich ihm verweigern. Lektüre und Wirklichkeit klaffen auseinander. Darunter leidend, bekennt er aber im *Poetischen Tagebuch*: »Ich nähre die Wunde, Ich liebe mein Leid …«,[10] eine Wunde, die sich ursächlich nicht allein vergeblicher Liebe(n) verdankt, sie rührt wesentlich auch von der kalten, verknöcherten, lieblosen und als unecht erfahrenen bürgerlichen Lebensform her, die ihm besonders scharf im Professorenhaus der Tychsens in Göttingen entgegenschlägt. Er führt, neben seinem Prosatagebuch, vom Juni 1813 bis Februar 1817 ein *Poetisches Tagebuch*, das erst postum veröffentlicht wird und als ein vergessenes Werk der Gelegenheitsdichtung angesehen werden kann, ganz wie Goethe es später in einem Gespräch mit Eckermann von Gedichten fordert, dass »alles Gelegenheitsgedichte seyn« müssen und dabei verrät: »alle meine Gedichte sind Gelegenheitsgedichte.«[11]

Die Familie Schulze weiß mit dem seltsam widersprüchlichen und romantisch veranlagten Jungen wahrscheinlich wenig anzufangen, der von 1799 bis Ostern 1806 die Celler Lateinschule besucht. Ihm und seinem innigen Freund Fritz (i.e. Friedrich von Bülow), mit dem er kleine Aufsätze für eine handgeschriebene *Thee-Zeitung* verfasst, gibt Rektor

10 Ernst Schulze, Poetisches Tagebuch, 27. Oktober 1814. In: ders., Sämmtliche poetische Schriften, Band III, Leipzig 1819, S. 81.

11 Johann Wolfgang von Goethe, Gespräche mit Eckermann, Frankfurt a.M. 1963, S. 44 (18.9.1823).

Grünebusch, dies vermerken die Schulakten, den Rat mit auf den Studienweg,

> sich die lateinische Grammatik nun endlich einmahl angelegen seyn zu lassen, nichts als Kleinigkeit anzusehen, und sich nicht durch Gaukeleyen seiner Imagination von seinen Geschäften verführen zu laßen, dies ist's was ich ihm anzuempfehlen habe. Dies letzte muß ich, womöglich nachdrücklicher Ernst Schulze empfehlen, den seine Imagination in Tändeleyen und Träumereyen einwiegt, und es ihm nicht möglich läßt, für die Vorträge seiner Lehrer aufmerksam zu seyn.[12]

»Unendlich dehnt sich rings die graue Haide, / Und dunkel liegt der öde Fichtenhain«,[13] dichtet Schulze später, sich an Celler Kindheit und Jugend erinnernd. Der Bruder des Vaters übernimmt den ersten Buchladen am Ort, der zum Quell früher Lektüre des lesebesessenen Träumers wird. Er spinnt sich – im Haus am Großen Plan 1 – in die beliebten Ritterromane und Feenmärchen der Zeit ein. Imaginationsprozesse, die sich noch steigern, als der Vater den Vierzehnjährigen auf ein ehemaliges Rittergut im abgelegenen Habighorst mitnimmt, das er verwaltet.[14] Dort findet der heranwachsende Jüngling Stoff genug, auch eine Fülle französischsprachiger Literatur, sich seine Einsamkeit auszustaffieren, in die er vor dem Lärm

12 Paul Alpers, Geschichte des Celler Gymnasiums, S. 96f.

13 Ernst Schulze, Zelle, Gedicht. In: ders., Sämmtliche poetische Schriften, Band III, Leipzig 1819, S. 208f.

14 Julius Tittmann schreibt dazu: »Hier war alles vereint, um auf die Phantasie des schon durch seine Lektüre poetisch angeregten Knaben einen eigenthümlichen Zauber auszuüben; ein altes unbewohntes und zerfallenes Herrenhaus in Mitte eines verwilderten Parks, den ein kleiner Fluß durchschneidet, darin ein Saal, an den Wänden ritterliche Ahnenbilder, auf morschem Fußboden wunderlich geformtes Hausgeräth: Das war ein Aufenthalt, von dem er mehr sich angezogen fühlte, als von der freundlichen Wohnung des Pächters.« (J. Tittmann, Vorwort zu Die bezauberte Rose, S. XVIII).

im Celler Hause flieht. »Ich lebte ganz meinen Phantasien und war auf dem Wege, ein ganz unheilbarer Schwärmer zu werden«,[15] bekennt er. Relativ frei, wenig eingebunden in den bürgerlichen Familienalltag, entdeckt er in diesen Jahren die umliegenden, so verrufenen Heiden und Moore, öffnet sich ihm eine weite, die Phantasie des Knaben aufwühlende Seelenlandschaft mit wildgrotesk wuchernden Wacholdern:

> Seit jener Zeit sind mir solche nach der gewöhnlichen Ansicht trostlosen Gegenden unbeschreiblich teuer geblieben, ich kann nie ohne Wehmut und Sehnsucht an ein wildes mit Fichten bewohntes Moor oder an eine weite Heide zurückdenken.[16]

> Für ein Heideblümchen gäbe ich die ganze Flora des botanischen Gartens, und die freundlichen Partien hier [in Göttingen] wollte ich mit Freuden opfern, wenn ich den Lachtehäuser Sandweg hierher zaubern könnte.[17]

Die Atmosphäre des damals unbewohnten Herrenhauses ergreift den jungen Dichter noch Jahre später, wenn er vom »schauerlich-angenehmen Gefühl« schreibt, das die Erinnerungen an den alten Rittersaal bei ihm auslöst und er wird darin zu seinem letzten und bekanntesten Werk inspiriert: *Die bezauberte Rose*, die 1817 den ersten Preis einer Literaturausschreibung des Brockhaus Verlages gewinnen wird. Schulzes Verse werden in die Weltsprachen der Zeit übersetzt und gehören knapp hundert Jahre zum poetischen Hausschatz bürgerlicher Familien.

Im Ganzen wird einerseits ein sich zurückziehender, auf

15 Ernst Schulze, Tagebuch, 17. Juni 1813. In: K.E. Franzos, Deutsche Dichtung, 6. Band, Dresden 1889, S. 27.

16 Ebd.

17 Ernst Schulze, Brief an den befreundeten Dr. Bergmann, 1. Oktober 1812. In: K.E. Franzos, Deutsche Dichtung, 12. Band, Berlin 1892, S. 198.

langen Wanderungen durch Landschaften auslebender junger Dichter der Romantik sichtbar, der gleich in seiner ersten Elegie ausruft: »Wahrlich, ich habe gelebt! Nicht reut mich die fröhliche Wildheit«,[18] der abenteuerlustig und wagemutig und stets vorneweg mit anderen Jungen die jugendlichen Spiele spielt, früh mit wenigen Freunden einen innig-intensiven, in Teilen sehr offenen und intellektuell unterhaltsamen Briefverkehr pflegt. So offen, dass alle Biographen, die unzensierten Zugang zu den Originalbriefen und Tagebüchern hatten, schamvoll Passagen unterdrückt haben, Briefe und Tagebuchpassagen, die heute als verloren gelten müssen. Zudem ist er ein polyglott Lernender und unentwegt weit über den Schulkanon hinaus Lesender, der schon als Sechzehnjähriger nicht nur seinen Klopstock und Wieland[19] gelesen hat, aber auch über zunehmende Kurzsichtigkeit[20] klagt. Andererseits hat er bald als eloquenter Rollenspieler in den bürgerlichen Teegesellschaften der Celler und Göttinger Provinz seine Auftritte. Schulze wird, wie er selbstkritisch gesteht, in aufgeblähter Ei-

18 Ernst Schulze, Gedichte, Göttingen 1813, S. 5.

19 Julius Tittmann schreibt: »Von Wieland fühlte er sich mächtig angezogen. Er nennt ihn ausdrücklich seinen Lieblingsschriftsteller. [...] Unter den Geschenken, welche er zur Weihnacht 1806 erhielt, erwähnt er neben Wieland's ›Aristipp‹« und eine Sammlung deutscher Originalgedichte auch Werke von Goethe und Schiller: »›Hermann und Dorothea‹, ›Carlos‹ und ›Maria Stuart‹ [...]. Er nennt Wieland ›das größte Genie aller Zeiten‹. ›Seine lachende Phantasie, welche ich mir zu eigen zu machen suche, hat mir meinen Geist so heiter und so fröhlich gemacht, daß fast nichts von den Spuren einer Melancholie, welche mich sonst oft überfiel, in mir übrig ist ...‹ In solchen Augenblicken wandte er sich dann auch wohl zu Yorik's ›Empfindsamer Reise‹. Sterne und Shakespeare beschäftigten ihn in den Ferien 1806 ausschließlich.« (J. Tittmann, Vorwort zu Die bezauberte Rose, S. XVIII f.)

20 »... ich wollte gern meine ganze Fantasie hingeben, wenn ich mir ein scharfes Gesicht dadurch erkaufen könnte.« (E. Schulze, Tagebuch, 30. November 1813. In: K.E. Franzos, Deutsche Dichtung, 16. Band, Berlin 1894, S. 148)

telkeit, doch dabei stets von anrührendem Übermut, mehr und mehr seine knabenhafte Scheu im gesellschaftlichen Umgang überwinden. Er wird es lieben, in angelesenen, wechselnden Masken den verknöcherten Kreisen der Celler und Göttinger Gesellschaft gegenüberzutreten, wohlwissend seine »Lebensscenen« (!) spielen und dabei bestrebt bleiben, sein Inneres schützend zu verbergen. Es dreht sich ihm schließlich alles nur um das seit seiner Kindheit Erreichbare, um Literatur. Der sich als Mädchen- und Frauenheld inszenierende Poet ist im Grunde ein tändelnder keuscher junger Mann, und er spricht am Ende seiner ersten Elegie diesen Widerspruch in nur einer Zeile aus: »Aber verzweifelnd stürzt sich der Mensch in des lärmenden Possen-Spieles Tumult.«[21] Der Studiosus Schulze stürzt sich in den Tumult der Universitätsstadt Göttingen, die mit über 10000 Einwohnern und mehr als 1100 Studenten, im Vergleich zu Celle, eine doch schon größere Stadt vorstellt. Der »junge Wohlklang«,[22] wie ihn Arno Schmidt hundertfünfzig Jahre später nicht ohne Sympathie ironisch nennt und dessen Tagebücher nicht kennt, der eben siebzehnjährige Schulze schreibt sich 1806, ausgestattet mit allen Anlagen einer romantischen Dichterbiographie, an der Universität in Göttingen ein, nicht ahnend, dass dieser Ort zu seinem Verhängnis werden wird. Seine Ferien verbringt er, von einigen Wanderungen und Besuchen abgesehen, fast immer in Celle, wo er elf Jahre später auch stirbt.

21 E. Schulze, Gedichte, S. 6.

22 »Natürlich auch Schulze aus Celle: ist auch bloß 28 geworden, der junge Wohlklang (und ich blätterte pietätvoll ein bißchen in der Cäcilia Tychsen: nichts *für mich!*)« (Arno Schmidt, Das steinerne Herz, Karlsruhe 1956, S. 48)

Nachbemerkung

Neuere deutsche Literaturgeschichten nennen den Namen Ernst Schulze nicht. In Kapiteln zur deutschen Romantik findet er zumeist keine Erwähnung. Doch Walter Killy[23] widmet dem Dichter einen längeren Eintrag. Das ist nicht erstaunlich für einen früh verstorbenen Poeten, der erst ansetzte, seine Talente zu entfalten, der stets nur in der Rührseligkeit um den Tod seiner idealisch geliebten Cäcilie wahrgenommen wird, der seine Zeit hatte. Schulzes Name findet sich jedoch in den Veröffentlichungen zum romantischen Kunstlied, dank der Vertonung seiner Verse durch Franz Schubert.

23 Ricklefs, Jürgen und Ulfert: Ernst Schulze. In: Walter Killy, Literaturlexikon, 10. Band, Autoren und Werke des deutschsprachigen Literaturraums, Gütersloh/München 1991, S. 428-429, hier S. 428f.

ERNST SCHULZE

Tagebücher und Briefe

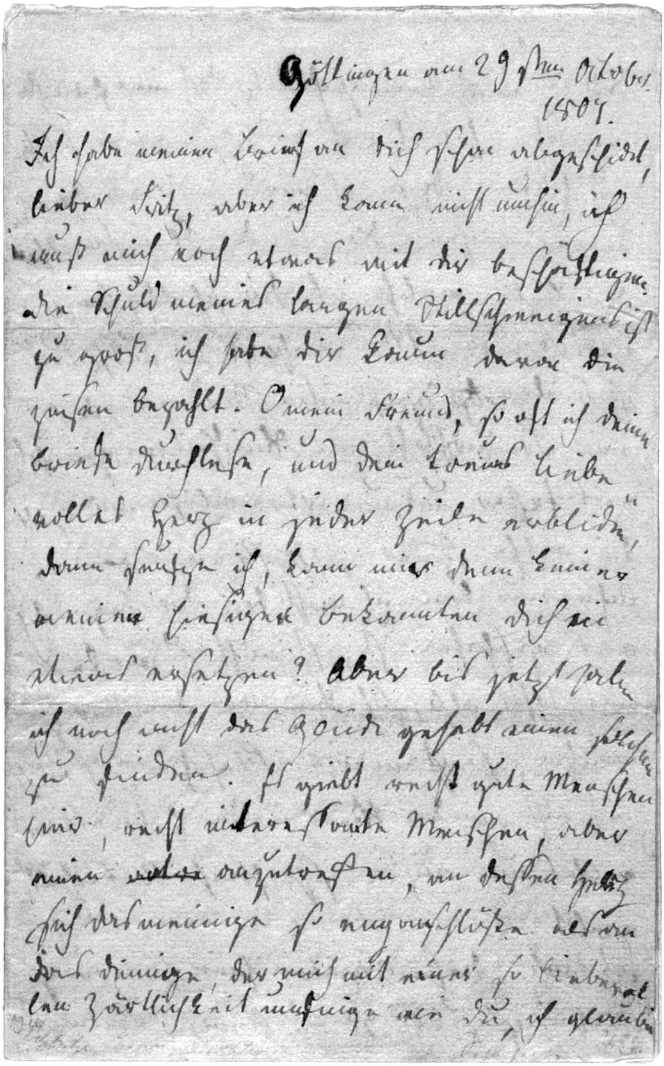
Göttingen den 29sten October 1807.

Brief an Friedrich von Bülow vom 29.10.1807

Tagebuch, Ausschnitt aus: Selbstbiographie (1813), geschrieben für Adelheit Tychsen

Ungefähr bis in mein vierzehntes Jahr wurde ich zu Hause für ein ganz gutmüthiges, aber höchst unnützes und zu allen Dingen unbrauchbares Geschöpf gehalten, weil meine Kleider immer in den ersten Tagen zerrißen, meine Bücher, sobald ich sie erhalten hatte, verlohren waren, weil ich alle Aufträge verkehrt besorgte, nie etwas Neues wußte, das Rechnen nicht lernen konnte, und über keine Sache im gewöhnlichen Leben vernünftig zu reden verstand, ausgenommen über die Kochkunst, deren großer Verehrer ich von jeher war. Viel trug zu dieser Meinung noch bey die Vergleichung mit meinem älteren Bruder, der ein sehr ordentlicher und vernünftiger Mensch war und viele Anlage zum Geschäftsmann zeigte. Da ich allgemein für so ganz unbedeutend gehalten wurde, glaubte ich am Ende selbst, die Leute müßten doch wohl Recht haben, und betrachtete mich immer als einen Menschen, aus dem nie etwas werden würde. Diese Idee gab mir eine gewisse Scheu und ein linkisches Wesen, das mich nie verließ, solange ich nicht bey meinen Spielgesellen, sondern in der Gesellschaft meiner Hausgenoßen war. Durch Erziehung konnte damahls noch wenig auf mich gewirkt werden, weil ich meinen Vater zwar herzlich liebte, ihn aber wegen seiner vielen Geschäfte fast nie sah, und meine Tante, die seit dem Tode meiner zweyten Mutter das Hausregiment führte, alle möglichen vortrefflichen Eigenschaften nur nicht das Talent der Erziehung besaß. Meine jetzige Mutter, eine herrliche Frau, die in dieser Zeit zu uns kam, war damahls noch zu jung, als daß sie es verstanden hätte, uns vier Kinder gehörig zu behandeln. Von meiner Gutmüthigkeit hatte man deßwegen einen großen Begriff erhalten, weil ich die jüngere Schwester meiner jetzigen Mutter, ein sehr geistreiches, gebildetes, aber durchaus unpoetisches Mädchen, die mich ewig zur Zielscheibe ihres sehr pikanten Witzes machte, dennoch auf das zärtlichste liebte, und ihr jeden

Gefallen erzeigte, wenn es auch auf eine halsbrechende Art geschehen mußte. Unter meinen Bekannten genoß ich aber im Gegentheil ein großes Ansehen, theils, weil ich die meisten an geistiger Bildung, die ich zu Hause verbarg, übertraf, theils weil ich immer der Erste auf dem Eise war, wenn es nur mit Mühe hielt, der Höchste auf den Bäumen und Dächern, und der Letzte, der fortlief, wenn wir Fenster einwarfen, oder den Jungfern und Bedienten der alten Damen, die von einem Thee zu Hause kamen, die Laternen ausbliesen. Ueberhaupt reitzte mich alles, womit ich Gefahr verbunden sah, und viele alten Matronen schalten mich oft einen heillosen Buben und tollkühnen Waghals, während man in meiner Aeltern Hause nichts davon ahnte. Dort saß ich gewöhnlich ganz ruhig und las entweder Romane und Gedichte, oder träumte von dem, was ich gelesen hatte. Man glaubte, ich sey höchstens zum Pastor gut, der auf dem Lande die Hände in den Schooß legen und im erbaulichen Müßiggang die schöne Natur betrachten könne. Hierzu ward ich auch bestimmt, als ich mich zum ersten Mahle verliebte. Dieses ist in jedem Leben ein so wichtiger Abschnitt, daß ich auch im Briefe einen Abschnitt dabey machen will.

Meine erste Liebe war ein Fräulein von Bülow, die Tante meines besten Freundes, die indeß mit uns beyden in gleichem Alter stand. Ich lernte sie kennen, als ich sie mit jenem Freunde aus einer Pension in Hannover nach Celle abholte. Der Weg von fünftehalb Meilen, der immer im tiefsten Sande fortläuft, ist recht dazu gemacht, sanfte Empfindungen zu erwecken, denn man wird nicht durch die geringste Erschütterung aus seiner Beschaulichkeit aufgerüttelt. In Celle sah ich sie nur selten, aber ich hing mit einer echt schäferlichen Zärtlichkeit an ihr. Freylich vertraute ich mein Gefühl weder den Thälern noch den Felsen, denn dergleichen gibt es bei uns zu Lande nicht: auch schrieb ich ihren Namen in keinen Baum, denn die Tannen sind theils nicht sehr dazu geeignet, Schriftzüge in ihre Rinde aufzunehmen, theils hätte man die Buchstaben nach meiner damahligen Schreibkunst doch schwerlich haben entziffern können. Aber ich stand alle Morgen an der Thür des Predigers, zu dem sie zum Unterricht ging, denn sie sollte grade confirmirt werden, und machte ihr, wenn sie herauskam, ein sehr zierliches und bescheidenes Compliment, das immer mit einem recht freundlichen Gruße erwidert wurde. Damahls wurde ich mir zuerst einiger poetischen Ideen bewußt, die vorher nur dunkel in mir gedämmert hatten. Selbst nachdem sie Celle verließ, welches bald darauf geschah, blieb sie noch lange das liebste Bild meiner Träume. Wo sie jetzt ist, weiß ich nicht, ich weiß nicht einmahl, ob sie noch lebt. Mein Freund ging bald darauf mit seinen Aeltern nach Berlin. Ich habe mit ihm bis vor einem Jahre im Briefwechsel gestanden. Jetzt soll er in diesem Kriege geblieben seyn. Also wieder eine Blume weniger im Leben, denn ich liebte ihn sehr zärtlich. Der Umgang mit ihm und mit seiner Mutter, einer Frau von sehr hoher und umfaßender Bildung, hat viel zur Cultur meines Geistes beygetragen. Bey seiner Abreise von Celle machte ich mein erstes Gedicht, das durch Zufall mehreren in die Hände gerieth und mir eine Art von Berühmtheit verschaffte. Man wurde jetzt in unserm Hause aufmerksamer auf mich und wunderte sich, mich doch nicht von allen guten Geistern so verlaßen zu finden, als man geglaubt hatte. Jetzt fing man an, mich etwas zu verziehen, wobey man bis jetzt geblieben ist. –

Indeß erwachte zwischen meinem fünfzehnten und sechzehnten Jahre eine mir ganz neue poetische Welt in mir, über deren ordnungslose Gebilde ich nicht Herr werden konnte, und mich deßhalb mehr als je in die Einsamkeit zurückzog. Ich brachte oft ganze Monathe auf einem abgelegenen Landgute, einige Meilen von Celle, zu. Das Herrenhaus, worauf ich ganz allein wohnte, lag weit von den Wirthschaftsgebäuden entfernt, in einem verwilderten Park, den ein Fluß durchschnitt, der mehrere kleine Teiche und Inselchen bildete. Das Haus selbst war groß, öde und fast ganz verfallen und wurde seit dreyßig Jahren nicht bewohnt. So oft der Pächter mir auch ein Zimmer in seinem Hause anbot, ließ ich mir doch nie meinen großen Saal mit dem hohen Kamin, den kleinen Scheiben und den vielen Ritterbildern in Lebensgröße nehmen, obgleich man fast bey jedem heftigen Schritt den vermoderten Fußboden durchtrat und kaum einen Tisch finden konnte, der nicht längst zu den Invaliden gehört hätte. Wenn ich in dem großen Himmelbette von rothem Tuch mit gelber Stickerey lag, oder an einem stürmischen Abend mitten im Zimmer an dem wacklichten Tisch mit Drachenbeinen und dem getäfelten Schachbrett auf der Platte bey meinem Buche oder in Gedanken saß, dann war es mir ein so schauerlich angenehmes Gefühl, ganz allein zu seyn in der Nacht und der Furcht zu trotzen, die mich oft graußig genug beschlich. Selbst während des Winters war ich dort einmahl vierzehn Tage und fror lieber am Kamin, als daß ich mich an den warmen Ofen in die Pächterwohnung gesetzt hätte. Am Tage war ich gewöhnlich in der kleinen französischen Bibliothek, die sich dort befand, oder ich streifte durch Moor und Haide und lag unter den Tannen, an den wüstesten Oertern. Seit jener Zeit sind mir solche nach der gewöhnlichen Ansicht trostlose Gegenden unbeschreiblich theuer geblieben, und ich kann nie ohne Wehmuth und Sehnsucht an ein wildes, mit Fichten bewachsenes Moor, oder an eine weite Haide, worauf die Luft so schauerlich säuselt, zurückdenken. Ich schrieb damahls nie etwas nieder, aber ich lebte ganz in meinen Fantasieen und war auf dem Wege, ein ganz unheilbarer Schwärmer zu werden.

[…]

Ich verliebte mich in jener Zeit in eine meiner Cousinen, ein recht liebes hübsches Mädchen, freylich von keinen besondern geistigen Anlagen, aber mit einem vortrefflichen Charakter und einem seelenvollen Gesicht. Sie war wegen Kränklichkeiten vom Lande zu uns in die Stadt gekommen, sollte aber zugleich auch die Landluft genießen und ich wohnte deßhalb vier Wochen allein mit ihr auf unserem Garten; des Tags ging ich mit ihr im Garten spaziren und setzte mich des Abends, wenn ihr Fieber kam, an ihr Bett, las ihr vor und schenkte ihr Thee ein. Sie hatte mich auch recht lieb, aber wahrscheinlich nur wie ihren Vetter. Als sie wieder zu ihren Aeltern zurückgekehrt war, schrieben wir uns fleißig, und ich wurde eingeladen, in den Weihnachtsferien sie zu besuchen. Ich versprach mir von dieser Reise viele Freude und dachte die langen Winterabende recht heimlich und hübsch mit ihr in ihrer Einsamkeit zuzubringen. Es waren drey Meilen bis dahin, und ich ritt erst am Nachmittage fort. Ein dichtes Schneegestöber machte alle Wege unkenntlich und ich war kaum einige Stunden geritten, als ich jede Spur verlohr. Die Dörfer in der Haide liegen gewöhnlich zwey Meilen von einander, ich konnte mich also nirgends erkundigen. Ich trabte in die Kreuz und Quer durch Wald und Feld und sah nichts als Schnee und Luft, Haide und Tannen. Endlich wurde es so dunkel, daß ich gar nichts mehr sehen konnte. Mein Pferd, das ich tollkühn durch das verwachsene und pfadlose Dickigt trieb, verwundete sich sehr heftig an einem abgebrochenen spitzen Stamm und wollte nicht weiter. Ich stieg ab, zog es hinter mir her und vertraute mich dem lieben Gott und meiner Liebe. Nachdem ich zehnmahl in Gräben und Moor gesunken und zwanzigmahl über Baumwurzeln und Haidebülte gefallen war, hörte ich Hundegebell in der Ferne. Als ich die Kirchgeßner auf der Harmonika spielen hörte, habe ich bey weitem nicht den Genuß gehabt, als bey dieser heisern Dorfmusik. Ich arbeitete mich durch den Wald und sah in der Ferne Lichter schimmern. Endlich kam ich in's Dorf und hörte zu meiner unbeschreiblichen Freude, es sey das, wohin ich wollte. Schon in der Ferne sah ich alle Zimmer im Hause meines Onkels erleuchtet und hörte Musik und Gesang. Ich nahm mir kaum Zeit, mein Pferd abzugeben und verbinden zu laßen und mich selbst ein wenig von der unglücklichen Reise zu ajüstiren. Als ich in den Saal trat, fand ich eine große Gesellschaft, die eben in einem Concerte begriffen war. Ich fühlte mich ganz seelig, setzte mich zu meiner hübschen Cousine und plauderte mit ihr recht vergnügt, wunderte mich aber, daß ein anderer junger Mensch, ein Beamter aus der Gegend, immer an ihrer anderen Seite saß und gar nicht von ihr laßen wollte. Endlich ging die Gesellschaft und ich erstaunte höchlich, als jener Herr mit einem Kuß von meinem Mühmchen Abschied nahm. Erst jetzt wurde ich belehrt, daß ich zur Feyer ihrer Verlobung gekommen sey. Ich saß ganz verwundert bei dieser Nachricht und konnte mich endlich trotz meiner Betrübniß nicht enthalten, über mich zu lachen. Also deßwegen hatte ich mein Pferd beynahe ruinirt, hatte wie ein unverzagter Minneritter weder Dunkelheit, noch Frost, noch Näße, noch Gefahr gescheut, hatte mir wenigstens auf acht Tage Husten und Schnupfen zugezogen, und mich im kalten Winter im Schnee gebadet, um jetzt ein solches Fest feyern zu helfen! Ich ergab mich indeß in mein Schicksal, wurde der sehr gute Freund meines Nebenbuhlers und freute mich, daß ich meine Cousine glücklich sah. Ich habe sie nachher seit ihrer Verheyrathung oft besucht, aber sie ist jetzt auch schon todt.

[...]

Mein Kummer war deßwegen weniger groß, weil ich sie eigentlich nie mit aller Innigkeit meines Herzens geliebt hatte. Aber die Zerstöhrung dieses Verhältnißes hätte deßwegen gefährlich für mich werden können, weil die Muße, die mein Geist dadurch wieder erhielt, mich in den grund- und uferlosen Strom meiner früheren Schwärmereyen zurückwarf. Ich vermied von neuem alle Gesellschaften in unserem Hause, und fing wieder an, ganz in mir zu leben. Damahls gerieth ich zufällig auf die Lektüre von Wielands Werken, ein Umstand, der für meinen ganzen Charakter sehr wichtig wurde. Anfangs wollten sie mich nicht ansprechen, weil Kleist, Geßner, Matthison und Salis meine Fantasie ganz in der ländlichen Welt einheimisch gemacht hatten, aber bald gefiel mir seine leichte Filosofie der feineren Sinnlichkeit, jene oberflächliche aber ewig fröhlige Ansicht des Lebens, die die Hauptideen seiner Werke sind. Ich verschlang sie jetzt mehrere Male mit wahrer Begier und machte am Ende ihre Ansichten so zu den meinigen, daß ich meinen Meister selbst beschämt haben würde. Der Schmerz schien mir das größte Uebel auf der Welt, die Lust der einzige Genuß. Ich schwärmte noch immer im Stillen, aber ich hätte es mir nie selbst gestehen mögen, denn ich würde mir lächerlich vorgekommen seyn, und die Lächerlichkeit war das, was ich jetzt am ängstlichsten zu vermeiden suchte. Zum Glück bildete ich mir indeß ein ordentliches System meiner Filosofie, und fand, daß jeder Genuß, den ich würklich zu bereuen haben würde, meine Zufriedenheit stöhren würde. Vor solchen hüthete ich mich also sorgfältig und bewahrte mir daher eine Reinheit der Fantasie, die nachher viel dazu beytrug, meinem Gefühle eine beßere Richtung wiederzugeben. Damahls hielt ich jedes tiefere Gefühl für verderblich oder wenigstens für lächerlich und betrachtete die Empfindung überhaupt nur als eine leichte, flüchtige Würze, durch deren mäßige Beymischung der Genuß erhöht werden könne, welche aber nie für sich allein Genuß seyn könne.

Noch ehe ich dieses System so ganz ausgebildet hatte, reiste ich mit einem Herrn von Rüling, einem Cellischen Oberappellationsrath nach dem Rehburger Bade. Er war ein kleines verwachsenes Männlein, das sich stark schnürte, um grade zu scheinen, immer sehr elegant gekleidet ging, den Schöngeist spielte, zu jedem flachen Einfall, den er vorbrachte, eine höchst witzige Miene zu machen wußte, Jedem seine Gedichte, die er deßhalb immer in der Tasche bey sich trug, bis zum Ekel vorlas, sich, ehe er in eine Gesellschaft ging, auf Impromptus präparirte, sich von den Cellischen Damen gern den deutschen Anakreon schelten ließ, obgleich sie ihn unter sich gewöhnlich mit dem Aesope à la cour verglichen, und der übrigens trotz seiner Erfahrung in den Formen des geselligen Lebens doch so hohl und abgeschmackt war, als der Herr von Usedom. Ich hatte damahls schon das Talent, mich über solche Leute zu amüsiren und war deßhalb gern in seiner Gesellschaft, da ich in keinem abhängigen Verhältniß gegen ihn stand. Während jenes fünfwöchentlichen Aufenthalts in Rehburg, wo in jenem Jahre die Badezeit grade sehr glänzend war, trat ich eigentlich zuerst hinaus in das Leben, das ich zu Hause geflohen hatte. Ich fand mich bald darin, bildete mich in wenigen Tagen außerordentlich und fing an, meine neuen Grundsätze in Ausübung zu bringen. Ich hatte das Unglück, von einigen Leuten geschmeichelt zu werden, die nicht begreifen konnten, wie man, kaum siebzehn Jahre alt, Verse machen könne, welche freylich ganz abscheulich waren, die aber pour la nouveauté du fait gefielen und besonders, wie man nebenher noch so viel Griechisch habe lernen können, um den Homer zu lesen. Ich wurde bemerkt und hervorgezogen und das machte mich eitel und verbannte den letzten Rest jener Menschenscheu, die mir immer von meinen Kinderjahren angehangen hatte. Ich wurde galant, süffisant und mein eigner Bewunderer im höchsten Grade, kurz ich stand auf dem Punkt, ein sehr flacher Weltmensch zu werden, wenn mich dieses Mahl die Liebe nicht gerettet hätte. Ich lernte eine gewiße Marianne Meyer kennen, die jetzt an den Generalsekretair Heise in Hannover verheyrathet ist, ein damahls sehr schönes, gebildetes und vortreffliches Mädchen. Diese nahm eine Zeit lang mein ganzes Herz in Besitz, erweckte manche höhere poetische Ansichten in mir und ließ mich auf einige Zeit mit meinem Gefühl versöhnen. Ich kam mit ihren Aeltern in genauere Verbindung, besuchte sie einige Mahle in Hannover oder in Coldingen, wo ihr Vater Amtmann war, machte ihretwegen einige Romanstreiche, die sie in Verlegenheit setzten, und ward ganz wieder der frühere Schwärmer. Ob sie mir würklich gut gewesen ist, weiß ich nicht genau; ich schloß es nur aus mehreren Umständen. Seit ich nach Göttingen ging, habe ich sie nie wieder gesehen.

Aber schon früher war ich wieder leichtsinnig geworden und bloß meine Eitelkeit bewog mich zu glauben, ich sey in ein in jeder Rücksicht vorzügliches Mädchen, Johanna Taube, verliebt, weil ich wußte, daß diese mir sehr gewogen war. Sie schien eigentlich von meinen und ihren Eltern für mich bestimmt zu seyn; ich hörte täglich ihre Vorzüge rühmen und man verhehlte mir nicht, daß sie mir gut sey. Ich hatte sie vorher nicht sehr beachtet, weil sie, obgleich sehr hübsch, doch sehr bescheiden und zurückhaltend war. Jetzt aber hielt ich es der Mühe werth, mich genauer um sie zu bekümmern, und fand bey ihr einen so gebildeten Geist, ein so tiefes Gefühl und überhaupt eine solche ausgezeichnete Vortrefflichkeit, daß ich es noch nicht begreifen kann, wie es mir nie möglich war, mich würklich in sie zu verlieben. Die wahrscheinlichste Ursache ist wohl, daß sie nicht genug Fantasie hatte, um die meinige hinreichend zu beschäftigen. Sie reiste bald darauf mit ihrer Mutter auf vier Jahre nach Leipzig und ich habe sie nur einmahl vor zwey Jahren auf einen kurzen Augenblick wiedergesehen. Ich wünsche herzlich, daß sie so glücklich seyn möge, als sie es verdient.

Jetzt ging ich [1806] nach Göttingen mit allem möglichen Leichtsinn und der lustigsten Unbesonnenheit ausgerüstet. In den drey ersten Jahren that ich nichts, was mich meiner eigentlichen Bestimmung, ich sollte Theologie studiren, hätte nähern können, doch erwarb ich mir manche Kenntniße in Sprachen und Literatur, die mir späterhin nützlich wurden. Uebrigens hatte ich einen sehr ausgebreiteten Umgang, schwärmte in der zügellosesten Freyheit umher und trieb die tollsten Thorheiten, doch freue ich mich, daß ich mir aus jener Zeit nichts vorzuwerfen habe, was mein tieferes sittliches Gefühl, meine moralische Reinheit verletzt hätte. In diese Periode fällt mein Verhältniß mit der Frau von Witzendorf, der jetzigen Godeffroy, welches erst Michaelis 1810 sein Ende nahm. Diese ganze Verbindung war zu sonderbar, als daß ich sie nicht etwas ausführlicher darstellen sollte.

Ich hatte sie als Mädchen schon früh gekannt, weil unsere Familien in der genauesten freundschaftlichen Vereinigung standen. Sie machte mich zum Vertrauten ihres Verhältnißes mit dem Hofrath von Witzendorf, welches sehr geheim gehalten werden mußte, weil viele Hinderniße einer genauern

Verbindung im Wege standen. Damahls galt sie für das schönste Mädchen in der Stadt, und es schmeichelte meiner Eitelkeit, ihr so unentbehrlich zu seyn, vorzüglich, da sie mir manche Freyheiten erlaubte, die ich jetzt keinem Frauenzimmer verzeihen würde. Liebe fühlte ich nicht im mindesten für sie, weil meine anderen Verhältniße mich zu sehr beschäftigten. Ich war erst ein Jahr in Göttingen, als sie schon Witwe wurde. Ich reiste nach Celle, suchte sie Anfangs zu trösten, fand bald, daß dieses bey ihr kein sehr schweres Geschäft, und endlich, daß es für mich ein sehr süßes sey. Sie hatte ebensoviel Leichtsinn und Fantasie als ich, besaß eine sehr feine Menschenkenntniß, eine Koketterie, worin ihr nur Auguste Gebser gleichkömmt, obgleich sie weit mehr Geist und Feinheit dabey anwandte, und dennoch manche würklich romantische Charakterzüge. Ihr Gefühl war wohl nicht sehr zart, aber feurig und schnell aufflammend, obgleich es dann auch bald wieder verrauchte. Sie liebte das Glänzende mehr als das Schöne, hatte mehr Politur als eigentliche Bildung, sehr viel Erfahrung, viel Geistesgegenwart, viel Ton und einen unwiderstehlichen Liebreitz, wenn sie jemand feßeln wollte. Ich war damahls schon eitel genug, um mich bloß einer solchen Eroberung wegen verliebt zu stellen, obgleich ich anfangs im Herzen ganz kalt gegen sie war. Sie schien mir in die Karte zu sehen und that alles mögliche, um mich zu feßeln. Ich suchte mich, immer gleichgültig zu erhalten, obgleich ich die zärtlichsten Gedichte auf sie machte, wovon das mit der Aufschrift: »Wiedersehen« eine Probe ist. Aber sie war ebenso schlau und gestand mir lachend, sie käme sich vor wie eine Leiter, durch welche ich auf den Parnaß zu steigen versuche, denn ich schiene mich an ihr nur in der Poesie üben zu wollen. In diesem Verhältniß schieden wir das erste Mahl von einander. In den nächsten Ferien begann dasselbe Spiel von neuem, bis wir es endlich beyde müde wurden und uns einst in einer sehr komischen Unterredung unsere beyderseitigen Absichten und die Gründe, die unser Betragen geleitet hatten, gestanden. Wir versprachen uns, jetzt sehr gute Freunde zu seyn, uns auch zu lieben, so viel ein jeder Lust habe, übrigens aber keiner den Andern zu geniren. So lebten wir in einem wunderbaren Verhältniß fort, ohne Treue, ohne viel Eifersucht und doch nicht ohne Liebe, wenn unsere gegenseitige, durch Eitelkeit erzeugte Unentbehrlichkeit und das Bedürfniß einer flüchtigen Anregung des Gefühls und der Fantasie Liebe zu nennen ist. Die Elegie, welche anfängt: »Liebchen, wie leben wir doch so wundersam« gibt ein treues Bild dieser Verbindung, auf welche sich überhaupt fast alle früheren Elegien und die meisten unter den letzten beziehen. Ich beging tausend Thorheiten ihrethalben, die sie mir immer belohnte, weil sie ihrer abentheuerlichen Laune schmeichelten. Treue verlangte sie nicht von mir, weil sie selbst sich nicht dazu verpflichtet hatte. Ich ward durch dieses Verhältniß eitler, oberflächlicher und koketter als je, obgleich meine Fantasie sehr dadurch genährt wurde und ich eine gewisse Leichtigkeit und Gewandtheit im Umgang erhielt, die ich später wieder verlohren habe, eben deßwegen, weil das wahre tiefe Gefühl dem Geiste nicht Spielraum genug verstattet und seine elastische Beweglichkeit hemmt. Besonders entwickelte sich damahls meine Neigung zum Abentheuerlichen und Romanhaften, und ich erinnere mich, daß ich einst mit Gefahr für mein Leben und für unser Beyder Ruf von einem sehr hohen Baum in ihr Fenster stieg, bloß um ihr einen guten Abend zu bieten (denn nie hatte ich Absichten, wegen welcher ich vor mir selbst hätte erröthen müßen), obgleich ich ganz unbemerkt auf dem gewöhnlichen Wege hätte zu ihr kommen können. Dieses Verhältniß dauerte beynahe vier Jahre, obgleich ich mich während der Zeit, wenn ich nicht in Celle war, für die Leere meines Herzens auf andere Art zu entschädigen suchte. So entspannen sich einige Verbindungen bey meinem mehrmaligen, langen Aufenthalt am Harz. Eine mit einer Frau, die ebensoviel Koketterie aber bey weitem weniger Geist hatte. Auf sie beziehen sich die vier Elegien, von welchen die erste anfängt: »Liebchen, o komm zum ländlichen Fest, das ich heute bereitet.« Sie war würklich ausschweifend gefallsüchtig, herrschbegierig und launisch und ich trieb bloß mein Spiel mit ihr, um sie dafür zu strafen. Noch immer erinnere ich mich mit Vergnügen der Abschiedsszene, bey der ich ihr das »Lebewohl« (unter den »Vermischten Gedichten«) zuspielte, und dann ihren Mann, der ebenso unerträglich als unnöthig eifersüchtig war, und der mich tödtlich haßte, mit Gewalt eine Umarmung und einige sehr zärtliche Küße aufdrang, obgleich er sich in den äußersten Winkel der Laube, worin wir uns befanden, zurückzog, wo er mir denn endlich nicht mehr ausweichen konnte. Gleich darauf folgte das Abentheuer mit dem wunderbaren Brockenmädchen, für welche die vier Elegien geschrieben wurden, von welchen die erste anfängt: »Tauche hervor aus dem dichten Gewölk, bleichschimmerndes Mondlicht.« Die acht Tage, die ich bey ihr zubrachte, machten einen tiefen Eindruck auf mein Gemüth und erweckten wieder den ersten Funken des tiefern und wahren Gefühls, dessen ich mich so lange geschämt hatte. Doch war diese moralische Erschütterung noch nicht stark genug, meine Eitelkeit und die Koketterie, die durch lange Gewohnheit mir fast zur anderen Natur geworden war, ganz zu vertilgen und beyde Verkehrtheiten meines Geistes erhielten nur um so stärkere Nahrung, als ich bey meinem nächsten Aufenthalt in Celle die Witzendorf unter ganz anderen Verhältnißen wiedersah.

[…]

Seit dem Tode ihres Vaters hielt sie sich in Hamburg auf und ich hatte nur selten Nachrichten von ihr erhalten. Als ich aber Michaelis 1810 nach Celle kam, hörte ich zu meinem großen Vergnügen, sie werde uns auf ein Vierteljahr besuchen. Sie kam und ich merkte anfangs keine Veränderung an ihr. Aber sie war doch schon seit einiger Zeit mit Godeffroy versprochen und verschwieg es mir. Weil unsere Zimmer an einander stießen, benutzte sie das meinige, wenn ich nicht darin war, und hielt sich oft dort auf, wenn sie ungestöhrter seyn wollte. Einst war ich auf einen Tag ausgeritten. Als ich zurückkam, fand ich, daß Jemand Briefe bey mir geschrieben haben müße, denn auf dem Tisch lagen Papierschnitzel und zerrißene Stückchen von angefangenen Briefen umher. Unter anderen fand ich aber auch einen fast vollendeten an Godeffroy in den zärtlichsten Ausdrücken, worauf mir das ganze Verhältniß klar wurde. Es ärgerte mich, daß sie mir ein Geheimniß daraus gemacht hatte, und ich beschloß, mich zu rächen. Kaum hatte ich meinen Plan etwas entworfen, als sie hereintrat, sehr verlegen, als sie mich fand. Sie ging in der Stube auf und nieder, und sagte endlich: Haben Sie nicht ein Papier gefunden, das ich eben hier liegen ließ? Wir räumten den Tisch auf, aber es fand sich natürlich nicht. Ah, sagte ich jetzt, eben fällt mir ein, daß ich in diesem Augenblick dem Hofrath Jakobi eine Spielschuld von gestern Abend geschickt habe. Ich fand unter diesen Papieren ein größeres Stück, und weil ich es für unnütz hielt, wickelte ich das Geld hinein. So quälte ich sie noch eine Weile; endlich sagte ich: Sie haben Unrecht gethan, mir nicht zu vertrauen. Hier ist Ihr Brief; ich könnte ein Lösegeld dafür fordern, aber ich habe meinen Eigennutz abgelegt. Jetzt, da Sie mir das nicht mehr seyn können, was sie mir sonst waren, sind Sie mir mehr als je geworden. Mit diesen Worten verließ ich sie und spielte von der Zeit ab den geistigen und exzentrisch schwärmenden Liebhaber mit solchem Glück, daß ich sie wirklich täuschte. Zuerst wurden damahls die beyden Gedichte gemacht, die die Aufschrift »Abschied« führen; dann folgten die Sonette, von welchen ich aber die wenigsten in meine Sammlung aufgenommen habe. Ich muß aufrichtig gestehen, daß jene studirte Verstellung doch meinem Charakter Vortheil gebracht habe; denn obgleich ich alles als ein listiges Spiel betrieb, so kamen mir doch, gerade bey der Besonnenheit und dem Eifer, womit ich meine Rolle recht natürlich darzustellen suchte, manche Gedanken, welche ich früher immer verläugnet hatte, die mich aber jetzt ihrer Neuheit wegen festhielten und endlich zu Gefühlen wurden. Ich fing an zu ahnden, daß es doch eine höhere Liebe geben könne, als die, welche ich bisher gekannt hatte, und daß Vieles, was ich jetzt nur gleichsam als spöttische Parodie anwandte, tiefe Wahrheit enthalte. Nur sah ich natürlich, daß sich alles das durchaus nicht auf die Frau anwenden laße, auf die ich es jetzt bezog. Damahls begannen sich jene Gefühle in mir zu entwickeln, womit ich später Cecilien und Sie liebte, und mein ganzer Charakter würde sich schon damahls geändert haben, wenn ich einen Gegenstand gefunden hätte, der dieser Gefühle werth gewesen wäre. Es gelang mir wirklich, mein soidisant Ideal zu überlisten, es schmeichelte ihrer Eitelkeit, vielleicht die Laura eines neuen Petrarch zu werden, und sie vergönnte mir aus Dankbarkeit manches, welches eigentlich mit meiner Rolle nicht vereinbar war. So lebten wir bis zu ihrer Hochzeit, zu welcher ich meine kleine Rache verschoben hatte. Noch am Morgen dieses Tages erhielt sie das Sonett: »Die Sehnsucht klagt, von düsterm Flor umwunden.«

Sie mußte mich also ganz unverändert glauben. Sobald die Trauung vorüber war, ging ich zu ihr und flüsterte ihr ins Ohr: Sie sind jetzt glücklich; befördern Sie nun auch das Glück Ihres Freundes. Ich liebe Helene Jungblut bis zum Wahnsinn; wollen Sie nicht ein gutes Wort für mich einlegen? – Diese Helene war ein sehr schönes Mädchen und damahls die Braut meines besten Freundes. Meine enttäuschte Laura war anfangs versteinert. Sey'n Sie nicht ungerecht, sagte ich. Ich war Anfangs Ihr Schüler; sollte es aber den billigen Meister nicht freuen, wenn er sich von seinem Zögling übertroffen sieht? Jetzt lachte sie und sagte: Ich verzeihe Ihnen. Die Sonette bleiben doch mein, wenn sie auch nichts als Studien sind. Wir schieden als die besten Freunde von einander. Aber ich hatte doch nicht ganz die Unwahrheit gesagt, als ich von meiner Liebe zu Helenen sprach. Das reitzende Mädchen hatte mich an ihrem Hochzeitstage durch ihre Schönheit ganz bezaubert, und ein Kuß, den ich von ihr für ein Gedicht auf jenen Tag erhielt, berauschte mich völlig. Doch mein Freund war mir zu theuer und sie selbst hatte zu viel Reines und Jungfräuliches, als daß ich je einen unzarten Gedanken in ihr hätte wecken sollen. Für sie wurde die Romanze gemacht, die Wening komponirt hat, und die dritte und vierte Epistel, obgleich diese äußerlich an meinen Freund gerichtet sind. Diesem gestand ich selbst meine Neigung zu seiner Frau, und da er mich sehr genau kannte, und wußte, daß er von meiner Liebe nichts zu fürchten habe, ließ er mir recht gern die Puppe, mit welcher ich spielte. Jetzt reiste ich wieder nach Göttingen. Schon seit längerer Zeit hatte ich mich hier von allen geräuschvollen Verhältnißen entfernt und war außerordentlich fleißig gewesen. Auch diesen Winter und die erste Hälfte des folgenden Sommers nahmen mich meine Arbeiten so gänzlich in Besitz, daß nicht viele andere Gedanken in mir aufkommen konnten. In den Gesellschaften, wo ich bekannt war, galt ich für einen boshaften Sonderling, weil ich gern Jeden persiflirte. Doch fällt in jene Zeit meine intime Freundschaft mit Minna Schlegel, welche durch bloßes Mitleid und durch mein Bedürfniß, mit Frauenzimmern in genaueren Verbindungen zu stehen, veranlaßt wurde. Ihr zu Ehren machte ich die erste und die fünfte Epistel. Im Julius hatte ich meine Arbeiten vollendet und das herrliche Gefühl der Freyheit regte meine Lebensgeister mehr als jemahls auf. Am 20. Julius reiste ich nach Eilsen, um dort die arme Minna, so viel an mir läge, zu versorgen. Von da ging ich nach Celle in der Absicht, nur 14 Tage dort zu bleiben; aber ich kam erst am Ende des Oktobers zurück. Das Verhältniß, was mich dort so lange zurückhielt, ist vielleicht das, worüber ich mir die meisten Vorwürfe zu machen habe, wenn auch wiederum sehr viele Milderungsgründe für mich vorhanden sind.

[…]

Ich hatte schon eine zeitlang in Celle zugebracht. Ich langweilte mich und hatte schon beschloßen, nach Göttingen zurückzukehren, als ein einziger Abend zugleich mir auf den schönsten Roman Hoffnung machte und mich ihn anknüpfen und schon ziemlich weit fortspinnen ließ. Ich war ganz allein auf's Land gegangen, nach dem reitzenden Lachtehausen. Kurz nach mir kam eine andre mir bekannte Gesellschaft, unter welcher ich indeß eine Dame bemerkte, die ich früher nie gesehen hatte. Ich hörte, sie sey eine Frau von Pentz, eine Fremde, die seit einigen Tagen bey ihren hiesigen Verwandten zum Besuch sey. Ihr Mann war früher Kammerherr am Wirtembergischen Hofe gewesen und nachher Kommandeur eines westfälischen Husarenregiments geworden und sie wohnte deßhalb, weil sie ihren Mann nicht überall hinbegleiten konnte, bald hier bald dort, wo es ihr grade gefiel. Ich setzte mich zu der Gesellschaft und beobachtete die neue Erscheinung. Sie war sehr schön gewachsen, hatte ein anziehendes Gesicht mit feinen Zügen, aber eine Mine à la Ninon l'Enclos und eine große Ungezwungenheit in ihrem ganzen Betragen. In der ersten Viertelstunde merkte ich, daß sie gern glänze, und da diese Neigung auch mein Fehler war, dachte ich, wir würden recht gut zusammen paßen. Auch mußte ich sie nach ihrem Benehmen für eine vollkommene Kokette halten und ich hatte mir nie ein Gewißen daraus gemacht, mit solchen Weibern zu spielen. Um sie aufmerksam auf mich zu machen, fing ich an über Alles zu spotten und zu witzeln, mit den übrigen Damen zu kokettiren aber sie doch mit einer gewißen höflichen Geringschätzung zu behandeln; das sicherste Mittel, solche Weiber anzuziehen. So entspann sich unsere Unterhaltung. Wir kamen erst nach neun Uhr nach Celle zurück. Dort hörten wir, es sei eine Illuminazion auf einem großen öffentlichen Garten; und wir beschloßen Alle noch hinauszugehen und dort zu Abend zu eßen. Die fremde Dame war mein Gast. Ich bot alles Mögliche auf, ihr Intereße für mich einzuflößen und es gelang mir. Als wir um 1 Uhr fortgehen wollten, sahen wir, daß das übrige Volk sich verlaufen hatte und nur die Musikanten zurückgeblieben waren. Es wurde in der Eile ein Ball arrangirt und wir tanzten bis sechs Uhr des Morgens. Während dieser Nacht, worauf sich die 32. Elegie bezieht, hatte ich schon genug gewonnen, um auf einen vollkommenen Roman hoffen zu können, und ich beschloß solange in Celle zu bleiben, bis er geendigt sey. Am andern Morgen machte ich ihr meine Visite, fand mich am folgenden Tag wieder auf einer Landparthie mit ihr zusammen, und konnte es schon wagen, ihr das Gedicht: Die Macht der Blicke, das sich auf eine frühere Unterredung bezog, zuzuspielen. Ihre Antwort, die auch in Versen war, war gar nicht dazu gemacht, meine Hoffnungen niederzuschlagen. Jetzt folgten Parthien auf Parthien, ich arrangirte ihr zu Ehren mehrere Bälle und man sah mich fast nirgends als an ihrer Seite. Fast alle Tage erhielt sie ein kleines unbedeutendes Gedicht, von welchen keins gedruckt werden wird, die ihr aber sehr vorzüglich schienen, weil sie sich auf sie bezogen. Sie kapitulirte in Prosa und Versen und wollte mir durchaus ihre Freundschaft für ihre Liebe geben; aber sie vertheidigte ihre gute Sache schlechter als ich meine schlechte. Auch verlangte ich ihre Freundschaft gar nicht, weil ich nur auf bunte Abentheuer ausging und kein friedliches Gefühl bey mir beherbergen wollte. Nie habe ich eine geräuschvollere und betäubendere Zeit verlebt als damahls. Vorzüglich gab uns auch das Schauspiel, das damahls auf einige Monate in Celle war, Gelegenheit, unser Verhältniß fortzuspinnen. Ich befand mich alle Abend in ihrer Loge. Endlich an ihrem Geburtstage, den 7. October, auf welchen sich das kleine Gedicht: Minnedienst bezieht, lößte sich der Knoten. Trotz des stürmischen und naßen Wetters waren wir auf's Land gefahren, kehrten aber, weil wir dort kein gehöriges Souper fanden, am Abend nach Celle zurück, um auf einem Garten vor der Stadt zu eßen. Unterwegs erhielt ich das Geständniß ihrer Liebe und einen Ring, den ich jetzt nicht mehr trage, […]. Sie hatte aber im ganzen Lauf dieses Verhältnißes zu wenig Zurückhaltung und zu viel Erfahrung gezeigt, als daß sie einen Eindruck auf mein Herz hätte machen können. Ich liebte sie eigentlich nie und behandelte sie als Kokette: aber ich fand jetzt, daß ich mich in dieser letzteren Rücksicht in ihr geirrt hatte. Sie fühlte tiefer oder war eigentlich schwächer als ich früher glaubte, und war nur kokett, weil es zum guten Ton gehörte. Jetzt verbot mir mein beßeres Gefühl, auf eine rasche Art mit ihr zu brechen. Ich blieb noch acht Tage in Celle, die letzte Zeit heimlich, weil ich wegen Verhältniße vor den Augen der Welt schon einige Tage früher fortgereist war. Wir verabredeten einen Briefwechsel mit einander und ich kehrte nach Göttingen zurück. Als ich am Abend meiner ersten Tagereise in Hannover ankam, überdachte ich diese ganze Verbindung und erhielt, als ich allen Motiven meines Betragens nachforschte, kein sehr tröstliches Bild von mir selbst. Mein Leichtsinn, meine Eitelkeit, mein Egoismus stellten sich mir ganz deutlich vor Augen und ich schämte mich meiner selbst. Ich beschloß alles anzuwenden, um meine beßern Gefühle wieder hervorzurufen. Auch fühlte ich jetzt zum ersten Mahle klar, daß ich wirklich mehr sein könne, als ich bisher gewesen war, und daß ich seit vielen Jahren durchaus meinen eigentlichen Charakter verläugnet habe. Es wäre unzart gewesen, wenn ich jetzt dieser Frau ihren Irrthum auf einmahl hätte benehmen wollen. Ich nahm mir vor, den Briefwechsel fleißig mit ihr fortzusetzen und allmählig Liebe in Freundschaft zu verwandeln. Dieses ist mir jetzt ziemlich geglückt. Wir schreiben einander jetzt nur sehr selten und sie hat sich freywillig zurückgezogen. Sie ist jetzt in Cassel und ich habe sie seit unserer Trennung nur zweymahl in Göttingen wiedergesehen. Ich werde Ihnen die Briefe zeigen die ich an sie geschrieben habe, und Sie werden mein späteres Betragen nicht ganz tadeln können.

[…]

Brief an Friedrich von Bülow

Göttingen am 14ten Febr. 1807

Wie sehr erstaunte ich, mein theurer Fritz, als ich Deinen letzten Brief erhielt. Also wäre es möglich, daß Du den meinigen nicht erhalten hattest? Schon sind es acht Wochen her, daß ich Dir auf Deinen lieben Brief vom 20ten November antwortete und ich sah mit Ungeduld einigen Zeilen von Dir

Du Inniggeliebter, entgegen. Die Kriegsunruhen mögen wohl vorzüglich den Verlust meines Briefes verursacht haben und in der That, es ist mir sehr unangenehm, daß Du ihn nicht erhalten hast. Denn wenn er auch nichts enthielt, das nicht jeder hätte lesen können, so zeigt man doch die Ergießungen seines Herzens nicht gerne vor Jedermann und was mich am meisten schmerzt, ist, daß diese unangenehme Unterbrechung unseres Briefwechsels, Dir eine falsche Vorstellung von meiner so treuen Freundschaft geben konnte. Doch will ich von dieser verdrießlichen Sache nicht weiter sprechen. O Du kannst versichert seyn, daß Dir meine innige Liebe immer bleiben wird, daß ich Dir für Deine Freundschaft nie genug danken können werde.

Am 16ten

Ich wurde vorgestern unterbrochen und will meinen Brief also heute weiter fortsetzen.

Mein Aufenthalt hier in Göttingen ist mir bisher noch immer sehr angenehm gewesen. Ich bin hier von nichts abhängig und schon dieses schöne Gefühl der Freyheit macht mich noch einmal so heiter. Meine Tage fließen sehr ruhig und zugleich sehr geräuschvoll dahin. Den ganzen Morgen, wo ich keine Collegia habe, arbeite ich, oder beschäftige mich mit den Musen, um 12 Uhr wird gegessen, um 1 Uhr geht es auf die Bibliothek, welche des Mittwochs und Sonnabends von 2 – 4 die anderen Tage aber von 1 – 2 auf steht. Diese Zeit macht meine seeligsten Stunden aus, denn es liegt wirklich etwas wohltätiges in dem Gedanken in einer so unermeßlichen Fülle von Kenntnissen schwelgen zu können. Mit ist die Bibliothek besonders deswegen sehr nützlich, weil ich mir die Erlaubnis ausgewirkt habe, zu jeder Stunde, wo die Bibliothekare da sind, hineinzugehen und mir selbst die Bücher herauszunehmen, da man sie sich sonst immer geben lassen muß und auch nicht auf die Leitern steigen darf, wobey man dann außerordentlich verliert. Mein Hauptstudium ist jetzt auf die Englische und Französische Sprache gerichtet. Von der ersteren lese ich die classischen Dichter und vorzüglich sind Shakespeare und Spenzer meine Lieblinge. Von dem ersteren habe ich diesen Winter einige Bände durchgelesen und bey dem letzteren stehe ich noch jetzt. Er ist einer der Dichter die mich am meisten interessieren und obgleich er einer der ältesten ist und seine Lektüre viele Schwierigkeiten hat, so unterhält er mich doch auf das angenehmste. Mein Hauptwerk ist the Fairy Queen, ein großes allegorisches Gedicht in acht Büchern, wovon jedes zwölf Gesänge enthält. Wenn man auch die allegorische Deutung wegnimmt, so ist doch die Dikzion, die Fantasie und die Dichtung so unübertrefflich, daß man garnicht aufhören kann es zu bewundern.

Von den Franzosen lese ich jetzt die ältesten Romane, woraus vorzüglich die neuern romantischen Epopeendichter geschöpft haben, und wovon es in der Bibliothek eine vortreffliche Sammlung giebt. Der Amadis de Gaula, die Chevaliers de la table ronde, der Palmerin d'Oliva, Gyron le courtois, woraus Wieland seinen vor trefflichen Geron des Adelig gemacht hat und die Prophecies de Merlin welche Friedrich Schlegel unter dem Titel Geschichte des Zauberer Merlin umgearbeitet hat, sind diesen Winter meine Beschäftigung gewesen. Mein Hauptstudium aber geht auf die Provenzalischen Dichter und ich habe es in der Lektüre schon weit gebracht, daß ich fast alles ohne Anstoß lesen kann. Übrigens lese ich auch alles, was die schöne Litteratur Neues darbietet. Außerordentlich hat mich ein Gedicht entzückt, welches Du vielleicht schon kennen wirst. Es sind die Söhne des Thales, von Werner, dem Verfasser der Weihe der Kraft. Es enthält eigentlich die Geschichte der Tempelherrn und den Anfang des daraus entstandenen Freymaurerordens. Es ist in der That ein Werk des Genies und wenn Du es noch nicht gelesen hast so suche es doch bald als möglich zu bekommen, es wird Dir gewiß vielen Genuß gewähren.

Am 18ten

Da ich dieses halbe Jahr sehr viele Mußestunden habe, kann ich meine Lieblingsstudien mit vieler Gründlichkeit treiben. Ich studiere vorzüglich die Litteraturgeschichte, wozu mir die Bibliothek die vortrefflichsten Quellen liefert. Diese angenehme und durchaus nützliche Wissenschaft, wird hier so vernachlässigt, daß fast nie ein Kollegium darüber zu Stande kömmt. Wenn ich noch meinen Vorsatz Professor zu werden ausführe, werde ich es mir zum Hauptentzwecke machen darüber zu lesen, denn nichts giebt anschaulichere Begriffe von einer Wissenschaft als die Geschichte derselben, wie unser Rektor Grünebusch immer sagte.

Bekanntschaften hab ich ziemlich viele gemacht und unter denselben einige ganz interessante. Der Umgang mit dem ältesten Spiel, unsern ehemaligen Mitschüler, dem man wahrlich seinen ästhetischen Geschmack nicht ansehen sollte, macht eine meiner schönsten Freuden aus. Er besitzt natürlich viel Cultur und hat sich nicht ganz unglücklich in der voßischen Manier versucht, doch glaube ich nicht daß er zum Dichter gebohren ist, welcher freylich überhaupt eine große Seltenheit seyn mag.

Auch habe ich mit einem gewissen Crome Bekanntschaft gemacht, der schon jetzt als Student, sehr gepriesene botanische Werke herausgegeben hat und ein liebenswürdiger Dichter ist. Wir denken Ostern einen ästhetischen Clubb zu errichten und würden uns Glück wünschen, wenn wir an Dir ein so geistreiches und liebenswürdiges Mitglied erhalten könnten. Meinen schönsten Genuß aber gewährt mir der Umgang mit dem vortrefflichen Hofrath Bouterweck, den Du gewiß aus seinen Schriften kennen wirst. Ich höre bey diesem geschmackvollen Manne ein praktisches Kollegium über den Styl und da meine Arbeiten, trotz ihrer geringen Bedeutung das Glück hatten ihm zu gefallen, war er so gütig mich zu sich einzuladen. Ich fand eine ganz allerliebste Gesellschaft, von den schönsten und geistreichsten Damen von Göttingen und verlebte den Abend sehr angenehm. Seit dieser Zeit hat er mir die Erlaubniß ertheilt ihn oft zu besuchen und mich um einige meiner Gedichte gebeten. Dieser ist mir darum noch desto lieber, weil ich an ihm einen strengen und gerechten Richter habe.

Um einst in meinem Beruf etwas leisten zu können, lerne ich jetzt auch Italienisch und Spanisch. Welch ein entzückender Gedanke, den Tasso, Ariost und Cervantes in der Ursprache lesen zu können, denn ich kann mir nicht vorstellen, daß ein Werk des Genies so übersetzt werden könne ohne daß der Leser, welcher der fremden Sprache nicht mächtig ist, außerordentlich verliere.

Wenn ich des Tages so mit wahrem Vergnügen gearbeitet, erwartet am Abend eine Erholung meiner. Mein Bruder, seine Bekannten, worunter es einige ganz interessante Menschen giebt, und ich, haben eine Gesellschaft aus sechs Mitgliedern bestehend, errichtet, welche alle Tage von 8 – 11 Uhr dauert. Da wird also getrunken, geraucht, von den Vorfällen des Tages gesprochen und manche Materie abgehandelt. Das Anziehende dieser Gesellschaft liegt vorzüglich darin, daß jedes Mitglied seinen besonderen Charakter, und also von jeder Idee eine andere Ansicht hat. Diese Mischung giebt oft zu den unterhaltendsten Scenen Anlaß.

Auch kleine Spaziergänge in die benachbarte Gegend sind nicht selten und gewähren oft die herrlichste Unterhaltung, da sie nicht selten mit unterhaltenden Abenteuern verbunden sind. Du fragst mich über meinen Aufenthalt in Rotenkirchen? O lieber Fritz, wenn ich Dir alles davon erzählte was ich wollte, so würde mein ganzer Brief davon voll seyn und Du würdest doch weiter nichts erhalten, als die langausgedehnte Erzählung einer Sache, welche ein Mensch der dabey nicht interessiert wäre, in zwey Zeilen hätte sagen können. Ich habe fast einen ganzen glücklichen Tag bey der Theuren verlebt, ich fühlte mich unaussprechlich seelig und dennoch dank sey der Filosofie des guten Wieland, war mir der Abschied nicht sehr schmerzlich. Eine seltsame Mischung von Schwärmerey und Kälte in meinem Charakter macht mich zum glücklichsten Menschen. Ich habe es weit in dieser Kunst gebracht, mich da nicht zu betrüben, wo ich die Unmöglichkeit sehe, das Gewünschte zu erreichen. Ich genieße die Gegenwart mit Enthousiasmus, jedoch wenn der Genuß erfliegt, betrübe ich mich nicht unnützerweise, sondern suche so bald als möglich einen andern zu erforschen. »Freude ist der letzte Wunsch aller empfindenen Wesen« sagt mein Wieland, warum sollte ich also diesem süßen Triebe nicht folgen. Es heißt Marianne werde sich bald verheyrathen. Ich freue mich herzlich darüber und wünsche ihr das ganze Glück, das sie verdient und verheyrathet wird sie mir noch eben so theuer seyn als jetzt, aber das wird mich doch nicht hindern, an jedes hübsche Mädchen, das mich interessiert, mich anzuschließen. Ich suche nur den Genuß des Augenblicks und ich glaube ich könnte zwölf Geliebte haben, ohne die Eine weniger, als die Andere zu lieben. Wenn gröbere Sinnlichkeit mein Entzweck wäre, so würde diese Denkart wohl ein wenig tadelhafter seyn aber mein größter Genuß liegt in der Fantasie, in der Hoffnung und Erinnerung und dieses sind doch wohl ganz unschuldige Freuden.

Du erhältst hiebey ein kleines Gedicht, *meine Lebensfilosofie* überschrieben, welches Dir diese Grundsätze in ein helleres Licht setzen wird, auch lege ich eine kleine poetische Erzählung, in der Manier der Grazien bey, welches die Entstehung des Liebesromans enthält. Es ist eine Kleinigkeit, die in einer einzigen Stunde entstand.

Deine Ode auf den Tod des Prinzen Louis hat mir sehr gefallen. Es herrscht viel lyrischer Schwung darin und Du kannst mir kein größeres Vergnügen machen, als wenn Du mir noch mehrere von den Geburten Deines Geistes schicken wolltest.

Wenn Ihr im März nicht nach Berlin ginget, so hätte ich ein herrliches Projekt zu einem kleinen Rendezvous. Ich werde Ostern, ungefähr in der Mitte des Märzes nach Zelle kommen, und welch eine Wonne, wenn wir in Ebsdorf zusammentreffen könnten und dort noch einmal einige glückliche Stunden in den Armen der Freundschaft verlebten. Wenn Ihr in Lüneburg bleiben wolltet, so schreibe es mir doch sobald als möglich, damit wir dann das Nähere ausmachen können.

Olbers schreibt mir noch oft und vergißt nie, in solchen Briefen sich Deiner zu erinnern.

Doch ich sehe, ich habe schon ein ziemliches Paquet zusammengeschrieben, ich muß also wohl schließen.

Leb wohl Du Theurer, schreib bald an mich und empfiehl mich allen den Deinigen.

Ewig Dein E Schulze

Brief an Friedrich von Bülow

Göttingen am 29sten Oktober 1807

Ich habe meinen Brief an Dich schon abgeschickt, lieber Fritz, aber ich kann nicht umhin, ich muß mich noch etwas mit Dir beschäftigen. Die Schuld meines langen Stillschweigens ist zu groß, ich habe Dir kaum daran die Zinsen bezahlt. O mein Freund, so oft ich Deine Briefe durchlese, und Dein treues liebevolles Herz in jeder Zeile erblicke, drum seufze ich, kann mir denn keiner meiner hiesigen Bekannten Dich in etwas ersetzen? Aber bis jetzt habe ich noch nicht das Glück gehabt einen solchen zu finden. Es gibt recht gute Menschen hier, recht interessante Menschen, aber einen anzutrefen, an dessen Herz sich das meinige so eng anschlöße als an das Deinige, der mich mit einer so liebevollen Zärtlichkeit umfinge wie Du, ich glaube das ist eine Unmöglichkeit. Doch im Ernst wünsche ich auch nicht einmahl einen solchen zu finden, denn ich würde mir ein Gewissen daraus machen, Dir nur den kleinsten Theil der Liebe, welche ich Dir schuldig bin, an vertrauen. Wie wahr ist der Ausspruch so vieler geistreicher Männer, daß eine Freundschaft, von Kindheit an gewährt, weit fester und unzertrennlicher wäre, als die, welche später geschlossen würde. Ach warum kann ich nicht bey Dir sein. Doch was geschehen ist, ist nicht zu ändern, was hilft es, sich Kummer darüber zu machen, sagt meine Filosopie, ich muß mich also an dem Vergnügen befriedigen welches uns unsere schriftliche Unterhaltung giebt.

Ich denke diesen Winter hier ganz regsahm zuzubringen. Meine Finanzen, mit welchen ich mich etwas broullirt[?] hatte, sind jetzt wieder in Ordnung, ich wohne in einem Hause welche meine besten Bekannten mit mir theilen und ich habe nur sehr wenige Collegien belegt um desto besser den Musen und der Dea litteraria, wenn es anders eine solche giebt, opfern zu können. In der That, das Studium der Litteraturgeschichte unterhält mich außerordentlich, und obgleich der Anfang wenigstens für manchen etwas sehr trockenes ist, so hat es für mich doch ganz eigene Reitze. Das Aufsuchen der ältesten Denkmahle der Buchdruckerkunst und der seltensten Schriften, die Übersicht der allgemeinen Fortschritte der ganzen Litteratur, die Biografien der Gelehrten, ihre oft sonderbaren Schicksale und die beynahe unübersteiglichen Hinderniße, durch welche sie sich, von Muth und Ernst zur Vervollkommnung beseelt, haben durchwinden müßen, machen mir großes Vergnügen, und mancher gute Fund, welchen ich zuweilen schau, feuert mich immer mehr an. So kam ich gestern zufällig in eine Aukzion, welche hier im Hause gehalten wird, und hörte daß 2 Konvoluten kleiner Schriften verkauft werden sollten, auf welche erst 3 ggl geboten war. Ich bot aus Neugierde 4 ggl und erhielt sie dafür. Als ich meine Beute betrachtete, fand ich unter vielen schlechten und einigen guten Sachen, ein äthiopisches Lexikon, ein äußerst seltenes und einziges Werk, welches auf Auktionen für 4 Louidor und mehr verkauft wird. Meine Freude kannst Du Dir vorstellen. So habe ich auch unter andern Werken eine alte Originalausgabe des Reineke de Voß, Rollenhagens Froschmäuseler, Philander von Sittwalds Gesichte und die erste Ausgabe des Codex Justiniani, welche ich der Bibliothek zum Geschenk bestimme, für einen sehr niedrigen Preis erhalten. Ein solcher unverhoffter Fund macht mir mehr Vergnügen, als wenn mir das schönste Buch geschenkt wird.

Am 31sten Oktbr.

Ich bin jetzt auf einmahl in eine große Menge von Geschäften gerathen. Ich habe jetzt satt genug, fünf Kollegien und zu dem einen bin ich ganz sonderbar gekommen. Ich ging nach Bouterwek um Logik zu belegen. Als er mir einen Platz gab, sagte er mir, wenn ich Zeit und Lust hätte Ästhetik zu hören, so würde er sich ein Vergnügen durchaus machen mir einen Platz zum freundschaftlichen Andenken zu schenken. Schon lange hatte ich gewünscht Ästhetik zu hören, aber da sie 2 Louisdor kostet und ich immer genug andere Kollegien zu belegen hatte, war es bisher immer unterblieben. Meine Stunden liegen zwar sehr schlecht, aber die Ästhetik, welches die letzte ist, tröstet mich immer für die überstandene Mühe und giebt mir neue Kräfte. Um Dir zu beweisen, daß ich doch nicht ganz von der Theologie gewichen bin, will ich Dir meine Collegien aufzählen. Des Morgens von 9-10 höre ich Griechsche Exegese, bey dem Hofrath Eichhorn, welche mich in der That mehr unterhält als ich glaubte. Ich muß immer Eichhorns seltenen Scharfsinn und seine große Gelehrsamkeit und Belesenheit bewundern. Von 10-11 habe ich Hebräisches Fundamentale, welches ich freylich nicht im mindesten interessant nennen kann. Von 2-3 des Nachmittags höre ich Logik und von 5-6 Ästhetik bey Bouterwek, welches beydes ganz vortreflich ist. Von 6-7 lese ich mit einem meiner hiesigen Bekannten die Odysee; dieses kann ich freylich kein Kollegium nennen, aber es nimmt mir immer die ganze Stunde weg, so daß mir nur sehr wenige Zeit zum Studiren übrig bleibt. Ich dachte meine Psyche diesen Winter zu vollenden um sie vielleicht Ostern herauszugeben, aber daraus kann jetzt wohl nichts werden, denn nur selten kann ich einige verstohlene Stunden mit den Musen genießen. Doch so geht es mit den heimlichen Liebschaften immer, das harte Joch der gesetzmäßigen Ehe zwingt uns, ihnen entweder ganz zu entsagen oder läßt uns wenigstens nur sehr wenige Augenblicke aus ihren eisernen Armen, um unsere Geliebten zu besuchen. Doch solche kurzen verstohlenen Umarmungen sind auch immer desto feuriger und gewähren mehr Genuß. Freylich wenn wir noch im Alterthum lebten, wo man so wenig Bedürfnisse des Lebens empfand und sein Daseyn fristen konnte, ohne ein sogenanntes gelehrtes Handwerk zu ergreifen da würde es anders stehen; aber ich bin nun einmahl zum Schwärmer verdorben. Ich glaube, auch in unserer Zeit ist recht gut seyn und ich würde mit ein wenig gefallen den Menschenverstand lieber aus seidene Polstern bey einem wohlspendenden Mahle liegen, als mit der schulgerechtesten Filosofie in Diogenes Tonne bey einem Stücke Broth. Man findet überhaupt daß ein hungriger Filosof ein menschenfreundliches Geschöpf ist auch gewiß nur sehr wenige Ausnahmen zeugen für das Gegentheil.

Wie steht es denn jetzt mit dem Geschmacke in Berlin? Ist noch immer jene wahnsinnige, übermüthige, fantastische Dichterschule an der Tagesordnung welche von den Schlegels und Tieck angeführt wird. O wenn doch eynmal ein Mann von Gewicht beym Publicum, aufkäm um diese neidische Schlange, welche an den Nerven der deutschen Sprache und Poesie nagt, zu vernichten. Wenn doch Göthe, der einzige, der noch viel über das deutsche Publikum vermag, diese seine elenden Vergötterer derer er sich schämen muß, durch eine, seiner berühmten Persiflage Götter Helden und Wieland, ähnliche aber besser angewandte Satire vom Helikon verscheuchte. Mein geringes Talent wird zwar wenig nutzen, aber ich habe es mir zur Pflicht gemacht mit diesem Ungeheuer so lange zu kämpfen, bis es unterliege. Hast Du Werners Söhne des Thals aus seinen übrigen Schriften gelesen? Der gute Mann ist auch ziemlich von dieser Sekte angesteckt. Es ist wahrhaftig schade daß er die vielen Talente, welche er zu besitzen scheint, durch einen so ekelhaften, langweiligen Mystizismus herabwürdigt. Er hascht wahrhaftig ordentlich nach der Unverständlichkeit, und glaubt das Ideal erreicht zu haben, wenn er nur seinen leeren Geist in die Luft gethan hat. Ich schrecke zuweilen, wenn ich den ungeheurn Unsinn, der oft in seinen und andern Schriften herrscht, lese und ich bin versehens daß diese verwünschte Schule, schon manchen um seinen gesunden Verstand gebracht hat.

Verzeihe mir diese Expektoration, mein Theurer, es ist mir unmöglich an mich zu halten, wenn ich daran denke. Ich muß meinen Brief schließen. Lebe wohl mein theurer

Ewig Dein E Schulze

Brief an Friedrich von Bülow

Göttingen, am 23ten Jul. 1808

Weil ich gerade Zeit habe und es mir immer eine der angenehmsten Beschäftigungen ist, mich mit Dir, mein theuerster Freund, zu unterhalten, ergreife ich die Feder um Dir zu schreiben. O wie unaussprechlich lang wird mir stets auch die kürzeste Zeit, da ich Antwort von Dir erhalte, und wie ganz anders wäre es doch, wenn wir selbst bey einander leben und uns mündlich unsre Gedanken mitheilen könnten. Doch stille davon, es werden ja doch nur stets mia vota [meine Wünsche] bleiben.

Wie geht es Dir denn in Deinem Berlin, mein Lieber. Ich erhalte in Deinen Briefen immer nur so spärliche Nachrichten von Dir selbst, welche mich doch mehr als alles übrige interessieren. Nenne es immerhin Unbescheidenheit, wenn ich in meinen Briefen so oft und so viel von mir, meinen Beschäftigungen und Angelegenheiten spreche, ich messe meine Freunde nach dem Maasstabe meines eigenen Ich und unterhalte sie deswegen so oft von mir, weil ich mich so gerne von ihnen unterhalten lasse. Die Nachrichten von ihren Beschäftigungen und ihrer Lebensweise sind die unsichtbaren Brücken, welche mich aus der Wirklichkeit in das Land der Fantasie herüberführen und in mir den Wahn erzeugen, als wäre ich bey ihnen, theilte alle ihre Freuden und mildere ihre unangenehmen Ereignisse durch zärtliches Mitgefühl. Wie oft, mein Theurer, bin ich auf diese Weise unsichtbar bey Dir gewesen. Ich habe Dich auf Deinen Spaziergängen begleitet, mit Dir manche Blume des Lebens gepflückt und manchen Dornenzweig, welcher Dich verletzen wollte, zurückgebogen. Dieses schöne Vermögen der Einbildungskraft ist gewiss eins der herrlichsten Güter des Geistes und einer der sichersten Beweise für seine Unbeschränktheit. Mögen nur die orthodoxen Theologen immer die Schwäche unsres Fassungsvermögens vorrücken, ich glaube, dass wir dazu geschaffen sind die schwersten Probleme unseres Daseins zu lösen. Freilich wird dieses erst nach langen Zeiten und nicht von einem Geiste, sondern von allen zusammengenommen geschehen können. Wozu hätten wir denn sonst so vieles entdeckt erfunden und aufgeklärt, weswegen rückten wir immer höher in der Kultur fort. Wenn wir nur bis zu einem gewissen Punkte des Erkennens gelangen sollten, wozu hätten wir dann dieses unbezwingliche Streben nach etwas Höherem, Größerem und Vollkommenen. Doch wie bin ich so plötzlich in diese Grübeleien gerathen, welche sich für einen freundschaftlichen Brief so wenig passen. Lass uns daher von etwas anderm reden.

Ist denn Euer Schicksal noch nicht bestimmt zu lieben? Habt Ihr Euch noch nicht entschlossen über die Universität, welche Ihr besuchen werdet? Ach wenn doch dieses Los auf Göttingen treffen könnte, wenn es auch nur auf kurze Zeit wäre. Ihr könnet wahrlich keine bessere Anstalt wählen, indem sie wirklich jetzt fast ebenso blühend ist, als irgend jemals. Der König ist sehr günstig für sie gestimmt und wendet nach Verhältnis seiner Kräfte wirklich außerordentlich viel an sie. Das Bibliotheksgebäude wird erweitert, wie es schon lange hat geschehen sollen und die angefangene neue Sternwarte vollendet. Freylich fallen bey der Bibliothek jetzt die vielen und beträchtlichen Geschenke aus England weg, und die grosse Summe, welche sonst für Bücher jährlich ausgegeben wurde, wird gewiss vermindert werden, doch ist das wenige, was der König schon jetzt für die Universität thut, für sein Vermögen sehr viel. Auch haben wir durch den Astronomen Gauss und den Juristen Göde, welcher die schöne Reise durch England und Irland geschrieben hat, einen ansehnlichen Zuwachs an berühmten Männern erhalten. Wenn nun auch gar, wie Gott verhüte, Friedrich Schlegel nach dem allgemeinen Gerüchte hierher kommen sollte, so wäre ja auch in der Ästhetik für alle Sekten gesorgt. Bouterwek sagte mir neulich, man spräche von seiner Hierherkunft und ob er gleich ganz gleichgültig dabey war, so glaube ich doch, dass es ihm keinen geringen Nachtheil verursachen würde. Er würde gewiss durch den Reitz der Neuheit und durch die vielen Anhänger, welche er hier noch immer hat, Bouterwek manchen Zuhörer entziehen. Sein Bruder, August Wilhelm, der sich von der Stael auf einige Zeit getrennt hatte, war neulich auch [hier], blieb jedoch nur so kurze Zeit, dass ich ihn, trotz meiner Neugierde, nicht mehr zu sehen bekommen konnte. Pufendorf, der mit ihm bey dem Postmeister v. Hinüber, in Gesellschaft gewesen ist, sagte mir, er sähe eher einem feinen Weltmann, als einem Schwärmer gleich. Dieses versicherte mir auch Bouterwek, der hier mit ihm studiert hat und behauptet, er sey ein kalter Weltmann von vielem Geschmack, der sich seine Schwärmerei ganz selbst geschaffen habe. Um so unbegreiflicher ist es, wie ein solcher Mann auf diese Abwege gerathen konnte, wenn man nicht annehmen will, er habe aus Ehrgeiz und Eitelkeit eine neue Schule stiften wollen.

Da wir gerade auf die Romantiker gekommen sind, so sage mir doch, hast Du den so sehr gerühmten und gepriesenen Roman Guido von einem Grafen Löben in Heidelberg, der sich unter dem abentheuerlichen Namen Isidorus Orientalis verkappt hat, gelesen. Ich war sehr neugierig auf das Werk, von welchem ich, noch ehe es herauskam, so viel gehört hatte und suchte ihn[!] daher mir gleich zu verschaffen. Aber wie ward ich betrogen, als ich ihn ganz in dem barokken Geschmack des Heinrich von Ofterdingen von Novalis, nur nicht mit dem Geiste, welchen man diesem Werk nicht absprechen kann, geschrieben fand. Da las ich von den tönenden Locken der Haste und andern dergleichen schönen Siebensachen, welche mich bald nöthigten das Buch aus der Hand zu legen. Auch Sonette und andre Romantischen Verslein waren nicht gespart, die aber alle ziemlich schlecht gerathen scheinen. Wie ist es möglich, daß ein Mensch der nur auf etwas Geschmack Anspruch machen will, ein solches Buch mit Vergnügen lesen kann. Da lobe ich mir den Hermann von Löbeneck, dessen genialischer Verfasser, ob er gleich auch einen freylich sehr schwachen Anflug von der neuen Schule hat, doch mit Freyheit des Geistes und in einer schönen h[?]enden Sprache das Herz zu rühren und zu erschüttern weiß. Er hat jetzt einen neuen Roman unter dem Titel Theodore von Manstein geschrieben, auf welchen ich sehr neugierig bin. Kannst Du mir nicht den Namen dieses originellen Schriftstellers sagen? Du hast in Berlin mehr Gelegenheit als ich, dergleichen Sachen zu erfahren. Du würdest mich sehr verbinden, wenn Du mir darüber Aufklärung verschaffen könntest.

Meine Beschäftigungen sind noch immer dieselben. Ich durchwandere das Gebiet der alten deutschen, französischen und englischen Litteratur. Vorzüglich beschäftigt mich die Untersuchung der deutschen Ästhetik und Prosa am Ende des 17ten und im Anfange des 18ten Jahrhunderts. Diese Zeiten sind so bar an erträglichen Produkten und die Geschmacklosigkeit derselben ist so ungeheuer, daß mir diese Arbeit wenig Vergnügen machen würde, wenn ich nicht von Zeit zu Zeit Gelegenheit hätte über die sonderbaren Erzeugnisse dieser Geschmacklosigkeit selbst recht herzlich zu lachen. Wer kann sich auch des Lachens enthalten, wenn z.b. Neukirchs Schäfergedicht an Silvia heißt und folgende Verse findet:

Ach stoltze Sylvia! Laß deinen zorn sich wenden,
Ich will Dir, wo du willst auch wohl geschencke senden.
Nicht etwa die der wald und unser garten trägt;
Nicht die das reife feld in unsre scheuren legt;

Nein: sondern neuen putz mit puder überschlagen,
So wie in der Stadt itztund die bürger-töchter tragen,
Und einen bunten korb, den neulich erst Serran
Mit großer kunst gemacht, Serran, der kluge mann.

Jetzt folgt eine lange und langweilige Auseinandersetzung der Verdienste des Herrn Servan, welche uns indeß nicht interessieren kann und darauf fährt der Poet fort:

Doch wo du hierdurch nicht zu bewegen bist;
So weiß ich ärmster nicht, was weiter übrig ist,
Als daß ich meinen rumpff an diesen eichbaum hencke.
Vielleicht liebst du mich todt, weil ich dich lebend kräncke.
Schreib aber auff mein grab nur noch zu guter nacht:
Allhier hat Sylvia den Thyrsis umgebracht.

Wenn es Dir Vergnügen macht, so vergleiche mit diesen letzten 6 Versen, Tibulls zweite Elegie im dritten Buche wo ungefähr der gleiche Gedankengang ist. Welch ein Unterschied!!!

Um dir einen Begriff von der Ästhetik der damaligen Zeiten, welche jedoch fast immer nur auf die Kunst, Verse zu machen, herauslief, zu geben, will ich nur einige Benennungen der Versarten aus Filip von Zesens Hochteutschem Helikon aufschreiben. Dieser Zesen, in der fruchtbringenden Gesellschaft der Wohlsetzende genannt, war zu seiner Zeit durch seine Menge Schriften und durch seinen Purismus, welcher eines Lampe würdig ist, sehr berühmt. Er nennt z.b. die daktylische Versart, die rollende Palmen oder Dattel-Art, ein Sonett heißt bey ihm ein Zweysiebender, ein Gedicht aus acht Versen ein Achtling oder Achter, ein Rondau ein Ringelgedicht, ein Hexameter ein Sechsfüßiger u.s.w. Man findet bey ihm Trostgedichte von langen hüpfenden oder rollenden Reimbrücken, Morgenlieder von entgegenhüpfenden Reimen Springende Lieder mit en[t]gegenspringenden vermischt und was der Thorheiten noch mehr sind.

Verzeih, lieber Fritz, daß ich bey so uninteressanten Sachen so weitläufig geworden bin, ich werde mich ins Künftige kürzer fassen.

An meiner Psyche arbeite ich noch fortdauernd, obgleich sehr langsam. Ich schicke dir hiebey den Schluß des dritten Buchs zur Beurteilung. Die Situazion fängt gerade da an, wie Psyche, in dem Glauben, ihr unbekannter Gatte sey ein Ungeheuer, sich in der Nacht aus seinen Armen loswindet und zu der unter dem Bette versteckten Lampe und dem Dolche greift um ihrer Ungewißheit ein Ende zu machen. Diese interessante Situazion war zu schwierig für einen noch ungeübten Dilettanten, als daß sie besser hätte gelingen können.

Warum schickst Du denn mir nie etwas von Deinen litterarischen Arbeiten? Du weißt, wie sehr mich etwas, was von Dir kömmt interessiert, warum willst Du mir die Freude versagen, mich an den Kindern Deiner Muse zu ergötzen?

Ich habe hier durch Bouterwek einen gewissen Furchau kennen gelernt, welcher außerordentlich viele Talente besitzt. Er wird gewiß einer unserer größten Dichter. Er hat ein Trauerspiel, Otto der Dritte, geschrieben, welches sehr viel verspricht und Reichardt komponiert jetzt eine kleine Oper von ihm. In dem Umgange mit ihm und mit einem Schweitzer Pestalozzi einem Vetter des Erziehers, finde ich jetzt meine festen Stunden.

Jetzt muß ich Dir noch eine Unvorsichtigkeit von meiner Seite gestehen, durch welche ich durch aus eine unverzeihliche Art beleidigt habe. Jacobi brachte mir nehmlich, ehe ich nach Braunschweig reißte einen Brief von Blumenhagen, den ich Dir dort, oder in Cassel übergeben sollte. Als ich Dich nicht traf, beschloß ich ihn Dir zu schicken, vergaß aber ihn in meinen vorigen Brief einzulegen. Als ich neulich Abend eine Pfeife anzündete und den Fidibus in den Sandkasten unter dem Tische warf, sah ich bald darauf ein großes Feuer in demselben. Ich lief hinzu und fand, daß der Brief vom Tische in den Sandkasten gefallen war und durch den Fidibus angezündet lichterloh brannte. Ich suchte ihn noch zu retten, aber er war schon fast ganz verzehrt, so daß ich ihn den Flammen überlassen mußte. Ich dürfte wohl kaum Verzeihung von Dir, für meine unverzeihliche Nachlässigkeit hoffen wenn ich nicht von Deiner innigen Liebe überzeugt wäre. Meine verwünschte Blindheit war daran Schuld, daß ich den hingefallenen Brief nicht bemerkte. Als Neuigkeit schreibe ich Dir, daß sich Beneke neulich mit einem gewissen Otto, einem berühmten Schläger und Jacobi, welcher diesen Ostern hierher gekommen ist, geschlagen hat. Von dem erstern erhielt er einen kleinen Hieb auf den Arm, gab aber Jacobi hingegen einen Hieb, welcher an der Backe herunterlief und beyde Lippen spaltete. Er kann jetzt nicht sprechen, sondern muß sich durch Schreiben an einer Tafel verständlichen. Das Essen kann er nur mit einer Federpose in den Mund bringen.

Ich muß schließen. Lebe wohl mein Theurer

Dein E. Schulze

An Georg Olbers

5. Januar 1809

Wie wirst Du diesen Brief aufnehmen, theurer George? Wirst Du den Freund zurückstoßen, der sich Dir reuevoll nähert, oder wirst Du ihm von Neuem die Hand reichen? Ach, ich habe Dir viel abzubitten, aber ich hoffe dennoch auf Deine Verzeihung. Entschuldigen will ich mich gar nicht, ich würde keine Gründe dazu finden, denn meine unverzeihliche Nachlässigkeit liegt nur zu klar am Tage. Ich bin nun einmahl so. Wer mein Freund seyn und bleiben will, muß mir viel vergeben können, muß mit mancher meiner Grillen Nachsicht haben, und das, wodurch ich sonderbar und von Anderen abweichend erscheine, nicht in einem zu nachtheiligen Lichte betrachten. Meine Gemüthsart, welche Dir bisher vielleicht nicht ganz klar gewesen ist, werden Dich Treviranus oder Dörrbecker näher kennen gelehrt haben. Da wir bald zusammenleben werden, ist es Zeit, Dich mit ihr ganz vertraut zu machen, damit Du Dich nicht gar zu sehr in mir geirrt zu haben glaubst. Ich kann nicht läugnen, daß ich etwas leichtsinnig und unbeständig bin, aber diese Art, das Leben en bagatelle zu behandeln, ist mir zu dem Glück, welches ich mir vorgesetzt habe, unumgänglich nöthig. Ich bin nicht zum Schwärmer geschaffen. Ich bewundere das Große und fühle den Trieb in mir, es nachzuthun, aber ich kann es nicht anbeten, nicht vergöttern. Du mußt deßwegen nicht glauben, daß ich kalt für alles Schöne und Edle sey. Nein, jene sanfte Schwärmerey, welche, ohne uns in einen exaltirten Zustand zu versetzen, gleich einem sanften Feuer erwärmt und erquickt, jene Schwärmerey, welche eine der süßesten Freuden unseres Lebens ist, fehlt mir nicht; doch zeigt sie sich selten äußerlich bey mir, sie waltet wie ein wohlthätiger Genius nur in dem Inneren meiner Seele. Meine Äußerungen haben oft Andere, welche mich nicht genauer kannten, veranlaßt, zu glauben, ich sey ohne Gefühl, weil ich mich oft nicht enthalten kann, über etwas, das sie in Enthusiasmus setzt, zu spotten. Dies aber ist einmahl so meine Laune. Ich thue es theils um die Unterhaltung zu beleben, welche nicht selten, bey gänzlicher Übereinkunft über einen Gegenstand, ermattet und das Pikante nicht hat, welches die Auseinandersetzung verschiedener Meinungen gewährt, theils um einer augenblicklichen Grille freyen Lauf zu lassen, die nur mir und keinem Andern Nachtheil bringen kann. In der Freundschaft bin ich beständiger als in der Liebe, obgleich ich mich in der letzten eigentlich nicht unbeständig nennen kann, indem jedem Mädchen, das ich je liebte, noch immer ein freundlicher Platz im Herzen aufbewahrt ist. Nur einmahl habe ich heiß geliebt, und seitdem suche ich nur die Rosen der Liebe zu pflücken, ohne ihre Dornen zu berühren. Ich flattere um die Mädchen her, ohne mich je fesseln zu lassen und suche *nur das Bedürfniß der Unterhaltung und der feinern Sinnlichkeit zu befriedigen*. Ein Kuß, ein trauliches Tête à Tête oder eine andere dergleichen unschuldige Gunstbezeugung haben für mich einen außerordentlichen Reitz; besonders fesselt mich ein solches Abenteuer, wenn eine kleine Intrigue damit verbunden ist, wenn es überhaupt einen romantischen Anstrich hat. *Junge Weiber, und vorzüglich kokette junge Weiber ziehen mich mehr an als unschuldige Mädchen*. Diese flößen mir Achtung ein und ich würde es mir nie verzeihen, in ihnen auch nur den geringsten Funken von Sinnlichkeit erregt zu haben; jene hingegen, denen die Koketterie, wenn sie nicht zu weit getrieben wird, etwas außerordentlich Reitzendes gibt, und bey denen man nicht fürchten darf, den feinen Takt der Sittlichkeit zu beleidigen, dienen mir zum unterhaltenen Spiele, indem sie eben sowohl auch mit mir spielen. – Dieses ist meine Ansicht von der Liebe, wenigstens für jetzt. Daß sie sich ändern könne, will ich gar nicht abstreiten. In der Freundschaft denke ich anders. Meine Freunde liebe ich treu und redlich, nur bin ich nie im Stande gewesen, es *Einem* mündlich zu sagen. Sobald ich etwas Zärtliches hervorbringen will, versagt mir die Stimme, und mancher hält mich daher für ganz gleichgültig gegen sich, während ich sein wärmster Freund bin. Oft scheine ich meine Freunde zu vernachlässigen, aber dieses geschieht nur äußerlich, in meinem Herzen leiden sie nie eine Veränderung. Diese scheinbare Versäumung rührt theils von einer mir fast angebohrenen Trägheit her, theils von meinem Streben, so unabhängig als möglich zu bleiben. Was man eigentlich Launen nennt, habe ich nur wenig, aber gewiß manche Sonderbarkeit, welche jedoch meinen Freunden nicht zum Nachtheil gereichen kann, wenn sie sich überhaupt nicht an der Form meiner Denkungsart stoßen wollen. Zu diesen Sonderbarkeiten gehört meine Liebe zu einem unabhängigen Leben und meine gänzliche Sorglosigkeit wegen der Zukunft. Ich habe es mir zum Gesetz gemacht, nur immer die Gegenwart zu genießen und nie wegen der zukünftigen Zeit mir Sorge zu machen. Indeß habe ich auch den Genuß der Gegenwart so eingerichtet, daß ich nie (wegen) der Zukunft selber bekümmert seyn darf. Ein anderer meiner Grundsätze ist: Un homme doit savoir braver l'opinion; une femme a'y soumettre, welchen die Madame

Staël zum Motto ihrer »Delfine« gemacht hat. Die Meinung der Welt kümmert mich nicht im Geringsten, und das einzige Richtmaß meines Handelns ist das System meiner Lebensfilosofie, welche mich, soviel ich glaube, nie zu etwas meiner ganz Unwürdigem verleiten wird. Meine Ansichten von der Religion verschiebe ich auf eine andere Zeit, weil ich schließen muß. Hier hast du mich also, mein Theurer, ganz wie ich bin. Hat Dir diese weitläufige Auseinandersetzung meiner Grundsätze auch etwas Langeweile gemacht, so war sie doch nothwendig, um Irrungen und Verlegenheiten vorzubeugen, welche uns beyden unangenehm gewesen seyn würden. Kannst Du mir, so wie Du mich jetzt kennst, noch Deine Freundschaft schenken, so wirst Du mir eine Freude verursachen, deren Größe von der Wärme meiner Liebe zu dir zeugen wird!

An Heinrich Bergmann

Göttingen, 22. Januar 1810

Als ich hier ankam, überfiel mich der Fleiß so, daß ich in drei Wochen keinen Fuß aus dem Hause setzte. Die Woche darauf ward lustig gezecht und gezehrt. [...] Sollte es dich vielleicht interessiren, etwas Näheres von mir zu erfahren, so melde ich dir, daß ich mich bei ganz gutem Geistes- und Körperzustande befinde, nach meiner Art faul und fleißig bin, alle Sonntage tanze, alle Wochen zwei mal in verschiedene Thees gehe, die griechische Grammatik mit vielem Widerwillen und vieler Gründlichkeit studire, alle Abende eine französische Komödie statt des Schnupftabacks zur Aufheiterung der Geisteskräfte lese und an der lateinischen Literaturgeschichte, an dem romantischen Heldengedicht, an einem orientalischen Heldengedicht, an einer poetischen Reise nach dem Brocken, an einer Comédie larmoyante von zwei Personen und an einer Sammlung von Elegien an die W... arbeite. Alle diese Beschäftigungen sind freilich etwas heterogen, laufen aber nebeneinander recht gut fort, und ersetzen mir die karge Nahrung des Leibes, welcher sich täglich mit etwas Brot und Milch begnügen muß, vortrefflich. Ueberhaupt lebe ich ziemlich patriarchalisch, den Sonntag ausgenommen; denn ich zweifle, daß Abraham, Isaak und Jakob sich jemals haben gelüsten lassen, in schwarzen oder weißen seidenen Strümpfen und einem Stürmer irgend einen israelitschen Thée dansant zu frequentiren.

An Heinrich Bergmann

Göttingen, 15. Februar 1810

Zur Vergütung für diese traurige Geschichte will ich Dich jetzt mit einer lustigen unterhalten, die unserem hiesigen Thee dansant beynahe den Untergang zu Wege gebracht hätte. Sie ist freylich nicht zum Vortheil des schönen Geschlechts, aber so wie Ihr Mediziner auch ebensowohl in idealisch-naturphilosofische Betrachtungen über Seyn und Thätigkeit und über die Reflexe derselben an den Formen des Lebens, als in die kindliche Seynerkenntniß (Anatomie, nach Walter) sogar der parties honteuses des menschlichen Körpers einlassen müßt, so sind die Schattenseiten des Geistes für den Psychologen gewiß ebenso interessant, wenn nicht noch interessanter als seine Lichtseiten. Ein Paar Damen, die eine eine Jüdin Meyer – vielleicht kennst Du sie noch aus Deinen Flegeljahren, verzeihe mir diesen Jean Paul'schen Ausdruck – und die andere ein Fräulein von Laßten, Tochter des hiesigen Generals, standen auf dem Thee in der Colonne neben einander, die letzte über der ersten. Diese hatte eine höhere Nummer; sie gab also bescheiden zu verstehen, daß ihr der höhere Platz gebühre. Die adliche Dame gab kurz zur Antwort: „Ich stehe hier nun einmahl und werde stehen bleiben.« Diese kategorische Antwort, welche uns zu einem schönen Blick in die Zeiten des Faustrechts Gelegenheit geben kann, beleidigte die Tochter Israels, welche ihr Geschlechtsregister gewiß höher hinauf zu führen vermag als jene. Sie kleidete ihr Mißfallen also in Worte, für deren Sanftheit ich nicht bürgen wollte, wenn ich die Juden nicht wegen ihrer unerschütterlichen Freundlichkeit haßte. Die andere, wahrscheinlich um sich mit einer solchen Kreatur, welche doch nicht satisfaktionsfähig war (ich las wenigstens diese stumme Replik in ihren Augen) [hier ist eine Lücke, die durch: »nicht einzulassen« oder ähnlich auszufüllen ist] – und stellte sich unter sie und sagte mit einem Zorn, der ihr schönes Gesicht zu einem häßlichen machte: »Meinetwegen, ich bleibe ja doch, was ich bin.« Die bösen Spötter sprachen sogleich von einem Duell zwischen beyden Damen, das Fräulein indeß, ebenso klug als Carl V., als ihn Franz I. zum Zweykampf forderte, zog den Sieg der Übermacht dem zweifelhaften Erfolge eines Kampfes mit gleichen Waffen vor. Sie machte sich eine Parthey, welche schwören mußte, nie wieder auf dem Thee zu erscheinen, so lange die Jüdin diesen frequentiren würde. Diese ließ sich nicht abschrecken, und da das weibliche Geschlecht nach der Meinung der Naturforscher sich zwar gern rächt, aber doch noch lieber tanzt, so sah sich die Rädelsführerin bald wieder von ihrem Anhange verlassen und nahm voller Verzweiflung ihre Zuflucht nach Cassel, wo sie auf den Bällen keine älteren Geschlechtsregister zu befürchten hat. Die Bemerkungen, die sich über diese Geschichte machen lassen, will ich Dir ersparen, denn Du bist ja, Gottlob, keiner von den Menschen, denen die Moral, wie der Brey den Kindern, in den Mund geflößt werden muß.

An Heinrich Bergmann

9. März 1810

[…] Daß ich Dich aber von meiner Lektüre unterhalten soll, dazu werde ich mich, um Deiner selbst willen, nicht verstehen, denn was wird es Dich kümmern, daß Joh. Gerh. Vossii theologia gentilium in einem guten Latein geschrieben sey und viele judiciöse Bemerkungen über den Mythus von der Hekate enthalte, oder daß Hyginius unmöglich der Schriftsteller seyn könne, an den Ovid seinen Ibis gerichtet habe, weil sich in ihm zu viele Barbarismen und des goldenen Zeitalters unwürdige Ausdrücke befinden? Alles, was ich jetzt las und seyt einigen Jahren gelesen habe, ist von dieser Art, und es ist mir unbegreiflich, wie ich in diesem Zeitraum noch einige erträgliche Gedichte in deutscher Sprache habe machen können, da mir die Ohren ewig von griechischen und lateinischen Wörtern sumsen. Kannst Du es glauben, daß man hier hofft, noch einen ganz passablen Philologen aus mir zu machen, einen Grammatiker aus einem Dichter, ist das nicht Eis aus Sonnenstrahlen? Und doch fange ich allmählig an, es selbst zu glauben, und Du wirst es ebenfalls thun, wenn ich Dir meinen täglichen Lebenslauf erzähle. Des Morgens um halb 6 Uhr stehe ich auf und setze mich an meine Dissertationen, wobey oben genannte und ihnen ähnliche Werke traktirt werden. Von 8 bis 12 Uhr wird der Homer mit der subtilsten grammatischen Genauigkeit gelesen, von 1 bis 4 Uhr etwa zur Verdauung der Horaz, Virgil oder Tazitus. Von 4 bis 8 Uhr beschäftigt mich Aristoteles und Lucian und von 9 bis 11 Uhr abermals Homer. Daß ich mich um 11 Uhr weder nach den Musen, noch nach den Grazien, sondern nach dem Schlaf und der Gedankenlosigkeit sehne, wirst du natürlich finden. Der vergnügteste Theil des Tages ist für mich die Zeit, welche ich des Abends nach dem Zubettgehen so halb zwischen Wachen und Schlummern hinbringe. Ich ziehe dann aus meinem Magazin von lachenden Bildern und Fantasien eins hervor und verarbeite es so lange in Gedanken, bis ich darüber eingeschlafen bin. Bey Tage habe ich jetzt zu solchen Träumereyen keine Zeit mehr. Ach, es war eine schöne Zeit, wo ich noch ganz meiner Fantasie lebte, aber ich lernte nichts dabey und verlor das utile dulci gar zu sehr aus den Augen. Jetzt stumpft sich freylich meine Fantasie etwas ab und mein ganzes Feuer ist erloschen, aber wenn wieder eine Zeit der Ruhe kommt, wird es desto heller hervorbrechen und desto schöner, weil, wie Du richtig bemerkst, die Poesie ohne das Reelle ein Faß der Danaiden ist.

[…]

An Friedrich von Bülow

19. März 1810

»Point de mémoire! C'est ma Philosophie.« Dieser Vers wird Dir, mein Theuerster, meine Gesinnungen gegen Dich erklären, was ist es daher nöthig, mich weitläuftiger zu expektoriren? Einen Diamanten, den Du lange verloren hattest, wirst Du ihn nicht höher achten, ihn nicht für schöner halten, wenn Du ihn plötzlich wiederfindest? Ich glaubte Dich meinem Herzen entfremdet, und sehe Dich von Neuem zurückgekehrt, kann ich mehr verlangen? Die Viertelstunde, in welcher ich Deinen Brief las, hat mir anderthalb Jahre der Sehnsucht vergütet. Genuß ist allein Wirklichkeit für mich; widrige Schicksale betrachte ich wie einen Traum, dessen der Träumende sich selbst bewußt ist. Thor, rufe ich mir zu, wenn mich der Mißmuth übermannen will, willst Du Dich um Seifenblasen grämen und einen Schatten fürchten? Halte nur aus, bald bricht der Tag an und ruft Dich zum frohen Erwachen. Kein Mensch ist so unglücklich, daß er nicht *eine* glückliche Stunde in seinem Leben haben sollte, nun, so freue Dich denn auf diese Stunde. Überhaupt habe ich nie ein zuverlässigeres Mittel gefunden, sein Unglück zu mildern, als ihm eine lächerliche Seite abzugewinnen, und ich glaube, es gibt keine glücklicheren Menschen als die, welche die Kunst verstehen, mehr über sich als über andere zu spotten. Wer seinem Trübsinn hartnäckig nachhängt, gleicht dem Kinde, welches aus Trotz nicht essen will, weil der Vater es züchtigte. […] Es muß sehr erfreulich seyn, sich an einen Menschen ganz anzuschließen, sich ihm ganz anzuvertrauen und seine Gefühle wiederum in unsern Busen aufzunehmen und ihm auch mündlich zu sagen, was das Herz für ihn fühlt. Mir hat die Natur dieses Glück versagt; die Gewohnheit, in der Welt zu leben, hat mich verführt, mich zuweilen meiner Empfindungen zu schämen, und ich verschließe sie in mich, um nicht affektirt zu erscheinen, da ich so manche traurige Erfahrung gemacht habe, daß es mehr

Charaktermasken in der Welt giebt, als Charaktere. Viele halten mich für kalt, obgleich ich es nicht bin, und ich werde daher nie im Stande seyn, in kurzer Zeit einen Freund zu erobern, der ein Freund meines Herzens und nicht blos ein Freund meines Betragens sey. Die Menschen sind doch nur erbärmliche Uhrwerke, an denen Leidenschaften die Triebfeder, Verhältnisse der Zeiger ist. Wann wird das Perpetuum mobile erfunden werden, welches sich nach selbstgewählten Gesetzen, durch eigene Kraft regiert? Du hast mir eine Skizze Deines Lebens während unserer Entfernung von einander gegeben und ich bin Dir ein gleiches schuldig. Ich werde Dir viel zu erzählen haben und fast nicht Anfang und Ende finden können. Manche lächerliche, manche sentimentale, manche in allen ihren Verhältnissen wunderbare Abentheuer habe ich gehabt, und Gott sey Dank, nie ein trauriges. Also zuerst von meinen Herzensangelegenheiten, denn die sind ja doch das A und Ω bey den Menschen. Du wirst in meinen letzten Briefen die Erzählung von meiner Neigung zu Johanne Taube, jenes reitzende und liebenswürdige Mädchen, finden, von dem ich ganz gefesselt zu seyn wähnte. *Glaube von allem dem nichts, ich habe mich und Dich belogen.* Ich muß über mich selbst lächeln, wenn ich aus jenem Verhältnisse zurücksehe (!) denn *nie habe ich mich besser auf der Spur ertappt, und gefühlt, welch' eine Laterna majica die Eitelkeit ist.* Man hatte mir Winke von dem Wohlwollen des Mädchens für mich gegeben, was war daher natürlicher, als daß ich auf sie, die mir vorher nicht aufgefallen war, aufmerksamer wurde. Ich forschte sie näher aus und fand, daß ein Mädchen von überwiegenden Talenten, von reitzender Bildung und von vortrefflichem Herzen, mir nicht gram war; mußte mir dieses nicht sehr schmeicheln, mußte dieses meine Selbstliebe nicht in Bewegung setzen? Eitelkeit und Dankbarkeit rissen mich hin, zu glauben, daß ich sie liebe und brachten einen sonderbaren Kampf meines Gefühls mit meinem Verstande in mir hervor, der mich über mich selbst ganz ungewiß machte. Ich wollte eine solche Eroberung nicht verliehren, und doch konnte ich es nicht über mein Herz gewinnen, sich ganz den Reitzen derselben hinzugeben. Endlich sah ich meine Thorheit ein und bemerkte, daß das Schiff des Verstandes zu schwach sey, um gegen die Wellen des Gefühls zu kämpfen. Was ich vorher zu thun mich gescheut hatte, wagte ich jetzt; ich hielt Rechnung mit mir selber und fand, daß dieses Mädchen mit allen ihren großen Vorzügen nicht fesseln könne. Wenn Du die Kapricen des menschlichen Herzens kennst, wirst Du diese scheinbaren Widersprüche nicht so wunderbar finden. Ich hatte Johanne immer sehr zart behandelt, war mehrere Mahle vom Glück, zuweilen durch meine eigene Überlegung von entscheidenden Schritten abgehalten und konnte mich deßhalb mit gutem Gewissen zurückziehen und den ganzen Zauber, der mich auf eine sonderbare Weise gehalten hatte, auflösen. Ich ging unmerklich von dem Schein der Liebe zur Hochachtung über und ward, ohne daß das Mädchen es selbst gewahr wurde, aus ihrem Liebhaber ihr Bewunderer. Zum Glück hat der Himmel ihr die Kraft gegeben, ihr Gefühl stets durch ihren Verstand zu bekämpfen, sie litt also, aber schien wenigstens von meiner Entfernung nichts zu leiden. [...] Mit meinen hiesigen Verhältnissen bin ich sehr zufrieden. Es läßt sich hier in Göttingen wirklich ganz hübsch leben, wenn man sich nach den Leuten etwas bequemen kann, und vorzüglich bey den Damen das Bemühen, Grazien zu seyn, für Grazie annehmen will. Ueberhaupt ist das größte Verdienst, welches man sich hier erwerben kann, zu scheinen, was man nicht ist, und nicht seyn möchte. Ich besuche an bestimmten Tagen in der Woche verschiedene stehende Thee's, die in mehreren Häusern regelmäßig gegeben werden, und wo jeder, der vorgestellt ist, Zutritt hat. Man amusirt sich wirklich dort recht gut, denn die Göttinger Damen machen in der That bey jeu d'esprit unserem Musensitze Ehre. Da jeder in dieser Gesellschaft, um nicht als Null betrachtet zu werden, *einen bestimmten Charakter nach dem Zuschnitt der eleganten Welt haben muß, habe ich den eines höchst malitieusen Menschen angenommen, der jedem bey allen Gelegenheiten etwas anzuhängen sucht* und kein größeres Glück kennt, als über andere zu medisiren und zu satyrisiren. Bey Leuten von gerader und ungemodelter Denkungsart würde sich ein solcher Charakter gerade nicht sehr empfehlen, *hier ist er indeß an seinem Platze.* Was meine eigentliche Lage anbetrifft, so lebe ich hier freylich immer noch unter dem Namen eines Studenten, ohne jedoch seit zwey Jahren Kollega gehört zu haben. Seit eben der Zeit ist die Theologie auch schon, mit Bewilligung meines Vaters, an den Nagel gehängt. Ueber meine künftigen Aussichten kann ich Dir nichts schreiben, weil ich selbst noch höchst ungewiß darüber bin. Wahrscheinlich promovire ich Michaelis als Doktor der Filosofie und werde dann erwarten, was das Schicksal mir weiter gibt. Meine Beschäftigungen während der letzteren Jahre haben sich vorzüglich auf die Philologie bezogen. Schon seit neun Monaten arbeite ich an einer Geschichte der neueren lateinischen Poesie seit Petrarka, ein Studium, welches mich nicht wenig interessirt. Freylich stoße ich auf diesem Wege auch auf manche höchst unfruchtbare Wüsten, werde aber sehr oft herrlich entschädigt. Obgleich ich meine meiste Zeit auf diese Arbeit wende, glaube ich doch noch einiger Jahre zu bedürfen, ehe ich sie vollenden werde. Ich hatte mir die Sache anfangs leichter und von geringerem Umfang vorgestellt, finde aber jetzt, daß es wahrscheinlich keine Kleinigkeit ist, sich durch einen so ungeheuren Wust halb vermoderter Schriften durchzuarbeiten, welche ihre Verfasser oft vino sonmove tenulenti geschrieben haben, und wo ich keine brauchbare Vorarbeit finde, die mir die Bahn etwas gebrochen hätte. – […]

An Heinrich Bergmann

Göttingen am 20. Januar 11

Ich bin heute recht muthwillig, mein lieber Doktor; der Himmel weiß, ob die Göttin der Laune mir in dieser Nacht eine Schäferstunde gegeben hat, oder ob mir noch etwas von einem Sprichworte anhängt, welches ich gestern in einer Gesellschaft spielen half und wo ich einen fat zum Eckel schön gemacht haben soll, so daß eine Dame boshaft genug war, mir zu versichern, es schiene als ob ich meine eigne Rolle gespielt hätte. Die Metrik und die Geschichte der römischen Jurisprudenz, woran ich jetzt meinem Geiste die Hörner abzustumpfen gezwungen bin, werden heute gute Ruhe vor mir haben, denn meine Fantasie würde den ehrwürdigen Graubärten Pomponius, Tribonian, Ulpian, Papinian u.s.w. eine Pierrots- oder Scaramouches-Jacke anziehen und sie nach einem trochäischen Pentameter eine Menuet tanzen lassen. Doch de mortuis nil nisi bene! ich muß mich also wohl an die Lebenden halten und schreibe deshalb an Dich, um mich bei Gelegenheit über Dich und über alles was mir aufstößt, lustig zu machen. Doch da fällt mir grade zur rechten Zeit die gestrige Gesellschaft ein und ich kann meine Zwecke, Dich und andre zu verhöhnen, nicht besser vereinigen als wenn ich Dir eine Reihe von Personen charakterisire, die Du vielleicht in Deinem Leben nicht gesehen hast. Du wirst die Langeweile und sie den Spott davon haben. Doch zur Sache. Der Thee bestand aus den schönsten und beliebtesten Damen von Göttingen, die sich, da es ein wöchentlicher Thee war, wozu nicht eingeladen wird, sondern wohin jeder geht, der der Dame und dem Herrn vom Hause präsentirt ist, unvermuthet zusammenfanden und ob sie sich gleich sehr zärtlich begrüßten, doch über ihr Zusammentreffen nicht sehr erfreut schienen, weil durch die vielen hübschen Gegenstände die Aufmerksamkeit vertheilt wurde und sich daher nicht genug auf jede Einzelne richten konnte. Die anwesenden Herrn waren von einer sehr gemischten Gattung und trugen sehr viel dazu bey, die Gesellschaft durch Contrast interessanter zu machen. Der Zufall hatte so gut für Einige gesorgt, daß mancher Strohkopf noch eine Folie fand, wodurch er einen Glanz erhielt, den er allein nicht behaupten konnte. Doch Ehre, dem Ehre gebührt. Ich will also mit den Damen anfangen, worunter es doch, gewöhnlich mehr Karrikaturen giebt als unter uns.

1) *Fräulein Julie von Lehsten.* Das gnädige Fräulein würde es mir sehr übel nehmen, wenn ich sie nicht zuerst nennte, denn ich glaube, daß sie lieber die erste auf der Bank der Thoren als die zweyte auf der Bank der Weisen seyn will. Die Natur hat ihr nichts reitzendes gewährt, als einen schlanken Wuchs und einen schönen Busen, es gelingt ihr also vortrefflich, sich in die Brust zu werfen. Sie tanzt am liebsten Quadrillen, weil sie da keinen über sich stehen hat und kann das Chassiren in den Ekossaisen nicht leiden, weil sie lieber immer oben stehen bliebe, wenn sie auch gar nicht tanzen sollte. Da sie nicht Geist genug hat um witzig zu seyn, und das Weinen weniger Verstand erfordert und überhaupt der Witz langgewachsenen Personen nicht so gut kleidet als die Sentimentalität, hat sie sich in den Charakter des Romantisch-Tragischen geworfen. Sprichwörter spielt sie gern, weil sie darin gewöhnlich die Rolle der Geliebten macht und nur die Lektion herzusagen hat, die sie aus ihrer Lektüre lernte, auf andre jeux d'esprit hingegen läßt sie sich gar nicht ein. Ich fragte sie um die Ursache und sie antwortete: ihre Grundsätze erlaubten es nicht. Ach, mein gnädiges Fräulein, sagte ich, ich wünsche manchen Schriftstellern Ihre Grundsätze, dann würden wir manches entbehrliche entbehren. Sie nahm es nicht übel, weil ich hier einmahl das Recht habe, jedem Sottisen zu sagen.

2) *Cecilie Tychsen.* Eine schöne, harte, ätherische Gestalt, in deren Gesicht jeder Zug zugleich Geist und Leidenschaft ist. Sie hat einen brillanten Verstand und ist fein gebildet, hütet sich aber auch sehr, diese Vorzüge unter den Scheffel zu setzen, und glänzt mehr, als sie Gold in sich hat. Sie ist gefühlvoll

aus Temperament und kokett aus Mode und Gewohnheit und könnte vielleicht lieben, wenn sie nicht vergöttert würde. Ich stehe sehr bey ihr in Gunst, weil ich jeden witzigen Einfall, der bey den jeux d'esprit auf den Zetteln steht, auf ihre Rechnung schreibe, bin aber gestern wieder im Preise gesunken, weil ich erklärte, ich hielte die für Narren, die sich um etwas schlügen, auf dessen Erreichung sich keiner von Beyden auch nach dem Siege Hoffnung machen dürfe, denn es haben sich in dieser Zeit ein Paar von ihren Verehrern um sie geschlagen und weiter nichts gewonnen, als der Eine eine Schmarre und der Andre das Consilium.

3) *Adelheit Tychsen.* Die ältere Schwester der vorigen. Gleicht einem Dudelsacke, der nicht für alle Ohren gleich angenehm klingt. Für viele ist sie hübsch, für mich ein Meerkatzengesicht, für viele geistreich, für mich höchst unbedeutend, um nichts schlimmeres zu sagen. Das erstere behaupten gewöhnlich nur die armen Schlucker, die in der Unterhaltung nicht viel Geist zuzusetzen haben und denen ihre Bereitwilligkeit sie anzuhören und ihnen zu antworten schon Geist scheint, denn auch hierin hat sie Ähnlichkeit mit einem Dudelsacke, daß ihre Äußerungen am ersten durch fremden Wind und Dunst hervorgebracht werden. Dieselben armen Schlucker versicherten mir, sie sey weder kokett noch affektirt, und ich glaubte es daher sehr der Mühe werth, ein so großes Wunder in der Göttingischen Damenwelt genauer zu betrachten. Nach einer näheren Untersuchung fand ich aber bald, daß ihre Koketterie grade darin liege, nicht kokett scheinen zu wollen, und daß sie affektire, unaffektirt zu seyn. Sie spielt durchaus die Natürliche, aber nur mit wenigem Glück, und es ist unausstehlich, wenn ein Mädchen von 19 Jahren ein Kind von zwölfen scheinen will und eine Mine annimmt, als ob sie wie die Agnes in Molieres école des Femmes fragen könnte: Si les enfants qu'on fait, se faisoient par l'oreille?

4) *Nanni Osiander.* Ein schöner Marmorblock, aus dem sich eine reitzende Graziengestalt meißeln ließe, woran der

Künstler aber nicht die Mühe gewandt hat, ihn ein wenig zu polieren, und die zu sehr aus dem Groben gehauen und für mich zu Junonisch ist. Sie hat große schöne Augen, aber die Augen reden nicht, sie hat hübsche Arme und Hände, aber sie leben nicht, sie hat einen reitzenden Mund, aber er öffnet sich nur, ihre Zähne, nicht ihre Seele zu zeigen. Sie hat vielleicht gar Geist, aber man sieht, hört und fühlt ihn nicht. Uebrigens hat sie wahrscheinlich ein sehr gutes Herz und liebt alle Menschen, aber leider keinen mehr als den andern, es müßte ihr denn einer mehr Zuckerwerk geben, denn hierauf scheint die einzige Leidenschaft zu gehen, die ich an ihr bemerkt habe.

5) *Auguste Gebser.* Die einzige unserer Damen vielleicht, die ihre Wissenschaft, die Koketterie, studirt hat und sie systematisch behandelt. Sie ist mehr hübsch als schön, mehr geistreich als gebildet und hat mehr Fantasie als Gefühl, mehr Witz als Verstand, mehr Schlauheit als Klugheit. Sie ist medisant aus Eitelkeit, launenhaft aus Herrschsucht, intriguant zum Zeitvertreib und kokett aus Grundsatz. Sie kann in einer Stunde bescheiden und frech, dezent und frivol, ernst und fröhlig, witzig und schwärmerisch, medisant und gutmütig, beißend und schmeichelnd, empfindlich und nachsichtig, warm und kalt, liebenswürdig und verächtlich seyn, kurz sie ist ein semper variabile monstrum, die nur ihren Launen, sonst keinem Dinge in der Welt Beständigkeit geschworen hat. Wir sind von jeher Feinde gewesen, weil ich die in ihren Augen unverzeihliche Kühnheit gehabt hatte, ihr in mir selbst einen ihr ähnlichen Charakter entgegensetzen zu wollen, aber trotz dieser Feindschaft gehe ich doch recht gern mit ihr um, weil ich täglich etwas bey ihr lerne. Wo wir uns treffen, führen wir einen ewigen Krieg mit einander, wozu die hier gebräuchlichen Gesellschaftsspiele, die die Medisance selbst erfunden zu haben scheint, einen schönen und geräumigen Tummelplatz abgeben. Sonst verhielt ich mich nur defensiv gegen sie, seit sie mir aber einige zu arge Streiche gespielt hat, handle ich durchaus offensiv gegen sie und suche die Spötter zuerst auf

meine Seite zu bringen, denn dieses thut sehr gute Wirkung und der Gegner muß schon viel Geistesgegenwart haben, wenn er den unvermutheteten Stoß geschickt pariren und den Vortheil zu sich herüber ziehen will.

6) *Minna Schlegel.* Ein nicht schönes, aber sehr interessantes Gesicht. Sie hat viel Bildung, viel Geist, viel Gefühl und mehr Fantasie. Die Verbindung zwischen glühender Schwärmerey und schlauer Koketterie in ihrem Charakter giebt ihr eine Aehnlichkeit mit der Frau v. Witzendorf. Sie könnte natürlich seyn, wenn sie es nicht zu seyn affektirte und sehr graziös, wenn sie ihre Grazie nicht in die Schnürbrust des ängstlichen Studiums zwängte. Sie ist für ein Frauenzimmer in dem Alter der Krisis, daher ist ihre Koketterie, so ausschweifend sie auch scheinen mag, sehr verzeihlich, denn sie gleicht den letzten verzweiflungsvollen Angriffen eines ringsum eingeschlossenen Heeres, das sich nur durch gewagte Coups retten kann. Uebrigens huldigt sie dem Scheine, läßt sich von den ersten Eindrücken hinreißen, schwimmt stets auf der Oberfläche und ändert ihre Launen mit dem Wetter, das heißt zusammengenommen, sie ist ein Frauenzimmer.

Mit den Damen wäre ich jetzt fertig. Es waren freylich noch manche Gesichter da, die ich Dir zum Besten geben könnte und womit ich meinen Zweck, Dich zu langweilen, am sichersten erreichen würde, weil sie selbst die langweiligsten unter der Sonne sind, aber ich fühle, daß es zu wenig Interesse für mich haben würde, uninteressante Charaktere zu beschreiben. Ich will Dich daher auch mit den Charakteren der anwesenden Herrn verschonen, drohe Dir aber ernstlich, wenn Du nicht künftigen Posttag einen Brief an mich abschickst, nicht allein diese nachzuholen, sondern auch noch eine Schilderung von allen über vierzig Jahr alten Koketten hinzuzufügen, die unserem thee dansant zum Theil das Ansehen eines verhagelten Kornfeldes geben und sich von den Antiken nur durch ihren enorm wohlfeilen Preis unterscheiden.

Adieu, mein Lieber! Nimm mich heute einmahl, wie ich

grade bin, denn ich verlerne allmählich in dieser ewigen Maskerade, die mir hier um Schutz und Trotz nothwendig ist, meinen eigenthümlichen Charakter.

Tagebuch

Göttingen, am 13. Dezember 11. Ich werde von Tage zu Tage kühler gegen die Pentz. Geliebt habe ich sie freylich nie, aber meine Eitelkeit machte mir dieses Verhältniß sehr werth. Jetzt läßt meine Eitelkeit es mich nur noch dulden. Es geht aber vielleicht eine neue Sonne für mein Herz auf. Ich war heute in einem Thee beym Hofrath Mayer. Ich traf Cecilie Tychsen dort, ein Mädchen, welches mich immer außerordentlich interessirt hat, obgleich ich fast in gar keiner Berührung mit ihr stand und sie im vorigen Winter einmahl heftig beleidigte, nach meiner Gewohnheit, den hiesigen Damen Bitterkeiten zu sagen. Ich charakterisirte sie einst in einem Briefe an Bergmann so: [folgt die oben mitgeteilte Stelle]. Ich glaube auch jetzt noch, daß diese Charakteristik sehr wahr ist. Sie hat sehr viele Liebhaber gehabt, obgleich sie erst 17 Jahr alt ist und man hat sich wüthend um sie geschlagen, aber ihr Ruf ist nie verletzt. Wenn ich sie erobern könnte, so würde ich nicht geringe Ehre davon tragen.

Am 27. Dezember. Heute war ich wieder bey Mayers. Dieser Thee ist ein Kränzchen, das zwischen Mayers und Tychsens wechselt. Ich fing an, Cecilie zu observiren und sie schien dasselbe zu thun. Dann rückte ich mit einigen Belagerungsmachinen hervor. Ich hatte zum Glück einige Räthsel im Kopfe, die ich bey andern Gelegenheiten gemacht hatte. Unter andern folgendes auf das Wort *holdselig*:

Das Erste nennet dich, das Zweyte nichts auf Erden,
Das Ganze bist du wiederum allein,
Ach wolltest du mir nur das Erste seyn,
Im Augenblick würd' ich das Zweyte werden.

Sie deutete es so, als hätte ich es in diesem Augenblick auf sie gemacht und dieses scheint mir schon ein großer Vortheil zu seyn. Ich muß nur erst das Terrain gehörig rekognosziren, denn ich weiß nichts von ihren jetzigen Verhältnissen. Wir sprachen sehr viel miteinander. Im vorigen Kränzchen hatte ich sie zu Hause geführt, heute wollte ich ihr wiederum den Arm bieten, aber der kleine Baron von Stromberg kam mir zuvor. Von diesem Menschlein scheine ich indeß nichts zu befürchten zu haben. Wenigstens würde mir meine Eroberung nicht sehr wichtig scheinen, wen ich dieses denken müßte.

Am 28. Dezember. Ich war heute im Concert. Forkel spielte ein Concert bewunderungswürdig schön. Ich war entzückt und fand Gelegenheit, meine Entzückung gegen Cecilien, die auch dort war, zu äußern. Sie ist Enthusiastin für die Kunst. Ich versprach ihr, halb im Scherz einen Hymnus auf die heilige Cäcilia, werde aber, si Phoebus favet, mein Versprechen halten. Gustav von Usedom scheint jetzt ihr declaré zu seyn, ich glaube aber nicht, daß es mir viele Mühe machen würde, ihn zu verdrängen. Die beyden Grafen Schulenburg sind auch viel um sie, der schwarze scheint sich aber in dieser Hinsicht nie zu etwas Ernsthafterm stimmen zu können, und der blonde hat sich zurückgezogen, seit er für sie eine Schmarre erhalten hat. Auch mit der Hofräthin habe ich einige Worte gewechselt. Wenn ich sie erst gewonnen habe, so wird mir der Zutritt ins Haus nicht schwer seyn.

Am 4. Januar 12. Ich hatte den Hymnus an Cecilie fertig und wie es mir scheint ist er mir gelungen. Ich hatte auf eine ziemlich feine Weise auch die irdische Cecilie mit darin verflochten. Heute Abend im Concert gab ich ihn ihr. Wenn er seine Wirkung thut, so bin ich geborgen. Ich bemerkte heute den Baron von Itzstein viel in Tychsens Nähe; er scheint sich indeß mehr mit Adelheit abzugeben. Der Graf Solms scheint Cecilien die Cour zu machen. Er könnte mir ein großes Hinderniß seyn. Er ist ein regierender Graf und dieses wirkt schon, überdem ist er schön und scheint seinem Ansehen nach nicht ohne Geist zu seyn. Ich muß ihn näher sondiren. Mit der Hofräthin unterhielt ich mich viel und schien ihr zu gefallen. Morgen werde ich meine Visite machen.

Am 5. Januar. Heute morgen war ich bey der Hofräthin. Man war entzückt über mein Gedicht und sagte mir viel schmeichelhaftes. Man sieht mich für ein Genie an und bewundert besonders meine Bescheidenheit oder meinen Stolz. Denn man wußte nicht, wie man es nennen sollte, daß ich bisher der Welt meine Gedichte vorenthalten hätte. Ich affektirte das ächte Wesen eines Künstlers, der nur für sich arbeitet. Ich werde in das Haus aufgenommen werden, denn man bat mich, meinen Besuch zu wiederholen. Die Hofräthin ist schwach, wenn man ihr und ihren Töchtern schmeichelt, wenn man ihr zu Gefallen glänzt, so ist man sicher, ihr zu gefallen.

Am 10. Januar. Ich wurde heute in's Kränzchen zu Tychsens eingeladen. Die Gesellschaft ist ziemlich zahlreich. Ich begann heute meinen Kampf mit Gustav von Usedom und habe ihm schon viel Raum abgewonnen. Er versteht durchaus nicht fein und geistreich zu schmeicheln, und weiß nicht, daß man sich oft etwas vergeben müsse, um zu gewinnen. Bloß durch seine schöne Gestalt und seinen unaussprechlich süßen Mund will er gefallen. Ich nahm meinen Platz neben Cecilien ein und wir sprachen fast nur miteinander. Ich war unbeschreiblich maliziös und medisant. Dieses ist freylich eigentlich nicht der Weg zu Ceciliens Herzen, aber sie liebt den Geist auch, wenn er nur nicht auf ihre Kosten geübt wird.

Am 16. Januar. Man gab heute ein Concert für die Armen und der Saal war drängend voll. Ich hatte mich hinter Tychsens postirt. Ich glaubte neulich schon zu viel gewonnen zu haben; heute sah ich, daß Solms mir sehr im Wege steht. Cecilie betrug sich kalt gegen mich, wenigstens glaubte dieses meine Eitelkeit.

Am 25. Januar. Heute im Concert habe ich viel gewonnen. Je parlais sentiment und gefiel dadurch. Auch brachte ich Cecilien auf eine sehr wohlfeile Art einen hohen Begriff von meinem Scharfsinn und meiner Menschenkenntniß bey. Ich stand nicht weit von ihr, ehe ich mit ihr gesprochen hatte, und hörte daß Usedom ihr vorwarf, sie sey heute Morgen nicht guter Laune gewesen. Sie läugnete es nicht. Ich ging nachher zu ihr und sagte ihr, als ich ein paar Worte mit ihr gesprochen hatte, sie scheine Schmerz zu haben. Sie können dem Menschen in die Seele sehen, sagte sie verwundert; ich glaubte meinen inneren Zustand jedem verborgen zu haben und habe, soviel es mir scheint, auch jeden getäuscht. Sie heiterte sich nachher in der Unterhaltung mit mir auf und wir sagten uns wechselseitig tausend schöne Sachen.

Am 31. Januar. Heute war Kränzchen bei Mayer. Ich war anfangs in meinem lustre und hatte mit Cecilien eine sehr interessante Unterhaltung. Sie wollte mich über meinen Charakter ausforschen und äußerte, es sey ihr unbegreiflich, wie ich bey so vielem Gefühl soviel Medisance haben könnte. Ich that mehr als ich je gethan habe, und sagte ihr die Wahrheit, daß der spottende Charakter nur eine angenommene Maske sey, um in der Gesellschaft etwas zu gelten. Ich würde es ihr indeß nicht gestanden haben, wenn ich nicht von diesem Geständniß Vortheil zu hoffen gehabt hätte. Nachher ward ich geistloser und am Ende gar unausstehlich. Man fängt indeß an, auf unser Verhältniß aufmerksam zu werden, und ich werde von manchen schon als der amant declaré betrachtet. Ich gab Cecilien beym Fortgehen den Arm. Unterwegs sollte ich ein Räthsel rathen, ich hatte aber zu wenig Geist und entschuldigte mich. Ich werde sie indeß morgen im Concert überraschen. Ich habe es eben errathen und werde es ihr in einem andern Gewande wieder zu rathen aufgeben.

Am 1. Februar. Mein Räthsel that gute Wirkung. Sie lobte meinen Scharfsinn und sagte mir manches schmeichelhafte. Ich entschuldigte mich wegen meiner gestrigen Unbehülflichkeit und sagte ihr, um sie an mir zu rächen, hätte ich ein Sünden-Register des ganzen Tages aufgesetzt, welches ich ihr zu lesen geben wolle. Künftigen Sonnabend soll sie es auch wirklich erhalten.

Am 9. Februar. Gestern im Concert hatte ich mein Sündenbekenntniß übergeben und heute ging ich nach Tychsens, um den Erfolg zu sehen. Die Litaney war so eingerichtet, daß ich mir freylich offenbar die größten Sottisen darin ins Gesicht sagte, mir aber auf eine versteckte Art sehr fein den Hof machte und im Vorbeygehn der ganzen Welt einige kleine Nasenstüber austheilte. Besonders hatte ich die Thorheit an mir darin getadelt, daß ich Cecilien an jenem Abend eine sehr versteckte Seite meines Charakters entdeckt hätte, da ein Räthsel doch nur so lange schön bliebe, als bis es errathen wäre. Cecilie gab mir auf eine feine Art zu verstehen, daß ein Räthsel, wenn es innern poetischen Werth habe, immer gefalle. Sie griff mich darauf wegen einiger Lästerungen an, die ich gegen das weibliche Geschlecht ausgestoßen hatte, ich zog mich aber ziemlich geschickt aus der Sache. Überhaupt war ich heute mit meinem Geiste sehr zufrieden. Das interessanteste bey einem solchen neuen Verhältnisse ist die Neugier, womit sich die beiden Partheyen gegenseitig betrachten. Jeder ist auf die geringste Mine, auf jedes Wort des Andern aufmerksam. Kein kleiner Umstand ist ihm unbedeutend und gerade weil er eine Bedeutung darin sucht, macht er ihn für den Andern bedeutend. Diese wechselseitige Aufmerksamkeit schmeichelt der Eitelkeit beyder Theile unendlich. Ich werde meine Muse aufs Neue in Bewegung setzen. Ich sah heute zufällig ein noch unvollendetes Gemählde von Cecilien, welches den heiligen Johannes in der Entzückung darstellt. Das Mädchen hat herrliche Talente. Ich denke, eine Epistel über die Kunst wird keinen übeln Effekt machen.

Am 18. Februar. Gestern war ein sehr interessanter Tag. Es war Ball und Concert bei Tychsens. Ein Kampf folgte auf den andern. Usedom ist aus dem Felde geschlagen und gänzlich ruinirt; jetzt habe ich es nur noch mit Solms zu thun. Cecilie scheint sich in Rücksicht unserer Beyden noch nicht recht bestimmen zu können. Doch es ist schon viel, daß ein Doktor der Filosofie nicht längst hoch in die Höhe geflogen ist, da ein regierender Herr auf der andern Wagschaale liegt. Anfangs hatte ich das ganze Feld schon eingenommen und den Prinzen von Hohenlohe, der freylich nichts ist als ein Prinz, zu einem schimpflichen Rückzuge genöthigt. Da erschien Solms und bedrängte hart die Trojaner. Der Mensch hat wahrhaftig mehr Geist als es sich für einen Grafen schickt. Cecilie sollte nur zwey Tänze tanzen. Ich jagte meinem Widersacher den ersten Tanz ab; aber leider zu meinem Nachtheile, denn jetzt blieb ihm der Kehraus. Doch wollte sie mich nicht ganz trostlos seyn lassen und ließ mich daher vor sich knieen. Solms spielte eine für sich unangenehme Rolle dabey, denn er mußte selbst das Küssen vor mir niederwerfen. Nach dem Kehraus bemerkte ich etwas, das durchaus nur ein Fantom meiner Fantasie gewesen seyn kann. Ein Nebenzimmer war nicht sehr hell erleuchtet: ich sah Solms und Cecilien darin und er raubte ihr einen Kuß. Meine schwachen Augen und der Nebel, den die Ermattung vom Tanze und der Taumel des ganzen Abends darum gezogen hatte, müssen mich getäuscht haben. So etwas liegt durchaus nicht in Ceciliens Charakter, denn so kurze Zeit ich sie auch erst kenne, so kenne ich sie doch schon genau. Auch war die Gelegenheit zu unsicher und der Ort, trotz seiner Dämmerung zu sehr beobachtet, als daß Solms so etwas hätte wagen können. Ich will mir keine grauen Haare darüber wachsen lassen. Übrigens war sonst alles vortrefflich. Cecilie spielte ein Concert auf dem Fortepiano und ein anderes auf der Harfe, beydes zum Erstaunen. Auch ihr Johannes war fertig und vortrefflich gerathen. Ich hatte meine Epistel bey mir, um sie ihr gelegentlich zu überreichen, behielt sie aber zurück, weil sich eine schönere Gelegenheit darbot, die auch für mich glänzender und vortheilhafter ist. Als ich nehmlich das Gemälde nach Verdienst lobte, sagte sie, sie könne sich nie überreden, daß ich je ohne Ironie spreche. Morgen werde ich ihr nun das Gedicht, welches ziemlich lang ist, zuschicken, als hätte ich es heute gemacht, und darauf schreiben: »Für diejenigen, welche Gefühl für Ironie halten.« Man wird die Schnelligkeit meines Genies bewundern, denn die Epistel ist nicht übel gerathen, da ich über acht Tage daran gearbeitet habe.

Am 20. Februar. Es war heute schönes Wetter und ich ging auf dem Walle spazieren. Dort traf ich Tychsens. Cecilie unterhielt sich mit dem Herrn von Schönberg. Mich nahm der Hofrath gleich in Beschlag und demonstrirte mir, wie der Garten des Alkinous beschaffen gewesen wäre. Er vertiefte sich so sehr in diese Materie, daß ich mich gar nicht los machen konnte und kein Wort mit Cecilie sprach. Als ich befreyt war, verlor ich plötzlich, ich weiß nicht wie, alle Lust mich Cecilien zu nähern. Sie sah sich mehrere Mahle nach mir um, aber ich rührte mich gar nicht. Endlich, nicht weit von ihrem Hause, machte sie sich von ihrem Begleiter los, ging an meine Seite und fing selbst eine freundliche Unterredung mit mir an, die freylich nicht lange dauern konnte. Über das Gedicht fiel natürlich nichts vor.

Am 25. Februar. Die Beute ist mein und Solms hat das Feld räumen müssen. Ich bin der erklärte Liebhaber und gleichsam so privilegirt, wie es noch keiner vorher gewesen ist. Den gestrigen Tag kann ich den glorreichsten Tag meines Verhältnisses mit Cecilien nennen. Es war Ball bey Mayers. Anfangs stand ich ziemlich im Hintergrunde, ich weiß nicht aus welcher Laune. Solms benutzte diese Zeit und schien Fortschritte zu machen. Dieses erweckte mich aus meiner Indolenz. Ich trat hervor und ließ mich mit ihm in ein Scharmützel ein, welches beynahe eine halbe Stunde dauerte. Der Geist wurde auf beiden Seiten nicht gespart, Cecilie that auch das Ihrige hinzu und wir drey führten in einem Zirkel, worin man sonst nur gewöhnlich galante Fadaisen hört, eine so gehaltvolle und zugleich so brillante Unterhaltung, daß ein Theil der Gesellschaft aufmerksam darauf wurde. Die Götter waren mir günstig und Solms mußte nach einem hartnäckigen Widerstand seine Belagerung aufgeben. Jetzt hatte ich den Platz allein, und keiner schien sich von Neuem hervorwagen zu wollen. Ich benutzte meine Zeit vortrefflich, und brachte es dahin, daß Cecilie alle Mittel anwandte, mir zu gefallen. Wenn ich so fortfahre, so glaube ich gar, daß ich sie dahin bringen werde, mich zu lieben und das ist immer bey einem koketten Frauenzimmer keine kleine Heldenthat. Sie fing von meinem Gedichte an und sagte, ich schiene neulich auf dem Wall ihren Dank verschmäht zu haben. »Den Dank, Dame, begehr' ich nicht!« antwortete ich mit stolzer Bescheidenheit aus Schillers Handschuh und brachte schnell ein anderes Gespräch auf die Bahn. Diese scheinbare Uneigennützigkeit that eine große Wirkung. Sie sah mich erstaunt an und hielt mich für etwas Großes. Groß muß man ihr aber scheinen, wenn man sie fesseln will, denn sie hat einen kühnen Sinn. Cecilie tanzte nur mit Solms und mir. Solms hatte leider während seiner anfänglichen Thätigkeit mir den Kehraus weggenommen. Ich tanzte ihn deshalb nicht mit, stellte mich aber an's Ende der Kolonne und wartete auf eine Gunst von ihr. Solms kam mit den Küssen und warf es vor dem blonden Grafen von Schulenburg, der neben mir stand, nieder. Dies frappirte mich und ich trat aus der Kolonne. Man holte mich aber wieder herbey und ich mußte mich mit Cecilien in die Mitte setzen, während man um uns her tanzte. Cecilie sagte mir, ihr Tänzer schiene sie nicht verstanden zu haben, denn sie hätte ihm aufgetragen, das Küssen vor mir niederzuwerfen. Ich merkte, daß Solms mauvaise foi bewiesen hatte, konnte es ihm aber nicht übel nehmen, da ich es unter ähnlichen Umständen vielleicht ebenso gemacht haben würde. Nach geendigtem Tanz wollte Solms zum letzten Mahl sein Glück versuchen. Cecilie und ich saßen allein in einem Nebenzimmer. Er trat zu uns. Ein Glück für mich war es, daß er nicht allen seinen Geist aufbot, oder daß er vielleicht selbst zu verstimmt war, um noch geistreich seyn zu können; denn mich hatte meine Anstrengung schon sehr ermüdet. Er bat bloß um ihren Arm, ich hatte ihm aber schon früher diesen Vortheil abgenommen. Ich bedauerte ihn, als er zurücktrat, denn es ist nichts schmerzlicher, als in Gegenwart seines Nebenbuhlers einen solchen Abschlag zu bekommen. Meyer sagte mir heute, er, Solms, sei wüthend auf mich und hätte Lust mich todt zu schießen. Ich denke, so schlimm wird es nicht werden.

[…]

Am 14. März. Der heutige Tag war einer der interessantesten meines Verhältnisses. Ich hatte mit Dissen und Ziegler einige Flaschen Mallaga getrunken und kam deshalb erst spät, aber desto begeisterter in's Concert. Man gab den Tod Jesu von Graun. Der Saal war gedrängt voll. Ich verzweifelte, daß ich Tychsens finden würde, drängte mich aber durch einige Menschenhaufen hindurch und war so glücklich, Cecilie und Adelheit zu treffen, die am Ende einer Reihe und also zum Gespräch sehr bequem saßen. Mein guter Genius wollte es, daß ich grade hinter ihren Stühlen ankam, als die übrigen Cavaliere servente sich, ich weiß nicht durch welch' einen Zufall, auf einen Augenblick entfernt hatten. Ich eilte daher, hinter Cecilien in der vortheilhaftesten Stellung Posto zu fassen, und leitete gleich ein interessantes Gespräch ein. Die Unterredung wurde sehr animirt, wozu mein von Weingeist begeisterter Geist nicht wenig beytrug. Jetzt fiel mir eine neue Kriegslist ein. Cecilie hatte schon mehrere Mahle ihr Mißfallen an meiner Brille geäußert, weil ich, wie sie sagte, mich dahinter versteckte. Ich nahm die Brille ab, sah Cecilien ins Gesicht und fragte sie, ob sie keine Veränderung an mir bemerkte. Eine sehr angenehme, sagte sie freundlich. Ich werde sie nie wieder tragen, antwortete ich; ich wünschte, daß ich Ihnen größere Opfer bringen könnte. Ein holdseliger Blick belohnte mich. Ich war indeß nicht so uneigennützig als sie glaubte. Wenn Sie mich für dieses Opfer belohnen wollen, sagte ich, so geben Sie mir diesen Abend Ihren Arm. *Leider* hat mich schon ein Herr darum gebeten, erwiderte sie; sonst würde ich es sehr gern thun. Aber kommen Sie doch des Sonnabends am Nachmittage zu uns; meine Mutter hat mir schon mehrere

Mahle aufgetragen, Sie darum zu bitten. Dann will ich auch mit Ihnen ins Concert gehen, setzte sie schmeichelnd hinzu. – Du lieber Gott, ich glaube gar, ich werde ernsthaft verliebt werden, wenn ich dem Mädchen noch oft in das himmlische Auge sehe, besonders wenn dieses Auge mir so zulächelt wie heute.

Eh, vogue la galère
Tant qu'elle pourra voguer!

Ich wich den ganzen Abend nicht vom Platze. Solms stand nicht weit von mir und sah mich zuweilen grimmig an. Die Frau von Jasmund, mit der ich zerfallen bin und die einige Reihen hinter uns saß, theilte ihrem Liebhaber, dem Herrn von Komorrovsky einige Bemerkungen über mich mit, die mir nicht entgingen. Adelheit scheint mich zu hassen, vielleicht weil ich sie über ihre Schwester zu sehr vernachlässige. Ich habe fast noch kein freundliches Wort von ihr erhalten können, habe mir aber auch, um die Wahrheit zu sagen, noch nicht viel Mühe darum gegeben. Sie ist hübsch und hat Verstand und Talente, aber einen zu kalten und verschlossenen Charakter für mich.

Am 21. März. Ich war zweifelhaft, wie ich mich heute bey Tychsens einführen sollte. War Ceciliens Aufforderung bloß ein avis au lecteur gewesen, ohne speziellen Auftrag, so durfte ich mich nicht auf sie beziehen. Auch wußte ich nicht, welche Zeit ich zu diesem Besuche wählen sollte. Da ich nicht zu spät und nicht zu früh kommen wollte, ging ich um 5 Uhr hin. Ich fragte nach der Hofräthin und erfuhr, sie sey oben. Ich klopfte an die Thür und es rief Niemand herein. Endlich fiel mir ein, zum Hofrath hinaufzugehen. Ich hatte heute disputirt und es war ganz schicklich, daß ich mich für seine Gegenwart bedankte. Als ich einige Zeit mit ihm gesprochen hatte, blieb mir nichts übrig, als wieder fortzugehen, ziemlich mißvergnügt über den fehlgeschlagenen Versuch. Der Hofrath begleitete mich die Treppe hinunter, obgleich ich es verbat; es schien mir immer, als ob er mir noch etwas zu sagen habe. Unten auf der Diele begegnete uns seine Frau; er stellte mich ihr vor, was mir etwas sonderbar vorkam und sie bat mich, ob ich nicht Thee mit ihnen trinken wollte. Jetzt war ich geborgen. Nachher kamen mehrere und ich merkte jetzt erst, daß dieser Thee ein stehender sey, wozu die, welche im Hause vorgestellt waren, Zutritt hatten. Jetzt arbeitete ich fleißig daran, mich in die Gunst Aller festzusetzen. Dem Hofrath gab ich vollkommen Recht in einem Prozeß, den er mit seinem Gartennachbar führt, die Hofräthin lobte ich wegen ihrer vielseitigen Bildung, ich sah nehmlich einige historische Schriften auf ihrem Arbeitstisch, die Großmutter machte ich mir dadurch gewogen, daß ich Cecilien sehr ernsthaft tadelte, daß sie einen kleinen Garten, der hinter dem Hause ist, nicht allerliebst finden wollte. Cecilie sagte mir nachher: Sie sind ein feiner Schmeichler.

Am 28. März. Wenn ich noch viele so glückliche Tage erlebe, als den heutigen, so hat mich das Mädchen vielleicht auf immer gefangen. Ob ich indeß nach einem Jahre noch ebenso denken werde, wie in diesem Augenblicke, das weiß ich nicht und weil mir in diesem Augenblicke dieser Gedanke einfallen kann, ist es nicht möglich, daß ich schon ohne Rettung verlohren seyn sollte. Wunderbares Herz! du würdest in dieser Stunde alles aufopfern können für sie, du denkst an nichts als an sie und träumst nur von ihr, und doch kannst du glauben, daß dieses nicht ewig der Fall seyn werde? Wird denn das Gefühl, dessen ich doch wahrhaftig nicht wenig besitze, nie vermögend seyn, meine Besonnenheit zu täuschen? Doch es ist gewiß eine sehr nützliche Gabe der Götter, daß sie mir bey so unendlich viel Leichtsinn zugleich ein so mächtiges Gegengift dafür ertheilten. Ich werde in meinem Leben nicht viel thörichte Handlungen begehen, und doch alle die Vortheile genießen, die der Leichtsinn uns erlaubt. Heute war Cecilie in mich verliebt, denn sie vernachlässigte die Gesetze der Konvenienz meinentwegen, und das thut nie ein kaltes Herz, am wenigsten das eines Frauenzimmers. Selbst die Kokette achtet den Schein, wenn er ihr auch Hindernisse in den Weg legte, eben weil der Schein ihr Gott ist. Ich hatte heute meine Epistel über die Liebe geendigt und wollte eine Gelegenheit suchen, sie Cecilien in die Hände zu spielen. So ist mir noch nie etwas gerathen. Es sind beynahe viertehalbhundert Verse und fast keinen kann ich ganz schlecht nennen, obgleich ich sonst meine Gedichte recht gut zu beurtheilen verstehe und sehr wohl weiß, daß ich unendlich viele schlechte Verse in meinem Leben gemacht habe. In diesem Gedicht herrscht eine solche Zartheit des Gefühls, eine so geistige Empfindung, daß man es aus Luft gewebt nennen möchte. Ich bin der Liebe unaussprechlich viel Dank schuldig. Ehe ich in nähere Verhältnisse mit dem weiblichen Geschlechte trat, war ich ein ungesitteter Wilder, ein Wüstling, allen Ausschweifungen ergeben, nur zum Glück nicht der, die man Liebe zu nennen pflegt und wovor mich mehr die Furcht als die Sittlichkeit bewahrte. Die Liebe hat mir eine große geistige Zartheit, eine solche moralische Reinheit und Keuschheit gegeben, daß ich gegen den Besten mein Auge aufheben darf. Dieses ist um so wunderbarer, da ich von jeher nur mit Koketten in Verhältnissen gestanden habe. Doch gerade dieser Art von Verbindungen verdanke ich eine Gewandtheit des Geistes und eine Kenntniß des weiblichen Charakters, die man sich dort, wo alles Natur ist, nicht erwirbt, denn solche Fälle sind in der weiblichen Welt nur seltene Ausnahmen und man darf sich ja die Regel nicht von den Ausnahmen abstrahiren. Cecilie hatte heute das Geschäft, den Thee zu besorgen und saß daher nicht mit im Kreise der Gesellschaft, sondern an einem kleinen Tisch allein. Ich trat zu ihr und begann, um das Gespräch einzuleiten, vom Wetter. Ich schien mir in diesem Augenblicke selbst so komisch, da ich tausend Mahle über diese topics der gesellschaftlichen Unterhaltung gespottet habe, daß ich plötzlich laut über mich selbst zu lachen anfing. Cecilie bemerkte die Ursache; wir scherzten darüber und fanden so den besten Eingang. Das Gespräch wurde bald ernsthaft und begeistert. Ich nahm einen Stuhl, setzte mich mit dem Rücken gegen die Gesellschaft gewandt, zu ihr und wir blieben so fast den ganzen Abend und sprachen nur mit einander, ohne daß Cecilie dieses unschicklich gefunden hätte. Sie sprach mit solch einer schönen Beredsamkeit, mit solchem Feuer über viele interessante Gegenstände, daß sie mich in Erstaunen setzte. Wir geriethen auf die Verachtung, welche ein sklavischer Sinn verdiene, und ich rief mit Enthusiasmus: noch nie habe ich einem Mann gedient, aber jetzt diene ich. Wem? fragte sie. Keinem König, sagte ich, sondern einer Königin. Ich warf hierbey einen glühenden Blick auf sie. Das verdiente Belohnung. Ihr Vater hatte ihr vom Garten die guten Gaben des Frühlings, einige Schneeglöckchen, mitgebracht, und sie hatte sie vor die Brust gesteckt. Sehen Sie diese Blume, sagte sie, indem sie eine von der Brust nahm, sie drängt sich aus der Erde hervor, wenn noch Schnee und Eis darauf ruht, um zuerst die Wiederkunft der freundlichen Sonne zu begrüßen. Ihr Leben müßte ihr sehr theuer seyn, weil sie es so sehnsüchtig suchte, und doch welkt sie gerne, um uns Freude zu machen. Sie gab mir die Blume, und ich barg sie an meinem Herzen. Eine solche Gunst ist etwas unerhörtes bey ihr. Das Gespräch wurde immer interessanter und lebhafter und die Unterhaltung der übrigen Gesellschaft, ich weiß nicht aus welcher Ursache, immer eintöniger und schläfriger. Plötzlich hörte sie auf einige Augenblicke ganz auf und wir erschracken, als wir unsere beyden Stimmen allein so begeistert reden hörten. Cecilie stand jetzt auf und setzte sich ans Klavier. Ich hatte bisher noch keine Gelegenheit gefunden, ihr mein Gedicht zu geben, ich folgte ihr also dorthin. Sie spielte eine sehr kunstreiche und fantastische Fantasie von Sebastian Bach mit bewundernswürdiger Fertigkeit und leidenschaftlichem Ausdruck. Ihre Mutter ermahnte sie mehrere Mahle, aufzuhören, weil ihre Nerven zu sehr dadurch gereitzt würden, sie antwortete aber: Dieser Schmerz ist das einzige Glück, welches mir in meinem zwangvollen Leben übrigbleibt. Sie darf nehmlich weder tanzen noch sonst in mancher andern Rücksicht das

Leben genießen, weil sie von ihrer Nervenkrankheit noch zu schwach ist. Als sie geendet hatte, sagte ich ihr, ich glaube aus Gewohnheit, eine galante Schmeicheley, aber sie antwortete mit einem strafenden Blick: Mein Gott, sinken Sie doch nicht wieder so tief zur gewöhnlichen Welt hinab! Noch immer wollte sich keine Gelegenheit darbieten, meinen Vorsatz auszuführen; die übrige Gesellschaft hatte sich schon verlohren, es wurde spät und es war unhöflich, länger zu bleiben. Dieses merkte auch Cecilie zuletzt. Sie wußte, was mich die Zeit vergessen ließ und trat daher von mir zurück. Ich merkte die Weisung und empfahl mich. Ich wünsche, daß meine Hartnäckigkeit, mit welcher ich blieb, bey den Übrigen keinen bösen Eindruck gemacht haben möge.

Am 5. April. Gestern Abend kam ich nach Tychsens, hörte aber, daß kein Besuch angenommen werde, weil Cecilie krank geworden sey. Die Krankheit hat übrigens nicht viel zu bedeuten. Um meinen Abend hinzubringen, ging ich auf einen Augenblick zu Hannchen Schrader und trank Thee bey ihr. Seit unendlicher Zeit war ich hier nicht gewesen. Es ist Pflicht von mir, sie nicht ganz zu vernachlässigen, weil sie größtentheils durch meine Schuld zu weit geführt wurde und weil fast kein Frauenzimmer mir größere Vortheile über sich eingeräumt hat. Sie merkt meine Kälte sehr gut, hat aber vielleicht leichten Sinn genug, sich zu trösten. Als ich zu Hause kam, fiel mir eine List ein, die mir Vortheil bringen wird. Ich hatte schon früher ein Gedicht über den Schmerz angefangen und es schon ziemlich weit ausgeführt, ließ es aber liegen. Heute Abend setzte ich mich wieder davor. Mit Hülfe der Götter gelang es mir ziemlich. Ich setzte einen passenden Schluß daran und sandte es heute Cecilien zu. Man wird glauben, ich hätte die ganze Epistel an diesem Abend gemacht, und mich abermals bewundern. Wer nichts seyn kann, muß wenigstens scheinen und in dieser Kunst habe ich es zum Glück weit genug gebracht. Im Anfange meiner Universitätsjahre, als ich für keinen Heller gelernt hatte, hielt man mich für sehr gelehrt. Als ich nachher in die hiesigen Gesellschaften eingeführt wurde und aus Selbstlosigkeit darin schwieg, hielt man mich doch für sehr geistreich; als ich aus Ärger über die Langeweile, welche mir die meisten Gesellschaften machten, medisant und boshaft wurde, galt ich für einen äußerst witzigen Kopf; als ich aus einem augenblicklichen raschen Gefühl, vielleicht auch aus Eitelkeit, einige lobenswerthe Dinge beging, glaubte man, ich sey ein Muster von Großmuth und Hochherzigkeit.

Die Welt will ja betrogen seyn,
Drum werde sie betrogen.

Am 11. April. Ich erhielt heute freundliche Worte und freundliche Blicke für mein Gedicht. Man versicherte mir, daß man ihm zum Theil seine Wiederherstellung verdanke und daß man länger als eine Stunde daran gelesen und es immer wieder von neuem gelesen habe.

Am 14. April. Ich hatte eine sehr schöne Rose mit neunzehn Knospen gekauft um sie Cecilien zu schenken. Es bot sich heute eine glückliche Gelegenheit dazu an. Ich machte eine Visite bey der Hofräthin und sah eine kleine Monatsrose im Fenster, die ein recht klägliches Ansehen hatte. Ich spottete darüber, aber Cecilie sagte: Dies ist die einzige Blume, die ich in der Welt habe, aber ich habe ebensoviel Freude davon, als meine Schwester an ihrem ganzen Rosenflor. Ich bat sie jetzt, da sie für ihre Blumen so sehr sorge, meine Rose in Verwahrung zu nehmen und mir zu Liebe sie zu pflegen. Der Vorschlag wurde mit Dank angenommen. Zum Glück hat meine Rose noch einige Knospen mehr, als die schönste aus Adelheits Gewächshause. Wenn dieses Journal zufällig Jemandem in die Hände gerathen sollte, so wird er gewiß sagen: Mein Gott, wie hat sich der Mensch amüsiren können, so unbedeutende Kleinigkeiten, als der heutige Tagesbericht enthält, aufzuschreiben? – Lieber Freund, Du bist gewiß noch nicht verliebt gewesen, sonst würdest Du wissen, daß einem Verliebten eine Stecknadel seines Ideals ebenso wichtig ist, als dem Engländer die magna charta. Ich schreibe ja auch nicht für Dich, sondern für mich und die Langeweile ist wahrhaftig noch eine ganz gelinde Strafe für Deinen Vorwitz, womit Du Dich in fremde Geheimnisse drängen willst.

Am 15. April. Heute war ein großer Thee bey Wunderlichs. Anfangs unterhielt ich mich mit Cecilien recht angenehm. Zum Unglück hatte ich aber meine bissige Laune, ein Charakter, mit dem man in Ceciliens Herzen nicht viel Glück macht, wenn auch ihr Geist sich genug dabey amüsirt. Wir sprachen von einem Thee, der vor kurzem bey dem Konsistorialrath Stäudlin gewesen war, und ich neckte Cecilien damit, daß der alte geistliche Herr, der, nebenbey gesagt, die lächerlichste Karrikatur ist, die jemals auf dem Katheder gestanden hat, sterblich in sie verliebt sey. Die junge Welt hatte bey ihm tanzen wollen, er aber hatte mit großem Grimme den Flügel zugeschlossen und den Schlüssel in die Tasche gesteckt. Ich versicherte Cecilien, dieses Betragen habe seinen Grund allein in der Liebe zu ihr, da sie nicht tanzen dürfe. Sie antwortete mir, daß sie sich dieser Liebe gar nicht schäme und daß sie sehr gerne in seiner Gesellschaft sey. Ich sagte, mir liege eine sehr boshafte Bemerkung auf der Zunge, ich wolle sie aber ihr zu gefallen wieder hinunterschlucken. Wenn die Bemerkung auf mich geht, so will ich Ihnen erlauben, nicht daran zu ersticken, erwiederte sie; wenn sie gegen andere gerichtet ist, so kann ich Ihnen nicht helfen. Man sucht gern eine Folie zu seiner Schönheit, obgleich man sie nicht nöthig hat, sagte ich. Kaum hatte ich diese Worte gesagt, so wandte sich Cecilie unwillig von mir ab und sagte: Wir sprechen heute kein Wort wieder miteinander. Ich konnte diesen plötzlichen Zorn nicht begreifen, sah aber jetzt plötzlich, daß Christel Mayer an Ceciliens Seite saß. Leider ist diese von der Natur sehr stiefmütterlich in Rücksicht ihres Körpers behandelt und Ceciliens vertraute Freundin. Ich merkte jetzt, worauf Cecilie meine Worte gedeutet hatte. Ich redete sie noch einige Mahle an, erhielt aber keine Antwort. Nun wurde ich auch grimmig; ich stellte mich so, daß sie jedes Wort von mir hören konnte und fing an, über die ganze Welt aufs gehässigste zu medisiren. Nachher stand Cecilie auf, nahm mich bey Seite und machte mir heftige Vorwürfe über mein Betragen. Ich antwortete, ich fühlte mich sehr beleidigt, daß sie mir die niedrige Absicht zuschreiben könne, ihre Freundin wegen ihres Körpers verspotten zu wollen. Wir versöhnten uns heute Abend nicht.

Am 18. April. Ich überredete heute Dissen, mit mir nach Tychsens zu gehen, weil er schon übermorgen nach Marburg abreisen will. Ich fragte bei meiner Ankunft Cecilien, ob sie noch zürne und sie antwortete, sie sollte es billig thun, indeß sie verzeihe gern, wenn ich bereute. Ich weiß jetzt nicht, quelle mouche me piqua – genug, ich gerieth auf den Einfall, den Beleidigten zu spielen. Wollten Sie nicht die Güte haben, etwas mit mir zu reden? sagte sie endlich. Wenn Sie es verlangen, recht gern, antwortete ich; sollen wir vom Wetter oder vom Kriege reden? Die Antwort verdroß sie, der Streit erregte Aufmerksamkeit und die Gesellschaft mischte sich darin. Adelheit hatte mir unterdeß eine Amaryllis gezeigt, die ich unausstehlich fand; zugleich tadelte ich eine sehr schöne Moosrose, die sie hat, und sagte, sie wäre so steif, als eine Grazie in der Schnürbrust. Adelheit wurde hierüber böse und sagte mir, als ich Abschied von ihr nahm: Gehen Sie, Sie nehmen meinen ganzen Zorn mit sich. Als ich mich Cecilien empfahl, flüsterte sie mir zu: Von mir hingegen nehmen Sie die Verzeihung mit. Dieses war wirklich schön von ihr. Ich sprach nachher mit Dissen darüber, welcher mich tadelte und mir nachher versprach, für mich zu reden und mich Cecilien als einen der Wenigen zu empfehlen, die ihres näheren Vertrauens werth wären. Diese Empfehlung kann von Nutzen seyn, denn sie ehrt Dissens Meinung außerordentlich.

Am 25. April. Heute kam ich nach Tychsens, um mich völlig mit Cecilien zu versöhnen und ihr wo möglich die Epistel, die das Geständniß meiner Liebe enthält, in die Hände zu spielen. Ich fragte sie, ob sie sich des vorigen Sonnabends noch erinnere, und sie sagte mir zu meiner Freude, sie habe ihn ganz vergessen. Ich bat Cecilien, mir die Fantasie von Bach, die mir neulich so sehr gefallen habe, noch einmahl vorzuspielen. Ich sagte ihr so viel Schönes über ihren Geschmack in der Musik und urtheilte über einige Punkte so richtig – zum Glück hatte ich am Nachmittage in Kirnbergers Kunst des reinen Satzes in der Musik studirt, – daß sie sich endlich bewegen ließ. Sie spielte bewunderungswürdig und es war keine Verstellung von mir, als ich ihr sagte, ich sey von den Tönen sehr ergriffen. Sie gab mir zum Dank noch eine Fuge in den Kauf. Solms unterhielt Cecilien sehr angelegentlich; ich war in beständiger Unruhe wegen der Ausführung meines Unternehmens und hatte daher nicht Freyheit des Geistes genug, um interessant unterhalten zu können. Endlich nahm ich ihren Strickkorb, um das Gedicht, das ich im Aermel hatte, unbemerkt hineinzuspielen. Aber da saß mir Adelheit gegenüber mit ihren Argusaugen und gab auf meine kleinste Bewegung Acht, als hätte sie meine Absicht geahnt. Ich stand endlich auf, that als ob ich den Korb aufs Klavier setzte, behielt ihn aber und trat an's Fenster, um nach dem Wetter zu sehen. Hier gelang mir, was ich wünschte, kaum aber war es geschehen, so fing Adelheit laut an zu lachen. Jetzt forderte Cecilie ihren Korb und ich wußte nicht, was ich thun sollte, denn das Gedicht lag ganz oben. Ich verweigerte ihn scherzend, hätte mich aber nicht lange vertheidigen können, wenn nicht die Gesellschaft aufgebrochen wäre. Während der Abschiedskomplimente trat ich zu Cecilien und sagte ihr heimlich, sie habe einst mein erstes Gedicht an die Frau von Stockhausen zu sehen verlangt, ich habe es in ihren Strickkorb gelegt, sie müsse mir aber heilig versprechen, es keinem zu zeigen. Ich wiederholte diese Bitte noch mehrere Mahle angelegentlich und mit bedeutenden Minen und Worten. Jetzt ging ich fort und beschloß, vor künftigen Sonnabend nicht wiederzukommen, damit ich ihr Zeit ließe, einen Entschluß wegen ihres künftigen Benehmens gegen mich zu fassen. Mein Vorwand mit der Frau von Stockhausen ist sehr glücklich ersonnen, denn er schützt mich von allen Seiten. Dieser Schritt muß Solms, der seit meinem Zank mit Cecilie sein Haupt wieder etwas empor zu heben anfing, ruiniren. Aber auch für mich kann er sehr wichtige Folgen haben, die ich jetzt nicht bedenken will.

Am 2. May. Heute ging ich mit etwas sonderbaren Empfindungen nach Tychsens. Neugier und Verlegenheit kämpften in mir. Noch nie habe ich mit solch einem Mädchen in einem Verhältniße gestanden. Ich trat indeß ziemlich ruhig in's Zimmer. Es war noch niemand da. Cecilie saß am Clavier. Ich verbeugte mich beym Hereintreten halb gegen sie und ging dann zur Hofräthin. Als ich einige Worte gewechselt hatte, trat ich zu Cecilien. Sie lächelte mich mit einem unbeschreiblich süßen Blick an und wir sprachen dann ungenirt von gleichgültigen Dingen. Der Abend verging zu meinem Erstaunen ohne etwas merkwürdiges. Sie hat wahrhaftig die klügste Parthie ergriffen.

Am 3. May. Die Hofräthin hatte mir gestern Vorwürfe gemacht, daß ich sie noch nicht auf dem Garten besucht habe. Ich ging heute hin. Ich hatte meinem Geist mehr zugetraut, als er leisten konnte. Ich war noch in der Verdauungszeit und daher ohne Verstand. Ich setzte mich schon etwas verdrießlich entfernt von Cecilien, Usedom aber stand bey ihr und sagte ihr ohne Aufhören Dinge, die zum Eckel läppisch waren. Mit jeder Minute wuchs mein Ärger, nicht weil ich grade eifersüchtig war, sondern weil mein Ideal solche Fadaisen, wie es mir schien, mit Vergnügen anhören konnte. Endlich gingen wir wieder hinauf. Ich versuchte es noch einmahl, mich Cecilien zu nähern, aber mein Geist war durch meinen Ärger gänzlich unterdrückt. Sie schien mir so kalt wie Eis. Ich bat sie beym Fortgehen um ihren Arbeitskorb. Sie gab ihn mir, nahm ihn aber gleich wieder. Ich trat darauf an den Sofa, sah ein Buch liegen, nahm es mechanisch und fand, daß es ein englischer Roman der Mstrß. Burney »Cecilia« war. Halb aus Bewegung, halb mit Bedacht, warf ich es, sobald ich den Titel gelesen hatte, mit Heftigkeit auf den Sofa zurück. Ich wollte darauf schwöhren, daß sie es bemerkt hatte. Beym Zuhausegehen ging ich neben der Mutter und unterhielt mich angelegentlich mit ihr. Auf dem Wall kam ich zufällig an Ceciliens Seite. Meine Knöpfe, worin die Sonne sich spiegelte, warfen ein Licht in den Schatten. Um ein Gespräch auf die Bahn zu bringen, sagte sie: Sehen Sie, die Sterne tanzen vor Ihnen. Ich antwortete mit Bitterkeit: Alle Verklärung ist nur Schein, und ging wieder an die Seite der Hofräthin. Beym Abschiednehmen vor der Hausthür warf sie noch einen Blick auf mich, ich gab ihr aber nur eine halbe Verbeugung mit einem etwas verächtlichen Blick und ging zu Hause. Obgleich ich höchst ärgerlich seyn sollte, empfinde ich doch eine gewisse Zufriedenheit, vielleicht weil ich mich männlich betragen habe.

Am 6. May. Ich war heute in einem großen Thee beym Hofrath Mayer. Auch Cecilie war da. Ich setzte mich zu Christel Mayer, die an ihrer Seite saß, und sagte dieser tausend Artigkeiten und ließ auch zuweilen einige unbedeutende Worte gegen Cecilien fallen. Sie wollte mich auf die Probe stellen und sagte: Am Sonnabend reise ich nach dem Harz. Ich merkte die List und stellte mich ziemlich gleichgültig bey der Nachricht. Endlich war ich allein mit ihr in einem Fenster. Ich fragte sie, ob ich sie beleidigt habe, und da sie nach diesem Anfange eine Demüthigung von meiner Seite erwartete, antwortete sie etwas vornehm: Das könnte wohl möglich seyn. Ich sagte, ich hätte es bemerkt, denn sie behandelte mich seit einiger Zeit mit Geringschätzung. Ich machte durchaus keine Ansprüche, wollte ihr aber frey gestehen, daß ich auf keinen Fall Verachtung ertrüge. Diese Rede stimmte sie um. Verachtung? rief sie sehr lebhaft; ich dächte, Sie hätten Beweise vom Gegentheil! Warum wollten Sie mir neulich Ihren Arbeitskorb nicht geben? fuhr ich sanfter fort; Sie hätten mir eine Freude damit gemacht, aber es schien Ihnen Freude zu machen, mir wehe zu thun. Glauben Sie mir nur, der Schein trügt! sagte sie mit einem freundlichen Lächeln. Den Arbeitskorb wollte ich neulich keinem geben, weil der Herr von Usedom einen Witz machte, den ich Ihnen nicht wieder erzählen will, setzte sie mit einer bedeutenden Mine hinzu. Sie waren wirklich ein wenig zu sehr aufgebracht, denn ich bemerkte, daß Ihnen selbst mein armer *Name* Abscheu erregte. Ich bewunderte die feine Koketterie. Jetzt wurden wir zum Spiel abgerufen und setzten uns nebeneinander. Die Gesellschaft hatte unser Gespräch beobachtet und warf uns Blicke zu, Minna Schlegel, die mir zur Seite saß, flüsterte mir etwas von den Reitzen der Versöhnung in's Ohr. Ich triumfirte mit keckem Gesicht, denn dieses Verhältniß ist wahrhaftig nicht unrühmlich für mich in den Augen der Welt. Ich war sehr heiter und amüsirte mich im Gefühl meiner Sicherheit darüber, als der Graf Bochholtz Cecilien eine halbe Stunde lang die schönsten Sachen von der Welt vorsagte. Der Mensch hat unaussprechlich viel Geist und ich wüßte wohl, wen ich vorzüge, wenn ich Cecilie wäre. Beym Zuhausegehen fragte ich Cecilien, ob sie mir heute ihren Korb geben wollte. Sie antwortete: Sehr gern! und ich begleitete sie hinunter, um ihr auch meinen Arm zu biethen. Zum Glück zögerten wir etwas auf der Diele, als wir herauskamen und ich ihr den Arm gab, waren die Andern schon um die Ecke. Als wir sie einhohlten, sah ich, daß sowohl die Hofräthin als Adelheit ohne Führer waren. Hätte ich Cecilien nicht schon am Arm gehabt, so hätte ich mich wenigstens der Hofräthin anbieten müssen.

Am 9. May. Heute habe ich viel gewonnen. Cecilie zerpflückte Blumen, und als ich die Ursache wissen wollte, sagte sie, sie frage das Orakel. Man könne daraus erfahren, ob unser Freund oder unsere Freundin uns liebe. Ich gab ihr eine Blume und bat sie, für mich zu fragen. Man hat in diesem Orakel mehrere Stufen. Zuerst Gleichgültigkeit, dann etwas Neigung, darauf Liebe, endlich herzliche und schmerzliche Liebe. Sie pflückte an der Blume und schien, als sie gegen das Ende kam, die übrigen Blätter zu zählen. Darauf pflückte sie weiter, und es blieb »Liebe« über. Ihr Freund liebt sie, sagte sie, das mag Ihnen genug seyn. Das bloße Wort Liebe sagt mehr als herzliche und schmerzliche Liebe. Ich verstand den *Freund* recht gut und machte keine Einwürfe. – Das Verhältniß zieht sich langsam hin, aber es hat immer neuen Reitz. Bey der Frau von Pentz hatte ich in vier Tagen mehr gewonnen, als hier in vier Monaten, aber dafür dachte ich nach vier Monaten an die Pentz schon mit ziemlicher Kälte, während mir jetzt dieses Verhältniß noch nicht vier Tage alt zu seyn scheint. Verliebt bin ich, aber ich glaube, ich kann es meiner Natur nach nie so sehr werden, daß ich über meinen Zustand keine Reflexionen aufstellen sollte.

Am 23. May. Am vorigen Sonnabend war ich launisch gewesen. Ferdinand von Usedom, gegen den sein Vetter Gustav noch ein Engel ist, hatte mich durch sein unleidliches Geschwätz, womit man Ratten vergiften könnte, so aufgebracht, daß ich ihm einige derbe Spöttereyen sagte. Auch Rütz glaubte sich von mir beleidigt und ließ mich am andern Tage constituiren. Dieser Mensch ist mir von jeher so unbedeutend gewesen, daß ich ihn selten bemerkt, viel weniger mir die Mühe gegeben habe, über ihn zu spotten. Nicht einmahl eine hervorstechende Lächerlichkeit hat der flache Mensch. Ich konnte ihm daher mit gutem Gewissen bedeuten lassen, daß ich nicht an ihn gedacht habe. Gegen Cecilie war ich unartig gewesen, ebenso auch gegen die Hofräthin. Ich hatte daher viel gut zu machen. Hierzu gab mir die herrliche chromatische Fantasie von Bach Gelegenheit. Ich suchte in einem Gedichte ungefähr denselben Wechsel der Empfindungen auszudrücken, wie er in jener Fantasie sich so herrlich zeigt, und gab es heute Cecilien. Besonders hatte ich die Vaterlandsliebe und die Religion hervorgehoben. Für Beydes schwärmt das Mädchen (oder scheint es wenigstens?). Sie warf mir meinen Geschmack für das Ausländische vor und ich vertheidigte mich mit der Idee eines allgemeinen Schönen, welches an keine Zeit und an kein Land gebunden sey. Auch machte sie mir Vorwürfe über meinen versteckten Charakter, von dem sie auch noch nicht das geringste hätte errathen können. Dieser Vorwurf war mir angenehm, denn je weniger sie mich kennt, desto wunderbarer scheine ich ihr.

Am 26. May. Eben wollte ich mich an den Prometheus setzen, als die Hofräthin mich bitten ließ, mit nach Ulrichs Garten zu gehen. Ich warf schnell mein Negligé ab, fand Tychsens aber schon vorausgegangen. Am Thore holte ich sie ein. Cecilie warf mir einen von den Blicken zu, die ihr über das unempfindlichste Herz eine so unwiderstehliche Gewalt geben. Ich glaube, daß alle Wünsche meiner Liebe sich bloß auf solche Blicke beschränken könnten. Von meinem Gedicht wurde nichts gesprochen. Um meinen Charakter noch wunderbarer scheinen zu lassen, obgleich er wunderbar genug ist wenn man ihn genau kennt, hatte ich mich von jeher gegen Cecilie gestellt, als könne ich durchaus keinen Dank ertragen. Bey einer ähnlichen Gelegenheit sagte ich ihr sogar mit einem Ungestühm, der sie ängstlich staunen machte, aus Schillers Handschuh die Worte: Den Dank, Dame, begehr' ich nicht. Um gegen mich selbst indeß die Wahrheit zu reden, muß ich gestehen, daß sowohl Ceciliens Lob als das mancher andern, die ich schätze, mich durchaus nicht gleichgültig läßt. Als wir Thee getrunken hatten, gingen wir über den Wall zu Hause. Unterwegs konnte sich Cecilie indeß nicht enthalten, mir zu sagen: Aber wie schön ist Ihre Fantasie! Jedes Gedicht, das ich von Ihnen lese, ist herrlicher, als das vorige, und dieses letzte setzt allen frühern die Krone auf. Ich antwortete, dieses sey ganz natürlich, weil ich sie immer genauer kennen lerne. Wahrscheinlich vermochte sie es nicht über sich, auf das Gedicht deuten zu wollen, welches mein Geständniß enthielt, denn dieses ist unstreitig das beste, was ich in meinem Leben hervorgebracht habe und vielleicht hervorbringen werde. Sie bat mich um einen Hymnus auf Sebastian Bach und vertraute mir zugleich, daß sie an einem Gemählde arbeite, welches Bachs Verklärung darstellen solle. Wenn ich mich stark genug dazu fühle, will ich das Werk unternehmen. Ich kann ihr zugleich auf eine feine Art darin schmeicheln, indem ich die Ideen darin poetisch ausführe, die sie in ihrem Gemählde anbringen will.

Am 30. May. Mein Herz feyerte heute einen schönen Triumf. Beym ersten Anfange des Frühlings hatte ich von Cecilien ein Schneeglöckchen erhalten, das sie als das erste Geschenk der Natur an der Brust trug. Ich hatte es sorgsam verwahrt, denn es ist die einzige wirkliche Gunst, derer ich mich von ihr zu rühmen weiß. Heute rühmte sich Gustav von Usedom mit einem Bouquet, welches eine unbekannte Hand ihm geschickt habe. Wir scherzten darüber und riethen hin und her auf den Geber. Endlich sagte Cecilie: Ich werde es nicht errathen, wem Sie es zu verdanken haben, ich weiß nur, daß ich die heimliche Freundin nicht gewesen bin, denn ich habe nur *eine* Blume in meinen Leben verschenkt. Hiebey sah sie mich an und ich rief triumfirend: Und ich habe schon manche Blume geschenkt erhalten, aber nur eine aufbewahrt.

Am 13. Junius. Am vorigen Sonnabend war nichts mit mir anzufangen, ich nahm daher meine Zuflucht zu meinen gewöhnlichen Hülfsmitteln, um Geistlosigkeit zu verbergen oder zu beschönigen, und fingirte Kopfweh. Diese Geistlosigkeit kommt indeß so oft, daß ich wirklich im Zweifel bin, ob ich Geist habe oder nicht. Heute war ich indeß so heiter wie der blaue Himmel über mir. Als ich zu Tychsens kam, hörte ich, daß sie auf dem Garten wären. Ich fand niemand als die Großmutter, welche sich von mir bereden ließ, sich von mir auch nach dem Garten führen zu lassen. Die gute Frau hat mich sehr in Affektion genommen und scheint in mir den künftigen Schwiegersohn zu betrachten. Auch die Hofräthin sieht mich oft mit einer so prüfenden Neugier an, als ob sie sagen wolle: Sollten wir nicht noch einmahl näher bekannt werden? In der Stadt geht übrigens schon das Gerücht, daß wir verlobt wären. Ich erwartete heute einen Dank von Cecilien, wegen des Hymnus an Bach, den ich ihr vor einigen Tagen überschickt hatte, erhielt aber nur wie gewöhnlich einen durchdringenden Blick. Anfangs war ich ausgelassen lustig, weil ich noch immer auf ein Lob hoffte, als dieses aber nicht erfolgte, fand sich meine Eitelkeit etwas beleidigt und ich ward stiller. Ich bin doch ein schwaches Geschöpf, trotz aller der Seelengröße, die ich oft gegen mich selbst affektire. Ist es nicht sonderbar, daß ich mich beleidigt fühle, wenn mir das nicht gegeben wird, was ich zu verachten vorgebe? Beym Zuhausegehn erzählte ich, daß ich unter dem Planeten Merkur gebohren wäre, und daß der hundertjährige Kalender mir in dieser Rücksicht die Nativität gestellt hätte, ich würde hinter dem Berge halten. Hier fand Cecilie wieder eine schöne Gelegenheit, mir meine Unbegreiflichkeit vorzuwerfen. Ich lachte heimlich in meiner Seele.

[…]

Am 1. August. Ich bin es müde. Nicht länger will ich die Launen eines koketten Mädchens tragen. Von heute an breche ich, wenn es meinem Herzen auch etwas kosten sollte. Kein freundliches Wort, kein Blick für meine zarte, für meine unendliche Liebe, während anderen, die nicht so viel werth sind, als mein Schatten, indem sie Unsinn sprachen, eine freundliche Aufmerksamkeit gegönnt wurde. O Gott, dieses Mahl hat mich meine Menschenkenntniß betrogen. Ich kannte noch keine Kokette, die mit Gefühl prunkt, während sie kälter ist, wie Eis. Meine Eitelkeit verdiente wohl eine solche Strafe und die Frau von Pentz ist gerächt. Es war ein schöner Traum, der seeligste meines Lebens, er hat mir viel Freude gemacht, ich will nicht undankbar seyn. Es ist ja kein Traum ohne Erwachen, und das Leben ist nur trockene Prosa. Ich wollte, daß ich todt wäre. Wenn auch drüben nichts ist, so langweilte ich mich hier doch nicht länger. Mein Gefühl wird verwelken, in dieser Liebe hat es sich erschöpft. Auch gut! Sind doch die Narren und die herzlosen Menschen glücklich, die ich heute sah. Ich habe mich gegen mich selbst verstellt, als ich dieses Verhältniß auf eine leichte Weise zu behandeln vorgab. O meine ganze Seele war darin! Alle meine früheren Verbindungen waren Kitzel der Eitelkeit und Sinnentrug; diese hat mich besser gemacht, um mich unglücklicher zu machen, doch ich will kein Thor seyn. Sollte ich auch meine zarteren Gefühle aufopfern, ich will meinen Leichtsinn wieder erkaufen. Dann aber ist die Reihe an ihr, Kränkungen zu dulden, wie ich sie jetzt geduldet habe. O wäre es mir doch gegeben, so unausstehlich fade zu seyn als einige Menschen. Ich würde sie mit geplanten Albernheiten überschütten, und, weil sie mich kennt, würde ich ihr kein deutlicheres Zeichen von Verachtung geben können. Sie hat mir meine schönsten, meine tiefsten Gefühle gekostet. So kann ich nie wieder lieben und ein Leben ohne Liebe, o Gott, das ist eine Nacht ohne Sterne.

Ich könnte mich selbst betrügen; ich könnte sagen: sie will ihre Liebe verbergen, darum handelt sie so. Hat sie nicht, als ich heute Abend einige versteckte bittere Anmerkungen nicht zurückhalten konnte, gesagt: »Der Schein trügt!« Antwortete sie nicht, als ich ihr vorwarf, sie schiene heute sehr übler Laune: »Das ist mir sehr leid!« Nein, ich will keine furchtlose Täuschung mehr. Aus dem innersten Herzen hatte ich geschrieben:

Gieb mir ein Blümchen, wenn Du nicht reden darfst,
Gieb Deines Lächelns flüchtigsten Sonnenstrahl,
Den stillsten Blick nur mir zum Pfande,
Daß Du mein Inneres ganz errathen.

Warum weigerte sie mir denn mit kalten Worten die Blume, um die ich sie bat? Forderte ich denn Liebe von ihr? Nein, ich wollte nur, sie sollte mein Herz für das anerkennen, was es ist, sie sollte mich achten. Sie hat nicht gewollt. Gut, wir sind auf ewig getrennt. Ich habe wenigstens noch Kraft genug, mich selbst zu schätzen, wenn ich auch in diesem Augenblicke nicht Kraft genug habe, ruhig zu seyn. Ihre Eitelkeit verliert an mir, auch das ist schon Rache. Sie hält mich vielleicht für einen Alltagsmenschen, der zehnmahl zurückgestoßen mit derselben Höflichkeit wiederkömmt. Nein, ich bettle um keine Gunst, die ich verdienen zu können glaube. Sie hat mich vielleicht unglücklich gemacht, aber erniedrigen soll sie mich nicht.

Am 2. August. Ich will einmahl ein wenig mit mir selbst abrechnen. Gestern Abend war ich zu heftig und ich habe mich wahrhaftig lächerlich gegen mich selbst betragen. Was für Gründe habe ich denn eigentlich, so aufgebracht zu seyn und wenn ich wirklich Gründe habe, berechtigen sie mich, mich unglücklich zu fühlen? Sie war nicht freundlich gegen mich, sprach nicht viel mit mir und wollte mir die Blume nicht geben, die ich von ihr als ein Zeichen forderte, daß sie mein Gefühl ehre. Daß sie mir durchaus lächerliche und nichtsnutzige Leute vorgezogen habe, ist mit meiner Erlaubniß nicht wahr. Sie sprach freylich anfangs viel mit Usedom, aber doch nur in der Zeit, als das Gift noch nicht in mir war. Nachher, während meines pitoyablen Zustands, unterhielt sie sich fast nur mit Ältster. Ich würde es ihr selbst verdenken, wenn sie den nicht schätzte. Dafür war ich gestern von Anfang an durchaus nicht liebenswürdig. Sie darf mir doch nicht nachlaufen und mir die Avancen machen. Wenn ich gerecht seyn will, so muß ich erwägen, was sie oft bey meinem Betragen fühlen mag. Ich bin, wenn mich die Laune anwandelt, oft so einsylbig, so ohne alles Leben und ohne die mindeste Theilnahme, daß sie oft vielleicht ebenso erzürnt auf mich seyn mag, als ich auf sie. Ihr Vergehen beruht also darin, daß sie mir die Blume nicht geben wollte. Dieses war entweder Laune oder weibliche Delikatesse, oder Scheu vor Usedom, der sie zuweilen mit mir zu necken scheint. Auch muß sie bedenken, daß die kleinste Gunst, die sie mir ertheilt, von der größten Wichtigkeit sey, da sie das Verhältniß kennt, worin ich zu ihr stehe. Eine kleine Strafe verdient sie indeß, und ich werde mich eine Zeit lang nicht um sie bekümmern – wie ich heute angefangen habe. Ich will sie genauer beobachten, finde ich sie kokett, wie sie mir gestern schien, so werde ich mir einen Scherz mit ihr machen; ich werde alles Süße, was ein solches Verhältniß gewähren kann, genießen und mich nicht unglücklich fühlen über das, was ich voraussehen konnte. Ist sie es werth, geliebt zu werden, so werde ich sie lieben, wenn sie mich wieder lieben will, und werde mich ihres Umgangs erfreuen, wenn sie mir nur Freundin seyn kann. Daß ich in Gunst bey ihr gestanden habe, ist wahr, sowie es wahr ist, daß sie mir Beweise eines nicht ganz unempfindlichen Herzens gegeben hat. Sie nahm meine Gedichte und meine Geschenke an, ohne sie mir zurückzugeben. Wenn ich ihr würklich gleichgültig war, so handelte sie wie eine Hetäre, ohne alles weibliche Zartgefühl; so niedrig steht sie aber nicht, mag sie übrigens seyn wie sie will. Ich war ungerecht, sie launisch: beydes hebt sich ungefähr gegen einander auf und es ist kein Defizit in unserer Rechnung, meine Eitelkeit kann sich aber hiebey nicht begnügen. Ich kämpfte heute lange, ob ich zu der Großmutter gehen sollte oder nicht. Endlich beschloß ich, Wunderlichs zu besuchen, sodaß diese mich bitten sollten, mit herüber zu gehen. Alles war indeß schon nach Tychsens Garten. Ich ging langsam die Chaussee hinauf, vor dem Balkon des Gartenhauses vorbey, worauf die ganze Gesellschaft versammelt war, that aber, als ob ich tief in Gedanken sey und keinen Menschen bemerke. Ich stieg dann auf den von mir getauften Kartoffelberg, in der gewissen Erwartung, genau beobachtet zu werden. Dort stand ich ungefähr eine halbe Stunde, pflückte mir einen Blumenstrauß, ging ungefähr noch eine halbe Stunde spatzieren und begab mich darauf zurück. Man hatte den kleinen Agathon abgerichtet, mich herauf zu rufen, und mir meinen Strauß abzufordern. Ich ging ganz nonchalant herauf, als ob mir gar nichts an der Einladung gelegen sey. Jetzt erfuhr ich, daß Cecilie mich zuerst auf dem Berge bemerkt und sogar die Blumen erkannt haben wollte, die ich gepflückt hatte. Dieses Zeichen von Aufmerksamkeit war schon etwas werth. Ich bekümmerte mich aber durchaus nicht um sie, sprach mit ihr fast kein Wort und unterhielt mich viel mit der Wunderlich. So werde ich es vielleicht auch den künftigen Sonnabend forttreiben, wenn keine Erklärung erfolgt.

Am 8. August. Es ist alles wieder im alten Geleise, aber ich bin in der peinlichsten Verlegenheit und habe die schönste Gelegenheit zu sehen, ob das Glück mir überhaupt in der Welt wohl will oder nicht. Solms war heute zum ersten Mahl wieder bei Tychsens. Ich behandelte ihn recht liebenswürdig, ein Lob, das ich mir ohne Schmeicheley geben kann. Mit Cecilien that ich, als ob nichts vorgefallen sey. Sie saß zwischen Solms und mir und theilte sich auch zwischen uns beyde, nur erhielt ich obendrein die schweigenden Blicke, um die ich in meinem Gedicht gebeten hatte, und sie sagte mir, um mich zu versöhnen: Ich habe 14 Tage hindurch Kopfschmerzen gehabt. Am vorigen Sonnabend auch? fragte ich; auch damahls, antwortete sie. Der Friede war also geschlossen.

[...]

Am 21. August. Es ist nicht möglich, ich kann nicht von Cecilien lassen, so kalt ich mich auch oft gegen mich selbst stellte. Alle meine Gedanken sind wieder bey ihr und ich verträume den ganzen Tag ihrenthalben. Ach, ich sehe es nur zu gut, mit jedem Augenblick welkt sie dem Tode mehr entgegen und dieser wehmüthige Gedanke macht sie mir theurer als je. Bald wird dieses schöne Leben nicht mehr seyn und mit ihr werden viele zarte und heilige Gefühle unter dem Grase schlummern. Möge sie denn sanft sterben, sie ist für diese rauhe Welt nicht geschaffen. Oh ich werde einen bittern Kelch zu leeren haben, ewig werde ich um sie weinen! Und doch möchte ich sie sterben sehen, ein solcher Anblick muß die sittliche Reinheit für das ganze Leben dem Herzen bewahren. Ich war auf dem Garten. Sie befand sich sehr matt und übel. Der Anblick griff mich zu sehr an, als daß ich viel hätte sprechen können. Dennoch spielte sie die Harfe, wie es schien, mir zu Gefallen. Wir sprachen vom Tode und wo sie begraben seyn wollte. Ach, ich mag gar nicht daran denken. Auch Ältster war dort und ging nachher mit mir nach Hause. Er ist ein herrlicher Mensch. Wir erweichten uns wechselseitig durch traurige Betrachtungen. Ich las ihm meine Epistel über die Liebe an Cecilien vor und er ehrte mein Gefühl. Heute schickte ich ihr die »Tulpen« von Kind. Sie ließ mir einen sehr freundlichen Gruß zurücksagen. Ich wollte, daß ich ihr Leben mit dem meinigen erkaufen könnte. Wenn sie todt ist, so wird mir mein Leben auch nichts mehr nütze seyn. Wenn ich für sie stürbe, so müßte sie mich doch beweinen, und meinem Gefühl Gerechtigkeit widerfahren lassen.

Am 22. August. Cecilie ist ein himmlisches Mädchen. O warum mußte ich sie erst so spät ganz kennen lernen! Ich ging heute um halb acht Uhr nach dem Garten. Sie war sehr matt; ach, die Rose muß verwelken. Ich brachte ihr noch einen Band der Tulpen und ein Gedicht an den freundlichen Tröster, an den Schlaf, welches ich für sie gemacht hatte.

Noch um zehn Uhr war ich gestern vor dem Garten hin- und hergegangen, hatte den Berg bestiegen und mit unendlicher Sehnsucht und Wehmuth zu dem mondhellen Himmel und den Sternen emporgesehen, und dann wieder nach dem freundlichen Lichte hingeblickt, das durch die Fenster des Gartenhauses, durch die Nacht zu mir hinüberleuchtete. Meine schwermüthige Stimmung war auch in mein Gedicht übergegangen. Cecilie hatte jene ätherische, überirdische Freundlichkeit, die den Leidenden so eigen ist. Wir sprachen Ernst und Scherz. Sie bat mich zuweilen zu kommen, um ihr etwas vorzulesen. Dann spielte sie auf mein bitteres Benehmen vor einiger Zeit an. Sie hat es tief gefühlt und das könnte mir schöne Hoffnungen geben, wenn nicht alle meine Hoffnungen mit ihr verblühten. Auch eifersüchtig ist sie gewesen, ein Umstand, den ich nicht einmahl geahnt hatte. Sie wußte noch genau, daß ich am 18. Februar beym Kehraus vor Auguste Gebser gekniet hatte. Ich erinnere mich dessen gar nicht, wenigstens war es mein Wille nicht, wenn es auch der Fall gewesen ist. Ach, Cecilie, du sollst schon scheiden von der Welt und ich soll allein zurückbleiben? Ich glaube, ich überlebe es nicht.

[…]

Am 24. August. Ich sehe Cecilien fast alle Tage. Gestern und heute schien sie sich etwas leidlicher zu befinden. Mein einziger Wunsch ist, daß sie gerettet werde, wenn es auch nicht für mich seyn sollte. Ich liebe sie mit unendlicher Liebe, aber doch will ich entsagen, wenn es seyn muß. Wen sie einst lieben, wer sie glücklich machen wird, den werde ich auch lieben, obgleich er meine schönsten Hoffnungen zertrümmerte. Doch scheint es mir, als würde ich in Tychsens Hause schon als der Verlobte angesehen und auch an andern Orten erhalte ich verblümte Gratulationen. Heute war ich beym Hofrath Bouterwek zum Diner. Sowohl die Hofräthin als auch die Präsidentin Mething scherzten mit mir über meine kleinen heimlichen Waldparthieen, wie sie meine Besuche auf dem Garten nannten, und gaben mir gute Regeln, wie sich ein angehender Ehemann verhalten müsse. So wenig ich es merken lasse, so fühle ich mich doch im Innern durch solche Neckereyen geschmeichelt, denn es macht meinem Herzen und meinem Geschmack keine Schande, mit dem schönsten, zartesten und talentvollsten Mädchen in Göttingen in einem solchen Verhältniße zu stehen. Aber wahrhaftig, wenn sich nur eine Gelegenheit findet, will ich mich auch erklären. Ihr selbst wird mein Schweigen räthselhaft vorkommen. Wenn sie auch vielleicht nur noch wenige Tage zu leben übrig hat, ich möchte ihr diese Augenblicke durch Liebe versüßen, sollte mich dann ihr Verlust auch doppelt schmerzlich treffen. Für eine freundliche Minute, die ich ihrem Leben schaffen könnte, wollte ich gern ein Jahr des meinigen aufopfern. Meine Studien leiden unter meiner Liebe, ich kann nichts thun, als dichten und träumen, aber die Wissenschaft ist ja nur ein Bastard des Menschen, das Gefühl sein freundlichstes Kind, das eine liebevollere Pflege fordert.

[...]

Am 4. September. Immer näher rückt Cecilie ihrem Tode. Ihr Geist wird ebenso abgespannt wie ihr Körper. Nur zuweilen scheint sie noch etwas lebhaft zu interessiren, aber das ist nur ein aufglimmender Funke, der schnell wieder erlöscht. Am Sonntag und am Dienstag war sie ziemlich heiter; aber als ich sie gestern sah, verlor ich wieder alle Hoffnung. Gestern Abend war ich tief betrübt. Die Bilder der Vergangenheit zogen in der Ferne wehmüthig an mir vorüber und riefen mir zu: wir kehren nie wieder. Ich kenne sie nun 9 Monate und diese Zeit war, im Anfange besonders, die glücklichste meines Lebens. Es ist Zeit, daß ich auch aus dem Becher des Unglücks trinke, bisher hat mein leichter Sinn keinen tiefen Schmerz gekannt. Ich suchte gestern Abend nach Trost und las deshalb Seneca's consolatio ad Marciam. Ach, der weiß den Kummer nicht anders zu lindern, als durch störrische Verhärtung des Herzens. Mit einem glühenden Eisen berührt er die Wunde und brennt, bis wir ein wüthendes Hohngelächter über den Schmerz erheben. »In regnum fortunae et quidem durum et invictum pervenimus, illius arbitrio digna atque idigna passuri. Quid opus est, partes deflere? Tota vita flebilis est«. [»Unter die Herrschaft des Schicksal, die harte und unbezwingbare, gelangen wir, nach deren Urteil Würdiges und Unwürdiges zu erleiden. Ist es richtig, einzelnes zu beweinen? Das ganze Leben ist beweinenswert.«] – Das ist kein Trost, das ist Spott, der dem weichen Herzen nicht wohlthut. O könnte ich mich fest überzeugen, daß es eine Unsterblichkeit, ein Wiedersehen mit unveränderter Individualität gäbe! Das wäre die schönste Beruhigung, dann wollte ich das Leben tragen, wie ich im Anfange meiner Liebe die Tage in der Woche trug, bis der Sonnabend kam. Doch das sind nur schöne Träume, wofür nur kaltes Menschenwort mir bürgt. Kommen doch im Frühling auf der Wiese nicht an demselben Fleck die Blumen wieder, wo sie das vorige Jahr standen. Warum haben wir denn ein Herz erhalten, das sich innig an das Schöne schließt, wenn das Schöne wie ein Traum vergeht? Wahrhaftig, das Schicksal hat uns die Empfindung nur aus Spott gegeben.

Am 9. September. Gestern Abend ist mein Friede mit Auguste Gebser vollständig und feierlich abgeschlossen. Rhode gab ein

Violinkonzert und ich führte die Hofräthin Tychsen hinein. Die ganze schöne und häßliche Welt war versammelt. Ich trat zu der Gebser, die mich gleich anfangs sehr höflich grüßte, und sagte ihr ganz unbefangen tausend Artigkeiten und Schmeicheleyen. Nichts mußte ihr schmeichelhafter seyn, als die Hoffnung, mich jetzt endlich zu erobern. Sie fing daher ihr Spiel mit den Blicken an, worin sie es verhältnißmäßig zu eben einer solchen unnachahmlichen Virtuosität gebracht hat, als Rhode im Spiel auf der Violine. Ich blieb indeß bey meiner inneren Ruhe. Ich traktirte nachher die ganze schöne Welt, welche Zeuge dieser Versöhnung gewesen, mit Bonbons und jeder war zufrieden. Cecilie scheint der Aufenthalt in der Stadt etwas besser zu bekommen, als der auf dem Garten. Wenn sie sich eine Zeit lang allen gesellschaftlichen Verbindungen entziehen wollte, so würde es vielleicht besser werden.

[…]

Brief an Heinrich Bergmann

Göttingen am 13. September 1812

Eben habe ich Deine lieben Zeilen erhalten und mich gefreut, daß Du wenigstens noch an mich denkst. Die Gewohnheit der Betrübniß hat mir eine geduldige Ruhe gegeben. Meine einzige Freude ist, daß ich meine Collegia geschlossen habe und mich also aus dem Sumpfe der Gelehrsamkeit etwas in schönere Gegenden emporheben kann. Du kannst kaum glauben, wie gefährlich eine ewige Beschäftigung mit trockenen, oft geistlosen Studien ist. Der Geist wird gefesselt, er mag sich so viel sträuben als er will. Ich bin so weit gekommen, daß ich mich herzlich schäme, ein Buch zu lesen, das nicht lateinisch oder griechisch ist. Neulich war ich sehr betrübt und verlangte herzlich nach einer recht trostvollen Unterhaltung. Mir standen viele sehr geistreiche und gemüthvolle neuere Bücher zu Gebote, aber ich konnte es nicht über mich gewinnen zu einem derselben zu greifen, und las also lieber Senecas »consolatio ad Marciam.« [...] Doch still davon; Du bist glücklich, und ich mag keinen Mißton in Deiner Brust erwecken. Schreib mir nur bald einige Worte, ich möchte mich gern an Deiner Sonne erwärmen. Vielleicht komme ich noch am Ende der Ferien auf acht Tage nach Celle. Von dorther will ich mir etwas Heiterkeit holen, um mich auf künftigen Winter zu versorgen. Vor diesem Winter fürchte ich mich sehr, denn ich werde dann wohl den bittern Kelch leeren müssen. Vor einigen Tagen kam der König [Jérôme von Westphalen] hier durch. Ich mußte ehrenhalber ein Gedicht an die Königin machen. Man wollte auch anfangs eins von mir an den König haben; ich verweigerte es aber. Man reimte daher eine französische Ode, worin der König mit dem Amor verglichen wird. Mit der Pentz stehe ich noch immer in lauen Verhältnissen. Ich schreibe ihr, weil ich fühle, daß es meine Pflicht ist, sie nicht ganz zu vernachlässigen. Sie besucht mich bisweilen, da sie hier in der Nähe, in Hofgeismar ist. Neulich gestanden wir uns wechselseitig mit Thränen, daß es nicht mehr so sey, wie es war, und daß es nie so wieder werden könne.

Tagebuch

Am 14. September. Heute nahm ich von Dorette Abschied. Noch in der letzten Minute zankten wir uns bitter und küßten uns dann sehr zärtlich. Bey Tisch empfand ich wirklich eine kleine Beängstigung des Herzens, die ich indeß durch einen burlesken Witz dämpfte. Ich sagte, ich fühle mich recht eng in der Brust, ich wüßte aber nicht, ob diese Bangigkeit von meiner Rührung oder von den Kartoffeln, die ich eben aß, entstände. Als sie aufgebracht wurde, reichte ich ihr die Hand über den Tisch und beschwor sie mit komischem Pathos, uns nicht als Feinde scheiden zu lassen. Sie möchte schnell einschlagen, denn solche feyerliche Momente wären sehr vergänglich und ich wüßte nicht, ob ich mich je wieder in dieser Stimmung befinden würde. Sie sagte mir eine Bitterkeit und eilte die Treppe hinauf, um auf ihr Zimmer zu gehen. Ich holte sie ein und sagte halb lachend, halb wehmüthig: Werden Sie mir denn in diesem letzten Augenblicke nicht vergeben? Sie wandte sich sehr ernsthaft um und sagte: Wollen Sie denn würklich jetzt schon fort? Als ich es bejahte, reichte sie mir die Hand und gab mir einen süßen und langen Kuß mit einem Blick, der mir sagte: Obgleich Du unerträglich bist, habe ich Dich doch herzlich lieb. So schieden wir von einander, nicht ohne Traurigkeit, während wir uns täglich gegenseitig versichert hatten, wir wären dazu geschaffen, uns tüchtig zu hassen. Am Nachmittage ging ich mit dem Hofrath Tychsen und dem Professor Harding nach Ellershausen. Die Hofräthin, Cecilie und Adelheit kamen zu Wagen nach. Ich war in einer schlechten und unbehäglichen Stimmung und bloß zum oberflächlichen Scherz, nicht zum interessanten Gespräch aufgelegt. Weil mir jetzt jeder Scherz mit Cecilie Entweihung scheint, hielt ich mich besonders an Adelheit und wir trieben mancherley Possen. Ich habe dieses heitere, kindliche und doch sehr verständige Wesen früher falsch beurtheilt. Sie ist ohne heftige Leidenschaften und scheint deshalb kalt; aber sie hat viel Gemüth, viel Kraft des Willens und viel naive Grazie.

Am 15. September. Cecilie liebt mich; ich habe heute einige tiefe Blicke in ihr Herz gethan. Ich fand sie allein mit der Großmutter zu Hause. Ich sagte ihr, ich wäre gestern nicht gut aufgeräumt gewesen, aber sie bemerkte etwas pikirt, sie hätte mich nie so froh gesehen. Nachher fragte ich sie, ob ich ihr etwas vorlesen solle, und sie antwortete: Adelheit wird bald zu Hause kommen und Sie werden dann Unterhaltung genug finden. Sie ist heiterer als je und eine recht frisch und fröhlig blühende Rose. Ich fragte erstaunt, ob sie glaube, ich wolle mich selbst durchs Vorlesen desennuhiren, und sie bejahte es und fügte hinzu, dieses sey sehr verzeylich, da sie selbst nicht mehr fähig wäre, mich interessant zu unterhalten. Natürlich bot ich alles auf, ihr diesen Gedanken zu nehmen. Wir geriethen dann in sehr anziehende Gespräche, worin ihr hoher und herrlicher

Geist einige Mahle in seinem vollen alten Glanze hervorleuchtete. Noch nie haben wir früher in unserer Unterhaltung die Liebe ernsthaft berührt; heute kamen wir auf Petrarch und Laura und geriethen beyde über die Heiligkeit und Zartheit, worin Petrarch wenigstens dieses Verhältniß betrachtet, in Begeisterung. Solch eine Liebe ist vorher nie gewesen und wird nie wiederkommen, rief ich aus. Sie wollte dieses nicht zugeben und schien auf unser Verhältniß zu zielen. Nachher sprachen wir von Dante's Beatrice, von der Vergänglichkeit alles Schönen, von der inneren Freyheit des Menschen, die sich durch keine äußere Tyranney niederdrücken lasse und von dem erloschenen Ruhm der deutschen Nazion. Ceciliens Geist war bey dieser Unterredung zu sehr gespannt, und weil alle Spannung jetzt für sie schädlich ist, lenkte ich zu leichtern Gegenständen über und erzählte ihr endlich von Sophie Godeffroy, die heute mit Cäsar hier angekommen ist. Ich bemerkte jetzt eine kleine Regung von Eifersucht bey ihr, die ich indeß bald zerstreute. Sophie ist mir jetzt das nicht mehr, was sie mir als Frau von Witzendorf war. Ich fand diesen Mittag ein Billet von ihr, worin sie mich schleunig zu sich einlud. Leider kam ich zu spät, sie war schon nach Mariaspring gefahren und als ich heute Abend wieder nach der Krone kam, war sie eben zum Thee nach Gebsers. Es würde mir doch unangenehm seyn, wenn ich sie nicht sähe; einige schöne Erinnerungen würde sie mir immer gewähren, obgleich unser Verhältniß das seltsamste und leichtfertigste von der Welt war. Bey mir lag Eitelkeit und Sinnlichkeit, bey ihr vielleicht bloß Eitelkeit zu Grunde. Später, als ich den platonischen und schwärmerischen Liebhaber spielte und sie in meinen Sonetten vergötterte, schien indeß ihr Gefühl auch etwas mit ins Spiel gezogen zu werden. Vielleicht sehe ich sie noch heute.

Am 17. September. Ich ging schon um vier Uhr nach der Großmutter, um mich nach Cecilien zu erkundigen und neue Lektüre zu bringen. Die Hofräthin und Adelheit machten eben ihre Toilette, um in einen Thee nach Lüders zu gehen.

Ich konnte daher nicht bey Cecilien seyn. Ich hielt indeß bis halb sieben Uhr unten bey der Großmutter und einer andern alten Tante muthig aus und hörte mit besonderer Andacht ihren Küchen-, Garten- und Haushaltungsgesprächen zu. Als die Übrigen fort waren, ging ich mit der Großmutter hinauf, Cecilie schien erfreut zu seyn, mich zu sehen. Als wir uns eine kleine Weile unterhalten hatten, bat ich sie, sich aufs Sofa zu legen. Ja, das will ich thun, antwortete sie und dann nehmen Sie Ihren Platz ein und lesen Sie mir etwas vor. Die Ungezwungenheit, womit sie meinen Vorschlag annahm, erfreute mich sehr, denn sonst pflegte sie sich zu sträuben, und es ist ein Beweis von einem vertrauten Verhältniße, daß sie sich meinethalben nicht genirte. Ich las einige geistreiche Erzählungen von Steigentesch. Ich hatte einen starken Schnupfen und daher eine sehr rauhe Stimme, aber sie forderte dennoch nicht, daß ich aufhören solle. Sie wußte, daß es mich kränken würde, wenn sie verlangte, ich solle meiner eigenen Bequemlichkeit zu Gefallen mir nicht fernere Mühe für sie geben. Solche Beweise von Zartgefühl sind desto rührender je versteckter sie scheinen. Als ich eine Zeitlang gelesen hatte, sagte sie, ich bedürfe einer Erquickung und trotz ihrer Mattigkeit stand sie selbst auf, um mir Wein und Wasser zu besorgen. Mein Herz war unter der Sorge für sie und dem Vergnügen, sie für mich etwas thun zu sehen, getheilt. Ich machte daher nur einen schwachen Versuch, sie zurückzuhalten, und gab nach, als sie mir mit innigem Ausdruck sagte: Halten Sie mich denn für so ganz schwach? Sie schenkte mir nachher selbst ein und ich genoß Göttertrank. Die Großmutter konnte sich nicht genug verwundern, daß sie alles dieses durchaus selbst thun wollte, da sie es doch ebenso gut hätte besorgen lassen können. Die gute Frau hat eine gar zu prosaische Idee von der Liebe und kennt keine jener feineren Nüancen des Gefühls, die dem zarten Herzen theurer sind, als überströmender Genuß.

[…]

Brief an Heinrich Bergmann

Göttingen am 1. October 1812

Heute Abend bin ich in meine neue Wohnung beym Professor Wunderlich eingezogen. Alles liegt noch wüst und leer um mich her, alle Hausgenossen sind ausgegangen und mich ergreift das Gefühl der trostlosen Einsamkeit, welches sich uns oft unwillkührlich aufdrängt, wenn wir uns unter ganz fremden Umgebungen befinden, und plötzlich von den Banden der süßen Gewohnheit losgerissen werden. Meine stummen Freunde, meine Bücher, liegen in unordentlichen Haufen auf der Erde umher und ich kann keines finden; ich wende mich also zu Dir, um Dir, weil mein Schreibzeug auch noch nicht in Ordnung ist, mit rother Tinte, die wahrscheinlich mein Vorgänger hier zurückgelassen hat, mein Leid zu klagen. Und wahrhaftig, an welchen Kleinigkeiten hängt die Stimmung des Menschen! Die Farbe meiner Schrift theilt sich meinem Geiste mit, und das drückende Gefühl, das wie eine sternlose Nacht auf mir ruhte, lößt sich in eine lächelnde Wehmuth auf. Ich habe seit einiger Zeit herzliches Heimweh, lieber Freund. Noch nie erlebte ich hier einen Herbst, und ich fühle jetzt in meiner Einsamkeit, wie schwermüthig diese Jahreszeit ist. In Celle zerstreute immer ein Schwarm von Vergnügungen die Eindrücke des scheidenden Lebens der Natur, und wie oft mögen wir vielleicht auf Gräbern scherzen, worin ein langsam hingewelktes Leben mit bittern Thränen versenkt wurde. Ich weiß, wie sehr die Erinnerung Alles ins Schöne mahlt, aber doch kann ich mich in diesen Augenblicken nicht überreden, ich sey in Celle minder seelig gewesen, als ich es mir jetzt vorstelle. Für ein Haideblümchen gäbe ich die ganze Flora des botanischen Gartens, und gern entsagte ich den Bergen mit ihren Ruinen und laubigen Wäldern, und die freundlichen Parthien, welche die Gegend ringsum darbietet, wollte ich mit Freuden opfern, wenn ich den Lachtehäuser Sandweg hierher zaubern könnte.

Dieser Zauber der Erinnerung erweckt auch längst erloschene Gefühle in meinem Herzen und wirft einen freundlichen Reflex auf die Frau von Pentz, mit der ich gerade um diese Zeit vor einem Jahre meinen Roman spielte. Weil ich mir von jener Zeit ein sorgfältiges Tagebuch gehalten habe, kann ich jetzt die Abentheuer jedes Tages genau bestimmen und ich spiele in der Erinnerung die ganze »comédie larmoyante« noch einmahl durch. Ich war doch glücklich in jener Zeit und jetzt bin ich es nicht; dieses giebt der Pentz einen großen Vortheil in meinem Herzen. Ich schrieb ihr in einer solchen Stimmung neulich einen Brief, dessen Herzlichkeit mich fast fürchten läßt, daß sie sich überreden werde, unser Verhältniß wäre wieder das alte.

Einen ähnlichen Streich spielte mir die Erinnerung vor einem halben Jahre. Ich hatte drey Briefe von ihr erhalten, ohne ihr zu antworten, weil es mir theils an Zeit, theils an der Stimmung fehlte, worin man fähig ist, mit dem Tone der Wahrheit zu lügen. Eines Abends war ich vom Arbeiten ganz abgespannt und ging, um mich ein wenig zu erholen, in dem kleinen Garten hinter unserem Hause einige Mahle auf und ab. Mein Nachbar, der Hofrath, hatte seinen Garten illuminirt, um den Geburtstag seines Kindes zu feyern, und auf dem Walle drängte sich mit vielem Getöse eine Menge von neugierigen Menschen. Unter eben solchen Umgebungen hatte ich den ersten Abend meiner Bekanntschaft mit der Pentz in Baumann's Garten in Celle zugebracht. Mich ergriff eine sonderbare Wehmuth und ich fühlte einen innern Zwang, noch in demselben Augenblicke der vergessenen Geliebten einen Brief zu schreiben, der mir wahrhaft aus dem Herzen kam. Solche sonderbare Berührungspunkte hat das Gefühl. Wahrhaftig, mein lieber Freund, das höchste Ziehl der Glückseligkeit, das ich mir in diesem Augenblicke denken kann, besteht darin, mit Dir heute Abend zu essen, und eine Flasche Wein zu trinken. Vielleicht würde der Weingeist diesem öden Kopfe seinen eignen Geist zurückrufen, denn man sagt ja: »Gleich und Gleich gesellt sich gern!«

Meine einzige Zerstreuung in dieser dunklen Zeit ist ein Mährchen, welches ich für Cecilie dichte. Es enthält die ganze Geschichte meiner Liebe zu ihr. Könnte ich sie nur einen Augenblick damit aufheitern, so würde ich schon deswegen das Talent zu Poesie für das Beste an mir halten. Alles was ich bin, möchte ich nur ihretwegen seyn.

[…]

Tagebuch

Am 5. Oktober. Bei Bouterwek war ein großer Thee, Elise Bürger zu Ehren. Sie und Seckendorf deklamirten. Nie habe ich ein Weib mit einem frecheren Anstande gesehen. Sie affektirt Künstlerwesen und wird dadurch unsittlich. Ihre ganze Kunst ist Theatermanier. Nichts kam aus dem Herzen und der genialische Seckendorf erzeigte ihr wirklich zu viel Ehre, indem er sich zu ihr erniedrigte. Ich habe meine Zunge wacker auf ihre Kosten spielen lassen. – Auguste Gebser hat es darauf angelegt, mich zu fangen, aber ich entschlüpfe ihr immer, wenn sie mich am sichersten zu halten glaubt. Meine Geschäftigkeit um sie wurde stark bemerkt; ich fürchte, daß Adelheit oder die Wunderlich mich an Cecilie verrathen. Cecilie wird es weder begreifen noch billigen, daß ich mich ihr nahe, um über sie zu triumfiren.

[…]

Brief an Heinrich Bergmann

Göttingen, am 8. October 1812

Die Ferien sind halb verflossen und ich habe eigentlich wenig Genuß davon gehabt. Gern wäre ich auf acht Tage nach Celle gekommen, wenn es mir möglich wäre, Cecilien zu verlassen. Ich will ihr die letzten Stunden ihres Lebens versüßen, das ist ja doch das Einzige, was ich für sie thun kann. Sonst tröstete ich mich damit, daß ihre Brust nicht angegriffen sey, aber jetzt fängt sie auch an zu husten. Ich will nicht mehr hoffen auf diese Welt, aber ich will an eine bessere glauben. Die Liebe rächt sich schrecklich an mir, daß ich sonst nur mit ihr tändelte. Jetzt, da ich zum ersten Mahle liebe, da ich geliebt werde, muß ich aller Hoffnung entsagen. Es ist sehr traurig, mein Freund, wenn man sein Glück langsam und doch rettungslos dahinwelken sieht. Ein so zartes Wesen bringt die Natur gewiß nur selten hervor, und wo soll ich die Seltene finden? Eine solche Fülle der Fantasie, mit einer solchen geistigen Reinheit und Heiligkeit verbunden, habe ich nie gefunden. Der Arzt sagt, sie hätte ohne Verstand und Gefühl bleiben müßen bis zum zwanzigsten Jahre, dann wäre nichts für sie zu fürchten gewesen. Lebe wohl, mein Lieber! Grüße Deine gute Frau und freue Dich, daß Du glücklich bist. Ich lege ein Gedicht bey, das ich Cecilien zu Gefallen als Text zu einer herrlichen Fantasie von Bach, die sie sehr gern spielte, machte. Im Anfang würde man manche Stelle nachtheilig deuten können, deßhalb wird es Dir selbst daran gelegen seyn, wenn es nicht in andere Hände kömmt. Adieu!

Brief an Heinrich Bergmann

Göttingen am 14. October 1812

Neulich waren einige Bekannte bey mir, die eben aus Celle kamen, und ich habe mit wahrem Heißhunger die Nachrichten verzehrt, die sie mir von Eurem dortigen Leben und Weben gaben. Freylich waren es nur magere Knochen, von denen sie selbst das Fleisch schon abgenagt hatten, aber ich habe mich doch sehr gefreut, daß Ihr diesen Sommer so vergnügt dort gewesen seyd. Alle acht Tage ein Ball, Hochzeiten die Hülle und Fülle trotz der Conscription, und Landparthien trotz der gezwungenen Anleihe; was will man mehr, wenn man an dem bunten Spiel des Lebens noch Gefallen findet? Mit mir ist's nicht mehr so. Ich bin häuslicher geworden als eine Auster, seit ich wahrhaft verliebt bin. Vorher konnte man mich würklich etwas liederlich nennen, ich schwelgte und schwärmte in fröhliger Wildheit umher, und der flüchtige Sonnenblick des Genußes zog mich mehr an, als die freundliche Dämmerung der gemüthlichen Ruhe. Ich wollte hinaus in die Ferne und alle Vermummungen im Maskenspiele des Lebens versuchen. War ich doch wahrhaftig schon einmahl auf dem Punkte, ein Landstreicher sans peur et sans reproche zu werden, ehe mich die heilige Filologie in ihre knöchernen Arme nahm. Jetzt habe ich ausgetobt. Eine Profeßur in Göttingen und ein Auditorium voller Zuhörer ist das alltägliche Produkt, das ich jetzt aus allen jenen goldenen Träumen hervorrechnen möchte. Keine Romane mehr, keine Abentheuer, keine Irrfahrt durch das Reich der wechselnden Erscheinungen. Alles, was man sonst vielleicht originell an mir nennen konnte, hat Mütterchen Vernunft unter die Zuchtruthe genommen, und ich werde von ihr so steif und ehrbar auf der breiten Hauptstraße hingegängelt, daß kein Mensch glauben sollte, ich hätte Gefallen daran gefunden, waldein zu gehen.

[...]

Tagebuch

Am 31. Oktober. Ich bin ein Thor, das sehe ich in diesem Augenblicke deutlich ein, und doch ist es mir nicht möglich, von meiner Thorheit zu laßen. Ich las in diesen Tagen den Faublas, und dieses fantasiereiche und geistvolle Gemählde des höhern Lebens mit allen seinen Genüßen und Verdorbenheiten hat meine Fantasie so rege gemacht, daß ich keinen Augenblick Herr meiner selbst werden kann. Ich kann gerade nicht sagen, daß meine Sinnlichkeit durch die üppigen Szenen, die das Werk auf jeder Seite darbietet, besonders gereitzt wäre; nein, ich möchte nur in jenes freye, bunte und glänzende Leben hinaus, das in seinen fantastischen Verwandlungen einen so unendlichen Reitz hat; ich möchte von Abentheuer zu Abentheuer fliegen, möchte in jenem geistreichen Spiegel der großen Welt mit Anstand und Beyfall eine Rolle übernehmen und allen Winken einer muthwilligen Laune frey und fröhlig gehorchen. Mein ganzer frivoler Charakter, der sich seit so langer Zeit versteckt hatte, ist auf einmahl wieder hervorgekommen, und ich merke, daß ich noch immer das alte Landstreichergenie bin. Die langweilige Alltäglichkeit eines mühevollen und kleinlichen Geschäftslebens, deßen ich schon ziemlich gewohnt worden war, zeigt sich mir jetzt wieder in ihrer traurigsten Gestalt. Es ist wahr, daß solche Verhältniße den Geist unendlich beengen und daß ein wenig Liederlichkeit im guten Sinne ein wahres Conversationsmittel für die Beweglichkeit der geistigen Kräfte ist.

Brief an Heinrich Bergmann

Göttingen am 1. November 1812

Eben lese ich noch einmahl über, was ich vor vierzehn Tagen schrieb, und muß über die Launen des menschlichen Herzens lachen, die wie Wind und Wellen sind. Ich las in diesen Tagen den Faublas. [...] Kannst Du Dir wohl vorstellen, daß dieser Augenblick mich die Tage meines Verhältnißes mit der Pentz in Celle zurückwünschen läßt?! So wüst und unruhig ich auch damahls lebte, so war doch meine Fantasie unaufhörlich beschäftigt, und meine ganze Lage hatte etwas ähnliches mit der, worin ich mich jetzt versetzt wünschte. Nein, zum stillen häuslichen Leben bin ich nun einmahl nicht geschaffen. Was bieten uns denn jene alltäglichen Verhältniße? Für das Herz freylich zuweilen etwas, aber für den Geist, für die Fantasie nichts. Gleichen sie nicht der Lüneburger Haide, deren Blumen freylich recht hübsch sind, wo man aber immer auf derselben Ebene fortwandelt, und die nächste Station schon meilenweit vor Augen hat? Keine überraschenden Aussichten in ein buntes, mannigfaltiges Thal, keine gefährlichen Felsensteige, höchstens noch einmahl eine sumpfige Wiese, deren feuchter Boden mit den rührenden Parthien des gewöhnlichen Lebens verglichen werden könnte, und von Zeit zu Zeit ein Walde voll Nadelholz, welcher gerade nicht auf das Pikante der Vergnügen hindeutet, sondern auf ihre Trockenheit, und auf ihren Mangel an fröhligem und üppigem Leben. Auf solch einer Reise bricht man freylich selten den Hals, aber man trägt auch eben keine schönen Erinnerungen davon. Das Einzige wäre allenfalls noch daran zu loben, daß man nie jene traurigen Ruinen hier antrifft, die auf den andern Weg als betrübte Warnungszeichen herabblicken. Mit Cecilien könnte ich eine solche einförmige Reise schön finden, denn ihre unerschöpfliche Fantasie würde mich Mannigfaltigkeit sehen laßen, auch wo sie mangelt, aber allein, oder mit einer andern, du lieber Gott, das wäre ja ebensogut, als würde ich zum Karrenschieben auf Lebenszeiten verdammt. Ich schaudere, wenn ich zur Seite blicke, denn rund um mich her liegt schon der Unrath aufgethürmt, womit ich mich diesen Winter hindurch quälen soll. Zehn Ausgaben von Homer mit dickbändigen Commentaren, ein halb Dutzend Scholiasten, Grammatiker und Lexicografen, ein Eustathius in drei Foliobänden, außerdem einige zwanzig grammatische und antiquarische Hülfsbücher, ich bitte Dich, was muß man für ein Gefühl haben, wenn man mit solchem Gesindel ein halbes Jahr hindurch die vertrauteste Freundschaft schließen soll? Gelehrt wird man freylich auch wider Willen, aber was bleibt von Geist und Fantasie übrig? Mir zum Glück noch so viel, um auf meine eigne Narrheit und auf meinen Jammer ein Spottgedicht machen zu können. Weißt Du wohl, daß ich im Stande bin, ein wüster und unnützer Mensch zu werden, wenn ich Cecilien verliehre? Mit ihr reißt das Band, das mich an meine jetzigen Verhältniße knüpft, und da mir diese Verhältniße verhaßt sind, so wird es mir nicht schwer werden, sie unter die Füße zu treten. Doch muß ich mir selbst zum Troste gestehen, daß ich nicht immer auf diese Weise von meiner Wißenschaft denke. Ich erinnere mich, daß es Zeiten gegeben hat, worin ich wie ein verliebter Schäfer Tage lang einer einzigen Conjectur nachgeschlichen bin und sie mit himmlischer Zufriedenheit durch die Sandwüsten mächtiger Folianten verfolgt habe. Wenn ich dann endlich das »???« rufen konnte, so war ich so seelig wie ein König. Solche Zeiten werden ja auch wohl wieder kommen. Nur muß ich mich vor der Macht der plötzlichen Eindrücke hüten. In dieser Rücksicht bin ich nicht stärker als das schwächste Frauenzimmer. Du siehst, daß ich Dir auch meine schwachen Seiten nicht verberge, aber ich halte es auch für meine stärkste Seite, daß ich meine Schwächen genau bemerke. Da Du mich so ziemlich kennst, so wirst Du auch wißen, daß ich stolz und eitel bin, daher ist es mir selbst ein Räthsel, wie ich mich Dir, Du unbegreiflicher Mensch, so aufdrängen kann und Dir nichts übelnehme.

Tagebuch

Am 12. November. Cecilie ist ohne Rettung verlohren. Ich fange an, eine Unsterblichkeit zu glauben und ein schönes seeliges Leben nach dem Tode. Sollte die Natur sich bloß einen augenblicklichen Scherz haben machen wollen, als sie dieses unendlich zarte und reine Gebilde erschuf? Sollte sie jetzt mit einem muthwilligen Zuge das wieder auf ewig verwischen wollen, was sie mit so vieler Sorgfalt pflegte? Nein, Cecilie wird in ein freundlicheres Seyn emporschweben und die Erinnerung ihres schönen Lebens auf der Erde wird sie dort seelig machen. Heute früh ist sie sehr matt gewesen, aber sie hat sich plötzlich aufgerichtet und ihre Wärterin gebethen, ihr eine Bitte zu erfüllen, nur müße sie ihr heilig versprechen, ihr die Wahrheit zu sagen. Sie hat sie darauf gebethen, die Saiten an ihrer Harfe zu zählen und ihr aufrichtig zu sagen, wie viele gesprungen wären. Als die gute Frau nicht recht damit hat zu Stande kommen können, hat sie die Harfe sich vor's Bett bringen laßen, die Saiten selbst gezählt und heiter gesagt: »Ich freue mich; ich dachte, es wären schon mehrere gesprungen.« Ein so zarter Zug der reinsten Weiblichkeit ist ein Kleinod für den, der ihn zu schätzen versteht.

Am 19. November. Ich lebe in einem traurigen Zustande, ewig zwischen Furcht und Hoffnung. Vor einigen Tagen nahm ich mir vor, mich mit mir selbst abzufinden. Ich stellte mir die Gewißheit ihres Todes vor, mahlte mir diesen Gedanken mit störrischem Muthe bis in seine kleinsten Züge aus und beschloß, sie schon völlig als gestorben anzusehen. Ich fühlte eine gewiße kalte Ruhe, einen stillen Trotz gegen das Schicksal, der mir wohl that. Heute ist ein neuer Strahl von Hoffnung in meine Seele gefahren und hat wiederum wie ein Blitz die todte Nacht zum Sturm empört. Man hat mir von Leuten erzählt, die dem Tode noch näher gewesen seyn sollen, als Cecilie und die noch jetzt leben. Aber ich will nun einmahl nicht mehr hoffen. Heute war ich ein paar Stunden drüben. Sie ist ein klein wenig leidlicher. O wenn es nun doch möglich wäre, daß sie durchkäme! rief mir Ältster neulich mit blitzenden Augen zu; ich schüttelte bitter lächelnd den Kopf. Heute möchte auch ich dasselbe rufen. – Adelheit ist ein herrliches Mädchen. Eine solche zarte Sorgfalt, mit einer solchen Kraft des Gemüths verbunden, findet man selten bey einem Weibe. Sie wird von Tag zu Tag bleicher und schmaler, aber ihr äußeres Benehmen ist immer dasselbe. Es ist eine Freude, einen so klaren und reinen Geist zu beobachten. Mich behandelt sie wie ihren Bruder und sucht mir meine treue Liebe für Cecilien zu vergelten. Ich freue mich, daß sich bey dieser Gelegenheit ihr herrlicher Charakter mir so ganz entfaltet. Ich habe sie sehr verkannt, aber so geht's mir ja gewöhnlich. So gut ich viele seine Nüancen in irgend einem Charakter zu erkennen verstehe, so gehorche ich doch oft unwillkürlich dem ersten Eindruck.

[…]

Am 26. November. Es ist diesen Winter ein neues Kränzchen zwischen Gebsers, Schlegels, Schubberts und Chemnitzens errichtet, woran auch ich, wie es mir scheint, Theil nehmen soll. Gestern wurde ein Lustspiel mit vertheilten Rollen gelesen. Es ist wahr, so etwas gibt Amüsement; wenn man aber erst anfängt, Trauerspiele mit kaltem oder abgeschmacktem oder auch empfindsamem Pathos zu deklamiren, so sage ich Adieu oder betrage mich so, daß man mir Adieu sagt. Nichts ist mir lächerlicher, als wenn Leute ästhetisch scheinen wollen, die keinen Begriff von Ästhetik haben, nichts mir unausstehlicher, als wenn man ein zerrüttetes Nervensystem oder eine versteckt wüthende Sinnlichkeit oder eine Grille des Zeitgeistes für Gefühl gehalten wissen will. Unter solchen Umständen zeige ich mich so prosaisch, als möglich und es kann mich deßhalb keine einzige von den hiesigen zimperlichen Schönen begreifen. Kein Mensch würde es glauben, daß ich zuweilen ganz gute Gedichte mache, wenn man sie nicht mit eigenen Augen läse.

Am 28. November. Heute Abend herrschte bey Tychsens eine ganz andere Stimmung, als am vorigen Sonnabend. Man sah nichts, als verzweyfelnde und verweinte Gesichter. Cecilie verschlimmert sich täglich. An allen Gliedern hat sie rheumathische Schmerzen, außerdem hat sie sich durchgelegen und das Fasch ist hinzugekommen. O Gott, warum muß sie, die Schuldlose, die Heilige, so viel leiden! An einer Vorsehung habe ich längst verzweyfelt. Auch Adelheit weinte gestern, und das ergreift mich immer am meisten. [...]

Am 2. Dezember. Jetzt ist es gewiß, sie muß sterben. Die Aertzte haben versichert, daß keine Hoffnung mehr da sey, und schon seit vorgestern liegt sie im beständigen Todeskampf. Ihr kühner Geist will nicht unterliegen und doch ringt sie mit der Unmöglichkeit. Leb wohl, süße Cecilie, erste, einzige Geliebte dieses verlaßenen Herzens, leb wohl, Du reines göttliches Wesen, deßen ich nicht werth war. Ja, ich glaube, daß Du mich verstanden, daß Du mein Gefühl geehrt hast. Wenn es einen Trost für mich gibt, so ist es dieses.

Vorgestern Abend kam ich zu Tychsens. Ich fand die Großmutter und eine andere Dame, die bey ihr war, in Thränen und wagte es nicht nach Cecilien zu fragen. Da kam die Hofräthin mit Adelheit ins Zimmer; beyde weinten laut. Die Großmutter jammerte: O liebe Cecilie, wir wollen Dich nie vergeßen, wenn Du auch todt bist, wir wollen Dich nie vergeßen. Ich glaubte, sie sey eben gestorben, und setzte mich verzweifelnd in eine dunkle Ecke des Zimmers. Die Hofräthin ging händeringend zurück, Adelheit warf sich stumm und schluchzend in einen Stuhl, die Großmutter wankte laut wimmernd in der Stube auf und nieder. Mich ergriff ein kalter Schmerz, meine Brust klopfte schnell und schneller, ein Schaudern fuhr durch meine Glieder, ich konnte nicht weinen. Ich verhüllte mein Gesicht mit meiner Hand und saß in dumpfem Hinbrüten unbeweglich. Eine Stunde war vergangen, alles war still, ich glaubte, ich sey allein im Zimmer. Da klopfte es an der Thür. Ich stand auf um zu öffnen und sah, daß Adelheit noch dagewesen sey, denn sie war zugleich mit mir angestanden. Minna Schlegel trat herein, ich ging schweigend auf meinen Sitz zurück, auch Adelheit schwieg. Minna sah sich ängstlich um und fing dann an zu trösten, während keiner antwortete. Da kam der Hofrath, ich verbeugte mich gegen ihn und er sagte gerührt: Sie haben viele Verdienste um die arme Cecilie, Ihnen verdankt sie manche heitere Stunde. Ich konnte ihm nicht antworten, aber ich fand jetzt Thränen, die mich weicher machten und mir wohl thaten. Noch eine Stunde saß ich still weinend, dann wankte ich zu Hause. Gegen zehn Uhr schickte ich das Mädchen hinüber, sie kam mit Thränen zurück und erzählte, Cecilie habe schon Sprache und Besinnung verlohren, alle ständen um ihr Bett her, sie röchelte unaufhörlich und zuckte mit den Händen und Füßen. Jeden Augenblick hielt ich jetzt für den ihres Todes, ja ich wünschte ihren Tod, um ihre Leiden geendet zu wißen, aber sie lebt noch heute und ist immer in demselben Zustande. Nur zuweilen erhält sie ihr Bewußtsein und heute Abend hatte sie es völlig. Die Ärtzte können eine solche Lebenskraft nicht begreifen. Heute ging ich mit der Wunderlich hinüber. Adelheit war gefaßter, obgleich sie weinte. Wir sprachen nur wenige

Worte, da kam der erbärmliche Lobstein, setzte sich mit seinem kalten hölzernen Gesicht an den Tisch, breitete einige Bücher vor sich aus und fing unbekümmert an zu lesen. So oft die Großmutter jammerte, nahm er eine Prise contenance. Ich hätte dieses Pasquill auf die Menschheit zum Zimmer hinauswerfen mögen, alle Übrigen ließen ihn fühlen, daß er sehr unwillkommen sey, aber er blieb zwey Stunden lang, ohne sich zu geniren. Als er fort war, öffneten sich unsere Herzen in einem wehmüthigen Gespräch, und ich suchte Gründe aus einer Religion hervor, woran ich leider nicht glaubte, um die Großmutter zu beruhigen. Auch die Hofräthin kam auf einige Augenblicke herunter und zermalmte uns mit ihrer stummen Verzweyflung. O Gott, was ist aus diesem Hause geworden, das noch vor einem halben Jahre das glänzendste in Göttingen war. Cecilie war der Stolz der Familie, die Zierde aller Cirkel, die Blume der Stadt, und sie muß schon jetzt und so schmerzlich scheiden. In einigen Tagen ist ein Jahr vergangen, daß ich sie kennen lernte und von den Reitzen, die ihr Geist und Körper mir zeigte, unauflößlich gefeßelt, mit den süßesten Hoffnungen mich ihr nahte. Wie viele seelige Stunden habe ich mit ihr verlebt, wie viele süße Träume von ihr geträumt. Wie unabläßig war meine Fantasie beschäftigt, mir die reitzendsten Bilder einer seeligen, sonnenhellen Zukunft vorzumahlen, wie rein fühlte sich mein Herz, da ein so zartes Gefühl es heiligte. Wie soll ich jetzt das Leben tragen, da ich sonst nur mit Mühe die Tage trug, an denen ich sie nicht sah. O ich will kalt, ich will gefühllos werden, ich will mich in die Grammatik und Kritik vertiefen, will jede Conjectur, jede erbärmliche aber spitzfindige Bemerkung über ein Wort, über eine Silbe, über einen Buchstaben wie eine zärtliche Braut lieben. Ich will gelehrt werden und auf die Leute spotten, die Gefühl und Fantasie für beßer als Gelehrsamkeit halten. Ich will vegetiren, weil ich nicht vollkommen leben kann.

Am 3. Dezember. Sie ist todt. Heute Morgen um drey Uhr ist sie gestorben. Sie ist sanft eingeschlafen; nur eine kurze Zeit hat sie schwer geathmet und dann hat der Athem plötzlich gestockt; das heilige Leben ist erloschen. Am 18. März wurde sie erst 18 Jahr alt. [...]

Am 4. Dezember. Ich sah sie noch einmahl im ganzen traurigen Schmuck des Grabes. Süße Cecilie, ich wollte auch etwas thun, bey der letzten thränenreichen Sorge für Dich. Ich half der Wunderlich, als sie das Leichenküssen fertig machte. Sie lag im weißen Gewande, die schönen Locken um die Stirn verbreitet und einen Kranz von blühenden Myrthen im Haar. Doch schon schwebte der Ernst des Todes auf ihrem Gesichte und die ewige Einsamkeit des finstern Grabes hatte schon jetzt ihre Züge härter gemacht. Und doch war sie immer noch so schön. Nur die Augen waren etwas gesunken, ach, dieser reine Himmel, worin das Gefühl wie ein ferner Stern friedlich leuchtete, während die glänzenden Wolken der ewig jugendlichen Fantasie gaukelnd vor ihm vorüberzogen; dieser heilige Sitz der Seele hatte auch am frühsten das Schwinden seines himmlischen Gastes empfunden. Als die Wunderlich sie etwas in die Höhe hob, um ihr das Küssen unterzuschieben, hatte ich eine seltsame Empfindung. Es schien mir Entweihung, die Ruhe der Heiligen zu stöhren und sie auch nur scheinbar in den Kampf des Lebens zurückzurufen. Wohl eine halbe Stunde stand ich vor der schlummernden Geliebten. Es war heute das letzte Mahl, daß ich sie sah, und ich will die ganze Bedeutung dieses Gedankens nicht ergründen, sonst möchte ich wahnsinnig werden. Man wollte mich überreden, die Leiche zu verlaßen, aber es war mir nicht möglich, zu folgen. Die Wunderlich verstand mich; sie blieb daher noch eine Weile allein mit mir zurück. Ich habe eine Myrthe aus ihrem Kranze erhalten und die Wunderlich will mir eine Locke geben. O, es ist traurig, nur solche Liebespfänder zu besitzen. Man hat Gips über ihr Gesicht gegoßen, um eine Büste von ihr zu erhalten, da man kein Gemählde besitzt. O wenn sie nur etwas ähnlich wird. Es ist zu schrecklich, wenn die Schönheit entschwindet, wie ein nie wiederkehrendes Traumbild. Dann scheints, als ob der Zufall mir gespottet habe und jetzt wieder die Form zerbricht, wenn er sich einige müßige Stunden damit ergötzte.

Am 6. Dezember

Des Kirchhofs Pforte sah ich offen,
Der Totengräber grub ein Grab,
Und all mein Sehnen, all mein Hoffen
Sank in die finstre Gruft hinab.
Ich sah den Leichenkranz verschwinden,
Die Erde rollte drüber her,
Todt war mein Geist, mein Busen schwer,
Und keine Thräne konnt' ich finden.
Noch einen kalten starren Blick
Warf ich aufs frische Grab zurück
Und heimwärts wankt' ich dumpf und trübe.
O lebe wohl, mein süßes Glück,
Leb wohl, du meine zarte Liebe!
Wenn man mich auch doch bald begrübe!

Brief an Heinrich Bergmann

Göttingen am 15. Dezember 1812

Ich bin im tiefsten, bittersten Schmerz, unfähig zu allen Dingen, am meisten zum Schreiben, aber ich will es doch versuchen, denn es schwebt mir unaufhörlich ein zartes, leichenblaßes Bild vor Augen, das mich mahnt, mannigfach sein zu gedenken in Geist und Wort. Aber wenn ich mein Herz erfüllt habe an der lichten, keuschen Gestalt, und an dem Morgenglanz der Augen, die jetzt unerschrocken in die Sonne schauen, wenn ich dann ein Triumflied singen will der Heiligen, die jetzt auf goldenen Wolken wandelt in Klarheit und Freude, dann ergreift plötzlich wieder meinen Geist der Unglaube und meinen Körper der Schmerz, und ich starre wieder in eine dunkle einsame Nacht, worin nur ein Licht leuchtet aus einem fernen

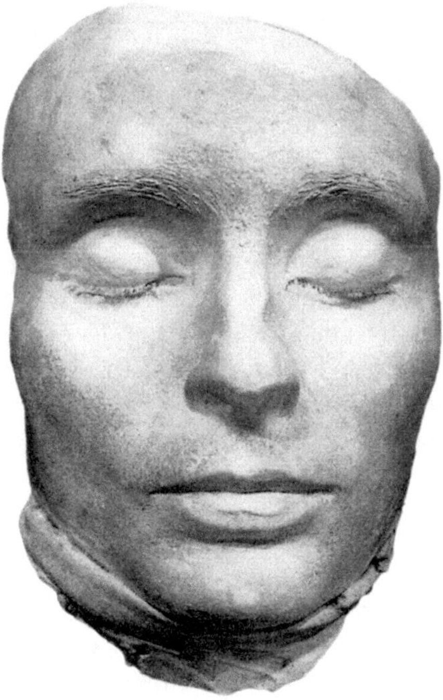

Cecilie Tychsen, Totenmaske, 1812

Grade. Aber es ist nur ein Licht der Verzweyflung, das bis zu der Gruft leitet und dann auf immer verlischt, und die Gruft feßelt auf ewig in ihrem engen Schooße und Jenseits ist nichts als Schlaf und Vergeßenheit; das Schöne ist nur ein Traum, ein muthwilliger Spott des Zufalls, aber die Liebe endet erst mit dem Leben und das Leben ist lang. Cecilie ist todt. Am Sonntag vor 8 Tagen haben wir sie begraben. Ich habe nur 3 mahl geweint, 2 mahl als ich sie sah im Schmuck des Todes, zum 3ten Mahl als die erste Erde auf den Sarg fiel. Aber ich habe gelacht Anfangs und dann geschwiegen. Nach einiger Zeit werde ich gewiß viel weinen können und auf die Zeit freue ich mich.

Wenn ich bedenke, daß ich einst mit dieser Liebe gescherzt habe wie mit meinen früheren Verhältnißen und daß ich mich selbst zuweilen überredet, ich sey der Herr und Cecilie die Sclavin und das Spiel meiner übermüthigen Laune, dann muß ich gestehn, daß ich ein Heuchler war gegen mich selbst aus Eitelkeit und aus Gewohnheit und um consequent zu erscheinen. Nein, mein Freund, ich habe geliebt, wie ein Herz es nur vermag, das von dem ewigen Feuer der Sehnsucht glüht, das nicht so leicht und wandelbar ist, als es scheint, und das bisher mit dem Leben nur spielte, weil es noch nichts darin gefunden hatte, was des Ernstes werth gewesen wäre. Aber in Cecilien fand ich mich selbst doch viel reiner, viel keuscher, viel schöner und herrlicher. Sie war das, was ich vielleicht werden könnte, wenn es eine Unsterblichkeit gäbe, und wovon ich jetzt nur der Schatten bin, der die Umriße wieder gibt, aber worin der Ausdruck verschwindet. Kannst du Dir eine Gestalt denken, die mehr Geist als Körper zu seyn schien, schlank, aber äußerst zart und mit der zierlichsten Taille, eben so leicht als anständig in der Bewegung, einen sehr regelmäßigen Kopf mit einer freyen schneeweißen Stirn, mit einem kleinen Mund, den Schmerz und Freude auf gleiche Weise verschönten, mit Augen, worin das Gefühl wie ein ferner Stern der Sehnsucht friedlich leuchtete, während die glänzenden Wolken der ewig jugendlichen Fantasie in immer neuem gaukelnden Spiel vor ihm vorüberzogen. O mein Freund, in diesen Augen war ein Himmel voll Seeligkeit, voll Scherz, voll Unschuld, voll Liebe und voll Hoheit. Dazu denke Dir eine Fantasie, die nie die Erde berührte, die jeden geringsten Gegenstand zu einem sinnvollen bedeutenden Spiel zu machen wußte, eine Reinheit und Keuschheit der Seele, die sie schon hier heilig scheinen ließ; ein Gefühl, das zu zart war für diese Welt, das bei jeder leisen Berührung erklang und mit heiligem, kindlichen Glauben an allem Schönen hing, an der Religion, an der Kunst und an der

Liebe, einen kühnen, freyen, beinah stolzen Geist, der nur das Große und Edle lieben wollte, der mit unendlicher Anstrengung und Aufopferung nach dem Beßeren und Höheren rang, und sich daher mehr Kenntniße erworben und seine Talente mehr ausgebildet hatte, als es sich fast für ein weibliches Wesen ziemt. Cecilie mahlte und stickte bewundrungswürdig, spielte Pianoforte und Harfe mit künstlerischer Fertigkeit und verstand auch vollkommen die Theorie der Musik. Sie las Französisch, Englisch und Italienisch und hatte das Spanische angefangen, als ihre Krankheit sie überfiel. So war Cecilie, mit diesen Reitzen liebte sie mich und sie ist jetzt todt. Einige meiner Freunde sagten mir neulich, als sie mich bedauerten, es würde beßer für mich gewesen seyn, wenn ich Cecilie gar nicht gekannt hätte. Die Menschen müßen nicht fühlen wie ich, oder sie müßen nie geliebt haben wie ich. Würde es mir denn nur einen Augenblick einfallen, meinen ganzen bittern Schmerz für ihre Gleichgültigkeit zu vertauschen, wenn ich zugleich das Gefühl einbüßen müßte, Cecilien geliebt zu haben! Würde ich nicht gern noch größeren Schmerz dulden, wenn ich nur eine Minute des Glücks, das ich bei ihr genoß, damit erkaufen könnte! Nein, ich will meinen Gram mit liebender Sorge im Herzen tragen wie das freundliche Bild einer fernen Braut. Ich habe ja auch gelebt und geliebt. Bleibt mir ein anderer Trost als der Schmerz? Ich habe sie 2 mahl gesehn nach ihrem Tode, und ihr Anblick hat mir wohlgethan, denn er erweichte mich. Vorher war ich kalt wie Eis und höhnisch wie ein Verdammter. Adelheit, Ceciliens Schwester, ist ein herrliches Mädchen. Verflucht sey das Gift, das ich einst in einem Briefe an Dich aus übermüthiger Laune über sie ausgoß, ohne sie zu kennen. Einen so klaren, kräftigen, tiefen Geist habe ich nie gefunden. Schweigend standen wir Beyde an Ceciliens Ruhebette. Sie enthüllte das Gesicht des schlafenden Engels. Wir knieten an beyden Seiten des Lagers nieder. O Gott! wie schön war sie! [...] Ich dachte daran, daß ich einst in ihrer Krankheit an sie schrieb:

O! schlummere Du süß, bis des Himmels Saum
Sich schmückt mit dem Rosengewebe.
Und weich wie Flaum
Umgaukle die Wangen ein freundlicher Traum,
Daß den Engel ein Engel umschwebe.

Brief an Heinrich Bergmann

Göttingen am 21. Dezember

Ich habe Dir auch noch für Deinen Brief zu danken, der mich erfreut hat, wenn man das Angenehmste, was ich in meiner jetzigen Lage zu fühlen vermag, Freude nennen kann. Küße Deiner lieben Frau in meinem Namen die Hand für ihre gütige Ermahnung. Ach! mein Lieber, nur in den Augenblicken des tiefsten Schmerzes, wenn der Mensch ganz dasteht in seiner eigenthümlichen Gestalt, gleichgültig für alle die Wünsche und Hoffnungen, für alle die nicht natürlichen Empfindungen, welche von den Verhältnißen des Lebens oder vom Übermuth eines ungetrübten Glücks in ihm erzeugt wurden, erst in solchen Augenblicken fühlt er, daß Liebe und herzliches Wohlwollen, freundliche Annäherung eines Herzens an das andere das einzige Glück ist, welches auch dem ärmsten Leben übrig bleibt. Aber beantworten kann ich jetzt Deine Briefe nicht, denn woher sollte ich die Laune dazu nehmen?

Nur einen Punkt will ich berühren, weil er eine Aufforderung von Dir betrifft, die bey mir schon selbst zum Entschluß geworden war, ehe ich Deinen Brief erhielt. Du schreibst mir von einem romantischen Gedichte, worin eine ganz neue Fabelwelt auftreten solle und das nichts mit den früheren Producten dieser Art gemein haben dürfe. Gleich nach Ceciliens Tode, an ihrem Sterbebette selbst faßte ich die Idee eines großen poetischen Werkes, um meine Geliebte auf eben die Weise nach ihrem Tode zu feyern, wie Dante seine Beatrice oder Petrarcha seine Donna Laura. Wir hatten nicht lange vor ihrem Tode eine süße und begeisternde Unterredung über diese beyden Verhältniße mit einander. Ich behauptete leichtsinnig, eine solche Liebe gäbe es jetzt nicht mehr, und werde es nie wieder geben. – Warum glauben Sie das, fragte sie mich, ich bin fest vom Gegentheil überzeugt. Sie schien auf unser Verhältniß damit zu deuten, und ich will jetzt bey mir wahr machen, was sie von sich versprach. Ich will ein Werk dichten, worin Ceciliens Charakter bis in seine kleinsten Feinheiten dargestellt werden soll. Das ganze Gedicht soll einen durchaus deutschen oder vielmehr nordischen Geist hauchen. Denn Ceciliens Gemüth war deutsch wie ich nie eines fand. Es werden sich daher auch bloß nordische Mythen darin finden, Zauber-Jungfrauen, Meerfehen, Nixen, Berg-Geister, das wüthende Heer und so weiter. Die Religion soll das Hauptmotiv des Gedichts seyn. In Cecilien soll die christliche Sehnsucht nach dem Himmlischen und Ewigen dargestellt werden, und ich selbst will in demüthiger Entfernung als die irdische Liebe neben ihr stehen. Der Ausgang kann natürlich nicht glücklich seyn, aber er soll auch das Herz nicht zerreißen. Sanft und wehmüthig soll das ganze Gedicht verhallen, wie Schillers Ritter Toggenburg oder Thekla's Geisterstimme, der Schluß soll gleichsam diese Welt mit einer schöneren verbinden, und es soll der Wiederschein einer künftigen himmlischen Glückseeligkeit darauf ruhn. Alles dieses liegt noch sehr verworren in meinem Kopfe und ich kann auch jetzt nicht darüber nachdenken, aber ich will die Weihnachtsferien dazu verwenden, mir einen Plan zu schaffen. Dieses Werk wird lange Zeit hindurch meine einzige Freude seyn und ich glaube auch, daß es mir gelingen wird, wenn ich nur erst Kraft genug habe, es anzufangen.

O! mein Freund, sollte man nicht an eine Unsterblichkeit glauben, wenn man solch' ein Wesen sterben sieht? Doch Du bist ein Naturforscher und bey Dir kehrt Alles in die bewußtlose Materie zurück, und wird auf's neue zum Infusionsthierchen. Ich möchte alles Glück meines Lebens darum geben, wenn ich solch einen Glauben haben könnte, wie Cecilie ihn hatte. Ich bin krank. An Ceciliens Sterbetage habe ich Blut ausgeworfen, aber es hat sich bald gegeben. Nur huste ich unaufhörlich, mir schmeckt nichts und ich fühle beständige Kopfschmerzen. Es wird wohl vorübergehen. Oft macht es mir Freude, wenn ich denke, daß ich Cecilien bald nachfolgen soll. Wenn mir aber einfällt, daß es doch kein Wiedersehen gibt, dann möchte ich lange leben, nur ihr den einzigen Schatten von Fortdauer zu gewähren, die dem Menschen, dieser armen Machine des Zufalls, übrig ist: Nachruhm und Liebe und Bewunderung nach dem Tode. O! wenn ich nur erst Kraft und Wehmuth genug fühle, ich wollte sie feyern, wie sie in meiner Seele lebt. Ich weiß, daß ich etwas vermag, wenn ich aus dem tiefsten Herzen schreibe. Aber jetzt bin ich noch stumpf und todt.

Mechanisch treibe ich meine Geschäfte, ja ich lege mir mehr auf als ich nöthig habe, um mich selbst zu versöhnen. Die erbärmlichsten grammaticalischen Spitzfindigkeiten gewähren mir die angenehmste Beschäftigung, weil in ihnen der menschliche Geist am erbärmlichsten erscheint. Wenn dieser Zustand lange fortdauert, so müßte ich ein Wunder von Gelehrsamkeit werden, aber zugleich ein so bitterer Feind und Spötter der Gelehrsamkeit, als es wohl noch selten gegeben hat.

Brief an den Vater

Göttingen am 31. Dezember 1812

Ein trauriges Schicksal, das einen Familienkreis betraf, mit dem ich in den angenehmsten und genauesten Verhältnißen lebte, läßt keinen andern Gedanken in mir aufkommen. Cecilie, die jüngste Tochter des Hofraths Tychsen starb nach einem langen, schmerzlichen Krankenlager am 3. Dezember. Nur selten wird man ein so ausgezeichnetes Mädchen finden. Obgleich sie allgemein bewundert und angebethet wurde, war sie doch nicht eitler als ein Frauenzimmer seyn muß, um nicht zu misfallen. Eigentlich nur durch sie wurde jenes Haus das glänzendste und feinste in Göttingen. Ich machte ihr Anfangs bloß die Cour, weil das hier so gewöhnlich ist, und das einzige Mittel, sich in der hiesigen Gesellschaft zu heben. Je mehr ich sie indeß kennen lernte, desto höher mußte ich sie schätzen. Auch Cecilien misfiel meine Gesellschaft nicht. Aus dieser genauen Verbindung mit Tychsens Hause ist wahrscheinlich das Gerücht entstanden, von dem Du mir schreibst. Ich will nicht leugnen, daß Cecilie mir durchaus nicht gleichgültig war, aber den Gedanken an eine nähere Verbindung mit ihr habe ich nie ernsthaft gehegt, weil meine Aussichten ihn mir bis jetzt durchaus verboten. Es ist wahr, daß mir zuweilen die Möglichkeit eines solchen Falls einfiel, doch hatte diese entstandene Hoffnung nichts zur Folge, als eine größere Anstrengung bey meinen Geschäften und ein eifrigeres Studium. Jetzt ist sie todt und wir haben alle um sie geweint. Der erste Schmerz hat mich auf eine Zeitlang krank gemacht, aber ich befinde mich jetzt wieder wohler. Meine vielen Arbeiten werden das Übrige dazu thun, mich das wenigstens auf Augenblicke vergeßen zu lassen, was nur die Zeit ganz lindern kann.

Meine Berufsangelegenheiten sind diesen Winter nicht so als ich hoffte, doch muß ich mich damit trösten, daß diese Klage hier allgemein ist. Mein Kollegium über den Homer ist freylich zu Stande gekommen, aber ich habe fast nichts damit verdient, weil die Meisten unvermögend waren, das Honorar zu bezahlen. Nur ein Privatissimum habe ich während den Michaelisferien gegeben, welches mir wegen seiner Kürze auch nur anderthalb Louisdor eintrug. Ich sehe, daß es bey meinem Fach nothwendig ist, anfangs sich einen sichern Grund zu verschaffen und werde mir daher Mühe geben, Ostern die Stelle am hiesigen Gymnasium zu erhalten, welche vakant werden wird. Da der Ertrag des vorigen Sommers auch nicht hinreichend war, so sehe ich, daß, wenn ich auch alles berechne, was ich diesen Winter vielleicht noch durch Nebenarbeiten verdiene, mir doch noch zehn Louisd'or fehlen werden. Dein gütiger Brief hat mir das Vertrauen

Grabinschrift für Cecilie. Mitte Dezember 1812.
Ernst Schulze wird nicht genannt:

Cecilie Tychsen.
Geb. 18. März 1794, † 3. Dez. 1812.

Welkst du, liebliche Blume, zu zart für die Stürme der Erde,
Ach, so früh! dich nahm, der dich uns schenkte, zurück.
Doch uns lebt dein heiliges Bild im sehnenden Herzen,
Bis wir in Edens Flur himmlisch erblühend dich schaun.

Die trauernden Eltern und Geschwister.

gegeben, Dir diese Bitte vorzutragen. Ich weiß, daß ich nichts verschwende.

Die Bedürfniße sind hier in gar zu hohem Preise. Mein Holz kostet mir allein zwanzig Thaler, weil ich außer meinem Zimmer noch das Auditorium heitzen muß. Vielleicht könnte ich noch manches wohlfeiler einrichten, wenn ich durchaus ohne alle gesellschaftlichen Verbindungen lebte, aber ich würde auf der andern Seite vielleicht eben so viele wahre Vortheile einbüßen. Wenn man sich überhaupt mehr bemühen soll, ein Mensch zu werden als ein Gelehrter, so ist das, was man für das erste aufopfert, gewiß nicht ohne Nutzen angewandt.

Die heftige Kälte dieses Monats fordert die größte Vorsicht. Obgleich ich fast gar nicht aus dem Hause komme, habe ich doch einen sehr hartnäckigen Husten und mehrere andere Unpäßlichkeiten gehabt, die aber jetzt wieder vorüber sind, nachdem ich eine Zeitlang Isländisch Moos getrunken habe. Mir selbst macht das Leben jetzt nicht viel Freude und mein einziger Wunsch ist, Dir wenigstens und meiner lieben Mutter Freude zu machen.

Wir feyern heute den Sylvesterabend bei Tychsens, die Familie meines Wirths, Professor Wunderlich, die nahe mit jenen verwandt ist und noch einige Bekannte. An Fröhligkeit wird nicht sehr zu denken seyn, weil die schmerzlichen Erinnerungen noch zu neu sind, und eine solche Stunde, wie die des Jahreswechsels, unter dergleichen Umständen noch mehr zum Ernst stimmt. Zum Glück ist meine Wirthin eine sehr geistreiche Frau, die allen scharfen Kanten im Leben eine mildere Wendung zu geben weiß. Mit ihr lebt es sich sowohl in Freude als in Schmerz vortrefflich. Es ist hier in Göttingen jetzt sehr still. Wie Cecilie starb, wurden ihr zu Ehren die thés dansants und Concerte ausgesetzt und haben bis jetzt noch nicht wieder angefangen. Auch die großen Gesellschaften sind in's Stocken gerathen. Mich kümmert dieses nicht, denn ich werde in diesem halben Jahr doch nirgends hingehen. Meine Arbeiten beschäftigen mich zu sehr und außer meinem häuslichen Kreise wüßte ich auch jetzt nichts, was mir hier Vergnügen machen könnte.

[...]

Tagebuch

Am 30. April 1813. Gestern erzählte mir die Hofräthin Tychsen intereßante Umstände des Verhältnißes zwischen Bouterwek und der Frau von Berlepsch. Bouterwek ist früher der vertraute Freund der Tychsen gewesen und hat ihr das Genauere dieser Verbindung eröffnet. Sowohl er als die Berlepsch sind früher exzentrische Schwärmer gewesen, aber beyde auch sehr kokett. Er hat sie hier kennen gelernt, da er noch Hofmeister war. Sie ist damahls freylich schon über dreyßig Jahr alt gewesen, hat aber immer noch einen Schwarm von Liebhabern um sich gehabt. Sie hat ihn in ihre literarischen Thees gezogen und beyde haben gleich so viel Geschmack an einander gefunden, daß er oft vier Wochen mit ihr in Berlepsch gewesen ist. Über ein Jahr lang haben sie in den vertrautesten Verhältnißen mit einander gelebt und während dieser Zeit hat er ihr selbst das Kammermädchen zugeführt, das Berlepsch später heyrathete. Dieses ist freylich nicht ihr Plan gewesen; sie hat bloß ihren Mann mit diesem Mädchen in genauere Verhältniße bringen wollen, um dann mit ihm ein für sie bequemes Arrangement zu treffen, bey welchem jeder Theil seinen Launen überlaßen bliebe. Später hat Bouterwek gemerkt, daß seine Geliebte einen Gardeoffizier begünstige. Er hat ihr Vorwürfe gemacht; sie hat ihn anfangs beruhigen wollen, am Ende aber über die Sache gescherzt und ist dann plötzlich, nachdem sie bloß in einem Billet Abschied genommen, nach Hannover abgereist. Bouterwek ist ihr mit Extrapost nachgefolgt, hat sich ein Quartier gegen ihr über gemiethet und schon am ersten Tage den Gardeoffizier zu ihr gehen gesehen. Er hingegen ist mehrere Mahle an denselben Morgen von ihrer Thür abgewiesen worden. Da ist er wüthend geworden und hat ein Paar Pistolen genommen, um sie und ihren Liebhaber zu erschießen; man hat ihn aber wieder nicht heraufgelaßen und er hat nachher am Fenster gesehen, daß die Berlepsch und der Offizier aus vollem Halse gelacht haben, da ist sein Zorn in Verachtung übergegangen und er ist auf der Stelle nach Berlin gereist. Seine Mutter ist nachher unklug genug gewesen, nach Hannover reisen zu wollen, um der Frau von Berlepsch Vorwürfe zu machen. Später hat er sie einmahl durch einen wunderbaren Zufall unvermuthet in der Schweitz getroffen, beyde aber haben sich fremd, kalt und verächtlich behandelt. – Ich bin in großer Unruhe, weil ich eben höre, daß halb Celle von den Franzosen abgebrannt ist. Es ist indeß noch ein bloßes Gerücht und man kann noch immer das Beste hoffen. – Heute Abend las ich der Hofräthin und Adelheit den vierten Gesang meiner Cecilie vor. Beyde waren sehr gerührt. Ich vertiefte mich nachher mit der Hofräthin in ein wehmüthiges Gespräch über Cecilie. Ich erfuhr, daß sie kurz nach dem Anfange unserer Bekanntschaft von mir zu ihrer Mutter gesagt habe: An dem Menschen haben wir einen rechten Schatz von Fantasie und Gemüth erhalten.

[…]

Am 5. May. Ich lebe und lungere in einer schrecklichen Faulheit. Oft denke ich, wenn mein Verhältniß mit Adelheit nur aufs Reine gebracht wäre, dann wollte ich arbeiten vom Morgen bis zur Nacht, um eine sichere Hoffnung zu gewinnen. Aber wer weiß, wie vielen Zerstreuungen ich auch dann ausgesetzt seyn würde. Die Liebe ist von jeher mein Verderben gewesen, obgleich ich sie nicht mißen möchte. […]

Am 7. May. Gestern ging ich um sechs Uhr nach Tychsens Garten, wo ich Adelheit und ihre Mutter im kleinen Lusthäuschen an der Wiese fand. Mein Geist war in der heitersten und schönsten Stimmung, ich sprach mit Gefühl und Fantasie und auch Adelheit begeisterte sich mit mir, indeß auf ihre eigenthümliche sanfte und freundliche Weise. Wir koosten recht traulich mit einander. Endlich wurde ich kühn genug, ihr meine Abentheuer mit der idealischen Waldjungfrau am

Brocken zu erzählen. Sie hörte mich theilnehmend an. Ebenso hatte ich schon früher einmahl einige Worte über mein Verhältniß mit Sofie von Witzendorf und Luise von Pentz gegen sie geäußert, ohne sie zu erzürnen. Sie weiß ja doch, daß sie nicht meine erste Liebe ist. […]

Brief an Carl Josias Christian Bunsen

Göttingen, am 12. Julius 1813

[…] Daß Sie dort beßer und besonders umfaßender und mannigfaltiger leben, als wir, freut mich, und ich würde Sie beneiden, wenn Sie nicht mein Freund wären und vorzüglich wenn ich hier nicht einen ganz individuellen Ersatz für die allgemeine hiesige Schaalthierexistenz fände. Freylich nicht in der Wißenschaft, wie Sie vielleicht denken mögen, denn seit Ceciliens Tode ist sie mir nicht mehr – – die hohe herrliche Göttin, sondern die tüchtige Kuh, die mich mit Butter versorgt, gewesen. Bey Gott, alle meine Ansichten in dieser Rücksicht sind erbärmlicher geworden als je, seit mir die Sonne unterging, die meinem Geiste lebendige und belegende Kraft verliehen hatte. Die Erinnerung ist eine träge, schwermüthige Schwärmerin, die nur träumen und dichten aber nicht handeln mag; etwas Großes im wirklichen Leben, wofür wir doch am Ende Alle da sind, kann nur durch die Hoffnung bewirkt werden. Das ist Ihre Göttin, und sie wird Sie weit und hoch empor führen: ich habe ausgelebt; freylich etwas früh und etwas unnütz, aber doch nicht ohne manchen Genuß für mich. Daß ich jetzt auch noch den Schmerz kennen und würdigen gelernt habe, ist mein Trost für die vielen Thorheiten, wozu mich das Haschen nach Luft verführte. Ich bin beßer geworden für mich selbst, aber unbrauchbarer für die Welt; wenn ich mich auf öffentlichem Markte erhenkte, würde ich doch die Leute vielleicht noch amüsiren; nützen kann ich ihnen nicht mehr. Müßig bin ich deßwegen nicht. Ich arbeite mit vielem Eifer, ja mit Vergnügen zuweilen, weil es langweilig ist, nichts zu thun. Ich werde vielleicht am Ende noch gelehrt werden, aber auch nichts als gelehrt, und glauben Sie wohl, daß Seidler durch seine gelehrte Abhandlung der versu dochmiaco oder Hartmann durch seine orphica die Welt glücklicher, oder nur um *einen* schönen Gedanken, um *eine* höhere Ansicht reicher gemacht habe? So wird's auch mir gehen.

Doch ich wollte von dem reden, was mich noch einigermaßen an das langweilige bürgerliche Schauspiel des gewöhnlichen Lebens bindet: Es ist meine Liebe zu Cecilien, die in der Liebe zu ihrer Schwester Adelheit fortlebt. Adelheit ist ein herrliches Mädchen voll Geist, voll Gefühl, voll zarter und geregelter Fantasie. Was mich am meisten zu ihr hinzieht, was ihr eigentlich eine unumschränkte Gewalt über mich giebt, ist ihr klarer umsichtiger Verstand, ihr äußerst gebildetes und von allen Dunstbildern der Leidenschaft gereinigtes und dennoch tiefes Gefühl, die Kraft ihres Willens, die aus ihrer Klarheit entspringt, und überhaupt, das μέτριον, das zur vollkommenen Schönheit unentbehrlich ist, wenn es auch oft dem Reitze schadet. Adelheit kann mir Cecilien nie ersetzen, ich werde sie nie so lieben können als jene, eben wegen der durchaus romantischen Tendenz meines Geistes, aber sie wird mich glücklicher machen als ihre Schwester; ihr wird es vielleicht gelingen, dieses ewig begehrliche Herz zu feßeln und zu beruhigen. Cecilie war nichts als Fantasie und Gefühl, sie gehörte nie der Wirklichkeit an und riß den, der in genaueren Verhältnißen mit ihr stand, immer über das Leben mit sich hinaus. Die Liebe zu ihr war eine schmerzliche, zerstörende Wohllust, die nothwendig mit einer Zerrüttung des ganzen Wesens enden mußte. Adelheit erweckt reines und ruhiges Wohlgefallen. Man wünscht nicht so sehr sie ganz zu besitzen, als nur mit ihr umzugehen, weil man sich in ihrer Nähe immer behäglich fühlt, ohne gewaltsam erschüttert zu werden. Wir lieben uns; sie hat es mir selbst gestanden und behandelt mich wie ihren Verlobten, wofür auch die ganze Stadt mich hält, und doch werden wir einander wahrscheinlich nie näher kommen. Entweder Verhältniße, die sie nicht offenbaren will, oder eine Grille von ihr, die wegen der großen Beobachtsamkeit und Festigkeit ihres Geistes schwer zu bekämpfen und zu vertilgen ist, haben sie bestimmt, unverheirathet zu bleiben. Ich that mein Möglichstes, diesen Entschluß wankend zu machen, ihre Ältern intereßiren sich für mich, ihre eigene Neigung zu mir, die sie nicht verhehlt, hätte diesen Bemühungen zu Hülfe kommen müßen, aber es war Alles umsonst. Anfangs habe ich bey diesem Verhältniße viel gelitten, jetzt bin ich ruhig. Wir werden beyde unverheiratet bleiben und uns doch lieben. Mehr verlange ich jetzt nicht. Von meinen Hoffnungen und Aussichten mag ich Ihnen fast nicht einmahl schreiben, da ich im Grunde keine habe. Die Zukunft ist mir auch ziemlich gleichgültig.

[...]

Tagebuch

Am 10. August [1813]. Ich ging heute zu Adelheit, um ihr aus dem »Zauberring« vorzulesen und ihr das Gedicht zu geben, das ich in Münden an sie gemacht hatte. Sie mahlte, als ich kam. Sie nahm das Papier schnell und dankte freundlich. Dann fing sie an über meine Briefe an die Pentz zu sprechen, und beklagte sich, daß ich die Göttingischen Damen darin gar zu grausam behandelt habe. Die Hofräthin kam dazu und schalt mich gleichfalls wegen meiner Neigung zur Satyre. Sie werden es noch bereuen, sagte sie, wenn Sie von hier fort sind und sich oft in die Gesellschaften zurückwünschen, die Sie vorher so unbarmherzig durchzogen. Ich versicherte ihr, wenn ich bey meiner Trennung von Göttingen jetzt nur das verlöhre, was ich vor zwey Jahren verlohren hätte, so würde ich jeden andern Ort vorziehen. Der Beweis dafür sey, daß ich mich von allen übrigen Gesellschaften zurückgezogen habe.

Am 12. August. Adelheit beträgt sich, wenn wir allein sind, immer sehr liebenswürdig gegen mich. Ich lese ihr fast täglich vor und sie belohnt mich durch die freundlichsten Äußerungen. Aber öffentlich zieht sie sich von mir absichtlich zurück und erlaubt mir weniger als je. Woher kömmt diese Inconsequenz? Wir waren heute auf dem Garten. Beym Hingehen bat ich sie um das Körbchen und sie sagte: Ich werde es Ihnen nachher geben. Sie that es selbst, sobald wir vor dem Thore waren. Als wir zurückgingen, nahm ich es, ohne sie zu bitten, sobald wir aber in der Allee waren, forderte sie es mir wieder ab. Vor einigen Tagen hatte ich eine ähnliche Szene.

[…]

Brief an den Vater

Göttingen, am 25. August 1813

Meine Reise nach Caßel konnte ich wegen einiger Hinderniße erst später machen, als ich mir vorgenommen hatte. Leist empfing mich sehr gütig: aber die plötzliche Aufhebung von Halle hat meine speciellen Hoffnungen vereitelt. Er begann damit, mir eine lange Rede zu halten, wie es unmöglich sey, daß Jedermann gleich eine Anstellung an der Universität erhalten könne; daß er jetzt besonders so viele Profeßoren zu versorgen habe, die natürlich den Privatdocenten vorgehen müßten und daß er mir in dieser Lage keine Hoffnung machen könne, sogleich an einer Akademie angestellt zu werden. Er sagte dann, daß er jetzt damit beschäftigt sey, einige neue und einträgliche Stellen von 400 bis fünftehalbhundert Thalern Einnahme an den vorzüglichsten Lyceen, wo der Unterricht schon wißenschaftlich betrieben würde, zu fundiren, und nannte mir unter diesen Holzminden, Hersfeld und Ilefeld; dann fragte er mich, ich möchte mich bestimmt erklären, ob ich Neigung habe, eine von diesen Stellen anzunehmen. Ich antwortete, daß ich meinen ganzen Studienplan für eine akademische Carriere eingerichtet und schon manches diesem Zwecke zu Gefallen aufgeopfert habe; daß ich vieles umsonst gethan haben würde, wenn ich diese Laufbahn verlaßen müßte, und daß ein ganz andres Studium dazu gehöre, um sich zum Schulmann zu bilden, als um einen academischen Amte Genüge zu leisten; daß ich freylich, wenn er mir keine andre Aussicht zeigen könne, eine solche Stelle fürs Erste als eine ganz gute Zukunft betrachten müße, daß ich aber dennoch die Hoffnung nicht aufzugeben wünsche, einst einen solchen Wirkungskreis zu erhalten, wozu ich mich von Anfang an bestimmt und gebildet habe. Er versicherte mir, daß ich durchaus deßwegen die Hoffnung nicht verlöhre, meinen eigentlichen Zweck zu erreichen. Dann trug er mir auf, ihm einen Aufsatz zu schicken, worin ich ihm die ganze Geschichte und Tendenz meines Studiums detaillirte. Wenn dieses geschehen sey, wolle er auf mich bei Besetzung der Stellen, die bis gegen Ende dieses Jahres fundirt werden würden, Rücksicht nehmen. Dieses war der ganze Erfolg meiner Visite. Bouterwek und auch Tychsen und Wunderlich sehen keinen andern Ausweg als daß ich die angebotene Stelle annehmen müße, da doch hier jetzt wenigstens keine Aussicht für mich sey. Es ist mir sehr schmerzlich Göttingen zu verlaßen: aber ich selbst sehe keinen andern Rath. Das Werk, woran ich schon seit einem Jahre arbeite und wozu ich jetzt alle Schriftsteller der Römer und Griechen durchlese, eine vollständige Geschichte der lyrischen Poesie der Alten, soll mir, wie ich hoffe, genug gelehrten Ruf erwerben, um auf irgend eine anständige Stelle bey einer Universität Anspruch machen zu können.

[…]

Brief an Adelheit Tychsen

Göttingen, am 17. September 1813

Ich reise in einigen Tagen, und weiß nicht, ob ich Sie wiedersehen werde, liebe Adelheit. Freylich gab ich Ihnen einst mein Wort, mich nie von einem sogenannten raschen Entschluße hinreißen zu lassen; aber wußte ich denn damahls, was ich versprach? Konnte ich schon damahls berechnen, was ich für einen Kampf zu kämpfen haben würde, wenn ich meiner Zusage treu bleiben wollte? Ich habe gethan, was ich vermochte, ich vermag vielleicht noch mehr: aber ich kann nicht mehr mit Sicherheit für mich einstehen. Es gibt Stunden im Leben, wo der beste Wille von dem vernichtenden Gefühle des Augenblicks überwältigt wird, wo Erinnerung und Hoffnung, die sonst so mächtig das Leben beherrschen, nicht mehr erscheinen als sie wirklich sind, leere Schattengestalten, während das einzige Wahre im Leben, die Gegenwart, düster und betäubend vor uns hintritt und unsern Entschluß bestimmt. Schon oft habe ich die Eindrücke solcher Stunden besiegt: aber ich könnte einst schwächer seyn, als ich es sonst war. Ich möchte in Ihren Augen nicht gern wortbrüchig erscheinen, darum hatte ich mir schon lange vorgenommen, Sie um die Erlaßung meines Versprechens zu bitten. Es ist deßhalb noch nicht ausgemacht, daß ich mich meiner Freyheit bedienen werde. Nein, es verklären sich noch oft schöne und heilige Augenblicke in meinem Leben, worin ich fühle, daß der Mensch größer seyn kann als das Schicksal, das höhnisch mit ihm spielt, daß er dulden kann, ohne erdrückt zu werden, und entsagen, ohne zu verzweyfeln; aber nicht jede Stunde hat ihren rettenden Engel. Ich bitte Sie, Adelheit, bedenken Sie, was Sie von mir verlangen, und ob der Zweck, den Sie durch Ihr Verlangen zu erreichen hoffen, die Aufopferung, das endlose und krafttödtende Schwanken zwischen entgegengesetzten Entschlüßen belohnt, womit seine Erreichung verbunden ist. Sie wollen, ich soll ruhig in meinen jetzigen Verhältnißen fortleben. Heißt das nicht, ich soll kalt werden gegen das, was der innigste Wunsch meines Herzens war, ich soll mein Gefühl verläugnen, das ich mit so vieler Anstrengung aus den Strudeln der Oberflächlichkeit und des Egoismus errettet habe? Sie bannen mich in eine öde, dunkle Wüste, wo der Boden in ewiger, grauer Dürre schmachtet, der Himmel in ewiger trüber Stille ruht; wo alles, wenn es auch die äußere Form des Lebens nachahmt, ewig unbewegt und lautlos schlummert. Bey Gott, es ist beßer, wenn anstatt dieses todtenähnlichen Schlafs ein rascher Blitz herniederfährt, der doch wenigstens augenblickliches Leben dem Bilde gibt, wenn er es auch oft zerschmettert. Was habe ich von der Zukunft zu hoffen? Wollte Gott, es wäre nur ein recht wilder und zerreißender Schmerz, bey dem sich doch die Seele ihrer Kraft freuen kann, eben weil sie eines solchen Schmerzes fähig ist. Aber es ist nichts, als ein stummer, erschlaffender Gram, der langsam verzehrt und allmählig erstarrt, wenn er jeden Funken des Gefühls getödtet hat. Geben Sie mir mein Wort zurück, liebe Adelheit.

[…]

Am 24. September [aus Celle]. Es ist ein recht lustiges und betäubendes Leben hier. Am Montag, als gerade Jahrmarkt gehalten wurde, überfielen die Westfalen einen Trupp Alliirter, die sich etwas zu gütlich gethan hatten und an allen Ecken umher schliefen. Das Gefecht in den Straßen dauerte einige Stunden mit gegenseitigem Verlust, bis endlich die Alliirten aus der Stadt gejagt wurden. Am andern Tage zogen die Westfalen ab und die Englischen Truppen kommen jetzt täglich in kleinen Haufen von zehn bis zwölf Mann in die Stadt, um verdächtige Personen aufzuheben oder auch bloß um ihre Verwandte und Bekannte zu besuchen, denn sehr viele sind aus Celle selbst. Dann streift wieder ein feindlicher Zug vorbey und man ist oft am Morgen Französisch, am Abend Englisch. Dieser Wechsel erstreckt sich sogar auf den Schattenspielmann, der vom Markte hier noch zurückgeblieben ist. Bald zeigt er mit vielem Pathos in der Erklärung den Eintritt der Königin von Preußen in's Elysium, wie sie von ihren Ahnen und den großen Feldherrn ihrer Nazion empfangen wird und ihnen den wiederauflebenden Ruhm des preußischen Volkes und den Sturz Frankreichs profezeit, bald läßt er mit ebenso vieler Beredsamkeit den König von Preußen wegen seiner Bundbrüchigkeit zur Hölle fahren und auf eine sehr appetitliche Weise in einem großen Schmortopf von den Küchenteufeln zur Mahlzeit Satans appretirt werden. Bald liegt der Adler in der Goße, bald wird das GR [Georg Rex] mit Füßen getreten. Indeßen hofft man in diesen Tagen auf eine Entscheidung, weil einige Tausend Mann verbündeter Truppen hier erwartet werden. Uebrigens machen alle diese Umstände in dem hiesigen Leben wenigstens keine unangenehme Veränderung. Man geht nach wie vor in die Thee's und besucht die Belustigungsörter vor der Stadt, als wenn ein allgemeiner Friede im Lande wäre. Doch ist es dann ein sehr lustiger Anblick, wenn sich eine plötzliche Nachricht von der Erscheinung feindlicher oder freundlicher Truppen verbreitet, oder wenn man gar in der Nähe einige Schüße vernimmt. Dann sieht man große Heerden von Damen und Herrn gleich den Kranichen mit langgestreckten Beinen und wehenden Kleidern über die große Allerbrücke in's Thor ziehen und überall schnarrt einem das unharmonische Gekrächz der durcheinander Fragenden und Rufenden in's Ohr. An allen Ecken wird politisirt, aus allen Wirthshäusern schallt das Geschrey betrunkener Patrioten, die sich ihrem König zu Ehren unter den Tischen und Bänken umherwälzen, die geschäftigen Müßiggänger rennen von Thor zu Thor, von Straße zu Straße, und die gaffenden Tagediebe finden am Markte auf der Rathhaustreppe ihr pays de Cocagne. Besonders ist unser Haus ein wahrer Taubenschlag, wo fast die ganze Bürgerschaft täglich aus- und einzieht, um Rath und Befehle zu holen oder Nachrichten zu bringen und Anerbietungen zu thun. Einige können sich dann in ihrer Freude bey einer guten Nachricht nicht enthalten, meinem Vater um den Hals zu fallen und ihm mit patriotischen Küßen und Händedrücken aus einer Ecke in die andere zu treiben. Andere, die nichts zu berichten wißen und gierig nach Neuigkeiten schnappen, schleichen mit langem Halse und lauernden Blicken ums Haus her und fahren auf jeden, der heraustritt, wie der Tieger auf seine Beute zu. Auch hat hier das Zeitalter der Poesie und Beredsamkeit nie so sehr geblüht als jetzt. Jeder Einzelne wird zum Dichter und sucht die unintereßante Wahrheit durch ein idealisches Gewand zu verschönern. Freylich schütteln einige alte Freunde der ungeschminkten Natur bey solchen poetischen Ausschmückungen gedanklich den Kopf und sagen: Alles Dichten und Trachten der Menschen ist böse von Jugend auf, aber die Mehrzahl ruft, wenn von fünfzig Mann die Rede ist, indem sie sich gleichfalls auf die Bibel bezieht: Setze Dich flugs und schreibe fünftausend. Nicht so allgemein, aber mit größerem Kraftaufwande des Genies und der Lunge wird die Beredsamkeit getrieben. In jeder Schenke wird der zum Volksredner, der sich durch seine Posaunenstimme und besonders vermöge seiner kräftigen Fäuste das Recht zu unwiderleglichen Demonstrazionen erworben hat. Häufig eignen sich aber auch die Wirthe selbst dieses Amt zu, weil es ausgemacht ist, daß der Redner die Herzen der Zuhörer lenken kann wie er will und sich oft eine Gelegenheit darbietet, in der Beschreibung kriegerischer Szenen einen feinen Uebergang zu einem allgemeinen Ehrentrunk auf das Wohl des Vaterlandes zu machen. Ich hatte gestern das Vergnügen, einer solchen Versammlung von fern beyzuwohnen. Der Redner, ein vierschrötiger, dickbäuchigter und rothnasigter Branntweinbrenner, hatte sich den Tisch zur Tribüne erwählt. In der einen Hand hielt er das Glas, in der andern ein Zeitungsblatt und einen Privatbrief, der die neuesten Nachrichten von der Elbe enthielt. Um ihn her saß eine Menge halbbetrunkenen Gesindels, das mit einem unaufhörlichen wüsten Gelärm Stille gebot. Als aber der Demosthenes auf dem Tische mit einer wahren Löwenstimme anfing: »Hört, meine Herren! Etwas Extraneues,« da schwieg Alles wie bey einem plötzlich daherrollenden Donner. Jetzt las er die Neuigkeiten vor, begleitete jede wichtige Stelle mit weitläuftigen Digreßionen über den Stand der Armeen, mit politischen und historischen Bemerkungen und mit Kernsprüchen aus der Bibel und unterbrach seine Rede alle Augenblicke mit dem Ausrufe: »Jetzt ein Glas für unsern allergnädigsten König, jetzt eins für unsere braven Landsleute, jetzt eins für unsern Herrn Maire.« Dann klopfte er an die große Flasche, die neben ihm auf dem Tisch stand und fuhr nicht eher fort, bis alles Volk mit einem lauten Vivat die Mützen in die Höhe warf und dem Vaterlande und seinem Kellervorrathe den geziemenden Tribut bezahlte. Endlich schloß er seine Rede mit den Worten: »Drum haltet einträchtig zusammen, so wird euch der Teufel nichts anhaben«; gerieth aber gleich darauf mit einem seiner Zuhörer wegen eines unbezahlten Groschens in einen so handgreiflichen Hader, daß ich mich in der größten Eile entfernte.

[...]

Am 28. September. Auch die Frau v. Pentz habe ich wiedergesehen. Seit vorigem Februar hat aller Briefwechsel unter uns aufgehört und ich sah voraus, daß unser Verhältniß bey meiner Ankunft in Celle auch äußerlich zu Ende seyn würde, denn es ist sonst oft der Fall, daß wenn auch die Neigung bey beyden Theilen schon längst erloschen ist, man sich doch gern noch eine Zeit lang gegenseitig täuscht, weil es immer mit Verlegenheit verbunden ist offenbar zu brechen. Hier schienen mich aber einige Vorbedeutungen bestimmt aufzufordern, aller fernern Täuschung durchaus zu entsagen. Eine halbe Stunde vor meiner Abreise nach Celle wollte ich den Ring der Pentz in einen Schrank verschließen. Ich that einen Fehltritt, der mich in's Straucheln brachte, und als ich mich festhalten wollte, hackte der Ring in den Schrankschlüßel und zersprang in der Mitte. Als ich gleich darauf eine Tuchnadel von ihren Haaren auf ein Blatt Papier befestigen wollte, zerbrach ich sie ebenso wie den Ring. Wenn ich hierzu noch den Umstand der confiscirten Briefe rechne, so liegt es nicht an dem Mangel von Bewegungsgründen, wenn ich nicht abergläubisch werde. Aber wenn auch solche Zufälle kein Zwang oder keine Andeutung des Schicksals sind, so dienen sie doch häufig dazu, den eignen Willen zu bestimmen.

[...]

Am 29. September. Sie sind vielleicht neugierig zu erfahren, wie meine erste Zusammenkunft mit der Pentz ausgefallen sey. Ich kann Ihnen darüber nicht viel Intereßantes sagen, denn wir benahmen uns Beyde wie Leute, die solche Erfahrungen schon häufiger gemacht haben und sich in dergleichen Situazionen mit Anstand zu betragen wißen. Ich ging zu ihr und wurde ganz höflich empfangen. Wir sprachen mit scheinbar großem Intereße Anfangs vom Wetter, dann von den Stadtneuigkeiten. Alle früheren Erinnerungen schienen im Lethestrom ertränkt zu seyn. Heute sah ich sie in einem öffentlichen Garten wieder. Wir hatten uns schon so gut in unsere Lage gefunden, daß ich es wagen konnte, unser früheres Verhältniß wie einen Scherz zu behandeln und ihr öffentlich im Kreise der Gesellschaft einige Spöttereyen darüber zu sagen. Sie stimmte in meinem Ton mit ein, und wir neckten uns mit großer Unbefangenheit. Meine Briefe an sie haben zum Glück nicht zur Belustigung des Publikums gedient, denn man hat nur sehr wenige von ihren Papieren durchgelesen und ihr das übrige unversehrt zurückgegeben. Sie wißen, daß ich mich in meinen Urtheilen über verschiedene Personen grade nicht sehr menschenfreundlich bewiesen habe, deßhalb ist mir dieser Ausgang der Sache besonders angenehm gewesen. Meine Äußerungen über Göttingen nehme ich indeß nicht zurück – die Ausnahmen, die ich in späteren Zeiten bemerkte, kennen Sie – und es wäre mir einerley gewesen, ob sie bekannt geworden oder nicht. Ich achte alle jene Cirkeln viel zu wenig, als daß ich selbst ihrem Haß auszuweichen mir die geringste Mühe geben möchte. […]

Am 30. September. Das schöne Herbstwetter lockte mich heute in einen öffentlichen Garten, den ich seit meinem Hierseyn noch nicht besucht hatte, obgleich er mir wegen vieler Erinnerungen aus früherer Zeit sehr intereßant ist. Ich scheute mich eigentlich hinzugehen, weil ich wußte, daß so manches verändert sey, was mir einst lieb war. Es ist ein Park, der von mehreren Wiesen durchschnitten wird. Rund um sie her zog sich Laubholz mit vielen Gängen und Ruhesitzen; auf einer kleinen Anhöhe, die mit dichtem Gebüsch bekleidet war, erhob sich eine Warte mit klösterlichen, buntbemalten Fenstern, und in einer Vertiefung am Ende des Gartens fand man unerwartet im schattigsten Dickigt einen Teich, an deßen

Rande es sich besonders friedlich und einsam verweilte. Das Haus, das an die größte Wiese stieß und von hohen Ulmen beschattet wurde, war sehr elegant, beynahe prächtig eingerichtet. In der Mitte befand sich ein großer reichdekorirter Saal mit weiten Flügelthüren nach dem Garten zu. An den Saal stießen zu beyden Seiten zwey helle, geräumige Zimmer und an jedes derselben schloß sich ein geschmackvolles, wohnliches Kabinet. Dieses Wesen, das Anfangs einem Prinzen von Mecklenburg, der in Celle wohnte, zum Landsitz diente, war jetzt einem sehr prosaischen Kaffewirth in die Hände gefallen, der auf Kartoffeln und Vitsbohnen einen größeren Werth legt als auf schöne Aussichten und Ruheplätzchen, wovon man nicht satt wird. Das Gehölz war überall sehr gelichtet, der sonst so einsame Teich hatte sich in einen lebhaft bevölkerten Sumpf verwandelt. Von der Warte war keine Spur mehr zu finden: aber zum Ersatz fand ich einen luftigen Taubenschlag und einen eleganten, maßiven Kuhstall. Die Gänge, die früher sehr reinlich und eben gehalten wurden, glichen jetzt den guten Vorsätzen der Menschen. Etwa hundert Schritt weit vom Hause liefen sie gebahnt und wohlerhalten hinweg; weiter hin waren sie immer mehr mit Gras und Unkraut bewachsen; endlich verlohr man jede Spur und that am Besten wieder umzukehren. Auch das Haus, das sonst beym ersten Anblick das Bild von dem stillen und heitern Genuß eines sorgenfreyen Lebens herbeyrief, hatte sich in mancher Rücksicht verändert. Der Saal war vom Tobaksdampf geschwärzt, in dem einen Nebenzimmer fand ich einen Tisch zum Roulette, in dem andern ein Billard und in den freundlichen Kabinettern saßen einige sehr grämliche Herrn am Whisttisch. Jetzt wollte ich mich unter die große Ulme flüchten, die fast den ganzen Raum vor dem Hause beschattet, fand aber den Platz schon durch eine zahlreiche Gesellschaft politisierender Juden und Kaffe trinkender Jüdinnen besetzt. Auch meine übrigen Lieblingssitze waren mit nichtssagenden Menschengesichtern angefüllt. Die alten Herrn lasen die Berliner Zeitungen, die jungen machten mit selbstgefälligem Anstande ihrer eignen Person die Cour, indem sie ihre Fadaisen von den minaudirenden Damen bewundern ließen. Halb erzürnt, halb traurig setzte ich mich in eine entfernte Ecke. Einige Frauenzimmer hatten mich bemerkt und schickten einen ihrer Anbeter zu mir, um mich auf morgen in einen ästhetischen Thee einzuladen. Er fügte hinzu, man hätte gehört, ich arbeite an einem großen poetischen Werke und hoffe, daß ich die Gesellschaft durch eine Vorlesung ergötzen werde. Das machte mich grimmig. Ich antwortete, ich hätte jetzt blöde Augen, die mich am Lesen hinderten, und einen stumpfen Geist, der mich eines solchen Cirkels unwürdig machte. Als der überlästige Gast sich noch nicht sogleich entfernen wollte, zog ich einen kleinen Anakreon hervor, den ich bei mir führte und fing an darin zu blättern, und der Herr verließ mich, wahrscheinlich sehr verwundert, daß die Griechische Schrift für blöde Augen zuträglicher sey als die Deutsche. Ich legte das Buch bald wieder zur Seite, denn die lachenden Bilder des Griechischen Dichters sprachen meine düstre Stimmung durchaus nicht an. Die Herbstluft wehte recht kühl um mich her, und die falben Blätter rauschten auf der Wiese. In meinem Unmuth verglich ich die jetzige Situazion mit meinem Leben. Einst, dachte ich, war dir die Welt ein schöner stiller Garten voll von schattigen Gebüschen, von duftenden Wiesen und von traulichen Lauben. Scherz und Schwärmerey, Hoffnung und Genuß begegneten dir auf den bunten Pfaden der Fantasie und zeigten dir bald ernste bald fröhlige Bilder. Jetzt ist die ganze blühende Schöpfung verwüstet. Du erkennst jetzt zwar einen Zweck im Daseyn, aber es ist nicht der schöne und große, den du dir sonst zuweilen träumtest, sondern der kleinliche und erbärmliche des Eigennutzes und der ängstlichen Sorgen für eine kümmerliche Existenz. Das alltägliche Leben drängt sich kalt und verächtlich mit seiner lächerlichen Verzerrung und mit seiner langweiligen Einförmigkeit um dich her, und um dein Gefühl weht der herbstliche Hauch der Erstarrung und spielt spottend mit den verwelkten Blüthen deiner früheren Träume. Ich hatte mich in diesem Augenblick zu sehr den unangenehmen Eindrücken hingegeben, als daß mir Ihr Bild, meine holde Freundin, in seiner reinen Schönheit hätte erscheinen können, sonst würde ich auch den ganz blauen Himmel, der still und heiter über mir ruhte, bemerkt haben und den hellen Sonnenschein, der das scheidende Leben zum freundlichen Abschiedsgruß mit seinem reinsten Lichte verklärte.

[…]

Am 2. Oktober. Gottlob, Caßel ist genommen, die westfälische Armee aufgelößt, der König entflohen und wir sind wieder Hannoveraner und freye Menschen. Überall hängen die Englischen Wappen, das Volk jubelt auf den Straßen, was sich begegnet, umarmt und küßt sich, und das herrliche Gefühl der Freyheit läßt für den Augenblick auch eine allgemeine Gleichheit unter den Menschen entstehen. Ach Adelheit, wenn jetzt Cecilie noch lebte, welch einen Eindruck würden diese freudigen Begebenheiten auf die hohe, herrliche Seele machen? Es ist mir immer, als ob ihr Schatten mir zürnen müße, daß ich so träge zugesehen und keinen Schwertstreich für mein Vaterland gethan habe. Es sind so viele von meinen Freunden in diesem rühmlichen Kampfe gefallen, erst eben erhalte ich wieder diese Nachricht von zwey Menschen, die mir sehr lieb waren, andre streiten noch jetzt, und ich sitze unthätig und ruhmlos und wage es kaum, mich über die zerbrochenen Ketten zu freuen, weil ich die Wohlthat wie ein Almosen aus fremder Hand erhalte. Es muß ein schönes Gefühl seyn, für ein Vaterland zu fechten; ich würde außerdem noch für Ceciliens Wünsche und für ihren Beyfall gefochten haben. Sie wundern Sich vielleicht, daß ich jetzt so lebhaft an den politischen Angelegenheiten Theil nehme, da ich mich vorher nie darum zu bekümmern schien. Aber ich verdiente ja nicht ein Mensch zu seyn, wenn mir das Schicksal der ganzen Menschheit gleichgültig gewesen wäre. Nie würde ich mich geweigert haben, meine ganze Existenz zum Opfer zu bringen, wenn ich der gerechten Sache dadurch hätte nützen können: aber es schien mir der Wichtigkeit des Gegenstandes zu wenig angemeßen, mich zu den gewöhnlichen Politikern zu gesellen, die nach Art der Puppenspieler Kaiser und Könige auf einem sehr unsicheren Theater aus Zeitungspapier gegen einander auftreten laßen und sich bemühen, das dunkle, allgewaltige Schicksal an den zerbrechlichen Zwirnsfaden ihrer kurzsichtigen Meinungen zu lenken. Auch hatte ich noch einen andern Grund, alle solche Unterhaltungen zu vermeiden. Es gibt zwey Dinge auf der Welt, die ich für die schrecklichsten und empörendsten halte: Unrecht dulden und Unrecht sehen. Warum sollte ich diese vernichtenden Gefühle täglich mit Vorsatz und doch zwecklos in mir zu erregen suchen? In einem Zeitalter, wo die Menschheit auf eine immer tiefere Stufe der Verächtlichkeit und Erniedrigung herabsinkt, wo es Mode wird, fremden Uebermuth geduldig oder sogar lächelnd zu ertragen, wo man sich die Sklaverey gern gefallen läßt, wenn sie mehr zu verdienen gilt als die Freyheit, wo die schändlichsten Beyspiele der Tyrannen, die zerreißendsten des Elends nur zur größeren Furcht, nicht zum kräftigen Widerstande reitzen, ist es für jeden Einzelnen eine heilige Pflicht, das wenige Schöne, das sich aus der allgemeinen Zerstörung noch erretten läßt, sorgfältig in seinem Innern zu bewahren, um den Samen für künftige bessere Tage nicht ausgehen zu laßen. Nichts aber macht den Geist so feig und so schlaff, nichts untergräbt mehr die Wurzel aller heiligen und großen Gefühlen als die Erbitterung gegen die Welt und der Hader mit dem Schicksale. [...]

Am 3. Oktober. Abends 11 Uhr. Es heißt, daß in dieser Nacht zweyhundert Douaniers kommen wollen, um die Allerbrücke, die kaum wiederhergestellt ist, von neuem abzubrennen. Ich hoffe, daß die Bürger sich zur Wehr setzen werden, denn man wird die Stadt wahrscheinlich als feindlich betrachten, da hier an allen Orten die Englischen Wappen aufgehängt und starke Englische Werbungen angestellt sind. [...]

Am 4. Oktober. Die Feinde haben sich nicht bis zur Stadt

gewagt. Nur in der Nähe sind einige Brücken abgebrannt, und Alles ist wieder ruhig. […]

Am 5. Oktober. Ich bin in diesen Tagen zu zwey Bällen geladen. Ich weiß nicht, ob ich hingehe, doch thue ich es vielleicht, um die hiesige schöne Welt einmahl ganz versammelt zu sehen. Tanzen werde ich nicht. Doch da man es jetzt einmahl hier darauf angelegt hat, mich für intereßant zu halten, so wird man auch das intereßant finden. Ich bin einsylbig, mürrisch, ja unhöflich gewesen und alles das hat man intereßant genannt. Das ist ja wahrhaftig eben so lächerlich als die Naivität, womit mir einst Julie von Lehsten von einem gewißen Herrn erzählte, der sich sehr intereßant im Sofa zu räkeln verstehe.

[…]

Am 7. Oktober. […] Einer meiner Bekannten, ein Offizier unter den Kielmanseggischen Jägern, bat mich, einen allgemeinen Aufruf an die Einwohner Hannovers aufzusetzen, um sie einzuladen, die Waffen zu ergreifen und vorzüglich unter seinem Corps Dienste zu nehmen. Da er mir neulich, als er hier war, in der Eile nur wenige Worte darüber sagen konnte, glaubte ich, es sey nur eine zufällig hingeworfene Idee. Gestern erhielt ich aber einen Boten, der mich zur Eile ermunterte. Ich setzte mich daran und brachte ein wunderliches Stück zurecht, das jetzt nur noch auf eine Gelegenheit zur Absendung wartet. Nie habe ich geglaubt, daß ich jemahls in meinem Leben noch zum politischen Schriftsteller werden sollte. An prächtigen Frasen habe ich es nicht fehlen laßen und ich glaube, ich würde am Ende einen ganz erträglichen Zeitungsschreiber abgeben. Hochtönende Worte reitzen die meisten Menschen mehr, als ein gediegener Sinn, deshalb finden auch manche mehr Geschmack an Matthisson oder an Auguste Gebser als an Göthe oder an Ihnen. […] Doch jetzt, da ich das Geschriebene noch einmahl überlese, bemerke ich erst, welch ein wunderlicher Gedankensprung es ist, von einer Proklamazion und den Zeitungen auf Sie, Auguste, Göthe und Matthisson zu gerathen. Doch ein Brief ist ja dazu bestimmt ein Quodlibet zu seyn, oder ein Schattenspiel, worin sich ein Bild ohne historische Verbindung an das andre reiht.

Am 8. Oktober. Gestern war der Geburtstag der Frau v. Pentz, derselbe Tag, der vor zwey Jahren unser Verhältniß entschied und von meiner Seite zugleich auflößte, weil ich immer den Vorsatz gehabt hatte, es nicht weiter als bis zur Entscheidung zu treiben. Ich ging gestern nachmittag zu ihr, um ihr meine Gedichte zu bringen, die sie bisher nur von Andern geliehen hatte. Sie selbst und ihr ganzes Zimmer waren fantastisch mit Blumen bekränzt und behangen und der frische, glänzende Schmuck machte einen sonderbaren Contrast mit dem trüben, regnigten Tage, der grau in die Fenster schien. Dieser Anblick bewegte mich tief, denn es kam mir vor, als wohnten wir Beyde in einer kalten, trostlosen Nacht und suchten den traurigen Aufenthalt mit den verblichenen Bildern schönerer Stunden zu erheitern. Mir war recht schwer zu Muthe, aber um einem verlegenen Stillschweigen auszuweichen, klagte ich über das schlechte Wetter und rühmte die Blumen. Bald kam mehr Gesellschaft, und dieser Abend wurde einer der fröhligsten, die ich hier erlebt habe. Die artige Frau weiß sich wirklich mit vieler Klugheit zu benehmen. Nichts ist peinlicher als die trostlose und unnütze Erinnerung an ein langsam hingeschmachtetes Verhältniß, wenn man mit fruchtloser Bemühung gleichsam in der trüben Asche umherwühlt, ob sich nicht vielleicht noch ein lebendiges Fünkchen auffinden laße.

[…]

Am 11. Oktober. Eben komme ich von einem Ball. Es ist schon vier Uhr des Morgens: aber ich pflege mich nie zu Bette zu legen, wenn das Leben bis so spät in die Nacht mit seinen mannigfaltigsten Bildern und in seiner betäubendsten Verwirrung vor meinem Geiste vorübergegangen ist. Meine Fantasie ist dann zu aufgeregt, mein Geist zu uneinig mit sich selbst, und ich mag nur mit vollkommener Ruhe, mit völliger Klarheit über meine Gedanken und Empfindungen einschlafen. Auch scheint es mir eine Undankbarkeit gegen das genoßene Vergnügen zu seyn, wenn man sich so gleich nachher in eine leblose Vergeßenheit versenkt. Ich war eigentlich nur Zuschauer des Vergnügens, denn ich habe nicht getanzt: aber ich hatte dafür auch manche Unterhaltung, die nur den Zuschauern beschieden ist. Ich setzte mich zu einer Madame Stolze, einer jungen, sehr schönen und ganz originellen Frau, von einer wilden, ungeregelten Fantasie und von einem glühenden, rastlos wechselnden Gefühl, das nur der geringsten Berührung bedarf, um mit ihrem Verstande fortzulaufen. Sie wurde gezwungen, einen Mann zu heyrathen, den sie durchaus nicht lieben konnte, einen trocknen, kalten Geschäftsmann. Da sie nie etwas für ihn empfand, ist sie ihm auch nie treu gewesen und hat seit ihrer Verheyrathung manche Romane gespielt, ohne sich je befriedigt zu finden. Indeß steht sie schon seit mehreren Jahren in Verhältnißen mit einem meiner Bekannten, der eben so trocken und womöglich noch flegmatischer ist als ihr hölzerner Ehegemahl. Um mir für diesen Abend eine Unterhaltung zu verschaffen, hatte ich die Absicht, sie so vertraulich zu machen, daß sie selbst mich einen Blick in ihr Herz thun laßen sollte. Sie ward immer weicher und schüttete mir endlich, als ich sie merken ließ, daß ich ihre Winke verstehe, ihr ganzes Herz aus. Jetzt wollte ich doch auch sehen, wie weit man einen solchen Charakter in der kürzesten Zeit treiben könne, und beschloß, sie für diesen Abend ihrem Liebhaber abspenstig zu machen. Ich berührte ihr Gefühl, wo ich es am empfänglichsten wußte, und riß ihre Fantasie so mit mir fort, daß sie anfing, sich mir mit immer größerer Vertraulichkeit hinzugeben. Bald brachte ich es so weit, daß sie anfing, mir sehr bedeutende Blicke zuzuwerfen, die den Liebhaber sehr ängstigten. […]

Am 13. Oktober. […] Es ist ein recht kriegerisches Leben hier, und man fühlt sich trotz aller Besonnenheit von dem begeisternden Taumel fortgerißen. Täglich gehen große Haufen von Rekruten ab, fröhlige, kraftvolle Menschen, die sich durch ihre Stimmung über ihren Stand erheben. Dieser Krieg ist heilig und herrlich, denn der Mensch kämpft hier für sich selbst, nicht für die Launen und Begierden seines Fürsten. Ein solches Bestreben hat von jeher Helden hervorgebracht. Der ist ein nichtsnütziger Mensch, der sich von der allgemeinen Begeisterung nicht mit erhoben fühlt und sich nicht der Kraft bewußt ist, Alles zu wagen, wenn ihm seine Lage auch nur einen sehr eingeschränkten Wirkungskreis bestimmt hat. [...]

Am 14. Oktober. Eben nimmt wieder einer meiner besten Freunde Abschied von mir. Man nimmt jetzt nur Abschied auf Leben oder Tod, aber man trauert nicht bey der Trennung von denen, die man vielleicht nie wiedersieht. Die Zurückbleibenden könnten ja auch nur über sich selbst trauern, denn es ist eine schöne Bahn der Ehre, die sich vor Jenen eröffnet, während diese ruhmlos im dunkeln Kreise der Alltäglichkeit verweilen. [...]

Tagebuch

Am 28. November. Wann werde ich endlich dahin kommen, mich selbst ganz zu verstehen? Alle diese Tage waren mir merkwürdig, deshalb will ich ihre Geschichte nachholen. Der Hofrath [Tychsen] hatte mich schon lange gemahnt, ein Gedicht zum Lobe der wiedererrungenen Freyheit zu machen. Der Stoff war begeisternd genug, ich hatte aber bisher immer gezaudert, weil ich mich vor der gar zu schlechten Gesellschaft schämte, worin ich nothwendig gerathen mußte. [...]

Brief an den Vater

Göttingen, am 22. Dezember 1813

Dein theurer Brief hat mich sehr bewegt, und den Vorsatz, Dir Freude zu machen und Dein Alter zu versüßen, der schon immer fest in meiner Seele stand, nur noch unerschütterlicher gemacht. Vergebens suche ich Dir für die unendliche Güte, die Du mir immer von neuem bewährst, zu danken; ich kann Dir nur sagen, daß ich sie tief empfinde, tiefer als ich je etwas in meinem Leben empfunden habe. Sey meinetwegen nicht besorgt. Meine neue Laufbahn hat schon sehr zu meiner Erheiterung beygetragen, und ich fühle, daß mir jetzt bey meiner Thätigkeit im praktischen Leben eine neue Welt aufgeht. Meine Verhältniße sind angenehmer, als ich sie mir je träumen konnte. Mein Chef, der Obristlieutenant von Beaulieu, der zugleich Militairgouverneur der Fürstenthümer Göttingen und Grubenhagen ist, hat mich gleich Anfangs, ich weiß nicht aus welchem Grunde, sehr lieb gewonnen. Hauptsächlich verdanke dies, wie es mir scheint, den freundschaftlichen Bemühungen Bouterweks und dem geheimen Archivsekretair Kestner aus Hannover, einem sehr liebenswürdigen Mann, der Generalsekretair des hiesigen Gouvernements ist. Dieser, ein vertrauter Freund Beaulieus, der bloß ihn zu Gefallen vors Erste jene Stelle bekleidet, kam mir gleich mit unerwarteter Artigkeit entgegen. Ich wurde zu Beaulieu zum Kaffe gebethen, gleich darauf zum Mittagseßen, eine Ehre, die noch kein Volontair genoßen hatte. Man wünschte meine Gedichte zu lesen, und gleich am andern Morgen ließ mir der Gouverneur durch Kestner den Antrag thun künftig immer bey ihm zu eßen. Von nun an behandelte er mich wie sein Kind, machte mich auf's genaueste mit seinen Verhältnißen bekannt und gab mir die unzweydeutigsten Beweise seiner Zuneigung. Er bat mich, Kestner in seinen Geschäften zu unterstützen, und ich arbeite jetzt mit diesem täglich den ganzen Morgen. Heute klärte mir Kestner die Gründe dieser Behandlung auf. Er sagte mir, es sey sehr unwahrscheinlich, daß er, wegen seiner Anstellung bey der Regierung, seinen jetzigen Posten bei Beaulieu lange bekleiden könne. Es sey ihm wegen seiner Freundschaft für den vortrefflichen Mann nicht gleichgültig, in weßen Hände er künftig gerathe, und er habe mich deßhalb ausersehen, ihn zu ersetzen, wenn er abgehen müße. So eröffnet sich mir also während meiner neuen Lage eine sehr angenehme Zukunft. Doch wünsche ich, daß diese letzteren Umstände geheim bleiben.

Vor dem Anfang des März werden wir schwerlich von hier gehen.

Die verlangten Exemplare meiner Gedichte schicke ich Dir nächstens. Eine Recension davon in den Göttingischen gelehrten Anzeigen von Bouterwek, die freylich nur kurz ist, wie es die Einrichtung dieser Blätter fordert, steht im Novemberstück. Eine andere in der Hallischen Litteraturzeitung wird im Dezember oder spätestens im Januar erscheinen. Von dieser darf ich mir alles Gute versprechen, da der Hofrath Schütz, der Redacteur jener Zeitung, mir in einem sehr freundschaftlichen Briefe versprochen hat, sie selbst zu übernehmen. In der Jenaer Zeitung wird auch wohl nächstens eine dritte erscheinen, so wie in der Zeitung für die elegante Welt, deren Redacteur mich schon schmeichelhaft bey der Anzeige des Catalogs der Michaelismeße, wenn ich nicht irre im Novemberstück, vielleicht auch schon im Oktober, erwähnt hat. Zugleich erscheint in derselben Zeitung eine Probe meines großen epischen Gedichts, von dem jetzt sieben Gesänge, ungefähr siebtehalbtausend Verse vollendet sind. Sobald ich diese Probe gedruckt sehe, will ich es Dir anzeigen. Auch an die Redaction des Morgenblatts habe ich ein Exemplar meiner Gedichte geschickt und kann daher auch dort eine Recension erwarten. An die Leipziger Litteraturzeitung habe ich noch nichts gesandt, werde es aber nächstens thun, wenn es meine Buchhandlung noch nicht schon selbst besorgt hat.

Für die gütige Besorgung der Büchse und des Hirschfängers danke ich Dir herzlich. Ich werde nächstens mein Exercitium anfangen, damit ich nicht zu weit hinter meinen Cameraden zurückbleibe.

Heute ist der Schloßhauptmann, Graf Hardenberg zu Nörten, der schon seit einiger Zeit Arrest hatte, unter Bedeckung von Jägern nach Hannover abgeführt. Man giebt ihm Hochverrath Schuld, weil er früher an die Person des Königs von England attachirt war und bey der Veränderung sich nicht schämte, Großdignitair des neuen Reichs zu werden und selbst den Huldigungseid für den König von Westfalen zu empfangen.

Lebe wohl, bester Vater. Noch einmahl danke ich Dir aus vollem Herzen. Gewiß, Du sollst Deine Güte nie zu bereuen haben. Was ich vermag, Dir Freude zu bereiten, werde ich gewiß thun, und ich fühle die Kraft in mir, Dir noch recht viele Freude machen zu können.

Tagebuch

Am [?]. Das Glück hatte mich wunderbar begünstigt. Ich ward durch meine Gedichte meinem Chef bekannt und gewann den herrlichen und ausgezeichneten Menschen zum Freunde. Es ist ein durchaus großmüthiger, ritterlicher und deutscher Charakter, tapfer bis zur Verwegenheit, leidenschaftlich und aufbrausend, ehrbegierig ohne Ehrgeiz, rastlos, beynahe unruhig thätig, patriotisch und für die gute Sache Alles wagend und aufopfernd, milde und freygebig beynahe bis zur Verschwendung, frey, offenherzig und stolz auf seinen eigenen Werth: aber zugleich voll des tiefsten Gefühls für die Liebe, für die Menschlichkeit und für alles Schöne, der bitterste Feind aller Härte und Ungerechtigkeit, unbefangen fröhlig, äußerst gesellig und ohne Ansprüche. Mit ihm lernte ich zugleich den geheimen Canzleisecretair Kestner, der während Beaulieus hiesigen Militairgouvernements Adjutantendienste bey ihm versah, kennen. Er verbindet mit manchen angenehmen Talenten alle vortrefflichen Eigenschaften des Herzens und ist, eine kleine Eitelkeit abgerechnet, der liebenswürdigste Mensch von der Welt. Seine Reisen in Italien und Frankreich haben seinen Kunstsinn sehr gebildet, besonders in musikalischer Rücksicht. Leider hält er sich für einen ebenso vollkommenen Dichter und sieht es gern, wenn man ihn in manchen Stücken mit dem Tasso, dem er ähnlich sehen will, vergleicht. Zu dieser Ähnlichkeit zählt er auch seine stille Leidenschaft zu Beaulieus zweyter

Stieftochter, der Gräfin Julie Egloffstein, die sich freylich wohl mit einer Eleonore von Este messen darf. Gleiche Neigungen verbanden uns leicht. Durch ihn wurde ich Beaulieus Tischgenoße, so lange er das Militairgouvernement versah und arbeitete in seinem Bureau, jedoch nicht mehr, als ich selbst wollte.

[...]

Am 6. Januar 1814.

Flieh' ich Dich, so muß ich leiden,
Leiden, wenn ich Dich erblicke,
Immer zwischen Seyn und Meiden
Schwankt mein Herz im raschen Streit,
Und mir naht, wohin ich blicke,
Leid im Glücke,
Glück im Leid.

Wollt' ich aus dem Leben scheiden,
Schwiegen wohl die wilden Triebe,
Doch zu mißen Lust und Leiden
Ist dem Herzen kein Gewinn.
Sei du freundlich oder trübe,
Süße Liebe,
Nimm mich hin!

[...]

Brief an den Vater

Göttingen am 22. Januar 1814

Verzeih mir mein langes Stillschweigen, welches nur eine Folge meiner überhäuften Geschäfte während dieser Zeit war. Beaulieu ist beynahe seit vier Wochen in Hannover gewesen, und der Geheime Canzleysecretair Kestner und ich hatten in seiner Abwesenheit das ganze Militairgouvernement der Fürstenthümer Göttingen und Grubenhagen und der Grafschaft Hohnstein allein zu besorgen. Es war mir beynahe lächerlich, so plötzlich einen solchen Wirkungskreis zu erhalten, aber es ist doch ganz gut abgelaufen. Ich hatte mit allen möglichen Menschen zu thun, mußte bald ans Ministerium, bald an die Beamten, bald an die Commandanten schreiben und habe Gelegenheit gehabt, mich im eigentlichen Curialstyl zu üben. Unser Büreau war übrigens von den gewöhnlichen sehr verschieden. Kestner ist ein Mensch von vielen Talenten. Er macht hübsche Gedichte, singt und spielt vortreffliche, componirt selbst und hat viele Sprachkenntniße. Deßhalb lagen überall Lateinische, Griechische, Englische und Italienische Dichter auf den Acten umher, kleine Lieder von uns selbst wechselten mit Requisitionsschreiben und Strafbefehlen ab, Compositionen sahen aus Suppliken und Verabschiedungen hervor, und wenn wir uns an den trockensten Sachen ganz müde gearbeitet hatten, lasen wir mit einander zur Erholung ein Stück aus dem Homer oder Tibull. Außerdem exercirte ich und lernte auf dem Wall das Marchiren, wo einer meiner ehemaligen Zuhörer, der auch unter unserm Corps ist, über diese Kunst mit seinen Beinen ein Publicum las. Was mir dann noch an Zeit übrig blieb, mußte ich meinen litterarischen Verhältnißen widmen, indem ich Mitglied einer filologischen Gesellschaft bin, die vor einigen Jahren von mir und mehreren meiner Freunde errichtet wurde. Heute ist Beaulieu endlich wiedergekommen und ich werde also mehr Muße haben, da ohnedem das Militairgouvernement wahrscheinlich ganz aufhören wird.

Unser Corps war anfangs in einer üblen Lage. Man wollte in Hannover nichts von einem Jägerbattaillon wißen, uns rothe Röcke geben und der Landwehr einverleiben. Unser Chef ist aber nun so weit durchgedrungen, daß wir zum Feldbattaillon ernannt sind, drey Compagnien Jäger behalten, welchen die Volontairs, die ihre grüne Uniform behalten, beygegeben werden, und daß die übrigen sieben Compagnien als Scharfschützen gebraucht werden, obgleich sie rothe Uniform erhalten. Wahrscheinlich wird Beaulieu Obrist und erhält ein Commando über 4000 Mann.

Wann wir fortgehen, weiß ich noch nicht, es wird aber in diesen Tagen bestimmt werden. Drey Wochen bleiben wir noch auf jeden Fall. Wahrscheinlich rücken wir dann nach Holland.

In diesen Tagen erwarten wir Beaulieus Familie, die sich seit einigen Jahren in Nürnberg aufgehalten hat. Seine Frau und seine drey Töchter sind nach allem, was ich von ihnen gehört und gelesen habe, äußerst gebildete und liebenswürdige Frauenzimmer, und ich freue mich sehr darauf, in diesen herrlichen Familienkreis aufgenommen zu werden.

Für die Büchse und den Hirschfänger sage ich Dir meinen herzlichen Dank. Der letztere ist fast zu elegant für den Krieg. Die Würste habe ich mit großem Appetit verzehrt, und ich bitte Dich, Mutter, der ich nächstens schreiben werde, in meinem Namen dafür zu danken.

Tagebuch

Am [?]. Nach einiger Zeit wurde unser Cirkel durch die Frau von Beaulieu und ihre drey Töchter erster Ehe, die Gräfinnen Caroline, Julie und Auguste Egloffstein erweitert. Die Beaulieu ist eine in jeder Rücksicht bedeutende Frau von mittlerem Alter, groß, majestätisch und noch immer schön. Sie war in ihrer frühesten Jugend wider ihren Willen an einen äußerst gemeinen Menschen, den Grafen Egloffstein verheyrathet, der sich ihrer auf jede Art unwerth machte. Nachdem sie ihn viele Jahre hindurch ertragen hatte, ohne ihn ändern zu können, ließ sie sich scheiden. Beaulieu hatte sie schon als Gräfin Egloffstein geliebt. Die Unmöglichkeit, sie zu besitzen, hatte ihn in einer verzweyflungsvollen Stimmung fortgetrieben und rastlos durch Frankreich und England gejagt, aber er war mit derselben Leidenschaft zurückgekehrt. Endlich wurde seine Liebe belohnt, und die beyden großen Seelen, die sich durch die mächtigsten Hinderniße zu einander durchgekämpft hatten, hängen mit schwärmerischer Liebe aneinander.

Die Töchter gleichen der Mutter in mancher Rücksicht, so hervorstechende Eigenthümlichkeiten auch jede einzelne hat. In Caroline offenbart sich die schönste Harmonie des Lebens und der Kräfte. Ihr ruhiger und doch schöpferischer Geist mildert die Bewegungen ihres Gefühls, ohne die wohlthätigen Wirkungen desselben zu hindern. Der bloße Anstand wird bey ihr zur Grazie, weil er weder selbst gefeßelt ist, noch andere zu feßeln scheint. Ihr Witz verwundet nie, und ihre Theilnahme ist so keusch, daß sie immer wohlthut, nie peinigt. Ich weiß nicht, ob der Verstand bey ihr Gefühl, oder das Gefühl Verstand ist. Julie ist genialisch, schwärmerisch, glühend, äußerst regsam, fantastisch und leidenschaftlich. Sie hat bewundrungswürdige Talente und vielleicht mehr geistige Vorzüge als ihre Schwestern, aber ihr Umgang ist weniger wohlthätig, weil sie immer spannt, ohne zu besänftigen. Ich möchte Carolinen zur Freundin, Julien zur Geliebten haben. Auguste hatte sich noch nicht ganz ausgebildet; sie wurde von plötzlichen Eindrücken noch zu mächtig hingerißen, aber unter einer naiv kindischen Fröhligkeit verbarg sich doch bey ihr ein starker Geist. Mit diesen herrlichen Menschen gerieth ich in die genaueste Verbindung und wurde ganz ein Mitglied der Familie. Ja es schien mir sogar, als ob Augustens Verhältniß zu mir leidenschaftlicher zu werden anfange, als es seyn dürfe. Ich hätte damahls schöne Tage verleben können, wenn mein ermattender und zweckloser Kampf um Adelheit mich nicht für jede schönere Geselligkeit unfähig gemacht hätte. Sie selbst war unverändert; nur zuweilen wurde ihre verständige Kälte und Besonnenheit durch einzelne Strahlen des Gefühls gemildert. Aber wenn ich bis zur Verzweyflung erschüttert war, hielt sie sich in den Schranken einer ängstlichen und befangenen Theilnahme, die sich mehr zu zeigen schien, um solchen peinlichen Situazionen auszuweichen oder sie zu endigen, als um mich selbst aufzurichten.

[...]

Brief an den Vater

Buxtehude am 29. März 1814

Nach einigen sehr beschwerlichen Märschen sind wir gestern hier angekommen, um unter dem Commando eines hier liegenden Englischen Generals zu agiren. Wir haben sehr fatigante Touren gemacht. Als wir in Soltau angekommen waren, erfuhren wir, daß unsre Compagnie in Wiedingen und Ellingen, zwey in der Nähe liegenden Dörfern, zusammen aus neun Häusern bestehend, einquartirt werden solle. Wir machten uns also mit den Fourierschützen dahin auf und erhielten bey dem Bauermeister eine ziemlich gute Wohnung, die am andern Tage durch dreyzehn andre Volontairs noch stärker bevölkert wurde. Von hieraus gingen wir den folgenden Morgen über Wintermoor nach Otter, das eine Stunde rechts von Welle liegt. Der Weg über die Haide war äußerst angreifend. Häufig mußten wir bis an die Kniee durch Waßer und Schnee waten, der ganze Marsch ließ sich auf eine Strecke von acht Stunden taxiren. Als wir ganz durchnäßt und erschöpft angekommen waren, erhielten unser sieben ein Quartier bey einem armen Bauern, der sich mit Tagelohn ernährte. Brod, Kartoffeln und Buchwaitzenklümpfe, die anstatt der Kanonenkugeln dienen konnten, waren das einzige, was er uns geben konnte. Da wir den andern Tag hier rasteten, richteten wir uns unsre eigne Wirthschaft ein. Wir kauften Kaffe und Eyer, kochten, backten und brieten Alles selbst, und machten dadurch unsre Lage ganz erträglich. In dem Zimmer konnten wir nicht Alle bleiben, wir setzten uns also auf die Diele an den Feuerherd und brachten so den ganzen Tag unter dem lieben Vieh zu. Am andern Tage gingen wir wieder sieben Stunden bis hieher. Nie haben wir einen angreifendern Marsch gehabt. Strecken von zehn Minuten lang mußten wir oft durch Sumpf und Waßer gehen. Einige Mahle ging es mir bis an die Hüften. Vor dem Orte machten wir vor den Englischen General Parade, standen dann noch wohl eine Stunde in Regen und Nebel und erhielten dann erst Quartiere. Ich bekam mit Tychsen ein Billet auf einen Zimmermann. In unsrer Stube, die ziemlich klein ist, wohnt die Großmutter von 80 Jahren, Mann und Frau, sechs bis sieben Kinder und acht Menschen, Weiber und Männer, die aus Harburg vertrieben und bey unserm Wirth einquartirt sind; im Ganzen also 19 bis 20 Personen. Daß man in diesem Hause wenig auf Gelehrsamkeit hält, wirst Du schon aus der Tinte und Feder sehen, womit dieser Brief geschrieben ist, und die wahrscheinlich verursachen werden, daß Du den Anfang gar nicht lesen können wirst.

Zu meiner Freude bemerke ich, daß die Strapazen meinen Körper nur abhärten, statt ihn zu schwächen. Nie ist mein Magen beßer im Stande gewesen. Ich habe einen Appetit, vor dem ich selbst erschrecke, schlafe auf dem bloßen Stroh unter meinem Mantel vortrefflich und weiß nichts von Erkältung. Auch meine Augen verbeßern sich, wie es mir scheint. Ich glaube, daß mir dieser Feldzug künftig viel Medicin ersparen wird.

Es scheint, als ob Eckmühl versuchen will, sich nach Magdeburg durchzuschlagen. Gestern sind dreyzehn Schwadronen Cavallerie aus Hamburg nach Harburg gegangen. Wir erwarteten diese Nacht alle Augenblicke allarmirt zu werden und müßen überhaupt auf unsrer Huth seyn. In einigen Tagen werden wir vielleicht in die erste Belagerungslinie kommen, da wir jetzt in der zweyten stehen. Wie es heißt, marschieren wir dann am 15. April nach Bremen, wo wir eine Zeit lang rasten werden, um dann, wenn es noch nöthig seyn wird, nach Holland zu gehen.

Die kurze Zeit, die ich in Celle zubrachte und die vielen Geschäfte, die ich dort zu besorgen hatte, ließen mich vergeßen Dir zu sagen, daß ich noch einige Posten in Göttingen unbezahlt laßen mußte. Es ist eine Schneiderrechnung von 30 Thalern Convent-Geld und der Rest einer Kaufmannsrechnung von 15 Thalern. Im Vertrauen auf Deine Güte versprach ich den

Leuten binnen drey Wochen ihre Bezahlung und trug ihnen auf, sich an den Doktor von Weyhe in Göttingen zu wenden, an den ich das Geld adreßiren laßen wollte. Wenn Du mir zu Liebe meine Schuld berichtigen wolltest, so würde er Dir die Quittungen schicken.

Tagebuch

Am [?]. Am 30. März rückten wir ins Bivouac bey Hausbruch. Am 31. lag ich zuerst auf Piquet und wurde in der Nacht als Vedette gebraucht. Immer werde ich mit Freude daran denken, wie ich von der Anhöhe, wo ich in der kalten, neblichten Nacht zwey Stunden gestanden hatte, hungrig und frierend in das Tannenholz zurückkam, wo wir uns eine luftige Hütte von Reisern gebaut und Feuer angezündet hatten, und dort mit großer Begierde einen Topf mit Hafergrütze im bloßen, geschmolzenen Schnee gekocht, verzehrte und mich später an den Kartoffeln labte, die ein Trupp Cosacken zu uns brachte und in unserm Feuer röstete. Am 2. April ging ich nach Buxtehude, um an Adelheit zu schreiben. Am 4. rückten wir nach Moorburg und hatten an demselben Tage ein hitziges Gefecht, worin die Franzosen unsere Schanzen zu stürmen suchten, aber zurückgeschlagen wurden. Am 7. hatten wir wieder ein Scharmützel, welches den ganzen Tag dauerte.

Brief an Friedrich Bouterwek

Moorburg, 5ten April 14

Endlich läßt das wüste, unruhige Leben mir einige Augenblicke Zeit, Ihnen, mein theuerster Herr Hofrath, einige Nachricht von meinem Leben und Treiben zu geben. Freylich muß ich immer erwarten durch das Lärmhorn auf die Schanze gerufen zu werden, und die heutigen Kanonenkugeln, die sich zwischen hier und Harburg kreuzen, vergönnen den

Gedanken Einen gar zu freyen Spielraum. Sie haben mir in deß immer so viel Güte bewiesen, daß ich glauben muß, Ihnen schon durch die bloße trockene Nachricht von mir Freude zu machen, wenn Sie meine Briefe auch nicht als Muster in Ihren Stylübungen werden gebrauchen können.

Ich sitze in einer engen Bauernstube mit vierzehn meiner Kamaraden, die an demselben Tische, woran ich schreibe, mit sehr verschiedenen Arbeiten beschäftigt sind. Einige reinigen ihre Büchsen, andere gießen Kugeln, noch andere machen Patronen, hinter dem Ofen schreit ein krankes Kind in der Wiege, und ein alter Bauer flickt seinen zerrißenen Rock. Draußen auf dem Elbdeiche, der dicht ans Haus stößt, ziehen Soldaten hin und her; bald sieht man eine Kanone vorüberfahren, bald geht eine Reihe Schanzengräber vorbey; vom schwarzen Berge hinter Harburg fliegen die Kugeln sausend herüber, und unsere Kardätschen antworten ziemlich nachdrücklich. Jenseits der Elbe liegt Hamburg wie eine ehrwürdige Ruine und streckt seine hohen Thürme wie große Nothfahnen traurig durch den Nebel. Es ist mir ein kläglicher Anblick zu der bedrängten Stadt hinüberzusehen. Sie kömmt mir vor wie ein leckes Schiff im Sturm. Man möchte gern hinüber um zu helfen: aber die Wellen gehen zu wild, und man muß es beym bloßen Bedauern bewenden lassen.

Ich bin dieses nun, sonderbare Leben bald gewohnt geworden, wie man alles gewohnt wird. Überhaupt ist es mir seit langer Zeit ziemlich gleichgültig, wie ich lebe. Meine frühere Lebensregel, nur den Augenblick festzuhalten, ist mir auch jetzt wieder eigen, aber damahls verschönte mir die Hofnung noch immer die Gegenwart: jetzt liegt die Zukunft vor mir wie ein tiefer, schroff abgerißener Abgrund, zu dem kein Pfad führt, und in den ich weder hinabsehen kann noch mag. Überhaupt scheint meine jetzige Heilkur nur vortheilhaft auf meinen Körper zu wirken; mein Geist ist wie eine Bogensehne, die schlaff zusammenfällt, sobald sie nicht mehr gespannt wird.

»Wär ich noch in den Jahren und mein die Stärke, wie damals,« [14. Gesang der Odyssee] als damals, wie ich meine meisten Elegien schrieb, so würde ich dieser Vagabondensituazion wirklich viel Interesse abgewonnen haben; Jetzt bin ich wie ein Berauschter, der muthig und lärmend forttaumelt, der Weg unter seinen Füßen mag so gefährlich und beschwerlich sein, als er wolle.

Wir glaubten anfangs längere Zeit zu Buxtehude in der zweyten Belagerungslinie stehen zu bleiben, mußten aber schon am dritten Tage ins Bivuac zu Hausbruch, eine halbe Stunde von Harburg. Dieses Bivuacleben hat viel Ähnlichkeit mit dem der grunzenden Thiere. Sobald der Morgen dämmert, wird man durch die empfindliche Kälte aus seinem Schlaf erweckt. Man kriecht auf allen Vieren aus seinem Lager hervor zum Feuer, an dem noch der Kessel mit den Resten der gestrigen Suppe steht, denn es ist ein Hauptmerkmal dieses Zustandes, daß man zu jeder Zeit Hunger hat. Jetzt wird das Morgenmahl ganz in antiker Form genoßen. Acht bis zehn Personen liegen und kauen im Staube um den Topf her, und wen Gabel, Meßer und Löffel mangeln, bedient sich seiner natürlichen Waffen. Dann werden von neuem Fleisch und Erbsen oder Kartoffeln ans Feuer gesetzt, und man vertreibt sich die Zeit auf dem Erdboden so gut man kann und will. Um sieben oder acht Uhr ist Appell. Dann wird man gewöhnlich hinausgetrieben, entweder aufs Pikuet oder zum Patroulliren, Tirailliren oder Plänkern. Auf dem Pikuet, das häufig halbe oder ganze Stunden von Lager entfernt liegt, bleibt man einen Tag und eine Nacht auf der plein Haid oder im Holze und erhält fast nie mehr als geschrotenes Brot und Wasser. Neulich war mir ein Topf voll steifer Hafergrütze ohne Salz und Butter in Schneewasser gekocht, an der mich einige Soldaten vom Lüneburger Regiment Theil nehmen ließen und eine Metze Kartoffeln in der Asche verbrannt, den einige Kosaken beym Patrouliren gestohlen hatten und in der Nacht zu meinem Feuer brachten, ein …alische [?] Mahlzeit. Wenn man nicht aufs Pikuet geht, kömmt man nach einigen Stunden zurück und kann sitzen oder liegen, wo man will. Sobald die Erbsen gar sind wird gegessen und dann gewöhnlich geschlafen. Überhaupt kehrt man sich nie an die konventionellen Zeiten und an die Vorschriften des bürgerlichen Lebens, sondern man lebt wie im Paradiese. Gegen Abend wird die Herde wieder gezählt, wer etwas zu essen hat der ißt, Jeder wickelt sich in seinen Mantel, legt die Jagdtasche unter den Kopf, bettet sich auf die Haidt und schläft so gut als man schlafen kann, wenn man jeden Augenblick erwarten muß durchs Commando aufgeweckt und einige Stunden durch Wald und Moor umhergeführt zu werden, um den Feind zu beobachten. Daß ich mich bey einem solchen Leben äußerlich so wohl befinde, mag wohl daher kommen, weil mein Geist nicht im mindesten angestrengt wird. Dies körperliche Wohlseyn ist auch wahrscheinlich die Ursache, daß mir von Zeit zu Zeit einige poetische Ideen durch den Kopf fliegen; meine Umgebungen erlauben mir aber nie die Ausführung. Die Gesellschaft, worin ich mich befinde, ist auch wirklich nicht dazu geeignet Anklänge eines höhern Lebens in mir zu erregen.

Die Schrecken des Krieges selbst habe ich nun auch kennen gelernt und ich kann nicht sagen, daß sie mich sehr außer Fassung gesetzt hätten. Die erste Kanonenkugel, die mit schrecklichen Gebrause dicht über meinem Kopf herflog und hinter mir einen starken Baum abschlug, brachte mich freylich ein wenig in Verwirrung: dafür kamen mir nun aber die Flintenkugeln, die mir um die Ohren zischten, als unsere Compagnie aus dem Walde aufs freye Feld den Französischen Schergen gegenüber trat viel weniger ungenehm vor. Schon in der ersten Nacht nach unserer Ankunft im Bivuac ward ich vom Pikuet aus auf einen verlorenen Posten dicht unter den Französischen Schanzen gestellt, wo ich die Feinde deutlich sprechen hören konnte. Anfangs dachte ich in der That ein verlorener Posten zu seyn, aber es ist nichts so arg,als man es sich vorstellt, und ich kam nach zwey Stunden ganz unversehrt zum Pikuet zurück.

Als wir einige Tage zu Hausbruch gelegen hatten, hörten wir gegen Abend eine starke Kanonade jenseits Harburg. Von einer Anhöhe konnten wir das Gefecht deutlich beobachten. Die Franzosen griffen die Moorburger Schanze mit überlegener Macht an und nach den Aussagen eines Überläufers comandierte Eckmühl selbst. Das Feuer dauerte drey bis vier Stunden ununterbrochen und hörte erst tief in der Nacht auf. Wir mußten uns bereit halten jeden Augenblick aufzubrechen, um den Bedrängten, wenn es nötig seyn sollte, zu Hülfe zu eilen. Das Lüneburger Bataillon, das sich auf der Schanze befand, hält sich aber so gut, daß die Franzosen, nachdem sie selbst Sturm gelaufen hatten, mit einem Verlust von dreyhundert Mann zurückgetrieben wurden, während die unserigen, die freylich durch die Schanze gedeckt waren, nur drey Todte und einige Blessierte hatten. Da indeß Moorburg eine sehr wichtige Position ist, und die Franzosen sich vorgenommen haben die Schanze zu nehmen, es koste, was es wolle, so mußte unser ganzes Bataillon, eine Jägercompagnie ausgenommen, hierher aufbrechen, um die hiesigen Truppen zu verstärken. Schon gestern, am Tage unserer Ankunft, rückten drey Bataillons Franzosen von neuem gegen uns an. Sowohl von diesen als auch aus den Schanzen am schwarzen Berge begann eine heftige Kanonade, die von uns nicht unbeantwortet gelassen wurde. Das Geräusch der Kugeln, die über das Wasser herflogen, war mir eine ganz neue und etwas erschütternde Musik. Es ist gewiß für jeden Menschen eine fatale Empfindung zum ersten Mahle in eine wirkliche Schlacht hinauszutreten. Unsere Compagnie mußte anfangs eine zeitlang im Hinterhalt liegen, während die andern draußen waren. Als sich diese verschossen hatten, kamen wir vor. In diesem Augenblick dachte ich an Cecilien. Es war mir als ob ich sie oben im Sonnenschein schweben sähe, und ich war so wohl, so muthig und so hell in meinem Geist, als ich jemals in den heiligsten Stunden meines Lebens gewesen bin. Ich wußte nicht worüber ich mich freute, aber mir kamen vor Freude die Thränen in die

Augen. Wir fanden nur noch wenig zu thun. Unser Geschütz hatte zwey Pulverwagen auf Französischer Seite in die Luft gesprengt und ihnen eine Kanone zerschossen. Die Feinde zogen sich nach einem zweystündigen Feuer schnell zurück und ließen ziemlich viele Todte auf dem Platze. Wir verloren einen Capitain und mehrere Verwundete. Jetzt haben die Franzosen drey Kanonenboote gegen unsere Schanzen gerichtet, wir erwarten aber mit jedem Augenblick die Ankunft der englischen Kanonenboote, welche bestimmt sind, die französischen in den Grund zu schießen und die Brücke über die Elbe zu zertrümmern. Dieses kann ein wichtiger Schritt zur Eroberung von Hamburg seyn, wo außerdem die Noth mit jedem Tage wächst. Bey den Todten, die vor unserer Schanze lagen, fanden wir nichts als Kartoffeln und Pferdefleisch.

Unser hiesiger Dienst ist sehr beschwerlich. Die ganze Compagnie schläft in einem Hause; keiner von uns darf seine Waffe, nicht einmahl die Jagdtasche ablegen; die Büchse muß während des kurzen Schlafs über dem Arm hängen. Um drey Uhr Morgens müssen wir heraus und bis um acht Uhr beständig unter dem Gewehr stehen. Schon seit vierzehn Tagen habe ich weder Kleider noch Schuh ablegen dürfen. Ich muß wirklich eine gute Gesundheit haben, daß ich diese Lebensweise so munter ertrage.

Es wird schon wieder heftig kanoniert, und wir müßen wahrscheinlich gleich hinaus. Daher in der Eile noch einige Bitten, deren Gewährung Ihre Güte mir nicht verweigern wird. Es könnte seyn, daß ich heute zum letzten Mahle schriebe, wenigstens muß ich meine Maßregeln danach nehmen. Für meine Cecilie werden Sie gewiß väterlich sorgen. In den ersten Gesängen ist Ortografie und Interpunktion zuweilen etwas vernachlässigt; sollten Sie dieses im Fall einer Gesammtausgabe nach meinem Tode selbst ein wenig verbessern wollen, so würden Sie mich vor manchen Vorwurf schützen. Wenn einst eine neu-Ausgabe von meinen Gedichten veranstaltet werden sollte, so wünschte ich daß die kleineren, die ich Ihnen

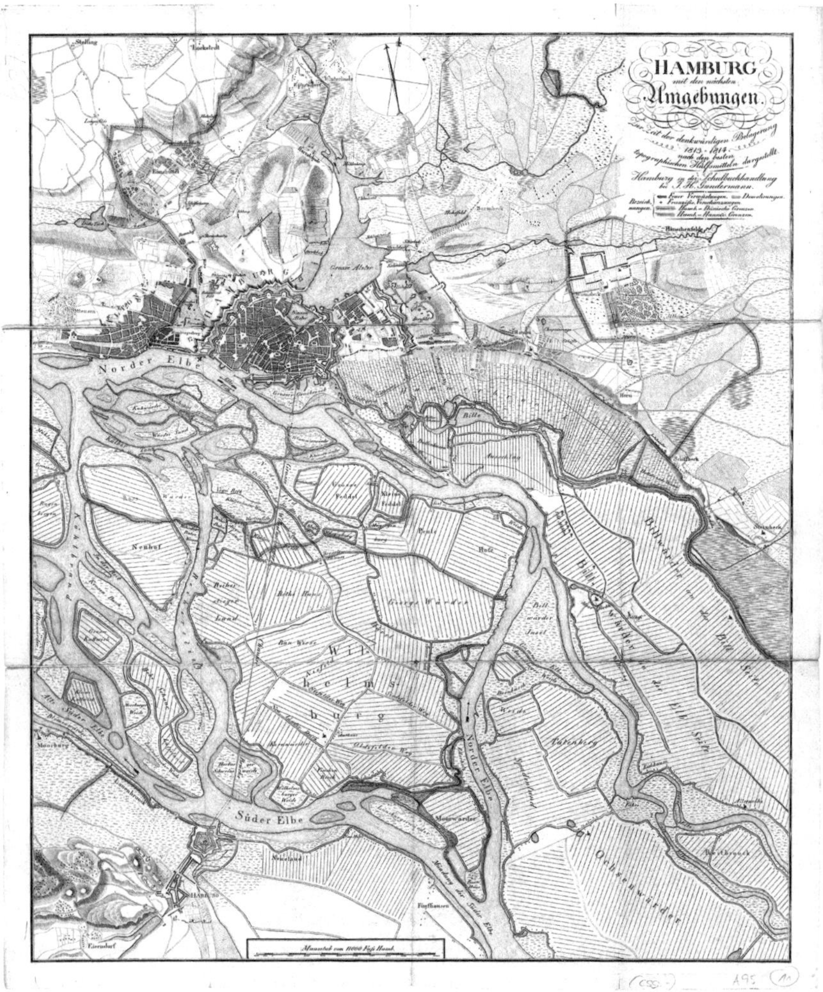

Karte Hamburg und Umgebungen 1813/1814

Rechts oben: Kartendetail Moorburg, Eisendorf, Harburg und Umgebung

Rechts unten: Kartendetail Moorburg und Umgebung

Quelle: Staatsarchiv Hamburg, Signatur 720-1 265-5 = 3_1815_1

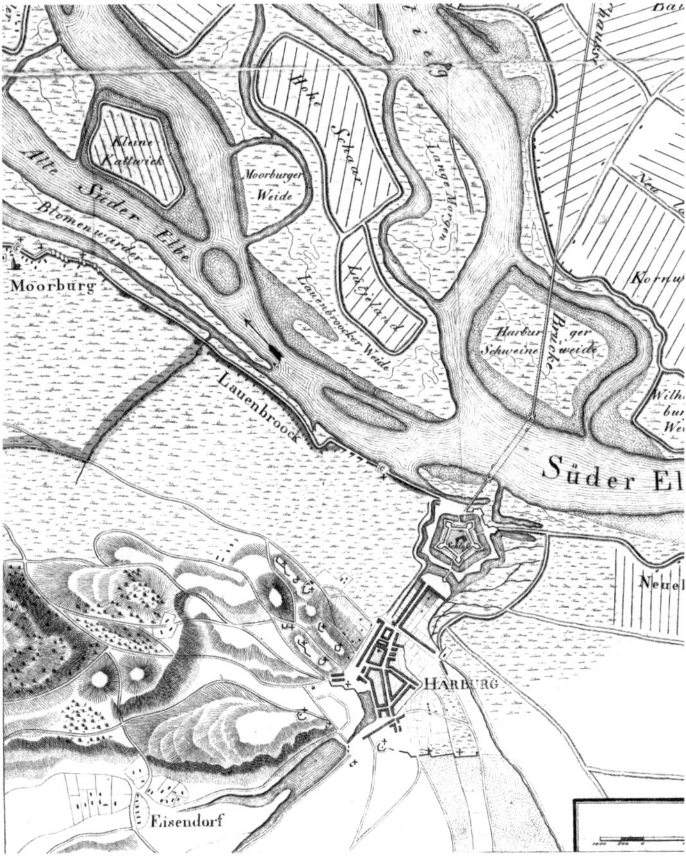
Kleine Kattwick
Moorburger Weide
Hohe Schaar
Lange Morgen
Alte Süder Elbe
Blomenwarder
Moorburg
Lauenbroocker Weide
Lauenbroock
Harburger Schweineweide
Brücke
Süder El
Neuel
Schloss
HARBURG
Eisendorf
Kornw
Wilh bur We

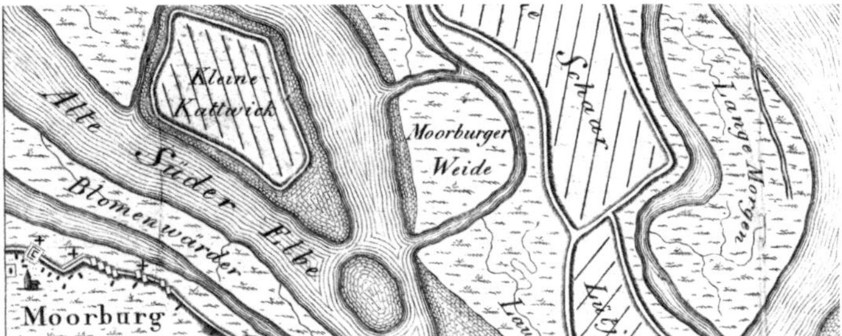
Kleine Kattwick
Moorburger Weide
Schaar
Lange Morgen
Alte Süder Elbe
Blomenwarder
Moorburg

zurückgelassen habe, so viel als möglich Alle, mit eingerückt werden. Wenn manche auch keinen Werth haben, so sind sie doch Erinnerungen an schöne und traurige Momente, deren Aufbewahrung nicht nur mir lieb seyn würde. Ich möchte daß diese Gedichte nebst den übrigen schon gedruckten an Adelheit, zu denen auch das allerletzte in der Sammlung gehört, einen besonderen Platz in der neuen Ausgabe, mit dem Titel: Gedichte an Adelheit, einnähmen. Einige ganz unbekannte könnten allenfalls wegfallen. Tadeln Sie mich nicht, daß ich so wenig für meinen Ruhm sorge; ich sorge ja desto mehr für das Gefühl meines Herzens. Der Plan zu meinem großen Gedichte liegt noch unter Ihren Papieren; er könnte allenfalls bey einer Gesammtausgabe der Gedichte mit abgedruckt werden.

Leben Sie wohl theurer Herr Hofrath. Den schlecht geschriebenen Brief werden Sie den Umständen verzeihen. Noch einmahl tausend Dank Ihnen und Ihrer Frau Gemahlin für Ihre gütige Behandlung. Ich weiß nicht wodurch ich dieses zuvorkommende Wohlwollen verdient habe, aber ich werde es nie vergessen! Küssen Sie die kleine Mieke für Ihre Charpie; sie hat bis jetzt ihre Dienste gethan. Ihre Gesundheit ist doch ganz wieder hergestellt?

Adieu. E. Schulze

Brief an den Vater

Moorburg, am 21. April 1814

Man hat hier nur selten Zeit und Gelegenheit zu schreiben, weil man immer unter den Waffen seyn und unter freyem Himmel liegen muß. Auch jetzt kann ich nur flüchtig schreiben, halte es aber doch für Pflicht, Dir in einigen Worten Nachricht von mir zu geben, weil Du sonst zu besorgt werden möchtest. Vielleicht sind Dir viele bedenkliche Gerüchte über unsre Lage zu Ohren gekommen, denen allen aber kein Glauben beyzumeßen ist. Wir haben einige Scharmützel mit den Franzosen gehabt, sind aber immer Sieger geblieben. Über die Affaire am

4. d. M. habe ich Dir geschrieben. Bedeutender war eine andre am 11. Das Gefecht ging gegen 9 Uhr Morgens an und dauerte bis gegen 9 Uhr Abends, also beynahe 12 Stunden lang. Von uns waren nur eine Jägercompagnie und 60 Büchsenschützen vor, der Feind hingegen hatte volle drey Compagnien, die alle Augenblicke abgelößt und durch frische Truppen ersetzt wurden. Unsre Position war nicht vortheilhaft, denn wir standen zu beyden Seiten des Elbdeiches auf einem schmalen, abhängigen Terrain, das nicht einmahl eine bequeme Stellung des Körpers erlaubte; die Feinde hingegen waren durch Bäume und Gesträuche, durch die Überbleibsel von Lauenbruch, das abgebrannt ist, und durch die ersten Aufwürfe einer von ihnen angefangenen Schanze gedeckt. Auch fiel der Kugelregen so dicht um uns, daß wir von dem emporsprützenden Elbwaßer ganz durchnäßt wurden. Dennoch hatten wir nur drey Todte und ungefähr sechs Verwundete, während der feindliche Verlust, wie uns am andern Tage die Französischen Offiziere selbst versicherten, sich auf 100 Mann Todter und Verwundeter belief. Die Feinde hatten es sehr wohl bemerkt, daß es Jäger waren, die gegen sie fochten. Es war ein heißer Tag; wir hatten in den 12 Stunden keinen Bißen zu uns genommen und in der unbequemsten Stellung am Deiche liegen oder umherkriechen müßen. Endlich versuchten die Franzosen einen Angriff mit dem Bajonnet, wurden aber zurückgetrieben und mußten uns den Platz überlaßen. Seit der Zeit ist hier Alles sehr ruhig. Wir kommen täglich mit den Französischen Vorposten zusammen, sprechen und trinken freundschaftlich mit ihnen und bringen ihnen die neuesten Zeitungen. Auch haben wir unsre Position stark verschanzt, weil Eckmühl sie gar zu gern hätte, und uns zur Seite liegen 4 Englische Kanonenböte, die zu einem Angriff auf die Wilhelmsburger Brücke und die darauf befindlichen Blockhäuser bestimmt sind. Was die hiesige Position sehr beschwerlich macht, ist die große Waßersnoth, die durch mehrere Deichbrüche jenseits Harburg verursacht ist. Die ganze Ebne zwischen der Elbe und dem Schwarzen-

berge steht tief unter Waßer, das sich bis nach Buxtehude hin erstreckt, so daß von dort täglich große Eber im Binnenwaßer ankommen. Die meisten Häuser in Moorburg und der Umgebung ragen nur noch mit den Giebeln hervor, viele sind schon fortgeschwemmt, und Alles campirt auf dem Deiche. So ist unsre Position ungefähr nur 8 Schritte breit, worauf Jäger, Scharfschützen, Cosacken, Rußische Landwehr, Bauern, Pferde, Ochsen und Schweine untereinander liegen. Ich habe noch viel Glück gehabt, denn als vor vierzehn Tagen unsere Compagnie ins Bivouac zu Hausbruch zurückging, behielt mich der Oberstlieutenant hier bey sich und ich wurde mit fünf Offizieren bey dem Landvoigt Bauer einquartirt, deßen Haus eines der wenigen ist, das wegen seiner hohen Lage vom Waßer frey geblieben ist. Dach und Fach hätte ich also, aber mit den Lebensmitteln sieht es desto kläglicher aus. Unser Wirth thut freylich Alles, was er kann, das ist aber bey der jetzigen Lage nur sehr wenig. Unsre Portionen kommen sehr unordentlich an und sowohl Fleisch als Brodt sind oft nicht zu genießen, so daß man häufig hungern müßte, wenn man nicht etwas zuschöße. Wir hatten freylich immer Hoffnung, von hier abgelößt zu werden, jetzt aber werden wir wohl bis zur Übergabe von Hamburg hier bleiben, und haben noch zwey Bataillons Rußen zur Verstärkung erhalten. Ehrenvoller ist dieser Posten unstreitig für uns als jeder andre, wenn er auch beschwerlicher ist. Die Übergabe von Hamburg kann nicht mehr sehr fern seyn, denn Eckmühl hat schon vorgestern einen Courier vom Französischen Senat erhalten, worin ihm die neuesten Begebenheiten angezeigt sind. Freylich kümmert er sich um den Senat nicht und will bloß Befehle von dem cidevant [vormaligen] Kaiser annehmen. Aber seine Generale und Offiziere werden wohl andrer Meinung seyn.

Meine Gesundheit ist noch immer ziemlich gut im Stande. Das schlechte Leben hat weniger üble Folgen für mich als für manche Andre, und ich hoffe mit einem recht starken Körper zurückzukehren. Entbehren lernt man hier genug: aber es ist doch nicht möglich, Alles zu entbehren. Wenn es Dir gefiele, mir noch einige Louisdor zu schicken, so würde ich noch Etwas erträglicher leben können. Ich muthe Deiner Güte viel zu: aber ich bin auch überzeugt, daß Du mir Deine Liebe nicht entziehen wirst, und daß ich sie nicht mißbrauchen werde.

Brief an den Vater

Moorburg am 24. April 1814

Meinen Brief vom 20. oder 21. wirst Du erhalten haben, diesen schicke ich Dir durch die Harzweiber, die vom Harz heruntergekommen sind, um ihren Landsleuten Osterkuchen und Würste zu bringen. Wir liegen hier jetzt mit 2 Bataillons Rußen zusammen und heute werden noch 2000 Mann erwartet. Gestern fingen die Franzosen wieder an auf unsre Vorposten zu schießen; auch schickten sie einige Kartäschenkugeln zwischen eine Menge Rußischer Offiziere, die den General Tolstoy und den Prinzen Gallizin bis dicht vor die Französische Schanze auf dem Lauenbrucher Deiche, worin sich Eckmühl selbst befand, begleiteten. Nur einer unsrer Offiziere ward durch's Bein geschoßen, aber die Zweige der Bäume flogen uns Allen um den Kopf. Die Anzahl der Englischen Kanonenböte, die neben unsrer Schanze liegen, hat sich jetzt bis auf sieben vermehrt, und sie werden morgen wahrscheinlich einen Angriff auf die Wilhelmsburger Brücke und die darauf befindlichen Blockhäuser machen. Unser Bataillon geht morgen nach Altenwerder und Finkenwerder, um diese Posten besetzt zu halten und die Rußen in Moorburg zu unterstützen.

Meine Gesundheit ist noch immer die beste.

Tagebuch

Am [?]. In jener Zeit brach der Elbdeich und das Wasser nahm am Ende so überhand, daß wir aus den Häusern auf den Damm getrieben wurden. Nur die Giebel sahen noch aus dem Waßer hervor, und ich schiffte oft mit großem Vergnügen durch die Zweige der blühenden Kirschbäume. Einer der schönsten Punkte jenes Lebens war das Fest, das wir auf unserer Schanze, ganz nahe den Feinden, zur Feyer der Einnahme von Paris bey Musik und Punsch bis tief in die Nacht feyerten. In jener Nacht schlief ich mit meinem Wirth und seiner ganzen Familie auf deßen Heuboden, zu dem wir mit einem Schiffe gefahren waren. Bisher hatte ich mit den übrigen Freiwilligen in demselben Quartier gelegen, und unser Haus war zugleich dasjenige, in welches alle Nacht die ganze Compagnie von 120 Mann zum Schlafen getrieben wurde. Der folgende Tag verschaffte mir durch einen glücklichen Zufall ein beßeres Quartier.

[...]

Brief an den Vater

Altenwerder am 12. März [Mai] 1814

Unser Corps hat sich überall den Ruhm der Tapferkeit und des guten Betragens erworben, und es ist sehr ehrenvoll für uns, daß der General Bennigsen bey dem Abmarsche aller übrigen Hannöver'schen Corps sich uns allein vom Herzoge zur Unterstützung erbethen hat. So haben wir nun vierzehn Tage in Hausbruch, drei Wochen um Moorburg und vierzehn Tage hier die äußersten Vorposten gehabt und fast täglich mit dem Feinde geplänkert. Einige bedeutendere Gefechte haben den Franzosen viel gekostet, da wir unverhältnißmäßig wenig Leute einbüßten. Der ganze Verlust unsers Bataillons besteht in 5 Todten und ungefähr 30 Verwundeten, während die Feinde in einem Treffen, wo wir zwölf Stunden im Feuer standen, über 100 Mann verlohren. Auch gestehen uns selbst die Feinde den Ruhm der Tapferkeit zu.

Seit vierzehn Tagen stehen wir in Altenwerder und ich bin Commandant der Insel. Nie habe ich es mir träumen laßen, daß ich noch einmahl einen solchen Posten bekleiden würde. In Rücksicht auf meine Charge habe ich ein recht gutes Quartier, und die Frau von Beaulieu kann sich nicht genug wundern, daß ich alle Tage wohlbeleibter und ansehnlicher werde. Schon die Bekanntschaft und genauere Verbindung mit der ganzen vortrefflichen Familie bezahlt mir reichlich alles Ungemach meiner militairischen Laufbahn.

Alles, was sich in dieser Zeit mit Hamburg begeben hat, wirst Du so gut wißen als wir. Den Augenblick, als wir vom Michaelisthurme die weiße Fahne wehen sahen, kann ich Dir nicht beschreiben. Gegen das Ende dieses Monaths wird die Stadt übergeben werden und wir sollen als Befreyer mit einziehen. Schon 600 junge Damen haben sich in Hamburg gemeldet, uns Blumenkränze zu widmen und uns entgegen zu gehen.

Vorgestern bin ich verkleidet in Hamburg gewesen. Obgleich ich aussah wie ein Schlächterknecht erkannten mich doch mehrere Bürger für einen Hannoveraner und mehrere Kaufleute, die sich um mich versammelten, ließen nicht nach mit Bitten, bis ich mich von ihnen auf Wein tractiren ließ. In Hamburg sieht es nicht so schlimm aus, als man glaubte. Es sind noch Lebensmittel in Menge vorhanden und Eckmühl hätte sich immer noch ein Jahr halten können. Die Befestigungen sind ungeheuer; nach der Beurtheilung von Sachverständigen hätten wir bey einem Sturm ungefähr 40000 Menschen einbüßen müßen.

Brief an August Kestner

Altenwerder am 12. May 1814

Ein kaltes Zimmer, vier weiße Wände, die mit vier größtentheils zerbrochenen Augen gegen einen 12 Fuß hohen Damm schauen, ein wackelnder Tisch, ein hinkender Stuhl, stumpfe Federn und ein Medizinglas als Schreibzeug, gegen sich über ein gähnender, ein singender und ein pfeifender Kamerad, alle diese Gegenstände sind ein Antidot gegen jede geistige

Beschäftigung. Ich sage Ihnen daher nur, daß ich wohler bin wie je, versteht sich an Körper, und daß mein Geist oft mißfällig die wenige Achtung bemerkt, die mein irdischer Theil durch seine rothen Wangen und sein frisches Aussehen gegen die allgemeine große Hoftrauer der Seele äußert.

Meine äußeren Verhältniße sind durch Beaulieu's Güte so angenehm, als es unsere Lage erlaubt. Ob aber mein Herz jemahls wieder über den Damm hinausschauen wird, der mir jede freie und fröhlige Aussicht bestimmt, that is the question, mein lieber Freund.

Vielleicht gehe ich nach Beendigung des Feldzuges nach Ostindien, um die Sanskritsprache zu lernen und mir unter der Linie das Gehirn völlig zu verbrennen. Grüßen Sie mir die Nachtigallen um Hannover und in Mißburg. Hier schlagen keine und ich habe auch keine Ohren und kein Gefühl für sie.

Brief an einen unbekannten Adressaten

10. Juli 1814

Es ist jetzt die Zeit der Schützengelden, die in unsrer Gegend sehr zahlreich gefeyert werden, und wo sich die hiesige schöne Welt, die lebenslustiger ist als irgendwo, in großer Menge zu versammeln pflegt. Da wird gespielt, getanzt, gegessen und getrunken und gewöhnlich bis an den hellen Morgen geschwärmt. Eins der besuchtesten Feste in dieser Art ist der Uetzer Jahrmarkt. Alle Gaukler, Possenreißer, Bettler und Landstreicher aus dem Umkreise von sechs bis acht Mielen geben sich dort ihr Rendezvous, und man kann sich von ihnen für einen Groschen jede Tugend und jeden Titel erkaufen. Einer, der eine recht eiserne Stimme hatte, rief mir zu: Tapferer Herr Feldhauptmann, sehen Sie hier das Kreuz der Welt! Das Kreuz der Vorübergehenden war er freylich, denn er hatte wie ein kluger General seine Dispositionen so gut getroffen und eine so vortheilhafte Stellung angenommen, daß Niemand ohne Zoll passiren konnte, wer sein unleidliches Geschrey nicht eine Viertelstunde hinter sich her hören wollte. (Ein Andrer nannte mich: königlicher Kriegsherr. Hätte er doch lieber Kriegsknecht gesagt, dann wäre er der Wahrheit doch etwas näher gekommen.) Als ich diesen kaum befriedigt hatte, zwitscherte mir ein dritter mit allen möglichen Vogelstimmen unerwartet ins Ohr und präsentierte mir dabey mit närrischen Grimassen einen Teller. Gleich darauf fangen zwei barfüßige Kinder ein ganz abscheuliches Lied mit eben so abscheulichen Mißtönen und krazten die Leyer dazu so herzzerreißend, daß sich meine Haare vor Entsetzen sträubten. Diesen mußte ich Etwas geben, um nur der Qual los zu werden; als ich ihnen aber entwischen wollte, gerieth ich unter eine Bande gymnastischer Künstler, um die das gaffende Volk einen so dichten Kreis geschlossen hatte, daß ich wider Willen die albernen Späße der lustigen Person mit ansehen und anhören mußte. Ein Tanzbär, der außerhalb der Menge gerade unbeschäftigt stand, kuckte mit einem sehr ehrbaren und geduldigem Gesichte in den Kreis hinein; sein Führer aber schien desto ungeduldiger und fluchte auf die Landstreicher und das unnütze Bettelvolk, wie er die Luftspringer nannte, daß sie ihm den Platz für seinen zottigen Ballettänzer nähmen. Ich habe von jeher eine große Vorliebe für alle Tanzbären gehabt, weil sie die Idee des Komischen, das auf einer Verbindung des Unpassenden beruht, so vollkommen ausdrücken, deshalb drängte ich mich durch den Menschenhaufen, um den zurückgesetzten Bären für mich allein tanzen zu lassen. Aber ich sollte nicht zum Zweck kommen, denn eine Hundekomödie, deren menschliches Personal dreyfach stärker war als die Begleitung des Tanzbären, verdrängte den armen Vestris zum zweyten Mahle, der durch ein gemütliches Brummen sein Vergnügen über diesen Aufschub eben so deutlich bezeugte, als sein Herr durch denselben Ton seinen Aerger. Die Hunde, die mit ihren Federhüten und Manschettenröcken freylich ein sehr ehrbares aber nicht sehr leichtfüßiges Ansehen hatten, tanzten nicht viel zierlicher, als der Hofrath Waldeck und der Consistorialrath Stäudlin mit einander tanzen würden und schienen auf ihre Annäherung an das Ebenbild Gottes nicht im mindesten stolz zu seyn. Man sah es ihrem Gesichte deutlich an, daß sie sich in ihrem neuen Stande sehr genirt fühlten, denn sie hatten eine große Aehnlichkeit mit Lobstein im Greffiermantel. So oft ihre Gebieter wegblickten, entsagten sie freywillig dem schönsten Vorrechte der menschlichen Gestalt, dem Anschauen des Himmels, und sanken an den Busen ihrer Mutter Erde zurück, und nur der Knall der Peitschen, der sonst den Sklaven feig und niederträchtig macht, vermochte wieder erhabnere Gedanken in ihnen zu erwecken. Der Hundekomödie folgte das Weltgericht, freylich zur großen Freude der Honigkuchenweiber und Trödler nicht in der Wirklichkeit, sondern im Kuckkasten. Der liebe Gott hatte einen Mantel von drap d'or, die Engel weiße, die Teufel hingegen rothe Röcke an. Die Palmenzweige, die jene in den Händen trugen, sahen aus wie Spießruthen, da hingegen die Forken und Gabeln, womit diese den Verdammten heftig zusetzten, ganz unverkennbar und nach der Natur gezeichnet waren. Während dieses Schauspiel zur Warnung der christlichen Zuschauer aufgeführt und mit einer sehr nachdrücklichen Erklärung begleitet wurde, hatte ein Spitzbube die Frechheit, mir Angesichts der Hölle mein Taschentuch, das ich unter dem Arme trug, zu stehlen. Ein Zigeunerweib versicherte mir zwar, sie wolle den Dieb auffinden und mir obendrein noch alles Gute profezeihen; aber ich scheute mich, ihr die Hand zu reichen, weil die ihrige nicht sehr rein zu seyn schien. Mit der Zerstörung der Welt hätte nun freylich Alles vorbey seyn müssen; aber ein Taschenspieler, der nicht weit von dieser Catastrofe seine Bude aufgeschlagen hatte, bemühte sich, die Schöpfung wieder zu restauriren, indem er Blumen und Kräuter sichtlich in die Höhe wachsen ließ und zum großen Erstaunen der Umstehenden Vögel und Mäuse aus seinem Aermel schüttelte. Wer kein Geld hatte, alle diese Schauspiele zu bezahlen, konnte sich an andern ergötzen, die umsonst, obgleich zum großen Leidwesen der Hauptpersonen, gegeben wurden. Denn bald wurde ein unglücklicher Dieb zerzaust und durchgeprügelt, bald stieß ein täppischer Bauer zum Profit der hungrigen Gassenjugend einen Tisch mit Honigkuchen um, bald lief ein altes Marketenderweib mit vielen Schimpfreden einen großen Hunde nach, der das siebente Gebot nicht gelesen und sich ohne ihre Einladung bey ihr zu Gaste gebeten hatte. Bey einbrechender Nacht wird der Tumult noch ärger; in dem einen Zelt wird geschmaust, in dem andern getanzt, in dem dritten gewürfelt, und die unzähligen Schwärmer, die von den Boshaften mitten in den dichtesten Volkshaufen geworfen werden, verursachen ein Laufen und Fallen und Schreyen, das für den Zuschauer sehr unterhaltend ist. Einem Judenweibe wurde dabei ein Loch ins Kleid gebrannt, und sie zeigte es mit lautem Jammer den Umstehenden, die, als sie sich mit scheinbarem Mitleid sämmtlich von dem Schaden überzeugen wollten, das Kleid völlig in Stücke rissen. Gleich darauf gerieth der Kuckkastenmann in einem heftigen Streit mit einem Landwehrsoldaten, der seine und seines Königs Ehre dadurch sehr gekränkt glaubte, daß die Teufel in rother Kleidung erschienen. Ein alter Pastor, der mit mir in einem Zelte saß, ging hinaus, um die laut Schimpfenden zu beruhigen, kam aber gleich mit erschrockenem Gesichte zurück und erzählte, ihm sey eine Lichtkugel so nahe am Kopfe weggeflogen, daß die Haare auf seinem Haupte zu Berge gestanden hätten. Er trug aber eine sehr ansehnliche weißgepuderte und steifabstehende Stutzperrücke; der Schreck wirkte also entweder so heftig auf ihn, daß er sich durch die Kopfmuskeln sogar den Locken der Perrücke mittheilte, oder diese muß von den unter ihr emporstrebenden Haupthaaren in die Höhe gehoben, wie ein Komet über seiner Stirn geschwebt haben. Beydes aber wäre gewiß der lächerlichste Anblick gewesen, den man hätte sehen können.

Es ist nun freylich ganz lustig, mitten unter einer so gemischten Gesellschaft zu sitzen und so mannigfaltige Scenen an sich vorübergehen zu lassen; aber alle diese betäubenden Auftritte frommen nicht viel, wenn man den stilleren Genüssen mit sich selbst und mit wenigen ganz entsagen muß.

Tagebuch

Am [?]. Nach meiner Zurückkunft [aus dem Felde nach Celle] verdoppelte sich meine Sehnsucht nach Göttingen. Endlich reiste ich. Alle meine Hoffnungen auf eine Anstellung in Göttingen wurden in Hannover niedergeschlagen. Ich tröstete mich mit der schönen Reise durch das Weserthal, nachdem ich in Mißburg bey Beaulieus einige fröhlige Tage verlebt hatte. In Hehlen lernte ich an der Gräfin Schulenburg und an Kestners Mutter, Bruder und Schwester liebenswürdige Leute kennen. Der Aufenthalt auf dem alten ritterlichen Schloße zog mich sehr an, ich blieb indeß nur zwey Tage, weil meine Sehnsucht nach Göttingen mich forttrieb.

Im Walde hinter Falkenhagen, am 22. Julius 1814.

Ich wandre über Berg und Thal
Und über grüne Haiden,
Und mit mir wandert meine Qual,
Will nimmer von mir scheiden,
Und schifft' ich auch durch's weite Meer,
Sie käm' auch dort wohl hinterher.

[...]

Göttingen am [?]. Ich kam endlich wieder in Göttingen an mit vielen schönen Hoffnungen auf ein freylich wehmüthiges, aber doch ruhiges und vertrauliches Leben, die alle so bitter getäuscht wurden. Der Empfang war so, daß er mir weder Freude noch Schmerz geben konnte und solch Mittelgut liebe ich am wenigsten. Indeß war mein Zustand in den ersten Tagen noch erträglich; doch mußte ich bald merken, daß Adelheits ängstliche Ehrfurcht vor dem Schein, ihre unerschütterliche Befolgung der genauesten Regeln der Konvenienz, der bey ihr alle beßern Gefühle des Vertrauens, der Freundschaft und der Liebe untergeordnet sind, sich eher vermehrt als vermindert habe. Das geheime Bewußtsein ihres genaueren Verhältnißes mit mir war außerdem die Ursache, daß sie öffentlich ihre Kälte gegen mich übertrieb und mich mit mehr Geringschätzung behandelte, als selbst die Gesetze des gewöhnlichen geselligen Lebens erlauben.

Brief an den Vater

Göttingen, am 19. Dezember 1814

Einige glückliche Vorfälle haben sich vereinigt, meinen Aussichten eine neue Sicherheit zu geben, und ich hoffe jetzt das Ziel, worauf alle meine bisherigen Bemühungen gerichtet waren, zu erreichen, ohne Deine Güte ferner mißbrauchen zu dürfen. Als der Herzog von Cambridge Göttingen besuchte, bat mich sowohl der Magistrat als auch das Corps der Studenten, ein Gedicht zu machen, welches dem Herzoge überreicht werden sollte. Ich unterziehe mich freylich ungern einem solchen Geschäfte, konnte es aber diesesmahl nicht gut abschlagen, und beyde Gedichte, wovon Du vielleicht das eine in den Zeitungen gelesen hast, geriethen so, wie alle Gelegenheitsgedichte zu gerathen pflegen, das heißt nicht besonders. Die Veranlaßung mochte indeß vielleicht der Poesie aufhelfen, genug, der Herzog und alle Übrigen waren sehr zufrieden und der erstere verlangte, ich solle ihm vorgestellt werden, welches auch bei der Präsentation der Profeßoren auf der Bibliothek geschah. Auf diese Weise wurde ich mit dem Geheimen Kammerrath Arnswaldt bekannt, dem mich mein vortrefflicher Beaulieu schon früher angelegentlich empfohlen hatte. Er behandelte mich äußerst gütig, versprach, sich auf das wärmste für mich zu intereßiren und Alles anzuwenden, mich auf der hiesigen Universität zu fixiren. Dieselben

Versprechungen wiederholte er in einem bald darauf an mich geschriebenen Briefe, obgleich er mir zugleich anzeigte, daß in diesem Augenblick noch nicht die Möglichkeit vorhanden sey, mich anzustellen. Jetzt wurde mir eine Stelle an der Schule zu Holzminden angeboten, die freylich hinreichte mich zu ernähren, mir aber den Weg zu allen meinen früheren Hoffnungen verschloßen oder wenigstens erschwert haben würde. Obgleich alle meine Freunde mir abriethen, war ich doch zweyfelhaft, ob ich sie annehmen sollte, bis ich einen neuen Plan ersonnen hatte, der mich hier wenigstens noch ein Jahr subsistiren laßen wird, ohne daß ich Dir Kosten verursache. Mein großes Gedicht naht sich jetzt seiner Vollendung, und ich darf hoffen, daß es wenigstens am Ende künftigen Mays ganz fertig seyn wird. Ich hoffe mir dadurch einen dauernden Ruhm und eine ehrenvolle Stelle unter den größeren Dichtern meines Vaterlandes zu erwerben. Ich werde jetzt das Manuscript, so weit es vollendet ist, an eine solide Buchhandlung schicken und wegen des Verlags unterhandeln. Wenigstens werde ich soviel dafür erhalten, um ein ganzes Jahr reichlich davon leben zu können. Ich müßte Dich also nur bitten, bloß noch bis Ostern für meinen Unterhalt zu sorgen. Ich verspreche Dir, dann durchaus nichts ferner für mich zu verlangen, und werde mein Versprechen auf jedem Wege erfüllen.

Ich bin im Laufe dieses Vierteljahrs mehr unter den Studenten bekannt geworden und kann mir deßhalb für das künftige halbe Jahr beßere Aussichten versprechen. Im Anfang des jetzigen stand meine Entfernung während des Sommers mir im Wege. Ich gebe einige Privatißima, die mir indeß nicht viel einbringen, und lese nur ein Publicum, kann aber deßhalb mehr mit ganzer Seele an meinem Gedichte arbeiten, deßen Vollendung doch der sicherste Weg zu meinem künftigen Glücke seyn wird.

[…]

Brief an Adelheit Tychsen

Göttingen am 5. Januar 1815

Noch einmahl muß ich Ihnen schreiben, um Ihnen im Tone unseres ehemaligen freundschaftlichen Verhältnißes Lebewohl zu sagen, denn leider werden wir künftig einander fremd seyn. Ich habe früher nie gefürchtet, daß einst eine solche Zeit kommen würde, und ich verdiente auch nicht, es zu fürchten. Aber schon lange mußte ich merken, wie sehr sich Alles seit meiner Abwesenheit verändert habe, wie lästig ich Ihrem Hause geworden sey, und wie gern man jede Gelegenheit benutze, mir auszuweichen. Ich habe zu viel Ehrgefühl, um zudringlich scheinen zu wollen, deßhalb werde ich mich freywillig verbannen. Nach meinem Charakter kann ich nichts Anderes thun, als mich zurückziehen, denn es ist mir nicht gegeben, um Achtung zu buhlen, wenn ich sie nicht von selbst durch mein Betragen erhalte. Ich werde sehr einsam und verwaist leben, denn die Cirkel, wo man mich vielleicht gern sähe, intereßiren mich nicht, und der Ihrige, worin ich mich allein heimisch fand, will mich nicht mehr sehen. Es bleibt mir doch wenigstens noch ein Trost in dem Bewußtseyn, daß ich trotz Ihrer Geringschätzung und meiner Entfernung Sie und die Ihrigen nicht minder lieben werde als vorher. Auch mein Gedicht, wodurch ich Ihnen und Cecilien ein unvergängliches Denkmahl zu stiften hoffe, wird mich erheitern, obgleich ich mich vor seiner Vollendung fast fürchte, da diese Arbeit meine letzte Freude war. Freylich habe ich auch hierin schon lange eine mir sehr schmerzliche Verminderung Ihrer Theilnahme bemerkt, denn wie selten ließ sich ein freyer Augenblick finden, wenn ich Ihnen daraus vorlesen wollte? Ich werde Ihnen die folgenden Gesänge schicken und auch der letzten kleinen Eitelkeit entsagen, meine Freude über Manches, was ich gelungen glaubte, mit Ihnen theilen zu können. Es wird wohl nie ein solcher Frühling wiederkommen, als der, den ich einst mit Ihnen verlebte, und wohl nie ein solches Jahr als jenes, worin ich Cecilie kennen lernte. Leben Sie recht wohl, und sehen Sie es als das größte Opfer an, wozu die Liebe fähig ist, daß ich gern den letzten Genuß meines armen Lebens entbehren will, um Ihre Zufriedenheit zu befördern.

[Am Rand des Entwurfs:] *Nicht abgeschickt!*

Brief an Christian Carl Josias Bunsen und Christian August Brandis

Göttingen, den 13. August 1815

[…] Da Ihr nun einmahl etwas von meinem Leben wißen wollt, so kann es Euch doch nicht genügen, wenn ich Euch sage, daß ich aufstehe, wache und mich schlafen lege, denn das ist das Einzige, was sich von meinem äußeren Leben sagen läßt. Das innere aber ist nur Liebe und Schmerz, und Alles, was ich thue, denke und fühle, ist so genau mit Beydem verknüpft, ist so ganz Eins damit, daß ich nur von meiner Liebe und meinem Schmerze reden kann, wenn ich von mir selbst reden will. Es ist schön von Euch und ich beneide Euch darum, daß Ihr fähig seyd, noch aus anderen Antrieben zu handeln; ich habe aber nur *einen* Brennpunkt, von dem alle Strahlen meines Lebens auslaufen und zu dem sie zurückkehren. Doch werde ich auch so vielleicht nicht als der Letzte dastehen unter denen, die etwas vollbringen, wodurch sie verdienen gelebt zu haben. Ich habe seit unserer Trennung so vielen stillen Schmerz, so viele geheime und offenbare Kränkungen erlitten, daß ich demüthiger und stolzer geworden bin als je; demüthiger gegen den Willen und die Rache des Himmels; stolzer gegen die, welche er, ohne daß sie eignes Recht dazu hätten, zu den Werkzeugen seiner Rache ersehen hat. Ich weiß, daß ich in früheren Zeiten oft die Nemesis gereitzt habe, aber indem ich vieles still dulde, fühle ich mich mit ihr versöhnt und von Neuem geheiligt und darf mein Haupt gegen die erheben, die mich leiden laßen, ohne zu ahnen, daß ich es verdiene. Ich bin jetzt aus dem Hause verbannt, das ich als meine Heimath anzusehen pflegte, das mir durch viele Leiden und Freuden theuer geworden war und für welches ich die besten Kräfte meines Lebens und alles Gute und Heilige, was in mir ist, nicht zu theuer geachtet hatte. Man hat mich anfangs durch Vernachläßigung, dann durch unverheimlichte Zurückstoßung und zuletzt durch den offen geäußerten Wunsch, mich seltener zu sehen, aus einem ehemaligen Freunde und Kinde der Familie wieder zum gleichgültigen Fremdling gemacht. Es ist die Zeit, wo so viele Stühle der Könige fallen und so viele Kronen von den Häuptern der Gewaltigen genommen werden; darum darf ich Menschlein dergleichen ja nicht für etwas Unerhörtes und Unbilliges halten. Kann ich mich doch noch zuweilen mit Krone und Scepter vor den Spiegel stellen und mich in der Erinnerung daran freuen, wie es mich vor Zeiten gekleidet habe. Ich klage nicht die an, welche mir das Theuerste auf der Welt ist, und von der nur ein mir unerforschliches Verhängniß mich trennt. Sie hat mich immer mild und freundlich behandelt, um mir das, was sie mir versagen mußte, und was ich für sie und um sie litt, zu vergüten. Aber wenn die Klarheit ihrer Ansichten und die Unwandelbarkeit ihrer Entschlüße es fordert, scheut sie sich auch nicht, mir großen Schmerz zu machen, weil sie selbst stark genug ist, den größten Schmerz zu ertragen. Aus ihrem Munde habe ich die Worte gehört, die mich jetzt noch weiter von ihr scheiden, und ich habe ihr schweigend gehorcht, ohne ihr zu zürnen. Aber denen zürne ich nicht, die eine solche Äußerung nöthig machten, denn sie denken und fühlen nicht groß genug, um ahnen zu können, daß nicht ich bloß ihnen, sondern auch sie vielleicht mir Dank schuldig sind. Undankbarkeit kann ich ihnen deßhalb nicht vorwerfen; aber auch ich darf mir nichts vergeben und bin daher höflich und stolz gegen sie. Die einzige Rache erlaube ich mir, daß ich ihnen nur dann eine kurze Visite machte, wenn ich ihnen einen neuen Gesang meines Gedichts zu bringen habe. Es muß ihnen doch wenigstens dabey einfallen, daß das Abschreiben mir einige Mühe und Zeit kostet, und sie müßen sich jetzt, da ich nichts mehr von ihnen habe, dadurch in einiger Schuld bey mir fühlen. Wenn es wahr ist, daß diejenigen, die sich auf das Heißeste lieben, durch ewiges äußeres Beschauen einander auch äußerlich ähnlich werden, so muß das innere Beschauen noch mehr auf die innere Ähnlichkeit wirken; und ich glaube deßhalb, daß ich Adelheit größtentheils die große, freylich schmerzliche, aber doch still erhebende Ruhe verdanke, die mir jetzt, gerade während dieser Verhältniße, eine mir früher unbekannte Kraft der Fantasie und des Gefühls giebt. Ich arbeite schnell und genüge mir oft. Bis Weihnachten wird das Ganze auf jeden Fall vollendet seyn, denn ich fange jetzt den siebzehnten Gesang an. Wenn also auch bis dahin meine Briefe an Euch seltener sind, so müßt Ihr es dem Gotte verzeihen, der mich ewig weiter treibt, bis ich die heilige Rose gewonnen und dadurch die Schuld früherer Zeiten gesühnt habe …

[…]

Tagebuch

Am 19. Februar 1816.

Weh, wie ist das helle Leben
So zum Traum mir umgestaltet!
Weh, wie schleudert selbst im Traume
Mich das Leben hin und her!
Wie die Lüfte wehn und weben,
Wie die Welle wogt und waltet,
Schwimm' ich gleich zerfloßnem Schaume,
Liebe, durch dein wildes Meer.

[…]

Brief an Christian Carl Josias Bunsen und Christian August Brandis

Göttingen am 12. März 1816

Tausendmahl habe ich an Euch Alle schreiben wollen, um bey Euch Trost und Frieden zu suchen; aber so oft ich an mein Leid gedachte, nahm sie, die es erweckte, meinen ganzen Geist gefangen, nur an sie konnte ich denken, nur für sie mich beschäftigen; Alles was nicht unmittelbaren Bezug auf sie hatte, lag ganz außer meinem Leben. Es drängte mich wie mit Gewalt zur Vollendung meines Gedichts, denn das war das Einzige, worin ich meine Kraft, ja worin ich fast allein meine Existenz erkannte und fühlen konnte, ich sey doch nicht der bleiche, gestaltlose, nichtige Schatten, zu dem mein immer zwecklos ringendes unfruchtbares Leben mir verschwebt zu seyn schien. Erst in diesem letzten traurigen Jahre habe ich erfahren, daß es einen unendlich zerstörendern Schmerz geben könne, als den der bloßen Entsagung, wenn mit ihr auch alle Freuden und Hoffnungen eines ganzen Lebens verblühten. Aber als man anfing, mich zu entfernen, mich zu täuschen, mich zurückzustoßen, mich zu kränken, als man meinen Schmerz für gleichgültig, meine Treue für nothwendig, meine Anstrengungen und Aufopferungen für einen Tribut ansah, der kaum einer Anerkennung, viel weniger eines Dankes werth sey, da fühlte ich den Unterschied zwischen einem Schmerz, den das Schicksal leidenschaftslos und bloß unwiderstehlich wollend uns auflegt, und dem, welchen die Menschen uns absichtlich und schadenfroh zufügen. – Eins ist mir ein großer Trost gewesen, daß sie, um die ich Alles dulde, von jedem Vorwurf rein geblieben ist. Nennt das keinen Irrthum der Leidenschaft, denn ich sehe wohl ein, daß sie unter andern Umständen tausend Vorwürfe verdiente. Aber so wie sie einmahl immer handelt, nach einer klaren Einsicht in ihre Entschlüße und nach einem unerschütterlichen Fortschreiten auf dem begonnenen Wege, muß ich ihr Betragen ehren, so hart und grausam es scheinen möge, und kann nur die schwankende und launenhafte Behandlung Andrer tadeln, die zu meinem Schmerze das Meiste beytrugen.

Es scheint mir unrichtig, wenn man eine plötzlich aufkeimende Leidenschaft stärker und zerstörender nennt, als eine langsam aufkeimende, die zuerst sogar Gleichgültigkeit war. Ich habe Anfangs gezweyfelt an meiner Liebe, ich habe Besinnung genug gehabt, sie zu überlegen und Kälte genug mich gegen sie zu wehren: aber jetzt fühle ich, daß die Kette sich zwar langsam, aber eisern und unzerbrechlich um mein ganzes Daseyn geschlungen hat. Und wenn eine stärkere Hand sie zerriße, so würde ich Nichts seyn, weil sie allein alles Geistige in mir zusammenhielt und auf *einen* Punkt, auf *ein* Ziel hinzwang. Mir ist nicht mehr zu helfen, denn meine Krankheit ist zu meiner Natur geworden, und der Arzt würde mich tödten, wenn er mich heilte, ohne mir ein anderes Selbst gegeben zu haben …

Brief an Forstmeister Karl Freiherr von Beaulieu-Marconnay

Göttingen, am 3. April 1816

Wenn ich mich Ihres früheren Wohlwollens noch versichert halten darf, so kann ich hoffen, daß es Ihnen nicht lästig seyn wird, wenn ich nächstens auf einer Reise nach Hannover einige Stunden in Ihrem Hause vorspreche. Es ist mir wirklich Bedürfniß, wieder einmahl beßere Menschen zu sehen, als wie man sie hier insgemein findet. Denn das zurückstoßende Wesen, womit man hier fast überall behandelt wird, ist fähig, selbst dem eigenen Charakter eine üble Richtung zu geben. Wenn ich durch Ihre und der Ihrigen Güte nicht so häufig Veranlaßung gefunden hätte, mich an Mißburg zu erinnern, so würde ich vielleicht gar auf den Gedanken gekommen seyn, die ganze Welt zu einem Göttingen zu machen, und das wäre eine Welt gewesen, woraus ich sobald als möglich hätte scheiden mögen, wenn ich auch nirgend sonst hätte unterkommen können, als vier Fuß tief in der Erde.

Brief an Adelheit Tychsen

Göttingen am 25. May 1816

Wenn diese Worte auch die letzten sind, die Sie von mir lesen, meine geliebte Adelheit, so werden sie Ihnen doch um so erwünschter seyn, da sie die Zusicherung eines Verlangens enthalten, das Sie mir schon seit langer Zeit, wenn auch nicht mündlich, doch durch Ihr Betragen gegen mich ausgedrückt haben.

Es sind nun drey Jahre, daß ich mich in trostloser Liebe um Sie verzehre. Jetzt gilt es einen männlichen Entschluß, denn ich fühle, es darf nicht ferner so bleiben. Mein Leben gehört nicht mir allein; viele haben Ansprüche auf das, was ich künftig vermag, und gründeten Hoffnungen auf das, was ich einst zu werden versprach. Ich darf sie nicht täuschen; ich muß jene Zeit wie ein leeres Blatt aus meinem Leben vertilgen; ich muß mit meiner ganzen Kraft diese unseelige Leidenschaft aus meinem Herzen reißen und das Theuerste, was ich auf der Welt habe, Sie und meine Liebe, zu vergeßen suchen.

[...]

Brief an Christian August Brandis

Göttingen d. 20. Jul. 16

Ein paar Worte muß ich Dir doch zum Lebewohl schreiben, mein Theuerster, so wenig auch meine Stimmung mich fähig macht, Zusammenhängendes zu denken. Reck hat Dir vielleicht etwas von dem geschrieben, was in diesen Tagen mich so tief erschüttert hat. Ich war kaum aus meinem fast träumerischen Zustand während der vorigen Woche in den letzten Tagen wieder ein wenig zur Besinnung gekommen, als mich heute eine neue schreckliche Nachricht über die Reisevorfälle der mir sehr freundlich verbundenen Familie in neuen verwirrenden Schmerz stürzt. Es wird mir immer gewisser, daß mir kein Glück bestimmt ist, wenn ich es nicht mit dop-

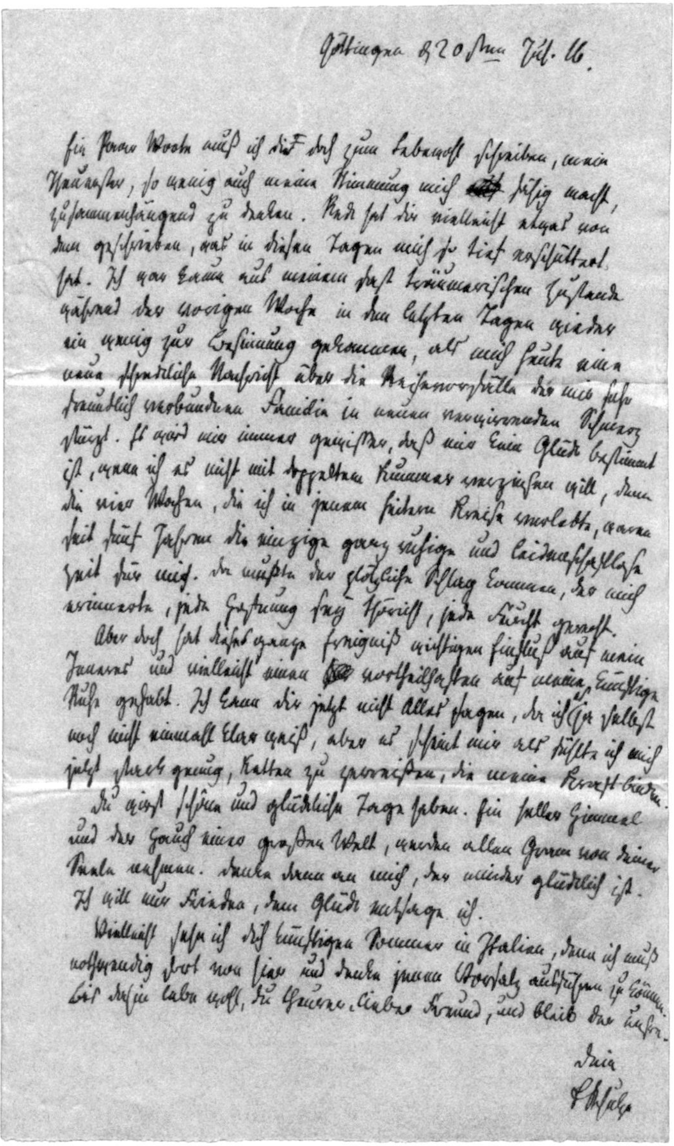

Göttingen d. 20sten Jul. 16.

Ein paar Worte muß ich dir doch zum Lebewohl schreiben, mein Theuerster, so wenig auch meine Stimmung mich jetzt fähig macht, zusammenhängend zu denken. [illegible] hat dir vielleicht etwas von dem geschrieben, was in diesen Tagen mich so tief erschüttert hat. Ich war kaum aus meinem fast träumerischen Zustande während der vorigen Woche in den letzten Tagen wieder ein wenig zur Besinnung gekommen, als mich heute eine neue schreckliche Nachricht über die [illegible] der mir so freundlich verbundenen Familie in einen verzehrenden Schmerz stürzt. Es wird mir immer gewisser, daß mir kein Glück bestimmt ist, wenn ich es nicht mit doppeltem Kummer [illegible] will, denn die vier Wochen, die ich in jenem lieben Kreise verlebte, waren seit fünf Jahren die einzige ganz ruhige und leidenschaftslose Zeit für mich. Da mußte der plötzliche Schlag kommen, der mich erinnerte, jede Hoffnung sey Thorheit, jede [illegible] gewagt.

Aber doch hat dieses ganze Ereigniß wichtigen Einfluß auf mein Inneres und vielleicht einen vortheilhaften auf meine künftige Ruhe gehabt. Ich kann dir jetzt nicht Alles sagen, da ich es selbst noch nicht einmal klar weiß, aber es scheint mir als fühlte ich mich jetzt stark genug, Ketten zu zerreißen, die meine Kraft binden.

Du wirst schöne und glückliche Tage haben. Ein heller Himmel und der Genuß einer großen Welt, werden allen Gram von deiner Seele nehmen. Denke dann an mich, der minder glücklich ist. Ich will nur leiden, dem Glück entsage ich.

Vielleicht sehe ich dich künftigen Sommer in Italien, denn ich muß nothwendig fort von hier und denke jenen Vorsatz auszuführen zu können. Bis dahin lebe wohl, du theurer, lieber Freund, und bleib [illegible]

Dein
E Schulze

Brief an Christian August Brandis vom 20.7.1816

peltem Kummer verzinsen will, denn die vier Wochen, die ich in jenem heitern Kreise verlebte, waren seit fünf Jahren die einzige ganz ruhige und leidenschaftlose Zeit für mich. Da mußte der plötzliche Schlag kommen, der mich erinnerte, jede Hoffnung sey thöricht, jede Furcht gerecht.

Aber doch hat dieses ganze Ereignis wichtigen Einfluß auf mein Inneres und vielleicht einen vortheilhaften auf meine künftige Ruhe gehabt. Ich kann Dir jetzt nicht Alles sagen, da ich es selbst noch nicht einmal klar weiß, aber es scheint mir als fühlte ich mich jetzt starck genug, Ketten zu genießen, die meine Kraft binden.

Du wirst schöne und glückliche Tage haben. Ein heller Himmel und der Hauch einer großen Welt, werden allen Gram von Deiner Seele nehmen. Denke dann an mich, der wieder glücklich ist. Ich will nur Frieden, dem Glück entsage ich.

Vielleicht sehe ich dich künftigen Sommer in Italien, denn ich muß nothwendig fort von hier und denke jenen Vorsatz ausführen zu können. Bis dahin lebe wohl, Du theurer, lieber Freund, und bleib der unsere.

Dein E Schulze

Brief von Christian Carl Josias Bunsen

Florenz, den 29. Sept. 1816

Lieber Schulze!
Nachdem ich Dir schon seit geraumer Zeit einen langen Brief zu schreiben entschlossen gewesen bin, zwingt mich eine nicht erwartete Gelegenheit, Dir ohne weitere Einleitung etwas mitzutheilen, was mir sehr am Herzen liegt. Doch was bedarf es auch vieler Worte? Daß wir uns lieben und achten, davon bin ich überzeugt: wenn aber für eine Zeitlang das Gemüth zweier Freunde durch die gänzliche Verschiedenartigkeit des Schicksals und Lebens, besonders in der werdenden Jugendzeit, ein gewisses Zutrauen verlieren kann, so möchte es wohl bei uns der Fall gewesen sein. Du im Leiden und Dulden, ich von

Glück und Lebenslust getrieben, was war natürlicher, als daß in den wenigen und unruhigen Tagen meines letzten Aufenthalts in Göttingen ich weder Dich mit der erforderlichen Ruhe und Gelassenheit betrachten und behandeln, und du noch weniger meinem ungestümen und unlieblichen Wesen Dein Herz öffnen konntest. Mir ist dies wenigstens bald klar geworden, und ich trage kein Bedenken, es Dir zu sagen, da ich mich jetzt ruhiger und besonnener fühle, und da ich Dich nach langem und schwerem Dulden zum männlichen Handeln entschlossen weiß. Nur das will ich noch hinzufügen, daß, wenn ich jemals in meinem Herzen von Dir entschlossenere Thätigkeit gefordert, ich mich dazu *nur* durch die Ueberzeugung von dem Göttlichen, was ich in Dir verehre, und die Anschauung von dem, was in Deiner Lage männliches Loßreißen vermag, durch Brandis Leben berechtigt gefühlt oder gewähnt habe. Nur was ich selbst in mir durchlebt habe, kann ich aber Anderen auch mit gutem Gewissen *sagen*. Ich will daher auch hierüber kein Wort zu Dir reden, außer jenem Geständniß dessen, was ich gefühlt und gedacht habe. Aber etwas Anderes will ich dir mittheilen, was ich Jahrelang und mit Bewußtsein seit Ende 1813 im Herzen getragen. Mißverständnisse habe ich zwischen Dir und mir nie gefürchtet, wohl aber Verletzen des Innern, was heilig sein muß, wie das Isisbild. Auch dies fürchte ich jetzt nicht mehr und wenn ich irre, ja kannst nur Du mir es sagen. Jeder Mensch nämlich, meine ich, stellt das allein im Leben und in jeder anderen Kunst vollkommen, d.h. mit Wahrheit dar, was er wirklich in sich erlebt hat. Mehr oder minder hat aber jedes Individuum, besonders in einer fortgeschrittenen Zeit, die Formen, und, wenn ich so sagen darf, die Scheinbilder des Lebens in sich. Wer nun wie Du mit dem göttlichen Seherblick begabt ist, mag am allerschwersten von den Sterblichen sich davor hüten. Denn die schaffende Gotteskraft erzeugt ihm aus fremder Anschauung gar leicht für alles Leben die Grundformen, und verführt ihn, mit dieser selbstgeschaffenen Welt zu schalten, wie mit der angeeigneten und durch die sittliche Kraft verwirklichten. So scheinst auch Du mir in Deinem früheren Leben vieles nur dichterisch geschaut und dargestellt zu haben, was Du in Dir selbst nicht erlebt hattest, und also auch nicht in und mit Deinem Dasein, also wahrhaftig wahr fühlen und glauben konntest. Das kann aber der Sterbliche nicht ungestraft. So verlorest Du auch den Glauben für das an sich, aber nicht in Dir Wahre und Du sahest am Ende für das von Dir in Liebe, in Glauben und allen Grund-Ideen des Lebens Dargestellte keine andere Basis, als die in Deiner Phantasie, die ja die selbstgeschaffene Welt auch vernichten konnte. Und gewiß bist Du nicht der erste Dichter, der auf solche Weise eben das, wodurch er anderer Seelen stumme Gefühle zum Bewußtsein bringt, selbst in sich nicht glauben kann. Darauf bezieht sich, was ich Dir, obgleich in schlechten Versen, einst auf Dein Stammblatt schrieb. Nun hat aber Dein Leben, meiner Ansicht nach, eine höchst selten glückliche und große Wendung genommen. Denn in wenigen Menschen ist mir der Gang Gottes faßbarer als in Dir gewesen. Schwere Leiden waren Dir beschieden, von dem Augenblicke an, wo Du, was Du vor allem anderen zuerst spielend darzustellen gewagt hattest, in der Wahrheit erkanntest. Aber Du erlebtest es nun auch wirklich in Dir, und Leben wie Gedicht ward anders. Was ist aber nun deutlicher, als daß Gott will, daß Du auch das Uebrige so wirklich in Dir und denn gewiß auch im Gesange darstellen sollst? Und glaube mir, nicht weniger deutlich und verehrungswürdig ist mir Dein eigenes Streben danach. Wodurch ward Dir anders unser Freundeskreis wirklich im Herzen theuer und wohlthuend, als weil Du von uns jeden Einzelnen in seiner Eigenthümlichkeit mit dem Glauben und dem Leben in den Ideen sahest, die Du nach langem Spiele, oft im Begriff warest, nur in Deiner Phantasie zu glauben, und weder in Dir noch in Anderen als wahrhaftig und einzig wirklich seiend anzuerkennen? Welches herrliche, einzig herrliche Leben wartet also Deiner, wenn Du wirklich in Dir zu leben fortfährst, was Du gedichtet. Der klare

Blick, den Dir Gott gegeben, wird sich mit warmer Liebe zum Leben einigen und die von Gott gegebene Kunstkraft mit der sittlichen, die allein den Menschen macht. Das Erleben und wirklich Glaubenkönnen von dem tausendsten Theile macht andere fürs ganze Dasein stark und begeistert. Der erste Schritt für dieses Weiterkommen scheint mir aber alles Aufheben des Unterschiedes und Mißverhältnisses zwischen Dichten und Leben zu sein, oder zwischen Dichter und Mensch. Beharre denn auf Deinem Entschlusse, reiße Dich los und komme zu uns. Ein großes Leben mußt Du vor Dir sehen, wie das untergegangene Rom, ein freies, neu gestaltetes Dasein mußt Du suchen, und Herzen, die Dich lieben, wie wir. Komm daher, sage ich noch einmal. Ein glücklicher Zufall kann diesen noch einen äußerlichen Antrieb und eine nicht unbedeutende äußere Evidenz geben. Niebuhr hat in Verona einen Còdex rescriptus vom Ulpian und Cajus gefunden, den wir Reck abzuschreiben und zu bearbeiten aufgefordert haben, Brandis einen großen griechischen vom IX. Jahrhundert, dessen Anfang freilich späte Hexameter enthielt, dessen Ende aber doch ganz andere Dinge geben könnte. In Rom ferner wird sich Ausbeute mehr als genug finden. Hast Du es auch nicht nöthig, so ist es immer verdienstliche und pflichtmäßige Arbeit. Ich meinestheils habe mich entschlossen, wenigstens 2 *Jahre* in Italien mit Brandis und Niebuhr recht nach Herzenslust zu leben und zu arbeiten. Reck wird Dir das Nähere darüber mittheilen. Ich bin ökonomisch so lange versorgt durch 4 monatliche Dienstbarkeit, von der heute der 1. Monat endet. –

Von Italien und allem Uebrigen kann und mag ich nichts schreiben, theils ist dessen zu viel, und Brandis hat das Nöthige mitgetheilt, theils muß man das wirklich sehen: darüber zu reden ist nur Freude für den Erzählenden. Viele Erbärmlichkeiten und Schwächen unserer Zeit scheinen mir wie Schuppen abzufallen, wenn ich unter den Denkmälern der großen untergegangenen alten und neuen Welt wandle, oder mich in der

Einsamkeit durch Dante dahin versetzt fühle. Schmerz und Wehmuth, bald auch Zorn und Wuth erfüllen dann zuletzt mein Gemüth über die Zeit und mich selbst. Recht genossen habe ich alles nur, seit Brandis Anblick mir das Herz wieder aufgeschlossen hat. Man muß Jahre haben, um solche Geister zu beschwören, und im Heiligthum des Gemüths ungestraft zu verwahren. O, wenn ich sie mit Euch lebte, wenn ich Dein Leben hier aufblühen sähe zu heiterem Frohsinn und männlicher Thatkraft! Lebe wohl und komm!

Dein Bunsen.

Brief an Christian Carl Josias Bunsen und Christian August Brandis

Göttingen am 9. November 1816

Eben war ich von einer sehr erheiternden Reise durch Sachsen, Franken und die Rheingegenden zurückgekommen, als ich Eure lieben Briefe erhielt, Ihr theuren Freunde. Sie haben mich sehr aufgeregt und in manchen Stücken noch gewißer bestimmt zu dem, was ich mir schon früher vorgenommen hatte. Wenn ich Euer herrliches, kräftiges und thätiges Leben und die schöne Vereinigung, worin ihr untereinander und mit Niebuhr steht, mit meinem marklosen und alltäglichen Treiben vergleiche, so kommt mich ein Abscheu gegen mich selbst an, und ich habe Mühe, mich durch manches Gute, was ich in den letzten Zeiten in und außer mir erlebt und selbst hervorgebracht habe, für das Bewußtseyn, wie sehr mir in den letzten Jahre eine sichere, nach einem festen Zweck geordnete Thätigkeit gefehlt habe, nur etwas zu trösten. Aber daß es nicht länger so bleiben sollte, habe ich Dir, lieber Brandis, schon versprochen und die tiefen und fruchtbaren Eindrücke jener wahrhaft tragischen Begebenheiten dieses Sommers sind durch meine Reise, die ich hauptsächlich zum Trost meiner unglücklichen Freunde unternommen hatte, eher verstärkt, als erloschen. Eine Wiedervereinigung mit Euch in Italien war bey mir Anfangs zur schönen Hoffnung, und später zum festen Vorsatze geworden und der Zufall scheint mir jetzt noch die Hand zur leichteren Ausführung desselben zu bieten. [...] Sollte aber auch dieser Plan fehlschlagen, so habe ich den festen Vorsatz, mir im künftigen Jahre auf irgend eine Art soviel Geld zu verschaffen, um wenigstens ein Jahr bey Euch in Italien leben zu können. Ich hoffe, daß die Herausgabe meines Gedichtes, worüber ich in diesen Tagen mit Cotta Unterhandlungen anfangen werde, mich dazu in den Stand setzen wird. Außerdem habe ich während dieses Sommers ein neues kleineres in drei Gesängen gemacht, welches in Rücksicht der Form nach meinem Urtheil das vollendetste ist. Ich hoffe, daß auch dieses Ostern auf jeden Fall erscheinen wird. Was Du, lieber Bunsen, in Deinem letzten Briefe zu bedenken gegeben hast, war auch schon der Hauptsache nach in dem früheren von Brandis enthalten und ich danke Euch Beyden herzlich dafür. Wie konntet Ihr fürchten, nur irgend einen üblen Eindruck dadurch auf mich zu machen? Ich habe das Alles schon selbst früher gefühlt und ehre Eure Aufrichtigkeit als das sicherste Zeichen Eurer treuen und für mich besorgten Freundschaft. Und gewiß, Euer Rath soll nicht verlohren gehen. Der erste Beweis dafür ist die Befreyung von den Feßeln, die mich früher unfähig machten, das zu meiden, worin ich mein unfehlbares Verderben sah, und dem zu folgen, was ich längst für das Rechte und mich allein Rettende erkannte. Meine Verhältniße mit Tychsens sind fast ganz abgebrochen und so schmerzlich mir auch diese Entfernung durch die ewige Erinnerung an eine beßere und freundlichere Vergangenheit wird, so fühle ich mich doch um vieles freyer und kräftiger, etwas meiner Würdiges zu unternehmen. Das was mir diesen Sommer begegnete, die plötzliche, gräßliche Katastrophe der einzigen frohen und ganz ruhigen Zeit meines Lebens seit fünf Jahren, hat mir freylich gezeigt, daß ich auf dauerndes Glück mir nie Rechnung machen darf; aber statt mich niederzuschlagen, hat diese Erfahrung mich gestärkt, weil ich fühle, daß das

Verzweyfeln nur für nichtsnützige Schufte taugt, und daß ich Muth und Kraft nöthig haben werde, mich trotz dem Teufel durch die Welt zu schlagen. Ihr habt mich immer zu zart behandelt und mich in Eurem Kreise das Recht der Frauen genießen laßen, weil Ihr glaubtet, ich sey in früheren Zeiten ein verzogenes Kind des Glücks und der Liebe gewesen und könne daher kein heftiges Aufrütteln vertragen; aber Ihr habt mich doch wohl in dieser Hinsicht nicht ganz gekannt. Ich fühle selbst, daß ich sehr reitzbare und leicht zu verwundende Seiten habe und manche Mißverhältniße, wenn sie unmittelbar mein Gefühl angehen, tiefer empfinde, als Andere: aber ein Eingriff in meine Lieblingsideen, wenn er, auch selbst ohne das Wahre zu treffen, nur Wahrheit beabsichtigte, hat mich nie beleidigt, weil ich das Gefühl eines Jeden für etwas mehr Individuelles, das Denken aber für ein Gemeingut der Menschen halte, worüber jedem seine Meinung zu sagen frey steht. Daher schäme ich mich auch nicht zu gestehen, daß Eure Warnung sehr gegründet ist, obgleich sie nach meinem eignen Bewußtseyn mich jetzt weniger trifft, als früher, vielleicht gar nicht mehr. Denn ich fühle, daß ich es jetzt nicht mehr über's Herz bringen kann, Etwas auszusprechen, was nicht aus meiner tiefsten Ueberzeugung, aus meiner Seele kommt. Aber das Leben selbst ist so mannigfaltig und die Ansicht der Dinge durch Leidenschaft und Stimmung so wandelbar, daß Ihr mir, als Dichter, der manches nur dem Augenblicke verdanken muß, verzeihen werdet, wenn Alles nicht immer gleiche objektive Wahrheit hat.

Brief an den Vater

1. Mai 1817

Deinen theuren Brief, mein geliebter Vater, habe ich erhalten und den an Schleinitz besorgt. Ich antworte dir selbst, nicht blos um dir zu zeigen, daß meine Genesung schon soweit vorgerückt ist, daß ich es ohne Beschwerlichkeit thun kann, sondern vorzüglich, weil es nicht möglich ist, dir durch fremde Worte für die große Liebe und Sorge zu danken, die jeder deiner Briefe und alle deine Handlungen mir beweisen. Es ist durch diese Krankheit eine ganz neue Epoche in meinem Leben angegangen. Ich fühle mich durch Eure Meinung von mir viel höher gestellt, als ich es hoffte und verdiene, und mein ganzes Bestreben muß künftig dahin gehen, das wahr zu machen, was Ihr von mir schon jetzt voraussetzet. Gottlob hat mich auch das Gefühl dessen, was ich Euch verdanke, und Eure unbeschreibliche Liebe, die ich früher wohl geahndet, deren Glück ich aber noch nie in diesem Maße empfunden habe als jetzt, stark genug gemacht, manche schmerzliche Erinnerung, die früher oft störend in den Kreis meiner Beschäftigungen trat, zu verbannen, denn ich fühle deutlich, wie Ihr mir Alles ersetzen könnt, was ich je zu verlieren im Stande bin. Künftig wird mich also nichts stören, und ich werde ohne Unterbrechung meinem Berufe entgegenarbeiten. Nur, lieber Vater, fordere nicht daß ich nach etwas Großem und Ausgezeichnetem strebe, wozu ich nicht geschaffen bin, wie ich längst empfunden habe. In geistiger Rücksicht bin ich versichert, meinen Platz zu behaupten; im äußeren bin ich bescheiden und zufrieden, und meine Zufriedenheit ist ja das, was Ihr wünscht. Und wie ein stilles, von wenigen Verhältnissen berührtes Leben nicht minder fruchtbar und segensreich nach außen seyn kann, als ein in weitläuftige, äußere Regsamkeit verwickeltes und verwirrtes, obgleich es mit Glanz verbunden seyn mag, das sieht man ja zum Beispiel an unserm trefflichen Rector, der mir einer der verehrungswürdigsten Menschen ist, die ich kenne. So wünsche ich einst zu leben, und wenn das Schicksal und meine eigene geistige Bemühung mich einst höher emporziehen will, so werde ich mich nicht widersetzen; nur bin ich nicht dazu gemacht, jenem scheinbaren Glücke ängstlich und mit oft vergeblichen Bestrebungen nachzujagen […]

Brief an Auguste von Egloffstein

Göttingen, 8. Mai 1817

Ihr freundlicher Brief, meine liebenswürdige Freundin, traf mich nicht weit vom Rande des Grabes, um welches ich nach einer achtwöchentlichen beschwerlichen Schifffahrt mit großer Anstrengung meines Piloten, des Hofraths Strohmeyer, jetzt endlich herumgesteuert bin, oder, um nicht Jean Paulisch, sondern deutsch zu reden, erst jetzt bin ich durch die Hülfe meines Arztes und meiner guten Natur auf der Genesung von einem gefährlichen, rheumatischen Brustübel, welches mich seit beinahe zwey Monaten ans Bett und Sopha gefesselt hat. Daß ich deshalb die Freude entbehren mußte, Sie und die Ihrigen zu sehen, war mir eine der größten Unannehmlichkeiten, die meine Krankheit mit sich führte, da ich mich den ganzen trüben Winter hindurch auf diese Herzerquickung gefreut hatte. Vielleicht kann ich aber diesen Sommer das Versäumte nachholen, wenn ich nämlich wirklich wieder soweit zu Kräften komme, um an eine solche Reise denken zu können, denn meine größte Heldenthat, die ich bisher vollbracht habe, ist ein Spaziergang sechsmal auf und ab in meinem Zimmer, welches gerade nicht so groß ist, um ein Pferd darin todtjagen zu können. Und doch geriethen bey diesen Wanderungen mein Kopf und meine Füße oft in einen heftigen Widerstreit, indem die Füße nach dem Fenster hingetrieben wurden, während der Kopf nach dem gegenüberstehenden Ofen wollte. Sie selbst werden die große Schwäche dieses letzteren deutlich aus meinem Briefe merken und ich würde Sie mit dieser Schreiberey gar nicht belästigt haben, wenn ich es nicht Pflicht hielte, Ihnen meinen Dank für Ihren liebenswürdigen Brief, selbst zum Nachtheil meiner günstigen Reputation, so bald als möglich abzustatten.

Doch dieselbe Ursache zwingt mich so kurz zu seyn, als es sich thun läßt. Deshalb nur noch einige Worte. Seit drey Wochen ist meine Mutter bald hier, bald in Einbeck, wo sie eine Schwester hat, und ihre Pflege und Anwesenheit, die ich so oft genieße, als ich es wünsche, hat viel zu meiner Genesung beygetragen. In diesen Tagen erwarte ich sie wieder um, wenn das Wetter und meine Gesundheit so bleiben, als sie jetzt sind, mit ihr nach Celle zurückzukehren, wo ich durch Pflege, Sonnenschein, freye Luft auf unserm Gartenhause und besonders durch Nichtsthun das gebrechliche Wrack meines Körpers diesen Sommer hindurch so gut als möglich auszubessern und zu kalfatern gedenke. Ich freue mich nicht wenig auf diese stillen und gemüthlichen Tage, die mir seit meinem letzten Aufenthalte bey Ihnen nicht wieder zu Theil geworden sind, und hoffe viel davon für meinen Körper und besonders für meine Seele.

Aber, ich wollte kurz sein und muß deshalb schließen. Den Ihrigen empfehle ich mich von ganzem Herzen, auch Ihren gnädigen Schwestern in Weimar, an die ich vielleicht bald Gelegenheit finde, zu schreiben.

Leben Sie recht wohl und gesund, meine liebenswürdige Freundin, dieser Wunsch hat aus dem Munde eines Kranken ein doppeltes Gewicht.

Ganz der Ihrige. Ernst Schulze.

Nachbemerkung von Karl Emil Franzos

Auf Schulzes letzte Lebenstage bezieht sich die folgende Mittheilung des Freiherrn von Schleinitz: »Schulze schien bei seiner Rückkehr von der Wanderung in die Rhein- und Maingegenden im Herbste 1816 sehr gestärkt, seine Gesichtsfarbe war blühender und sein Gesicht stärker geworden. Allein diese Täuschung dauerte nur sehr kurze Zeit. Wenn ich nicht irre, schon Ende November hatte er in der Nacht einen heftigen Blutsturz, wahrscheinlich infolge eines sich öffnenden Lungengeschwürs. Die Krankheit trat gleich mit solcher Heftigkeit auf, daß man sich der Besorgniß nicht erwehren konnte, die sonst kräftige Natur Schulze's werde ihr erliegen, trotz der Sorgfalt und Erfahrenheit seines Arztes, des würdigen alten Stromeyer. Von diesem Zeitpunkt übernahmen Reck und ich seine Pflege, deren er sehr bedurfte und die ihm nur von Freundeshand werth und nützlich war. Einer von uns war stets um ihn. Ich verließ ihn kurz vor Ostern 1817, nachdem seine Stiefmutter, eine vortreffliche Frau, die Schulze als Mutter ehrte und liebte, in Göttingen angekommen war, um ihn mit sich nach Celle zu nehmen. Ich wollte ohne Abschied von ihm zu nehmen abreisen, da ich die feste Ueberzeugung hatte, daß ich ihn nie wiedersehen würde, und fürchtete, meiner innern Bewegung nicht Herr zu sein und ihn zu beunruhigen. Indeß eine Aufforderung seiner Mutter, ihn noch zu sehen, und der Gedanke, daß meine Abreise ohne Abschied ihn doch auch aufregen werde, bewogen mich, ihm Lebewohl zu sagen. Auch ging die Abschiedscene besser vor sich als ich besorgte. Er hatte so wenig Ahnung von seiner nahen Auflösung, daß ihm meine nicht ganz zu beherrschende Aufregung nicht auffiel und er mir zuletzt noch sagte: Du weißt, wie dankbar ich dir bin, ich werde dich bald von Celle aus in Braunschweig besuchen. Seinen Muth und seine Hoffnung konnte sein Siechthum nicht beugen; er zeigte sich auch während seiner letzten Krankheit meist heiter und gesprächig.«

Schulze erlag seiner Krankheit in Celle, wohin er im Mai gebracht worden war, am 29. Juni 1817.

Mitteilung von Hermann Marggraf:
»Ein paar Tage nach des Dichters Beerdigung – erzählt Bergmann – erschienen in der Dunkelheit des späten Abends zwei verschleierte weibliche Gestalten beim Todtengräber, ließen sich das Grab öffnen, legten in feierlicher Stille zwei Kränze darauf und verschwanden. Man hat niemals erfahren, welche Freundinnen des Dichters sein Grab geschmückt hatten.«

Editorische Notiz

Die Schreibweise, Grammatik und Interpunktion der jeweiligen Druckvorlagen des 19. Jahrhunderts wurden für diese Veröffentlichung unverändert beibehalten, ebenso die Anpassungen, die Karl Emil Franzos möglicherweise an den Briefen und Tagebüchern bereits vorgenommen hat. Wir haben keine Vergleichsmöglichkeiten mit dem überwiegenden Teil der Originale, die wohl als verloren gelten müssen. Lediglich die Form der Briefköpfe wurde behutsam angepasst; Sperrungen in der Vorlage werden hier kursiv, Passagen in lateinischer Type grotesk wiedergegeben.

Die in Archiven aufgefundenen Briefe Ernst Schulzes wurden aus den Handschriften transkribiert und werden in gleicher Weise wiedergegeben.

OSKAR ANSULL

Wider die falsche Romantik oder Wie steht es denn jetzt mit dem Geschmacke in Berlin?

Ernst Schulze und die literarische deutsche Romantik

Es muss doch eine schönere Welt geben, wo wir einig mit uns selbst werden, wo das Herz denken lernt.[1]
Tagebuch, 2. May 1813

1813, im Todesjahr Christoph Martin Wielands, erobert mit Ernst Schulze ein heute unbekannter Dichter der Romantik, ein selbstbewusst und planvoll agierender Poet, die Bühne der Gegenwartsliteratur des frühen 19. Jahrhunderts. Sein erster Gedichtband, der einzige zu Lebzeiten, erscheint bei Dieterich in Göttingen, ermuntert durch den Mentor und Freund, Professor Friedrich Bouterwek. Ihm widmet Schulze sein Werk »als ein Zeichen der Dankbarkeit und Hochachtung«. Ein junger Mann, der etwas spät in der äußerst komplexen und widersprüchlichen Epoche der literarischen deutschen Romantik[2] erscheint, an ihrem Selbstfindungsprozess nicht teilgenommen hat, die sich bereits in der zweiten Phase befindet und ihrem Ende zuneigt, der sich der Vierundzwanzigjährige dennoch ganz gewiss zugehörig weiß, wenn er in der Vorrede zu den Gedichten schon die Summe seines Dichtens zieht und gar nicht kleinlaut erklärt:

> Der Verfasser dieser Gedichte hält es für sein größtes Verdienst, sich vor dem Einfluß der verderblichen Sekte der

1 Ernst Schulze, Tagebuch, 2.5.1813. In: K.E. Franzos, Deutsche Dichtung, 12. Band, Berlin 1892, S. 270.

2 »Romantik«, ungenauer Hilfsbegriff für die heterogenen Strömungen gefühlsbetonter Literatur, Musik und Malerei.

> *falschen* Romantiker bewahrt zu haben. Er erklärt sich hier öffentlich für einen bestimmten Gegner derselben und würde sich für sehr glücklich schätzen, wenn seine Versuche Etwas dazu beytragen könnten, einen reinern Geschmack in unsre schöne Litteratur zurückzuführen.[3]

Schulzes Angriff hat eine längere Vorgeschichte. Der da die »schöne Litteratur« retten will, zum »reinern Geschmack«, dem vermeintlich richtigen, ist auf dem Weg, sein eigenes poetisches Handwerk zu formen und zu perfektionieren, als einer, der viel gelesen und zu wenig erlebt haben mag, dem keine vier Lebensjahre mehr bleiben werden. Tagtäglich, wenn er die Collegien auch schwänzt, erarbeitet sich der Studiosus selbstbestimmt den trockensten Stoff: »Ich stand auf, studirte, aß und trank, studirte und ging zu Bette. Um etwas Interessantes zu erzählen, müßte ich in frühere Zeiten zurückgehen.«[4] In der »falschen« Romantik sieht er jene am Werk, die überkommene Regeln und das Regelwissen geringschätzen, die der modernen Ästhetik der literarischen Romantik anhängen, welche alles in Frage stellen, auch die Erlernbarkeit von Kunst, die Schulze – bei aller künstlerischen Freiheit der Phantasie, des Subjektiven, bei allem Genie und Geschmack – ebenfalls für wichtig ansieht, die ihm notwendig bleiben. Friedrich Schlegel bringt die Frage 1797 allerdings auf den Punkt des Epigonalen, der im Kern die überwiegenden Dichtungen Schulzes – noch vor ihrem Entstehen – kommentiert: »Alle klassischen Dichtarten in ihrer strengen Reinheit sind jetzt lächerlich.«[5]

3 Schulze, Gedichte, Göttingen 1813, S. VII f.
4 Schulze, Brief an Friedrich von Bülow, 16.4.1811. In: K.E. Franzos, Deutsche Dichtung, 7. Band, 1890, S. 170
5 Friedrich Schlegel, Kritische Fragmente. In: ders., Kritische Schriften, München 1964, S. 13.

Geschmack fürs Klassische

Schulze orientiert sich dennoch an der dichterischen Kunst meisterlicher Stilistik Christoph Martin Wielands, zwischen Aufklärung, Klassik und Romantik angesiedelt, die »besonders nach [Schulzes] Geschmack« gewesen ist, erläutert Bouterwek in der biographischen Vorrede zur ersten Ausgabe der Schulze'schen Werke, »obgleich seine eigne Poesie keinen Zug von der Satyre der Wielandischen hatte«. Wieland pflegt ein distanziertes, kritisches Verhältnis zu den jungen Romantikern. »Die Heiterkeit der Wielandischen Poesie«, versicherte Schulze seinem Mentor Bouterwek, »habe auf seinen Geist den glücklichsten Einfluß gehabt«. Im Gegenteil, »ein strenger Ernst scheine ihm das Leben und die Kunst zu verderben«.[6]

Professor Bouterwek fördert Schulzes klassische, formale Entwicklung und dessen gleichzeitig wachsendes Interesse an literarischer Historie; er lobt sein »mit entschiedener Vorliebe« betriebenes Studium der

> Homerischen Gedichte. Alle diese Studien trugen nicht wenig dazu bei, seinen Geschmack für das Classische zu bilden, und seine Phantasie vor den gewöhnlichen Verirrungen im Gebiete der Romantik zu sichern.

Allerdings, räumt Bouterwek ein, »[d]ie echte Romantik wußte er nach ihrem ganzen Werthe zu schätzen«. Hier wird Schulzes einstmaliger Stichwortgeber in Sachen »falsche Romantik« fünf Jahre später sichtbar, ein Begriff, der in der einschlägigen Literatur sonst nicht auftaucht. Bouterwek ging in der Rezension des Gedichtbandes in den *Göttingischen gelehrten Anzeigen* noch weiter, er geißelte »das schwärmerische Hinbrüten über verworrenen Phantasien in der Manier der

6 Friedrich Bouterweg, Biographische Vorrede. In: Cäcilie. Ein romantisches Gedicht in zwanzig Gesängen von Ernst Schulze. Leipzig 1818, S. VIff.

unechten Romantik, die sich wie ein ausgetretenes Gewässer durch unsere neue poetische Literatur verbreitet hat«.[7] Schulzes Verse dagegen scheinen ihm nicht »steife Nachahmung des Alterthümlichen« zu sein, haben »Klarheit, Bestimmtheit, Leichtigkeit und Festigkeit in Gedanken und Ausdruck, verbunden mit einem innigen Gefühle für ungeschminkte Schönheit und Grazie«.[8] Kurz: die echte noch mit der Verbindung zur Klassik orientierte Frühromantik, wie Bouterwek sie versteht und favorisiert, der einer total von den Fesseln der Vergangenheit befreiten Kunst skeptisch gegenüberstehen muss. Allerdings sind das ästhetische Positionen, der Wandel von kosmopolitischen, aufgeklärten zu nationalen, volkstümlichen und mythologischen innerhalb der Romantik sind darin noch nicht benannt.

Schulze, vorsichtig und im Ansatz selbstkritisch, nennt die Sammlung der 1813 vorliegenden Gedichte »seine Versuche« und entspricht damit dem Essaycharakter romantischer Literatur. Sein starker Vorwurf der »verderblichen Sekte« zielt kampfeslustig nach Berlin und rempelt den Kreis von Schlegel und Tieck an, denen er jene »falsche Romantik« unterstellt. Er würde Friedrich Schlegels Abkehr von der Regelpoetik, »dass die Willkür des Dichters kein Gesetz über sich leide« und selbst »kunstloser Gesang«[9] Kunst sei, nicht ohne zu differenzieren vielleicht unterschrieben haben. Obwohl Schulze sich mit beiden der Brüder Schlegel wahrscheinlich gut hätte verständigen können, diese wären möglicherweise für seine Entwicklung – und nicht Bouterwek, nicht Göttingen – fruchtbarer gewesen. Der Schulze steht den Schlegels bei genauerer Betrachtung

7 Friedrich Bouterwek, Rezension zu Cäcilie. In: Göttingische gelehrte Anzeigen, 190. St., 27. November 1813, S. 1889f.

8 Ebd.

9 Friedrich Schlegel, Athenäums-Fragmente. In: ders., Kritische Schriften, S. 38f.

doch näher,[10] als es der Giftpfeil im Vorwort vermuten lässt, dennoch verteidigt er seine Art Verse zu schmieden öffentlich und in »bestimmter« (also eingeschränkter) Gegnerschaft, die er schon seit einigen Jahren empfindet.

Angriffslustig

Schon 1807 erklärt sich der achtzehnjährige Göttinger Student seinem einstigen Schulfreund:

> Wie steht es denn jetzt mit dem Geschmacke in Berlin? Ist noch immer jene wahnsinnige, übermüthige, fantastische Dichterschule an der Tagesordnung welche von den Schlegels und Tieck angeführt wird. O wenn doch eynmal ein Mann von Gewicht beym Publicum, aufkäm um diese neidische Schlange, welche an den Nerven der deutschen Sprache und Poesie nagt, zu vernichten. Wenn doch Göthe, der einzige, der noch viel über das deutsche Publikum vermag, diese seine elenden Vergötterer derer er sich schämen muß, durch eine, seiner berühmten Persiflage Götter Helden und Wieland [Farce von Goethe], ähnliche aber besser angewandte Satire vom Helikon verscheuchte. Mein geringes Talent wird zwar wenig nutzen, aber ich habe es mir zur Pflicht gemacht mit diesem Ungeheuer so lange zu kämpfen, bis es unterliege.[11]

Was reitet den Heißsporn schon fünf Jahre zuvor, sein künftiges Schlachtfeld so zu fixieren, zumal er die theoretische

10 Es hätte Schulze sicher berührt, wenn er erfahren, das Ludwig Tieck in einem Brief vom 26.10.1838 an Karoline Bauer schrieb: »Wie sehr bedauer ich, nicht diesen Mann gekannt und geliebt zu haben, der solches [*Die bezauberte Rose*] verfaßt.« (Zitiert nach: Bernd W. Weßling, Ernst Schulze und die deutsche Romantik.)

11 E. Schulze, Brief an Friedrich von Bülow, 29.–31.10.1807. UB Leipzig, Slg. Nebauer VI. H. 82 C. 303. Im vorliegenden Buch vollständig abgedruckt.

Diskussion innerhalb der Romantik in ihrer Komplexität noch nicht überblickt haben dürfte. Vielmehr erscheint er hier etwas kraftmeiernd bereits als *der romantische Dichter*, der, wie Boris Tomaševskij für diese Spezies vermutet, als »sein eigener Held« in die Arena tritt.[12] Schulze ist in dieser Zeit ein fleißiger Student, der Homer, Shakespeare, The Fairy Queen, die provenzalischen Dichter, Cervantes, Tasso, Ariost liest, insbesondere begeistern ihn *Leben und Abenteuer des Chevalier Faublas*, und das alles in den Ursprachen. Er beherrscht nicht nur die alten Sprachen: Griechisch, Lateinisch, Hebräisch, sondern auch das Englische, Französische, Italienische und Spanische, kennt mit gerade mal 18, 19 Jahren auch die deutschsprachige Gegenwartsliteratur, kurz: er ist ein äußerst Belesener, darin schier besessener Student, ein *homme de lettre*, dazu noch strategische Überlegungen zum Auftritt seiner selbst als Dichter anstellend. Allerdings hat er »niemals eine Mensur besucht oder gar geschlagen, da er solches unnatürliche Treiben grundsätzlich verabscheute«.[13]

Als die Romantiker Schlegel, Tieck und Co., selbst kaum zwanzig Jahre jung und von der Französischen Revolution – Ernst Schulzes Geburtsjahr! – angesteckt sind, ehe sie aus dem Taumel ihrer Begeisterung erwachen, da gab es noch den fast 60-jährigen Skeptiker und Aufklärer Wieland und einen 1749 geborenen Goethe, der die politisch »Aufgeregten«[14] mit einer gewissen Verachtung ansah und deren Werke rundweg als »krank« empfand, wie Eckermann mitteilt. Um 1794 bis 1799 drängeln sich jene Aufgeregten in Jena noch in »schöner Geselligkeit«, berichtet Caroline Schlegel, bis die Ernüchterung

12 Boris W. Tomaševskij, Texte zur Theorie der Autorschaft, Stuttgart 2000, S. 53.

13 Hellmuth Draws-Tychsen, Ernst Schulze, Poetische Tagebuchblätter für die Schwestern Cecilie und Adelheit Tychsen, München 1965, S. 194.

14 Johann Wolfgang von Goethe, Die Aufgeregten, Dramenfragment (1793). In: ders., Goethes Werke, 18. Band, Weimar 1895, S. 1-76.

einsetzt, die schöpferischen Ich-Bewegten fromm werden und zumeist in den Schoß von Staat und Kirche flüchten. Eine einst hoch experimentelle, phantastische, in Teilen revolutionäre, auch chaotische literarische Romantik mündet zwanzig Jahre später in »Neu-deutsche und religiös-patriotische Kunst«.[15]

Schulze fragt seinen Jugendfreund:

> Hast Du Werners [Zacharias Werner, 1768–1823] Söhne des Thals [dramatisches Gedicht] aus seinen übrigen Schriften gelesen? Der gute Mann ist auch ziemlich von dieser Sekte angesteckt. Es ist wahrhaftig schade daß er die vielen Talente, welche er zu besitzen scheint, durch einen so ekelhaften, langweiligen Mystizismus herabwürdigt. Er hascht wahrhaftig ordentlich nach der Unverständlichkeit, und glaubt das Ideal erreicht zu haben, wenn er nur seinen leeren Geist in die Luft gethan hat. Ich schrecke zuweilen, wenn ich den ungeheurn Unsinn, der oft in seinen und andern Schriften herrscht, lese und ich bin versehens daß diese verwünschte Schule, schon manchen um seinen gesunden Verstand gebracht hat.[16]

Der Horizont des einst doch freien und nahezu entgrenzten Weltspiels der Romantik scheint sich zusehends zu verengen. Statt Zauber herrscht Entzauberung, das Diktat der Nützlichkeit bekommt Gewicht. Prozesse, die sich bereits abspielten, als der träumende Knabe Ernst Schulze sich noch ganz und gar verzaubern ließ von den Feen- und Rittermärchen. Er verrät, pathetisch gesprochen, die Träume seiner Jugend nicht, bleibt entflammt für all das Frühromantische und Märchenhafte, das

15 Titel einer antiromantischen Schrift von J. H. Meyer, die er 1817 zusammen mit Goethe entworfen haben soll. Siehe ausführlich: Johann Heinrich Meyer, *Geschichte der Kunst*, bearbeitet und hrsg. von H. Holtzhauer und R. Schlichting (Schriften der Goethe-Gesellschaft, Bd. 60), Weimar 1974.

16 Schulze, Brief an Friedrich von Bülow, Göttingen, 29. u. 31.10.1807.

da einst im Schwange war, und scheint weit entfernt davon, vom Romantiker zum Philister zu mutieren. Er wird dieser Gefahr durch seinen frühen Tod auch nie erliegen. Der, nach Bouterwek, zweite Biograph Schulzes, Hermann Marggraff, kommt 1855 bereits zu dem Schluss, dass der Dichter

> in der Geschichte der deutschen Poesie eine unzweifelhaft eigenthümliche Stellung einnimmt, er stehe mit einem Fuße innerhalb, mit dem anderen außerhalb der romantischen Schule.[17]

Schulzes Dichten ist durchdrungen vom unveräußerlichen Grundprinzip des Schöpferischen: handwerkliches Geschick, Formbewusstsein, Natursinn und ein unverdorbenes Gemüt, alles andere ist für ihn das Nagen an den »Nerven der deutschen Sprache und Poesie«. Es geht ihm in allem ums Irdische: »Lieber will ich ganz verderben, als nur halb lebendig sein«, heißt es am 1. April 1815 im *Poetischen Tagebuch*, von Franz Schubert unter dem Titel *Lebensmuth* vertont. Friedrich Schlegel, der 1808 im Kölner Dom mit seiner Frau zum Katholizismus konvertierte, ist in seinen Anfängen inzwischen kaum mehr wiederzuerkennen. Schulze bemerkt lakonisch:

> Wenn nun auch gar, wie Gott verhüte, Friedrich Schlegel nach dem allgemeinen Gerüchte hierher [Göttingen] kommen sollte, so wäre ja auch in der Ästhetik für alle Sekten gesorgt.[18]

17 Hermann Marggraff, Ernst Schulze. Nach seinen Tagebüchern und Briefen sowie nach Mitteilungen seiner Freunde geschildert, Leipzig 1955, S. 361f.

18 Schulze, Brief an Friedrich von Bülow, 23.7.1808. Stadtarchiv Celle, Signatur L 10/152. Im vorliegenden Buch vollständig abgedruckt.

Stimmungswechsel

»Seine Phantasie suchte einen Gegenstand, in dem ihm die Idee des Schönen verkörpert erschien«, erklärt sich Friedrich Bouterwek Schulzes zwanzig Gesänge umfassende Dichtung *Cäcilie*, die der Dichter selbst als nur halbwegs gelungen empfindet. Der für die Ästhetik in Göttingen zuständige Professor nimmt nach 1812/13 an seinem jungen Freund allerdings eine gravierende Veränderung wahr:

> Seit dem Tode Cäciliens ist keine dauernde Heiterkeit wieder in die Seele ihres Dichters gekommen [...] der bis dahin allen Dingen eine erheiternde Seite abzusehen gewußt.[19]

Schulzes Dichtungen: *Cäcilie* und etwas handlungsarm *Die bezauberte Rose* sind ohne den frühen Tod der geliebten »himmlischen« Cäcilie nicht denkbar:

> Der Uebergang vom schwärmerischen Glücke zu einem Schmerze, von dem er sich bis dahin keine Vorstellung machen konnte, hatte allen seinen Gedanken eine andere Richtung gegeben.

Bouterwek benennt hier nicht nur einen geistigen Prozess. Es spielt sich nun ein verstärkt physisch-psychischer Vorgang ab: »Das Liebliche, an dem seine Phantasie hing, kleidete sich in die Farben der Schwermuth.« Was aber Bouterwek unterschätzt, weil er selber Teil der Göttinger Professorengesellschaft ist: Schulzes Zustand lässt sich nicht allein auf den Tod seiner geliebten Cäcilie, sondern auch auf die kalten und lieblosen Reaktionen im Hause Tychsen zurückführen, denen sich der Dichter mehr und mehr ausgesetzt sieht. Hinzu kommt, dass er beruflich in Göttingen keine Zukunftschancen hat.

Mit wenig Sympathie beobachtet der Mentor, was er nicht mehr beeinflussen kann: »Düster und grauenvoll«, erzählt ihm

19 Bouterwek, Biographische Vorrede, S. XIIf.

Schulze, »sollte der Hintergrund des großen Gemäldes seyn, an dem seine Phantasie rastlos arbeitet«. Bouterwek bleibt am Text, rät, »besonders die langen Reden und die Gebete abzukürzen; mit dem Wunderbaren nicht so verschwenderisch zu seyn«, lobend hebt er hervor, dass Schulze »Sprache und Styl der strengsten Kritik« unterwirft, dass er »mit jedem Gesange [...] immer mehr Meister der Form« wird. Groß sei sein »Widerwille gegen alles Gezierte und Manierirte, auch jede gesuchte Eigenthümlichkeit des Styls« verschmähe er.[20]

Aber Schulze wagt es nicht, dichterisch in aller Klarheit zu den Ursachen vorzudringen, die er in seinen Tagebüchern und einigen Briefen schonungslos benennt. Nur seine Biographen von Bouterwek über Zschokke, Marggraff, Tittmann und im gewissen Sinne auch Franzos, scheinen es nicht zu erkennen, arbeiten Schulzes Kritik an den bürgerlichen, die Atemluft abschneidenden Lebensformen nicht genügend heraus, die »von der Langeweile erheuchelte[n] Fröhlichkeit«, wo »unter den kalten Gesetzen einer unnatürlichen Convenienz die letzten Funken von Wärme, Leben und Wahrheit« verloren gehen.[21]

Kein Franzosenhasser

Neben der poetischen Entwicklung spielt sich im realen Leben Schulzes noch ein anderer, in seine Gefühls- und Erfahrungswelt eingreifender, positiv erlebter Prozess ab. Er meldet sich als Kämpfer zu den antinapoleonischen Freiheitskriegen, kämpft mehr oder weniger an der Moorburger Schanze vor den Toren Hamburgs, Homers *Ilias* im Marschgepäck, und wird dabei nicht zum tumben Franzosenhasser. Die vaterländisch gesinnte und so sehr geliebte Cäcilie drängte ihn in den Krieg gegen die Franzosen, worin sich in Teilen auch ein

20 Bouterwek, Biographische Vorrede, S. XV.

21 Schulze, Tagebuch, 17.7.1816. In: K.E. Franzos, Deutsche Dichtung, 8. Band, Dresden 1890, S. 203.

autoaggressives Moment verbergen mag. Doch seine grundlegenden Ansichten zur Literatur ändert das nicht, sie rangiert über aller Nationalstaatlichkeit, lässt sich nicht in den Wirbel politischer Interessen ziehen. Die Liebe zur Literatur ist die einzige verlässliche Konstante in seinem Leben. Er bleibt seinem europäischen Wieland treu, auch dem Weltgeist Goethes, er bleibt ein kosmopolitischer, unendlich in Homer verliebter, klassisch formenstrenger Stanzendichter. Ob Schulze überhaupt politisch oder philosophisch gedacht hat? Bouterwek bezweifelt das. Es gibt dazu keine eindeutigen Aussagen aus der Feder des Dichters, keine, die über rhetorische Posen hinausgehen und das genaue Gegenteil beweisen könnten.

Schreiben und Leben ändern

Schulze zeigt, von den ersten Briefen an, eine gehörige Lust am Formulieren, ironisch, selbstkritisch, mitfühlend, leicht und pointiert. Er schreibt, mitunter auch boshaft, Flanierprosa in schönster romantischer Manier. In den Tagebüchern wird, neben den seelischen Abgründen und tausenderlei Verliebtheit, erfrischend mehr Realismus und praktische Lebensklugheit sichtbar, als seine langatmigen Dichtungen, in denen er vieles nur in Andeutungen ausspricht, auf den ersten Blick ahnen lassen. »Seine Tagebücher sind ein Zeugnis rationaler wie empfindsamer Selbst- und Gesellschaftsanalyse.«[22] In der Prosa ist er weltläufiger als die Göttinger und Celler Teerunden, in denen er verkehrt, die er sucht, obwohl er sich über sie lustig macht, die er viel zu spät flieht und zu denen er stets eine innere Distanz verspürt. Doch steuert er zu spät einen grundsätzlichen Lebenskurswechsel an, den notwendigen Auf- und Umbruch, der ihn über deutsche Landschaften, über Harz und Heide, Rhein- und Weserbergland hinausführt. Die heimtückische Schwindsucht hindert ihn, seine

22 Killy, Literaturlexikon, S. 428f.

weitreichend gefassten Pläne zu realisieren, etwa »künftigen Sommer nach Italien zu gehen, um dort vielleicht mehrere Jahre zu bleiben«,[23] wie er dies noch hoffend und in Verkennung seiner gesundheitlichen Situation den Freunden nach Italien schreibt.

Auch ein anderer Umbruch, die Weiterentwicklung in literarischer Hinsicht, wird sich nicht mehr ereignen. Ein zwar »in der *äußern* Form«, wie sein Celler Landsmann, der Literaturwissenschaftler Karl Goedeke befand, »einer der vorzüglichsten Dichter deutscher Zunge«,[24] doch in den Inhalten, Themen und Handlungen ein noch begrenzter. Vorstellbar, dass zu dem gepriesenen Wohllaut, der Weichheit und Anmut die noch fehlende Kraft hinzugekommen wäre, die der zeitgenössischen Kritik eine Generation später fehlte, wenn sie in Schulzes Dichtungen »Zeichen des verweichtlichten Geschmacks der Zeit«[25] am Werk sah. Vielleicht hätte er den Durchbruch zu einer poetischen Prosa gefunden, wie sie in seinen Briefen und Tagebüchern bereits mehr als deutlich wird, die er wohl auch anstrebte, schreibt er doch schon am 16. Juni 1808 an seinen Freund Bülow:

> Jetzt habe ich mich mehr im erzählenden Styl geübt, bin aber doch versichert, daß mein nächster Versuch immer eine sehr unvollkommene Arbeit bleiben wird. […] Freylich werden wohl vier oder vielleicht sechs Jahre über dieser Beschäftigung vergehen, weil ich nur sehr langsam arbeite.[26]

23 Schulze, Brief an Beaulieu-Marconnay, 20.1.1817. In: K.E. Franzos, Deutsche Dichtung, 16. Band, Berlin 1894. S. 291.
24 Goedeke, Deutschlands Dichter von 1813–1843. Eine Auswahl von 872 charakteristischen Gedichten aus 131 Dichtern. Hannover 1844, S. 314.
25 Tittmann, Vorwort, S. XXXII.
26 Schulze, Brief an Friedrich von Bülow, 16.7.1808. In: K.E. Franzos, Deutsche Dichtung, 7. Band, Dresden 1890, S. 51.

In der Lesewelt der Zeit

Ernst Schulze wird nach seinem Tod zur romantischen Figur schlechthin stilisiert, seine Dichtungen sind ein einziger Publikumserfolg, erfreuen sich im Laufe des 19. Jahrhunderts, auch noch bis zum Ersten Weltkrieg, großer Beliebtheit, werden in alle europäischen Literatursprachen der Zeit übersetzt, sogar ins Stenographische, nach der Methode Stolze-Schrey. Doch abgesehen von wenigen noch bekannten Gedichten, insbesondere den von Franz Schubert vertonten, sind Schulzes Dichtungen, seine *Cäcilie* und *Die bezauberte Rose*, heute nur noch schwer lesbar. Sie lassen sich aber, angesichts des aufkommenden modernen Nützlichkeitsdenkens des 19. Jahrhunderts, als ein schmerzlicher Abgesang auf das sterbende bürgerliche Zeitalter lesen – ein Tränenfall, angesichts überhöhter, in Formstarre erstickter Lebens- und Liebesideale –, ein Zeitalter, dem derartige Liebesschmerzen und blumige Sprachverrenkungen mehr und mehr fremd werden, das deutlicher in der Kritik an den Verhältnissen wird, eine Kritik, die bei Schulze selten laut wird, nur hier und da zu ahnen und schwer herauszulesen ist.

> ... doch tückisch mischt das Schicksal seine Lose,
> ein weißes zeigts, wenn wir ein schwarzes ziehn.[27]

In seinen letzten Lebensjahren lernt er in Hildesheim noch ein ganz anderes bürgerliches Familienleben kennen. Bei Henriette von Egloffstein, in zweiter Ehe mit dem Oberforstmeister Karl von Beaulieu-Marconnay verheiratet, und ihren drei Töchtern findet er im Umgangston, der gegenseitigen Wertschätzung und Herzenswärme, all das, was ihm bei Tychsens in Göttingen fehlt. In einem Brief schwärmt Schulze:

> Ich bin fast versucht Ihre Familie für Leute auf dem Monde zu halten, bey denen Alles ganz anders ist als bey den

27 Schulze, Die bezauberte Rose, Schlussverse.

> übrigen, und wenn man auch behauptet, daß dort die Leute den Kopf unter dem Arme tragen, so kann Ihnen doch diese Meinung durchaus nicht nachteilig seyn, da der Kopf, er mag sich befinden, wo er will, doch immer Kopf bleibt, der Umstand aber, daß er auf diese Weise dem Herzen näher liegt, ein Vorzug ist, den die meisten Menschen entbehren.[28]

Von der spätromantischen Literatur, seinen dichtenden Zeitgenossen, erfährt der Frühverstorbene nichts mehr. Nichts vom ein Jahr jüngeren und ihn um vierzig Jahre überlebenden Joseph von Eichendorff, nichts vom Werk des E.T.A.Hoffmanns, dessen phantastische Romane und Erzählungen erscheinen erst, als Schulze stirbt.

Ernst Schulze, der »Celler Schulze«,[29] ist ein Name in der Lesewelt der Zeit, sein schmales Werk in hohen Auflagen verbreitet. Es ist nicht auszuschließen, dass er einmal die Grenzen des Dichtens klassisch-romantisch-gestanzter Verse gesehen hätte und ihrer überdrüssig geworden wäre; dies vielleicht als (s)eine Lehr- und Lernzeit erkannt, und er sein künstlerisches Unbehagen zwanzig Jahre später, ich weiß, das ist reine Spekulation, fern von Göttingen hätte neu oder weiterführend formulieren können. Denn, als er die Nachricht vom 1. Preis einer Ausschreibung des Brockhaus Verlages für die beste poetische Erzählung, ein späteres Lieblingsbuch des Biedermeiers, für sein Epos *Die bezauberte Rose,* auf dem Sterbebette in Celle erhält, sagt er dem Vater: »er könne das Gedicht nicht für eines seiner besten betrachten, weil kein rechter Plan und viele Mängel darin wären«, und fügt hinzu, dass er »an diesem Gedicht nichts als die Verse hübsch finde«.[30]

28 Schulze, Brief an Auguste von Egloffstein, 19.1.1817, in: K.E. Franzos, Deutsche Dichtung, 16. Band, Berlin 1894, S. 291.

29 So wird Ernst Schulze, zur Unterscheidung zu vielen anderen Schulzes im Lande, von einigen Zeitgenossen genannt. Bouterwek und Marggraff sprechen vertraut vom »Celler Romantiker«.

30 Franzos, Deutsche Dichtung, 16. Band, 1894, S. 294.

OSKAR ANSULL

Bei einem schlechten Gedicht geht's nicht vom Fleck

Ernst Schulze – Neun Gedichte vertont von Franz Schubert 1825/26

> In den vergangenen Jahren haben die neun Schubert-Lieder nach dem »Poetischen Tagebuch« des Dichters Ernst Schulze (1789–1817) zunehmend Würdigung erfahren. Zu Recht. Sie geben als kleine eigene Liedergruppe Sinn, zumal sich in den Vertonungen Schuberts ganzes emotionales Spektrum entfaltet, vom melancholischen Erzählton bis zur glühenden Leidenschaft. Und die Dichtungen haben Qualität. »Lieber will ich ganz verderben, als nur halb lebendig sein«, sind zwei Gedichtzeilen aus dem Lied »Lebensmuth«, die Schulzes Dichtkunst (und offenbar auch die Maxime seines kurzen Lebens) auf den Punkt bringen.
>
> *Johannes Schmitz, Fono Forum 2016*

Um 1820 bemerkte Franz Schubert einmal zum befreundeten Dichter Anselm Hüttenbrenner, und es gilt dies wohl auch für die Gedichte anderer:

> Ja, das ist halt ein gutes Gedicht, da fällt einem gleich was Gescheites ein; die Melodien strömen herzu, dass es eine wahre Freude ist. Bei einem schlechten Gedicht geht's nicht vom Fleck. Man martert sich dabei und es kommt nichts heraus als trockenes Zeug.

Vom Altmeister Goethe gibt es einen Eintrag von 1822:

> Wir hören, weil hier besonders von Liedern die Rede sein soll, einen sanft melancholischen Anklang, der sich von Hölty bis zu Ernst Schulze durchzieht.[1]

1 Johann Wolfgang von Goethe, Östliche Rosen von Friedrich Rückert. In: Über Kunst und Altertum 1822, 3. Band, 3. Heft.

Und von Robert Schumann ist eine Tagebuchnotiz vom Juli 1828 überliefert:

> Musik ist die höhere Potenz der Poesie; die Engel müßen in Tönen reden, Geister in Worten der Poesie. [...] Wenn ich Beethovensche Musik höre, so ist's, als läse mir jemand Jean Paul vor; Schubert gleicht mehr Novalis, Spohr ist der leibhaftige Ernst Schulze [...].

Franz Schubert vertonte neun Gedichte Ernst Schulzes für Gesang und Klavierbegleitung und darüber hinaus noch eines als Quartett für zwei Tenöre und zwei Bässe. Eine weitere Vertonung blieb Fragment. Zwei der Lieder, *Im Frühling* [D. 882] und *Auf der Bruck* [D. 853], gehören zum gängigen Schubert-Liedrepertoire. Die Gedichte finden sich im *Poetischen Tagebuch*, das Schulze vom 29. Juni 1813 bis zum 17. Februar 1817 führte. Die hier abgedruckten Gedichte stammen aus der Brockhaus-Ausgabe von 1822, die Schubert auch vorlag. Seine Vertonungen hat er mit eigenen Titeln versehen.

Neun Lieder

Geordnet nach dem *Deutschverzeichnis* (D) der Werke Franz Schuberts:

1. *Im Walde* D. 834, 1825 / Schulze: *Im Walde hinter Falkenhagen. Den 22sten Jul. 1814*
2. *Auf der Bruck* D. 853, 1825 / Schulze: *Auf der Bruck. Den 25sten Jul. 1814*
3. *An mein Herz* D. 860, 1825 / Schulze: *Am 23sten Januar 1816*
4. *Der liebliche Stern* D. 861, 1825 / Schulze: *Am 28sten April 1814*
5. *Um Mitternacht* D. 862, 1825 / Schulze: *Am 5ten März 1815, Nachts um 12 Uhr*
6. *Tiefes Leid*, oder auch *Im Januar 1817* D. 876, 1826 / Schulze: *Am 17ten Januar 1817*
7. *Im Frühling* D. 882, 1826 / Schulze: *Am 31sten März 1815*
8. *Lebensmut* D. 883, 1826 / Schulze: *Am 1ten April 1815*
9. *Über Wildemann* D. 884, 1826 / Schulze: *Ueber Wildemann, einem Bergstädtchen am Harz. Den 28sten April 1816*

Zwei weitere Kompositionen:

10. *Ewige Liebe* D. 825A, 1825 oder 1826 / Schulze: *Am 27sten October 1814* [Quartett für zwei Tenöre und zwei Bässe]
11. *O Quell, was strömst du rasch und wild*, D. 874, 1826 (?) / Schulze: *Die Blume und der Quell. Am 8ten Januar 1814* [als Komposition Fragment geblieben]

1.

Im Walde hinter Falkenhagen
Den 22sten Jul. 1814.
(Franz Schubert: Im Walde. D. 834, 1825)

Ich wandre über Berg und Thal
Und über grüne Haiden,
Und mit mir wandert meine Qual,
Will nimmer von mir scheiden;
Und schifft' ich auch durch's weite Meer,
Sie käm' auch dort wohl hinterher.

Wohl blühn viel Blumen auf der Flur,
Die hab' ich nicht gesehen,
Denn Eine Blume seh' ich nur
Auf allen Wegen stehen.
Nach ihr hab' ich mich oft gebückt
Und doch sie nimmer abgepflückt.

Die Bienen sumsen durch das Gras
Und hängen an den Blüthen;
Das macht mein Auge trüb' und naß,
Ich kann mir's nicht verbieten.
Ihr süßen Lippen, roth und weich,
Wohl hing ich nimmer so an euch!

Gar lieblich singen nah' und fern
Die Vögel auf den Zweigen;
Wohl säng' ich mit den Vögeln gern,
Doch muß ich traurig schweigen,
Denn Liebeslust und Liebespein
Die bleiben jedes gern allein.

Am Himmel seh' ich flügelschnell
Die Wolken weiter ziehen,
Die Welle rieselt leicht und hell,
Muß immer nahn und fliehen;
Doch haschen, wenn's vom Winde ruht,
Sich Wolk' und Wolke, Fluth und Fluth.

Ich wandre hin, ich wandre her
Bey Sturm und heitern Tagen,
Und doch erschau' ich's nimmermehr
Und kann es nicht erjagen.
O Liebessehnen, Liebesqual,
Wann ruht der Wanderer einmal?

2.

Auf der Bruck
Den 25sten Jul. 1814.
(Franz Schubert: Auf der Bruck. D. 853, 1825)

Frisch trabe sonder Ruh' und Rast,
Mein gutes Roß, durch Nacht und Regen!
Was scheust du dich vor Busch und Ast
Und strauchelst auf den wilden Wegen?
Dehnt auch der Wald sich tief und dicht,
Doch muß er endlich sich erschließen,
Und freundlich wird ein fernes Licht
Uns aus dem dunkeln Thale grüßen.

Wohl könnt' ich über Berg und Feld
Auf deinem schlanken Rücken fliegen
Und mich am bunten Spiel der Welt,
An holden Bildern mich vergnügen;
Manch Auge lacht mir traulich zu
Und beut mir Frieden, Lieb' und Freude,
Und dennoch eil' ich ohne Ruh
Zurück, zurück zu meinem Leide

Denn schon drey Tage war ich fern
Von ihr, die ewig mich gebunden;
Drey Tage waren Sonn' und Stern
Und Erd' und Himmel mir verschwunden.
Von Lust und Leiden, die mein Herz
Bey ihr bald heilten, bald zerrissen,
Fühlt' ich drey Tage nur den Schmerz,
Und ach, die Freude mußt' ich missen!

Drum trabe muthig durch die Nacht!
Und schwinden auch die dunkeln Bahnen,
Der Sehnsucht helles Auge wacht,
Und sicher führt mich süßes Ahnen.
Weit sehn wir über Land und See
Zur wärmern Flur den Vogel fliegen;
Wie sollte denn die Liebe je
In ihrem Pfade sich betrügen?

3.

Am 23sten Januar 1816
(Franz Schubert: An mein Herz. D. 860, 1825)

O Herz, sey endlich stille!
Was schlägst du so unruhvoll?
Es ist ja des Himmels Wille,
Daß ich sie lassen soll!

Und gab auch dein junges Leben
Dir nichts als Wahn und Pein;
Hat's ihr nur Freude gegeben,
So mag's verloren seyn!

Und wenn sie auch nie dein Lieben
Und nie dein Leiden verstand,
So bist du doch treu geblieben,
Und Gott hat's droben erkannt.

Wir wollen es muthig ertragen,
So lang nur die Thräne noch rinnt,
Und träumen von schöneren Tagen,
Die lange vorüber sind.

Und siehst du die Blüthen erscheinen,
Und singen die Vögel umher,
So magst du wohl heimlich weinen,
Doch klagen sollst du nicht mehr.

Gehn doch die ewigen Sterne
Dort oben mit goldenem Licht
Und lächeln so freundlich von ferne,
Und denken doch unser nicht.

4.

Am 28sten April 1814

(Franz Schubert: Der liebliche Stern. D. 861, 1825)

Ihr Sternlein, still in der Höhe,
Ihr Sternlein, spielend im Meer,
Wenn ich von Ferne daher
So freundlich euch leuchten sehe,
So wird mir von Wohl und von Wehe
Mein Busen so bang und so schwer.

Es zittert von Frühlingswinden
Der Himmel im flüssigen Grün;
Manch Sternlein sah ich entblühn,
Manch Sternlein sah ich entschwinden;
Doch kann ich das schönste nicht finden,
Das früher dem Liebenden schien.

Nicht kann ich zum Himmel mich schwingen,
Zu suchen den freundlichen Stern;
Stets hält ihn die Wolke mir fern!
Tief unten da möcht' es gelingen,
Das friedliche Ziel zu erringen!
Tief unten da ruht' ich so gern!

Was wiegt ihr im laulichen Spiele,
Ihr Lüftchen, den schwankenden Kahn?
O treibt ihn auf rauherer Bahn
Hernieder in's Wogengewühle!
Laßt tief in der wallenden Kühle
Dem lieblichen Sterne mich nahn!

5.

Am 5ten März 1815, Nachts um 12 Uhr
(Franz Schubert: Um Mitternacht. D. 862, 1825)

Keine Stimme hör' ich schallen,
Keinen Schritt auf dunkler Bahn;
Selbst der Himmel hat die schönen
Hellen Aeuglein zugethan.

Ich nur wache, süßes Leben,
Schaue sehnend in die Nacht,
Bis dein Stern in öder Ferne
Lieblich leuchtend mir erwacht.

Ach nur einmal, nur verstohlen
Dein geliebtes Bild zu sehn,
Wollt' ich gern im Sturm und Wetter
Bis zum späten Morgen stehn.

Seh' ichs nicht schon ferne leuchten?
Naht es nicht schon nach und nach?
Ach, und freundlich hör' ich's flüstern:
Sieh, der Freund ist auch noch wach.

Süßes Wort, geliebte Stimme,
Der mein Herz entgegenschlägt!
Tausend sel'ge Liebesbilder
Hat dein Hauch mir aufgeregt.

Alle Sterne seh' ich glänzen
Auf der dunkelblauen Bahn,
Und im Herzen hat und droben
Sich der Himmel aufgethan.

Holder Nachhall, wiege freundlich
Jetzt mein Haupt in milde Ruh,
Und noch oft, ihr Träume, lispelt
Ihr geliebtes Wort mir zu.

6.

Am 17ten Januar 1817

(Franz Schubert: Tiefes Leid, auch Im Januar 1817. D. 876, 1826)

Ich bin von aller Ruh geschieden
Und treib' umher auf wilder Fluth;
An einem Ort nur find' ich Frieden,
Das ist der Ort, wo alles ruht.
Und wenn die Wind' auch schaurig sausen,
Und kalt der Regen niederfällt,
Doch mag ich dort viel lieber hausen
Als in der unbeständ'gen Welt.

Denn wie die Träume spurlos schweben,
Und einer schnell den andern treibt,
Spielt mit sich selbst das irre Leben,
Und jedes naht und keines bleibt.
Nie will die falsche Hoffnung weichen,
Nie mit der Hoffnung Furcht und Müh.
Die Ewigstummen, Ewigbleichen,
Verheißen und versagen nie.

Nicht weck' ich sie mit meinen Schritten
In ihrer dunklen Einsamkeit;
Sie wissen nicht, was ich gelitten,
Und keinen stört mein tiefes Leid.
Dort kann die Seele freyer klagen
Bey Jener, die ich treu geliebt;
Nicht wird der kalte Stein mir sagen,
Ach, daß auch sie mein Schmerz betrübt!

7.

Am 31sten März 1815

(Franz Schubert: Im Frühling. D. 882, 1826)

Still sitz' ich an des Hügels Hang,
Der Himmel ist so klar,
Das Lüftchen spielt im grünen Thal,
Wo ich beym ersten Frühlingsstrahl
Einst, ach, so glücklich war;

Wo ich an ihrer Seite ging
So traulich und so nah,
Und tief im dunkeln Felsenquell
Den schönen Himmel blau und hell,
Und sie im Himmel sah.

Sieh, wie der bunte Frühling schon
Aus Knosp' und Blüthe blickt!
Nicht alle Blüthen sind mir gleich,
Am liebsten pflückt' ich von dem Zweig,
Von welchem sie gepflückt.

Denn Alles ist wie damals noch,
Die Blumen, das Gefild;
Die Sonne scheint nicht minder hell,
Nicht minder freundlich schwimmt im Quell
Das blaue Himmelsbild.

Es wandeln nur sich Will' und Wahn,
Es wechseln Lust und Streit;
Vorüber flieht der Liebe Glück,
Und nur die Liebe bleibt zurück,
Die Lieb' und ach, das Leid!

O wär' ich doch das Vöglein nur
Dort an dem Wiesenhang,
Dann blieb' ich auf den Zweigen hier
Und säng' ein süßes Lied von ihr
Den ganzen Sommer lang.

8.

Am 1sten April 1815
(Franz Schubert: Lebensmut. D. 883, 1826)

O wie dringt das junge Leben
Kräftig mir durch Sinn und Herz!
Alles fühl' ich glühn und streben,
Fühle doppelt Lust und Schmerz.
Fruchtlos such' ich euch zu halten,
Geister meiner regen Brust;
Nach Gefallen mögt ihr walten,
Sey's zum Leide, sey's zur Lust.

Lodre nur, gewalt'ge Liebe,
Höher lodre nur empor!
Brecht, ihr vollen Blüthentriebe,
Mächtig schwellend nur hervor!
Mag das Herz sich blutig färben,
Mag's vergehn in rascher Pein;
Lieber will ich ganz verderben
Als nur halb lebendig seyn.

Dieses Zagen, dieses Sehnen,
Das die Brust vergeblich schwellt,
Diese Seufzer, diese Thränen,
Die der Stolz gefangen hält,
Dieses schmerzlich eitle Ringen,
Dieses Kämpfen ohne Kraft,
Ohne Hoffnung und Vollbringen,
Hat mein bestes Mark erschlafft.

Lieber wecke rasch und muthig,
Schlachtruf, den entschlaf'nen Sinn!
Lange träumt' ich, lange ruht' ich,

Gab der Kette lang mich hin;
Hier ist Hölle nicht, noch Himmel,
Weder Frost ist hier, noch Gluth!
Auf in's feindliche Getümmel,
Rüstig weiter durch die Fluth!

Daß noch einmal Wunsch und Wagen,
Zorn und Liebe, Wohl und Weh
Ihre Wellen um mich schlagen
Auf des Lebens wilder See;
Und ich kühn im tapfern Streite
Mit dem Strom, der mich entrafft,
Selber meinen Nachen leite,
Freudig in geprüfter Kraft.

9.

Ueber Wildemann, einem Bergstädtchen am Harz
Den 28sten April 1816.
(Franz Schubert: Über Wildemann. D. 884, 1826)

Die Winde sausen
Am Tannenhang,
Die Quellen brausen
Das Thal entlang;
Ich wandr' in Eile
Durch Wald und Schnee,
Wohl manche Meile
Von Höh zu Höh.

Und will das Leben
Im freyen Thal
Sich auch schon heben
Zum Sonnenstrahl;
Ich muß vorüber
Mit wildem Sinn
Und blicke lieber
Zum Winter hin

Auf grünen Haiden,
Auf bunten Au'n,
Müßt' ich mein Leiden
Nur immer schaun,
Daß selbst am Steine
Das Leben sprießt,
Und ach! nur Eine
Ihr Herz verschließt.

O Liebe, Liebe,
O Mayenhauch!
Du drängst die Triebe
Aus Baum und Strauch;
Die Vögel singen
Auf grünen Höhn;
Die Quellen springen
Bey deinem Wehn!

Mich läßt du schweifen
Im dunkeln Wahn
Durch Windespfeifen
Auf rauher Bahn.
O Frühlingsschimmer,
O Blüthenschein,
Soll ich denn nimmer
Mich dein erfreun?

Nachbemerkung

2015 brachten Challenge Records unter Challenge Classics eine CD heraus [CC72670]:

> Franz Schubert, Poetisches Tagebuch. The Schulze seetings and other favourite songs. Nine songs to poems of Ernst Schulze and eight songs to favourite poets with Christoph Prégardien & Julius Drake.

Diese Aufnahme wurde 2016 mit dem Deutschen Schallplattenpreis ausgezeichnet.

Lebensdaten

1789 22. März Ernst Konrad Friedrich Schulze, geboren als zweiter Sohn des Celler Advokaten und späteren Bürgermeisters Ernst Friedrich Wilhelm Schulze und seiner Frau Christine, geborene Lampe.

1791 Tod der Mutter, die an Schwindsucht stirbt und zwei Kinder hinterlässt.

1796 Tod der zweiten Frau des Vaters, Caroline Mittag (Heirat 1793), nach der Geburt ihres zweiten Kindes.

1799 Der Vater heiratet, in dritter Ehe, Antonia Schwarz, geboren 1781. Aus dieser Ehe gehen vierzehn Kinder hervor. Ernst besucht die Lateinschule und schreibt das erste überlieferte Gedicht zum Geburtstag der Stiefmutter.

1806 Nach dem Besuch der Celler Lateinschule nimmt Ernst Schulze seine Studien in Göttingen auf. Die Semesterferien verbringt er überwiegend in Celle. Chr. M. Wieland ist Schulzes großes Vorbild. Dessen Versepen, besonders der *Oberon*, inspirieren ihn zu dem Feengedicht *Lancelot vom See* (nicht überliefert).

1807 Es erscheint in einer Buchreihe von Schulzes Mentor, Friedrich Bouterwek, die Verserzählung *Psyche* (Leipzig), eine Nachdichtung von Apuleius' *Amor und Psyche*.

1808 Abbruch des Theologiestudiums und Aufnahme des Studiums der Philologie, Literaturgeschichte und Ästhetik.

1812 Promotion und Privatdozentur. Tod von Cecilie, Tochter des Orientalisten Thomas Christian Tychsen.

1813 Bei Dieterich in Göttingen erscheint Ernst Schulzes einziger Band zu Lebzeiten *Gedichte*. Schulzes Hauptwerk *Cäcilie* entsteht (bis 1815). Schulze bemüht sich vergeblich um Cecilies Schwester Adelheit.

1814 Schulze dient ein halbes Jahr als Freiwilliger in einem Jägerbataillon. Ab Juni schreibt er am *Poetischen Tagebuch* und der *Reise durch das Weserthal*. Ihn plagen seine berufliche Aussichtslosigkeit und Todesahnungen.

1816 Zunehmende Krankheit, dennoch hegt er, unter dem Zuspruch der Freunde, Pläne für einen längeren Italienaufenthalt.

1817 Schulzes *Die bezauberte Rose* erhält den Preis als beste poetische Erzählung. Am 29. Juni stirbt Ernst Schulze an Schwindsucht. Sein Grab liegt auf dem Celler Bürgerfriedhof oberhalb der Aller, wo es alsbald (bis heute!) vernachlässigt wird.

1818–1820 Postum erscheinen: das *Poetische Tagebuch*, die *Reise durch das Weserthal*, *Die bezauberte Rose* und *Cäcilie*, die *Werkausgabe* Schulzes in vier Bänden bei Brockhaus.

1855 Der Verleger Brockhaus stiftet einen Granitblock für das Grab Ernst Schulzes, das nur mit Mühe aufzufinden ist. In diesem Jahr erscheint auch der 5. Band der Werkausgabe bei Brockhaus: *Ernst Schulze. Nach seinen Tagebüchern und Briefen sowie nach Mittheilungen seiner Freunde geschildert von Hermann Marggraff.*

1889 Zum 100. Geburtstag des Dichters finden deutschlandweit noch eine Reihe von Würdigungen statt.

1917 Im Kriegsjahr gibt es keine nennenswerten Veröffentlichungen zum 100. Todesjahr Ernst Schulzes; er gerät in Vergessenheit.

1989 Zum 200. Geburtstag veranstaltet die Celler Stadtbibliothek eine Ausstellung der Buchausgaben der Werke Ernst Schulzes, die aus der privaten Sammlung des Celler Musik- und Literaturforschers Harald Müller stammen. Diese Sammlung ist nicht erhalten.

2016 In Celle gründet sich zum bevorstehenden 200. Todesjahr eine ERNST-SCHULZE-Gesellschaft und die *Schulze-Straße* in Celle (im Heesegebiet), um das Jahr 1934 nach dem Vater und Bürgermeister benannt, würdigt nunmehr auch den Dichtersohn Ernst.

Biographische Angaben

Kurzbiographien zu Personen, die im Zusammenhang der Briefe und Tagebücher genannt werden, soweit sie sich ermitteln ließen.

Die biographischen Angaben stammen, wenn nicht anders vermerkt, aus:

ADB	= Allgemeine Deutsche Biographie
NDB	= Neue Deutsche Biographie
Fr.	= K. E. Franzos, Zeitschrift *Deutsche Dichtung*
CL	= Celle-Lexikon von RWLE Möller
StA-C.	= Stadt-Archiv Celle
StA-P.	= Stadt-Archiv Peine

Auskünfte zu Pastoren aus:

Philipp Meyer: Die Pastoren der Landeskirchen Hannovers und Schaumburg-Lippes seit der Reformation. 2 Bände, Göttingen 1941/1942.

Darüber hinaus danken wir Gabriele Fricke (Bad Nenndorf), Dr. Helmuth Mojem (Marbach) und Reinhard Wenzel (Celle) für wertvolle Hinweise und Auskünfte.

Abeken, Wilhelm Ludwig (1793–1826): Philologe und Ästhetiker. (Fr.) Professor und Oberlehrer am Königlich Joachimsthalschen Gymnasium in Berlin. Ausführlich in: Neuer Nekrolog der Deutschen, 4. Jahrgang 1826, Ilmenau 1828. S. 577-585.

Arnswaldt, Karl Friedrich von (1768–1845): geboren in Celle, geheimer Rat, Staatsminister des Königreichs Hannover und Kurator der Universitäten in Göttingen und Hannover. (ADB)

Beaulieu, Carl Wilhelm Heinrich Ernst Freiherr von Beaulieu-Marconnay (1777–1855): gebürtiger Celler und königlich hannoverscher General und Forstmann. Er heiratet 1804 Henriette Freifrau von Egloffstein (1773–1864). Im Oktober 1813 stellt Beaulieu-Marconnay eine nach ihm benannte Einheit auf, das *Grubenhagensche Jägerbataillon,* mit dem er bei Moorburg kämpfte. Einer seiner Adjutanten ist Ernst Schulze, dem er bis zum Lebensende freundschaftlich verbunden bleibt. Nach dem Ende des Krieges geht Beaulieu als Oberforstmeister des Oberforstdistrikts Hildesheim wieder in den Forstdienst zurück. (Fr. /ADB)

Beneke, Georg Friedrich (1762–1844): ordentlicher Professor in Göttingen (von 1813 bis 1844) für englische und altdeutsche Philologie 1805 bis 1813.

Bergmann, Heinrich Gottlob (1781–1861): Ober-Medicinalrath zu Hildesheim, geboren und aufgewachsen in Celle, ein Jugendfreund Ernst Schulzes, praktiziert in Celle seit 1804 als Armenarzt und ist, mit dem er einen intensiven, ja intimen Briefwechsel führt und der ihn bis in seine letzten Lebenstage als Freund und Arzt begleitet. Bergmann promoviert in Göttingen mit der Dissertation *Über die Anfangsgründe einer vergleichenden Anatomie*. 1810 wird er Arzt des

Zucht- und Tollhauses zu Celle. 1827 errichtet er in einem ehemaligen Kloster in Hildesheim eine Heil- und eine Pflegeanstalt. 1844 wird Bergmann zum Mitglied der Gelehrtenakademie Leopoldina gewählt, 1854 erhielt er in Hildesheim die Ehrenbürgerschaft verliehen. (ADB)

Berlepsch, Ludwig Friedrich (1795–1852): *ein Herr von Berlepsch*, schreibt Franzos, vermählt sich nach Schulzes Tod mit Adelheit Tychsen. (Fr.) Unter den Aufzeichnungen des Schulze-Biographen Walther Voigt (ein Teil-Nachlass, Zettelkasten mit Einträgen von 1913–1916, wird im Stadtarchiv Celle aufbewahrt) findet sich der Hinweis: »eifriger Kunstfreund und Mitarbeiter an Füßlis [?] Künstlerlexikon. Erbkämmerer.« Er ist der Sohn des ersten Mannes der Emilie von Oppeln, Friedrich Ludwig von Berlepsch (1749–1818), die Ehe wird 1795 geschieden. F.L.Berlepsch heiratet dann Anna Dorothea Helene Siever (1767–1811) und aus dieser Ehe geht jener Ludwig Friedrich hervor, der 1819 die Tychsentochter ehelicht.

Berlepsch, Dorothea Friderika Aemilia (Emilie) von, geb. von Oppeln (1755–1830): Schriftstellerin, die sich schon früh für die Rechte der Frau einsetzt, sie schreibt Lyrik, Essays, Reiseliteratur und ein Theaterstück; eine Freundin Johann Gottfried Herders und (kurzzeitig) die Verlobte von Jean Paul. Sie hatte auch ein Verhältnis mit dem elf Jahre jüngeren Bouterwek und verkehrte im Hause Tychsen. (Fr.)

Bindseil, Christian August (1777–18??): ein Bekannter von Ernst Schulze. (Fr.) Keine weiteren Angaben. Nach Auskunft des StA Celle finden sich zwei Bindseils im Bürgerbuch: der Uhrmacher Ernst Heinrich, der 1807 das Bürgerrecht erhielt und in Celle geboren ist, und der Spediteur Gottlieb Heinrich, der 1792 Bürger geworden ist. Es könnte sich bei einem der beiden um den Vater von Christian August handeln, der als Königlicher Weser- und Aller-Controlleur oder Kreiseinnehmer 1817 in Hannover heiratet. (StA-C. / Ev.-luth. Stadtkirchenverband Hannover) Der Hinweis auf den Controlleur Bindseil ist dem Königlich Großbritannisch-Hannoverschen Staats-Kalender auf das Jahr 1821 zu entnehmen.

Blumenhagen, Carl Heinrich Ernst Julius (1789–1870): Jurist und Dichter, Bruder des Schriftstellers Wilhelm Blumenhagen, Studium der Rechtswissenschaften an der Universität Göttingen; er nimmt am Befreiungskrieg gegen Napoleon 1813 teil, wie auch Schulze, bei den Jägern des hannoverschen Generals Carl von Beaulieu-Marconnay. Die Universität Göttingen verleiht ihm bereits 1821 die Ehrendoktorwürde und die Stadt Hannoversch Münden ernennt ihn zum Ehrenbürger. (ADB)

Boch(h)oltz, Dietrich Graf von (1797–1861): entstammt einer westfälischen Adelsfamilie, hält sich ab 1812 zu vorbereitenden Studien in Göttingen auf, er nimmt u.a. Unterricht in Geographie und Geschichte bei Professor Lueder, Mathematik bei Professor Thibaut, Zeichnen bei Professor Fiorillo; er wird auch von Ernst Schulze unterrichtet. (Alfred Bruns, Die Jugend des Dietrich Graf von Bocholtz 1812–1825. In: Westfälische Zeitschrift 138 [1988].)

Böttcher, ? (17??–18??): Jugendfreund von Schulze, Theologe und später Garnisonsprediger in Nürnberg (laut Fr.), was sich aber nicht nachweisen lässt. Wahrscheinlich verwandt mit Carl Böttcher (1842–1913), der das Celler Siechenhaus »Böttcherheim« begründete. (CL)

Bouterwek, Friedrich (1766–1828): Jurist, Philologe und Schriftsteller, seit 1789 Privatdozent in Göttingen und von 1797 an ordentlicher Professor. Er verfasst von 1801 bis

1819 eine zwölfbändige *Geschichte der Poesie und Beredsamkeit,* die in der Literaturgeschichte als eine der letzten universalen Leistungen gilt. Berühmt sind seine philosophischen Vorlesungen über *Ästhetik*. Er ist Herausgeber der Werke Ernst Schulzes, u.a. hat auch Arthur Schopenhauer bei ihm gehört. (ADB) Bouterwek hat den Vater Schulzes besucht und Gespräche mit Zeitgenossen geführt, die den Dichter kannten.

Brandis, Christian August (1790–1867): Philosoph, Historiker, ist 1814 in Göttingen mit Bunsen, Lachmann und Schulze befreundet; 1816 Gesandtschaftssekretär in Rom; 1823 Professor in Bonn. (ADB)

Bülow, Friedrich Karl von (1789–1853): »Fritz«, Schulfreund Schulzes an der Celler Lateinschule, später preußischer Diplomat und Geheimer Legationsrat, Sohn von Friedrich Wilhelm August Werner von Bülow, preußischer Verwaltungsjurist. (Fr.)

Bürger, Elise (1769–1853): die dritte Frau des Schriftstellers Gottfried August Bürger, eine geborene Hahn, Schauspielerin. (Fr.)

Bunsen, Christian Carl Josias (1791–1860), Diplomat und Archäologe, studiert in Marburg und Göttingen Philologie, 1811-1813 Kollaborator am Göttinger Gymnasium, gehört dort zum engeren Kreis von Schulze, Brandis und Lachmann, geht 1816 nach Rom als preußischer Gesandtschaftssekretär, 1839 Gesandter in der Schweiz, 1841 in London. Seit 1857 Freiherr, siedelt 1860 nach Bonn über. (ADB)

Crome, Georg Ernst Wilhelm (1781–1813): Agrarwissenschaftler, studiert in Göttingen Pharmazie und Medizin, heiratet eine Tochter Albrecht Thaers und wird Lehrer auf Thaers agrarwissenschaftlichem Mustergut in Möglin.

DISSEN, GEORG LUDOLF (1784–1837): Philologe, Dozent an der Göttinger Universität. 1812 Ruf an die Universität Marburg, kehrt aber im Herbst 1813 nach Göttingen zurück, wird dort zum ordentlichen Professor ernannt und Hofrat. (ADB)

ECHTE, PHILIPP WILHELM (1783–1832): gebürtiger Celler, Arzt, Hofmedicus, Schriftsteller, ein Bekannter von Ernst Schulze. (CL)

ECKMÜHL=DAVOUT: LOUIS-NICOLAS D'AVOÛT, duc d'Auerstedt, prince d'Eckmühl et de l'empire (1770–1823): französischer Marschall, ab 1810 Generalgouverneur der Frankreich einverleibten Hanseatischen Departements Sitz Hamburg. Ließ 1813 die Festung Hamburg-Harburg ausbauen und vertrieb um die Jahreswende 1813/1814 25.000 Einwohner aus Hamburg. (Hamburgische Biografie, Band 1, Göttingen 2001, S. 80f.) Er wurde seines strengen Regiments wegen »Der eiserne Marschall« genannt.

EGLOFFSTEIN, AUGUSTE VON (1796–1862): Freundin Schulzes, schon in frühen Jahren an einem Herzleiden erkrankt; ihre Gedichte *Aus einem Tagebuche. Gedichte der Gräfin Auguste von und zu Egloffstein* erscheinen zwei Jahre nach ihrem Tod in Weimar bei H. Böhlau. (Fr./ADB)

EGLOFFSTEIN, CAROLINE VON (1789–1868): Schwester von Auguste und Julie, Hofdame der Großherzogin Maria Paulowna in Weimar, musikalisches Talent, komponiert Lieder, vom alten Goethe geschätzt, der ihr Briefe und Gedichte schickt. Sie stirbt als Pröpstin des Huttenstiftes in Nürnberg. (Fr./ADB)

Egloffstein, Henriette, Gräfin von (1773–1864): geb. Freiin von Egloffstein, in erster Ehe verheiratet mit dem Grafen Egloffstein-Arklitten, lebt nach ihrer Scheidung in Weimar, höchst beliebt in der Hofgesellschaft, befreundet mit Goethe, 1804 wiederverheiratet mit dem Oberforstmeister Karl von Beaulieu-Marconnay, schreibt ihre Memoiren und die Novelle *Umsonst*. Sie ist die Mutter von Auguste, Caroline und Julie von Egloffstein. (ADB) In ihrer Misburger (heute ein Stadtteil von Hannover) Zeit führte sie im dortigen Forsthaus einen »Musenhof«, wo Ernst Schulze oft zu Gast war. (Anton Scholand, Das Misburger Forsthaus und die Gräfinnen Egloffstein und Misburger Persönlichkeiten. In: ders., Misburgs Boden und Bevölkerung im Wandel der Zeiten, Hildesheim/Leipzig 1937 und 1960. In der Ausgabe von 1937: Wilhelm Balke: Das Misburger Forsthaus und die Familie von Beaulieu-Marconnay.)

Egloffstein, Julie von (1792–1869): sie gilt als eine der schönsten Erscheinungen am weimarischen Hofe, Zeichnerin, Malerin. Portraitiert 1826 Goethe, der auch ihr Gedichte widmet. (ADB)

Eichhorn, Johann Gottfried (1752–1827): Hofrath und Professor in Göttingen; veröffentlicht Schriften zur orientalischen Philologie, Geschichte, Philosophie und Theologie. (Holger Krahnke: Die Mitglieder der Akademie der Wissenschaften zu Göttingen 1751-2001, Göttingen 2001)

Finelius, Johann Christan Friedrich (1787–1846): Theologe. Studium in Greifswald. Seine Schrift Von dem fortwährenden Gebrauch der Bibel in Familien, Kirchen und Schulen zur Beförderung und Erhaltung der Religion und Sittlichkeit wird 1810 in Göttingen preisgekrönt. Er hat auch künstlerisches Talent als Zeichner, ist ein Jugendfreund Caspar David Friedrichs und schreibt Gedichte, ein äußerst *schwärmerischer Kopf* [urteilt Ernst Schulze], veröffentlicht u.a. in der *Eleganten Zeitung*. (Fr./ADB)

Fiorillo, Johann Dominicus (1748–1821): Kunstmaler, seit 1799 Professor für Kunstgeschichte in Göttingen. (Fr.)

Forkel, Johann Nikolaus (1740–1818): Musikdirektor in Göttingen, Virtuose, Komponist und Musikgelehrter. (Fr.)

Franzos, Karl Emil (1848–1904): österreichischer Schriftsteller und Publizist, im ostgalizischen Tschortkau geboren und in Czernowitz/Bukowina aufgewachsen. Neben seinen Romanen und Erzählungen ist er als Journalist tätig und gibt von 1886–1904 die *Halbmonatsschrift für deutsche Dichtung* (DD) in 35 Bänden heraus, eine literarische Zeitschrift, die sich insbesondere den Nachlässen deutscher Dichter und Entdeckungen (Georg Büchner) widmet. Darin publiziert er Ernst Schulzes Schriften, Tagebücher und Briefe (u.a. Erstveröffentlichungen), auch Briefe aus dem Umfeld Schulzes. Franzos sichert auf diese Weise einen Teil vom Nachlass des Dichters, der ihm umfangreich vorgelegen hat. Die hier vorliegende Ausgabe der Tagebücher und Briefe basiert, abgesehen von einzelnen, später aufgefundenen Briefen in Archiven, auf den verdienstvollen Veröffentlichungen von Franzos. Eine für 1904/05 geplante Buchausgabe im Cotta Verlag kam durch den plötzlichen Tod von Franzos nicht mehr zustande. Ein aufgefundenes, privat gebundenes Exemplar des unfertigen Buches ist, neben weiteren, verstreuten Veröffentlichungen, Grundlage unseres Buches.

Furchau, Adolf Friedrich (1787–1868): Theologe und Prediger, er ist mit Schulze in Göttingen befreundet und schriftstellerisch tätig. Verfasser von Trauerspielen und Epen. (Fr.)

GEBSER, JULIE AUGUSTE THEODORA (1794–1882): Tochter von Johann August Theodor Gebser (1730–1807), Verwaltungsbeamter im Dienste des kurfürstlichen Hauses Hannover, sie heiratet 1820 Moritz August von Bethmann-Hollweg (1795–1877), Jurist und preußischer Politiker.

GÖDE, CHRISTIAN AUGUST GOTTFRIED (1774–1812): Schriftsteller, beschreibt seine Reisen in *England, Wales, Irland und Schottland. Erinnerungen an Natur und Kunst aus einer Reise in den Jahren 1802 und 1803* (Dresden 1804).

GRÜNEBUSCH, HEINRICH CHRISTIAN CONRAD (1756–1823): Rektor der Lateinschule in Celle. (CL)

JEAN PAUL (1763–1825): Pseudonym, i.e. Johann Paul Friedrich Richter, Schriftsteller, von Ernst Schulze verehrt und oft zitiert.

HARDENBERG ZU NÖRTEN, AUGUST WILHELM KARL VON (1752–1824): entstammt dem alten niedersächsisches Adelsgeschlecht der von Hardenberg, ist seit 1778 Graf von Hardenberg und hat seit 1797 das Amt des Schlosshauptmanns von Hannover inne. (ADB)

HARDING, KARL LUDWIG (1765–1834): Astronom; seit 1805 Professor für Astronomie an der Universität Göttingen. Sein Hauptwerk ist der *Atlas novus coelestis*, 1808-1823. (ADB)

HEISE, ? (17??–18??): Amtmann von Coldingen, Generalsekretär des Aller-Departements, Unterpräfektur Hannover (ab April 1811), verheiratet mit Marianne Heise (17??–18??), geb. Meyer.

HELDBERG, GEORG HEINRICH GOTTLOB (17??–18??): Student der Philologie, vertrauter Studiengenosse von Ernst Schulze, lebte später als Königlicher Zollinspektor in Hannover. (Fr.) Er ist der Vater des hannoverschen Architekten Carl Eduard Heldberg (1829–1891). Die Familie Heldberg stammt ursprünglich aus Uelzen und ist seit mehreren Generationen u.a. in Celle ansässig, vorwiegend Beamte und Juristen.

HEY, WILHELM (1789–1854): Freund Schulzes und Dichter frommer Lieder und Fabeln. (Fr.) Brandis, Bunsen, Hey, Jacobs, Klenze, Lachmann, Lücke, Reck, Schulze und Ullrich schließen sich zu einem intellektuellen Freundeskreis zusammen, den Franzos einen »zweiten Göttinger Hain-Bund« nennt.

HIERONYMUS VON WESTPHALEN (1784–1860): Jérôme, jüngster Bruder Napoleons, von 1807 bis 1813 König von Westphalen.

HINÜBER, JOBST ANTON VON (1718–1784): die von Hinüber zählen zu den hannoverschen sogenannten »hübschen Familien«; der Sohn des Oberpostkommissars Ernst Andreas von Hinüber hat fünf Kinder, von denen könnte der Oberappellationsrat Adolf Burchard Friedrich von Hinüber (1769–1845)mit Schulze in Verbindung gestanden haben. Noch heute gibt es in Celle einen Weinkeller von Hinüber.

HOHENLOHE, KARL AUGUST THEODOR PRINZ VON (1788–1844): es handelt sich bei Schulze wahrscheinlich um diesen Sohn von Ludwig Aloysius, Fürst von Hohenlohe-Waldenburg-Bartenstein (1765–1829).

IFFLAND, CHRISTIAN PHILIPP (1750–1835): Bruder des Schauspielers, Intendanten und Dramatikers August Wilhelm Iffland, von 1798 bis 1820 Bürgermeister von Hannover. (NDB)

Itzstein, Johann Adam (1775–1855): Baron und liberaler Politiker, war ein Vorkämpfer, Wortführer und Spitzenpolitiker der bürgerlichen Verfassungs- und Demokratiebewegung. (ADB)

Jasmund, Emma Marie Hedwig von (1783–1819): geb. Blumenbach, heiratet 1807 Carl Wilhelm Friedrich Theodor von Jasmund; mit ihr unterhält (lt. Fr.) Schulze in Göttingen eine »kokette Tändelei«.

Jungbluth, Helene (??–??): spätere Frau seines Freundes Dr. Bergmann.

Kähler, Ludwig August (1775–1855): evangelischer Theologe, Geistlicher und Schriftsteller, Verfasser des Romans *Hermann von Löbeneck, oder Geständnisse eines Mannes*, (3 Bände, Leipzig 1805–1807). (ADB)

Kestner, August (1877–1853): Jurist, Diplomat, Forscher, Autor, Archäologe, Zeichner, Kunstsammler, geheimer Kanzleisekretär; Sohn Charlotte Kestners, geb. Buff, Goethes Wetzlarer unglücklicher Liebe. Freund Ernst Schulzes. (Fr./ADB)

Kind, Johann Friedrich (1768–1843): Textdichter von Webers Oper *Der Freischütz*, *Tulpen*, *Erzählungen* (7 Bände, 1806–1810). (ADB)

Kirnberger, Johann Philipp (1721–1783): Musiktheoretiker und Komponist, verfasste *Die Kunst des reinen Satzes in der Musik* in zwei Teilen (1771/1776-79).

Lachmann, Karl Konrad Friedrich Wilhelm (1793–1851): Mediävist und Altphilologe, Göttinger Studienfreund Schulzes. Seit 1825 Professor an der Berliner Universität. Begründer der historisch-kritischen Edition antiker und mittelalterlicher Texte. (Fr./ADB)

Lampe, Johanna Hedwig Christine (1759–1791): Tochter des Pastors Conrad August Lampe (1727–1785) aus Bissendorf (bei Hannover); sie heiratet 1786 ihren Vetter Ernst Friedrich Wilhelm Schulze und ist die Mutter von Ernst Schulze. K.E.Franzos merkt an, dass kein Brief, keine Tagebuchstelle des Dichters der Tatsache gedenkt, dass er so früh verwaist und sie nur einmal in dem Gedicht *Cäcilie* [XIX 6 und 7] erwähnt hat: *Und Du, die nie mein Blick, die nur mein Herz gekannt, / O Mutter, die vielleicht als Engel mich jetzt leitet! Wie seh ich jetzt am Ende meiner Bahn / Euch alle mir so hold und freundlich nahn!* (Fr.)

Leist, Justus Christoph (1770–1858): Staatsrechtler und Politiker; 1802 wird er in Göttingen zum ordentlichen Professor, 1805 zum Hofrat ernannt. 1807 tritt er in die Dienste der Regierung des Königreichs Westphalen, unter König Jérôme 1809 Generaldirektor des öffentlichen Unterrichts, 1810 in den Freiherrenstand erhoben. 1837 Berater von König Ernst August von Hannover bei der Abschaffung des Staatsgrundgesetzes. 1839 Vizepräsident des Oberappellationsgerichts zu Celle. (ADB)

Loeben, Otto Heinrich Graf von (1786–1825): Dichter der romantischen Bewegung, veröffentlicht unter dem Pseudonym Isidorus Orientalis. (ADB)

Louvet de Couvray, Jean-Baptiste (1760–1797): Verfasser des Romans *Leben und Abenteuer des Chevalier Faublas* (1787–1789).

Lücke, Friedrich (1791–1855): Studienfreund Schulzes, Göttinger Theologe. (Fr.)

Lueder, August Ferdinand (1760–1819): ordentlicher Professor für Philosophie und Geschichte (1810–1814) in Göttingen, danach Honorarprofessor in Jena.

Marggraff, Hermann (1809–1864), Schriftsteller, Journalist, Literaturkritiker. Veröffentlichte u.a. *Ernst Schulze. Nach seinen Tagebüchern und Briefen sowie nach Mittheilungen seiner Freunde geschildert,* Leipzig 1855.

Matthisson, Friedrich von (1761–1831): Dichter und Bibliothekar, dessen Dichtungen den jungen Ernst Schulze beeinflussen.

Mensing, Johann Gottlieb Wilhelm von (1792–1864): Sohn des Majors Johann Conrad Wilhelm Mensing zu Stölzingen (1765–1837), 1807 in den persönlichen Adelsstand erhoben. Wilhelm entstammt einer außerehelichen Beziehung, später adoptiert. Freund der Familie Tychsen und Ernst Schulzes. Mathematiker, unterrichtete an den Franckeschen Stiftungen in Halle, später Professor in Erfurt.

Meyer, Ernst August (17??–18??): wahrscheinlich der Sohn des Ober-Landes-Oeconomie Commissairs aus Celle, ein Freund und Studiengenosse Schulzes. (Fr. und Hinweis aus der Matrikel der Universität Göttingen, 1809)

Middeldorpf, H(e)inrich (1788–1861): Theologe und Orientalist, Studium in Helmstedt und Göttingen, Hochschullehrer an der Schlesischen Friedrich-Wilhelms-Universität in Breslau. (ADB)

Mittag, Caroline Sophie (17??–1796): Tochter des Celler Burgvogts Mittag, zweite Frau von Dr. Ernst Friedrich Wilhelm Schulze, die ebenfalls, wie zuvor Christine Lampe, nach kurzer Ehe und der Geburt zweier Kinder stirbt. (Fr.)

Neukirch, Benjamin (1665–1729): Dichter und Herausgeber. (ADB)

Olbers, Georg Heinrich (1790–1861): Sohn des Arztes und Astronomen Wilhelm Olbers (1758–1840) in Bremen. Georg ist ein Jugendfreund von Ernst Schulze, den er 1804 auf der Sommerreise der Familie Olbers in Rehburg kennenlernt. Sie führen einen intensiven Briefwechsel. Allerdings ist die Freundschaft, als Georg 1809 zum Studium nach Göttingen geht, bereits erkaltet. Er lehnt es ab, mit Schulze wieder in Verbindung zu treten. (Nachlass von Olbers, Focke Museum Bremen)

Osiander, Nanni (179?–18??): wahrscheinlich die Ehefrau von Johann Friedrich Osiander (1787–1855), Gynäkologe und Urologe in Göttingen, wirkte seit 1810 an der Akademie der Wissenschaften.

Pentz, Louise Marie Amalie von (17??–18??): gebürtige Schlüter, Cellerin und Mutter zweier Kinder (Fr.). Sie heiratet 1799 Ernst Conow von Pentz, Großmajor in der Westfälischen Armee, später General und beruflich viel unterwegs, zuvor war er Kammerherr am Stuttgarter Hofe. Mit der Frau von Pentz unterhält Schulze, vom September 1811 an, eine intensive Beziehung, deren Verlauf K.E.Franzos im 24. Band seiner *Deutschen Dichtung* (1898) ausführlich unter dem Titel *Ein Liebeshandel à l'empire* nachgeht.

Pufendorf, Conrad Friedrich von (1743–1822): Jurist, wirklicher kaiserlicher Reichshofrath (ADB); vielleicht auch ein anderer Pufendorf (Leutnant, keine weiteren Angaben im CL), der 1777 *Versuche in der lyrischen Dichtung* veröffentlicht hat.

Reck, Carl von (17??–1869?): entstammt einer niedersächsischen Adelsfamilie, promovierter Jurist und hoch begabt, wie es heißt, aber *zügellos und schrullenhaft*, stirbt als Privatgelehrter in Göttingen. Er schreibt am 7. 12. 1864 einen Brief an den Neffen des Dichters Schulze, in dem er das Bild des Poeten im Verhältnis zu den Tychsens ungeschminkt und ohne falsche Rücksichtnahme schildert. Abgedruckt in *Deutsche Dichtung* 1894. (Fr.)

Rehberg, August Wilhelm (1757–1836): hannoverischer Staatsmann, Philosoph und politischer Schriftsteller. (ADB)

Reichardt, Johann Friedrich (1752–1814): Komponist, Musikschriftsteller und Kritiker. (ADB)

Reisinger, Franz (1787–1855): Chirurg und Hochschullehrer, Studium in Würzburg und Göttingen, praktiziert von 1817 in Augsburg. (ADB)

R(h)ode, Jacques Pierre Joseph (1774–1830): ein französischer Violinist, unternahm ausgedehnte Tourneen durch die Niederlande, Deutschland, England und Spanien.

Rit(t)meyer, Justus (oder August) (1786–1843): Sohn des Kanzleisekretärs Ritmeyer in Celle, promoviert in Göttingen und wird Kammerkonsulent und Lehnsprokurator am Oberappellationsgericht zu Celle, Bekannter von Ernst Schulze. (Fr. / StA-C.)

Roth, Karl Johann Friederich von (1780–1852): Jurist, Autor und erster Präsident des bayerischen Oberkonsistoriums. (Fr.)

Rü(h)ling, ? (17??–1808): Schulfreund Schulzes an der Celler Lateinschule, dessen frühes Sterben Schulze aufopfernd schon drei Jahre zuvor als Pfleger begleitet hat. Keine weiteren Angaben bei Franzos. Wahrscheinlich der Sohn von

Georg Ernst von Rü(h)ling (1748–1807), Instanzrichter am Oberappellationsgericht zu Celle und sogenannter Dichterjurist. (Nach: Hamberger/Meusel, *Das gelehrte Teutschland*, 1811)

Sack, Friedrich Samuel Gottfried (1738–1817): Theologe, Konsistorialrat, mit dessen Söhnen, Karl Heinrich und Friedrich Ferdinand Adolf, die in Göttingen studieren, Schulze befreundet ist. (Fr./ADB)

Schie(c)k, Thekla (17??–1816): Tochter der befreundeten Familie in Hildburghausen. Ein enger Freund Schulzes, Dr. Becker, war mit Thekla verlobt. Ihren tragischen Tod, durch eine versehentliche Überdosis verordneter Medizin, schildert Schulze auf seinen letzten Tagebuchblättern vom 17. Juli 1816. Er vergleicht dies frühe Sterben mit dem Tod von Cecilie Tychsen. (Fr.) Neben dieser neuerlichen Todeserfahrung bemerkt Schulze, dass im Hause der Schiecks ein freundlicher, offener und liebenswürdiger Ton herrscht, wie er ihn in der Familie Tychsen nicht angetroffen hat.

Schlegel, Johann Adolf (1721–1793): Superintendent in Hannover, Dichter, Vater von zehn Kindern, darunter Friedrich und August Wilhelm Schlegel, die Mitbegründer der literarischen deutschen Romantik. (ADB)

Schlegel, Minna (17??–18??): keine Angaben bei Franzos. Wahrscheinlich die Tochter des Carl August Moritz Schlegel (1756–1826), der von 1796 bis 1813 in Göttingen Superintendent war, ein Sohn des Johann Adolf Schlegel (1721–1793).

Schleinitz, Wilhelm Johannes Heinrich Karl von (1794–1856): Jurastudent und Freund Schulzes, der sich mit von Reck in den letzten Göttinger Monaten um den kranken

Poeten gekümmert hat, wurde später Minister im Herzogtum Braunschweig. (Fr. / ADB)

Schmersahl, August (17??–18??): Sohn eines Stadtsekretärs zu Celle, Studienkollege Ernst Schulzes. (Fr.) Wahrscheinlich ein Sohn von Franz Wilhelm Schmersahl (1747–1809), der von 1766–68 die Celler Lateinschule besuchte und später zum kaiserlichen Notarius ans Oberappellationsgericht berufen wurde. (StA-Celle)

Schönberg, Moritz Haubold von (1770–1860): entstammt dem weitverzweigten Adelsgeschlecht der Schönbergs.

Schulenburg, von der: Altes Adelsgeschlecht, zumeist Feldmarschälle, Generäle und hohe Offiziere, aber auch hohe Ämter in Politik und Kirche. Schulze erwähnt die »beyden Grafen von Schulenburg«, einen »Grafen von Schulenburg« und eine »Gräfin von Hehlen« (Schulenburgisches Schloß an der Weser).

Schulze, August Ernst Friedrich (1786–1837): Der ältere Bruder Ernst Schulzes, Steuerinspektor in Hannover und Verden. (Fr./StA-C. Celle) Verheiratet mit der Amtsmanntochter Justine Luise Palm.

Schulze, D. H. (18??–19??): ein Neffe Ernst Schulzes, Staatsanwalt in Hannover, besaß den Nachlass Ernst Schulzes, den er K.E.Franzos kurzzeitig für seine Veröffentlichungen in der *Deutschen Dichtung* zur Verfügung stellte. (Fr.) Dieser umfangreiche und wohlgeordnete Nachlass, den Franzos zurückgegeben hat, ist heute verschollen.

Schulze, Elisabeth Sophie (1794–1811): Halbschwester Ernst Schulzes, stirbt am 29. 11. 1811 mit siebzehn Jahren.

Schulze, Ernst Friedrich Wilhelm (1759–1820): Vater Ernst Schulzes, Syndicus und Bürgermeister von Celle. In erster Ehe (1786) mit Christine Lampe aus Bissendorf/Hannover verheiratet, zwei Kinder, sie stirbt zwei Jahre nach der Geburt des zweiten Sohnes (Ernst Schulze). Heiratet später Caroline Mittag; sie stirbt auch nach der Geburt des zweiten Kindes, die dritte Ehefrau wird 1799 Antonia (Antoinette) Schwarz (1781–18??); sie ist nach den Aussagen Ernst Schulzes den vierzehn eigenen und vier Stiefkindern eine gute Mutter.

Schulze, Georg Ernst Friedrich (17??–18??): von 1795 an der Nachfolger von Johann Dietrich als Buchhändler und Verleger, Onkel von Ernst Schulze, versorgt den heranwachsenden Neffen mit Literatur.

Schulze, Johann Dietrich (1724–1799): gebürtig aus Peine und Begründer der Schulze'schen Hof-Buchhandlung 1746, Drucker und Buchhändler bis 1795. (CL)

Schulze, Peter (17??–18??): Halbbruder von Ernst Schulze.

Schulze, Wilhelmine (17??–??): eine Tante Ernst Schulzes, Schwester des Vaters, die zeitweilig, nach dem Tod der zweiten Frau, die Erziehung von August, Ernst, Sophie und Peter übernimmt, laut Ernst Schulze mit wenig pädagogischem Geschick.

Schütz, Gottfried Christian (1747–1832): Theologie- und Philosophiestudium in Halle, 1777 ordentlicher Professor der Philosophie. 1779 Professor der »Poesie und Beredsamkeit« in Jena. Gründete dort 1785 mit Wieland und Bertuch die *Allgemeine Literaturzeitung*.

Seckendorf, Gustav Anton Freiherr (1775–1823): Mime und Deklamator, Künstlername »Padrik-Peale«. (Fr.)

Seidler, Johann Friedrich August (1779–1851): klassischer Philologe, Lehrer an der Nikolaischule in Leipzig. Verfasser der metrischen Studie *De versibus dochmiacis tragicorum graecorum*. 1816 Professor für griechische Literatur an der Universität Halle. (ADB)

Seneca (4 v. Chr. – 65 n. Chr.): Anwalt, Senator, Philosoph, Erzieher Neros; schrieb um 39/40 n. Chr. die *Consolatio ad Marciam, Trostschrift an Marcia.*

Solms, Carl Graf von Solms-Rödelheim (1790–1848?): K.E.Franzos vermerkt nur: »aus dem Hessischen, buhlt auch um Cäcilie Tychsen, zieht sich aber zurück.« Schulze vermerkt am 8.7.1812 im Tagebuch: »Solms ist ein höchst liebenswürdiger und vortrefflicher Mensch. Er hat heftige Leidenschaften, aber einen sehr edlen Charakter und einen glühenden Haß gegen alles Unrecht.« In der Matrikel der Universität Göttingen, 1811, wird neben Carl auch ein Friedrich Solms-Rödelheim erwähnt, beide mit dem Vermerk: »jur., ex ac. Giessen«.

Stäudlin, Karl Friedrich (1761–1826): Konsistorialrat; Theologe, Philosoph und Historiker, seit 1790 Professor in Göttingen.

Steigentesch, August Freiherr von (1774–1826): Dramatiker, Erzähler, General. (ADB)

Stro(h)meyer, Friedrich (1776–1835): Chemiker, Professor der Chemie an der Universität Göttingen.

Strombeck, Friedrich Karl von (1771–1848): Jurist und Autor, 1810 Präsident des Appellationsgerichts Celle, 1813 Staatsrat in Kassel. 1815 nach Auflösung des Königreichs Westphalen in Wolfenbüttel, 1816 Geheimer Justizrat,

Mitglied des Oberappellationsgerichts, 1843 dessen Präsident. Nach seiner Pensionierung literarisch aktiv. Stendhal erwähnt ihn im *Braunschweiger Tagebuch*. Strombeck diesen in seinen *Darstellungen aus meinem Leben und aus meiner Zeit* (8 Bde., 1833-1840).

TAUBE, JOHANNE oder JEANETTE (179?–18??): wahrscheinlich Enkelin von Johann Daniel Taube (1727–1799), Hof- und Leibarzt und Stadtphysikus aus Celle. Sie lebt um 1802 bei ihrer Tante, der Oberamtmännin Bacmeister. Taubes und Ernst Schulzes Eltern hatten wohl eine Hochzeit der beiden im Sinn. Schulze sei vor seiner Abreise nach Göttingen auch ein wenig verliebt in die Johanne gewesen, was er aber später als einen Selbstbetrug empfand. (Carla Meyer-Rasch und CL)

THIBEAUT (THIBAUT), ANTON FRIEDRICH JUSTUS (1774–1840): Rechtsgelehrter, Musikschriftsteller, Professor in Göttingen, er hatte zuvor in Jena persönliche Beziehungen zu Voß, Goethe und Schiller, dessen Gartenwohnung er dort bewohnte. (Fr./ADB)

TITTMANN, FRIEDRICH JULIUS (1814–1883): Literaturwissenschaftler, studiert an der Universität Göttingen Theologie und Literatur. Er arbeitet mit Karl Goedeke zusammen und veröffentlicht zahlreiche biographische Studien von Autoren des 17. Jahrhunderts. Herausgeber der Dichtungen von Martin Opitz, Grimmelshausens *Simplicissimus*, der Dichter der Nürnberger Dichterschule, 1868 *Die bezauberte Rose* und *Poetisches Tagebuch* von Ernst Schulze, mit einer biographischen Einleitung. (ADB)

TREVIRANUS, GOTTFRIED REINHOLD (1776–1837): Arzt und Naturforscher, studiert in Göttingen u.a. bei Friedrich Bouterwek. (ADB)

TYCHSEN, ADELHEIT (1792–1866): Schwester von Cecilie, sie heiratet 1819 Ludwig Friedrich von Berlepsch (1795–1852), aus der Ehe gehen vier Kinder hervor. (Fr.)

TYCHSEN, ADOLPH (17??–18??): Bruder der Schwestern Adelheit und Cäcilie. Er zieht mit Ernst Schulze als Freiwilliger ins Feld. (Fr.)

TYCHSEN, CECILIE (1794–1812): Ernst Schulzes idealische Liebe.

TYCHSEN, THOMAS CHRISTIAN (1758–1834): Orientalist, Studium in Kiel und Göttingen, Professor der Theologie und der orientalischen Sprachen, ordentliches Mitglied der Göttinger Akademie der Wissenschaften und der Göttinger Freimaurerloge *Augusta zum goldenen Zirkel,* Hofrat und Vater von Adelheit, Cäcilie und Adolph. (ADB)

USEDOM, FERDINAND (1793–1856): Keine weiteren Angaben.

USEDOM, GUSTAV (??–??): der Vetter von Ferdinand Usedom. Keine weiteren Angaben.

WALDECK, JOHANN PETER (1751–1815): Hofrath, seit 1784 ordentlicher Professor der Rechtswissenschaften in Göttingen, nach 1793 auch Dekan.

WEHRS, JOHANN GEORG AUGUST VON (1788–1830): Student der Philologie, stammt aus Hannover, vertrauter Studiengenosse von Ernst Schulze. Der Vater war Ritter des königlich-schwedischen Wasa-Ordens. Von Wehrs' Eintrag in Schulzes Stammbuch (vorhanden in der Stadtbibliothek Wien, im K.E.Franzos-Nachlass) ist in schwedischer Sprache geschrieben. Von Wehrs ist auch schriftstellerisch tätig und stirbt als ein mecklenburgischer Hofrat. (Fr./Landesbibliographie Mecklenburg-Vorpommern)

Wening-Ingenheim, Johann Nepomuk von (1790–1831): stammt aus Bayern, studiert in Göttingen Jura, Freund Ernst Schulzes. Universitäts-Dozent in Ingolstadt-Landshut, lehrt in München als Professor des Zivilrechts. (Fr. /Adelskartei)

Werner, Zacharias (1786–1823): Dramatiker und Schriftsteller, schrieb u.a. *Die Söhne des Thals*, *Martin Luther oder Die Weihe der Kraft. Ein Ritterschauspiel.*

Weyhe, Karl von (1789–1838?): Jurist; gebürtiger Celler, Studium in Göttingen, 1811 promoviert, bis 1817 Privatdozent an der Göttinger Universität, dann Rückkehr nach Celle, dort Fachschriftsteller. (Johannes Tütken, *Privatdozenten im Schatten der Georgia Augusta*, Teil II, Göttingen 2005)

Wieland, Christoph Martin (1733–1813): von Ernst Schulze höchst geschätzter Dichter, Übersetzer, Herausgeber.

Wildt, Johann Christian Daniel (1770–1844): Professor, Dozent für Mathematik in Göttingen. (Fr.)

Witzendorff, ? von (?? – vor 1810): Hofrat; keine weiteren Angaben; der verstorbene Ehemann von Sophie Lucie Meyer (1786–1842), die 1810 Godeffroy heiratet (siehe auch: Witzendorff, Sophie Lucie).

Witzendorff, Sophie Lucie von (1786–1842): verwitwete von Witzendorff, geborene Meyer, heiratet im November 1810 den Hamburger Kaufmann und Reeder Johann Cesar V. Godeffroy (1781–1845). Aus der Ehe gehen eine Tochter und vier Söhne hervor, die ebenfalls Hamburger Kaufleute werden. (In: Claus Gossler: *Hamburgische Biographie*, Band 5, Göttingen 2010)

Wöltje, Carl Ludwig Heinrich (1786–1864): Jurist, Ernst Schulze widmet ihm das Gedicht *Dr. Wöltje: Sein Tanz ist ebenso wie er / Mit Floskeln und Bombast beladen* ... (in: *Deutsche Dichtung*, 1898, S. 51). Von 1806 an Oberappellationsgerichtsprokurator, Advokat und Notar, leitet im März 1848 die Celler Bürgerwehr, zusammen mit Gerding, Meder und von Estorff. Verfasser musiktheoretischer Schriften, 1832 *Versuch einer rationalen Construction des modernen Tonsystems*, 1853 *Die Theorie des reinen Satzes*. Beigesetzt in Celle auf dem Bürgerfriedhof oberhalb der Aller. (Fr./CL/StA-C.)

Wunderlich, Ernst Karl Friedrich (1783–1816): Philologe, Professor in Göttingen, bei dem Schulze vom 1.10.1812 an für einige Zeit wohnt. Insgesamt bezieht er in der Göttinger Zeit sieben verschiedene Quartiere. (Fr./ADB)

Wunderlich, Gottlob Friedrich Walter Agathon (1810–1878): Jurist und Oberappellationsgerichtsrat, Sohn von E.K.F. Wunderlich (Fr./ADB)

Zesen, Philipp von (1619–1689): nannte sich auch Filip Cösius oder Caesius, veröffentlichte unter dem Pseudonym: Ritterhold von Blauen. Dichter evangelischer Kirchenlieder, Schriftsteller. (ADB)

Ziegler, Johann Friedrich (1785–1860): in Celle als Sohn eines Landbaumeisters geboren, Jurastudium in Göttingen, Freund Schulzes, später Amtmann in Peine, war auch dichterisch zwischen »Justiz und Poesie« tätig. Der umfassende Nachlass Zieglers und Literatur über ihn liegt im StA Peine. Amtmann-Zieglerhaus in Peine bis 1971, dann abgerissen. (Fr./StA-P.)

Zschokke, Heinrich (1771–1848): Schriftsteller, verfasst einen schwärmerischen Aufsatz zu Schulze, in: *Erheiterungen. Herausgegeben von H. Zschokke und seinen Freunden*, 1819. Er gibt darin ein rührendes Ernst-&-Cäcilie-Bild, vage an Bouterweks biographische Mitteilungen angelehnt, bis heute prägend für die Legende dieser Liebesgeschichte wurde, später von Marggraff, Tittmann und Franzos gründlich korrigiert.

Literatur

Benutzte und weiterführende Literatur

Allgemeine Deutsche Biographie (ADB), 32. Band, Leipzig 1891.

Alpers, Paul: Geschichte des Celler Gymnasiums, Celle 1928.

Ansull, Oskar: Zweigeist Karl Emil Franzos. Ein Lesebuch, Potsdam 2005.

Bouterwek, Friedrich: Biographische Vorrede. In: Cäcilie. Ein romantisches Gedicht in zwanzig Gesängen von Ernst Schulze, Leipzig 1818.

– Rezension zu Cäcilie. In: Göttingische gelehrte Anzeigen, 190. Stück, 27.11.1813, S. 1889f.

Cassel, Clemens: Geschichte der Stadt Celle mit besonderer Berücksichtigung des Geistes- und Kulturlebens der Bewohner. 2. Band, Celle 1931.

Draws-Tychsen, Hellmuth: Requiem und Hymnen für Cäcilie Tychsen, o.O. 1930; 2. Aufl., Diessen vor München 1954.

– Ernst Schulze, Poetische Tagebuchblätter für die Schwestern Cecilie und Adelheit Tychsen. Ausgewählt, eingeleitet, erläutert u. hg. von Hellmut Draws-Tychsen, München 1965.

Eckhart, Rudolf: Lexikon der Niedersächsischen Schriftsteller von den ältesten Zeiten bis zur Gegenwart, Osterwieck/Harz 1891; Nachdruck: Hildesheim/New York 1974.

Engel, Eduard: Geschichte der Deutschen Literatur von den Anfängen bis in die Gegenwart, 2. Band, 8. durchgesehene Aufl., Wien/Leipzig 1910.

Franzos, Karl Emil: Nach ungedruckten Briefen und Tagebüchern. In: Deutsche Dichtung, 1886–1904, 35 Halbjahresbände. Band V [Ernst Schulze gewidmet] und VI (Dresden 1889), VII und VIII (Dresden 1890), XI und XII (Berlin 1892), XVI (Berlin 1894), XXIV (Berlin 1898), XXXIII und XXXIV (Berlin 1903).

Geiger, Ludwig: Ernst Schulze. In: Deutsche Dichtung, hg. v. Karl Emil Franzos, V. Band, 11. Heft, Dresden 1889, S. 272-275.

Goedeke, Karl: Deutschlands Dichter von 1813–1843. Eine Auswahl von 872 charakteristischen Gedichten aus 131 Dichtern, Hannover 1844.

– Grundrisz zur Geschichte der deutschen Dichtung. Dritter Band, Dresden 1881; zweite, ganz neu bearbeitete Auflage: Nach dem Tode des Verfasser in Verbindung mit Fachgelehrten fortgeführt von Edmund Goetze, 6. Band, Leipzig/Dresden/Berlin 1898.

Goethe, Johann Wolfgang von: Goethes Werke. Herausgegeben im Auftrage der Großherzogin Sophie v. Sachsen, 18. und 41. Band, 1. Abtheilung, Weimar 1902.

– Gespräche mit Eckermann, Frankfurt a.M. 1963.

Karpeles, Gustav: Der Sänger der »Bezauberten Rose«. In: Die Gartenlaube XXVII/XII, Leipzig 1863, S. 190.

Kummer, Friedrich: Deutsche Literaturgeschichte des neunzehnten Jahrhunderts, Dresden 1909.

Marggraff, Hermann: Ernst Schulze. Nach seinen Tagebüchern und Briefen sowie nach Mittheilungen seiner Freunde geschildert, Leipzig 1855; sowie in: Sämmtliche Poetische Werke von Ernst Schulze, 3. Aufl., 5. Theil, Leipzig 1855.

Menzel, Wolfgang: Die deutsche Literatur, 2. vermehrte Aufl., 3. Theil, Stuttgart 1836.

Meyer, Johann Heinrich: Geschichte der Kunst, bearbeitet und hg. von H. Holtzhauer und R. Schlichting, Weimar 1974 (= Schriften der Goethe-Gesellschaft, 60).

Meyer, Richard M.: Die deutsche Literatur des Neunzehnten Jahrhunderts, Berlin 1900.

Meyer-Rasch, Carla: Alte Häuser erzählen. Von Menschen und Schicksalen in der Stadt Celle, I. Band, 3. verbesserte Auf., Celle 1972.

Möller, RWLE: Celle-Lexikon, Hildesheim 1987.

Müller, Harald: Bibliographie der Werke Ernst Schulzes. In: Celler Chronik I. Beiträge zur Geschichte und Geographie der Stadt und des Landkreises Celle, Celle 1983, S. 84-110.

– Ernst Schulzes Werk in Vertonungen. Zur Wirkungsgeschichte des Celler Dichters in der Musik. In: Celler Chronik I. Beiträge zur Geschichte und Geographie der Stadt und des Landkreises Celle, Celle 1983, S. 117-159.

– Ernst Schulze – Buchausgaben seiner Werke. In: Celler Chronik IV. Beiträge zur Geschichte und Geographie der Stadt und des Landkreises Celle, Celle 1989. Auch als Katalog zur Ausstellung anlässlich des 200. Geburtstages vom 1.-19. Juni 1989, Stadtbibliothek Celle.

Nadler, Josef, Literaturgeschichte des Deutschen Volkes. Dichtung und Schrifttum der deutschen Stämme und Landschaften. 3. Band: Staat, 4. neubearbeitete Aufl., Berlin 1938.

Pfingsten, Ernst: Rittergut Habighorst. Des Dichters Jugendparadies, in: Cellesche Zeitung vom 22.3.1939.

Pröhle, H.: Schulze, Ernst Karl Friedrich. In: Allgemeine Deutsche Biographie, 32. Band, Leipzig 1891, S. 763 ff.

Raabe, Wilhelm: Nach dem großen Kriege. Eine Geschichte in zwölf Briefen. In: Sämtliche Werke. Erste Serie, 3. Band, Berlin-Grunewald o. J.

Ricklefs, Jürgen und Ulfert: Ernst Schulze. In: Walter Killy, Literaturlexikon, 10. Band, Autoren und Werke des deutschsprachigen Literaturraums, Gütersloh/München 1991, S. 428-429.

Rosendahl, Erich: Niedersächsische Literaturgeschichte, Hildesheim/Leipzig 1932.

Schlegel, Friedrich: Kritische Schriften, München 1964.

Schmidt, Arno: Das steinerne Herz. Karlsruhe 1956. Bargfelder Ausgabe, Werkgruppe I, 2. Band, Bargfeld/Zürich 1986.

Schmidt, Johannes: Ernst Schulzes Elegien. Zur Konstruktion des Werks und der Autorschaft. Manuskript der Bache-

lorarbeit an der Gottfried Wilhelm Leibniz-Universität Hannover, Hannover 2012.
Schulze, Ernst: Gedichte, Göttingen 1813.
– Sämmtliche Poetische Schriften. Ersther bis Vierter Band. Leipzig 1818–1820.
– Sämmtliche Poetische Werke. Ersther bis Vierter Theil. Leipzig 1822.
– Sämmtliche Poetische Werke, Ersther bis Fünfter Theil, 3. Aufl., Leipzig 1855.
– Die bezauberte Rose. Romantisches Gedicht in drei Gesängen, Leipzig 1818.
– Anthologie aus den Werken von Ernst Schulze. Mit der Biographie des Dichters (von Bouterwek), Hildburghausen/New York 1831 (= Nationalbibliothek der Deutschen Classiker, 15).
– Tagebücher und Briefe, hg. v. Karl Emil Franzos, Berlin/Stuttgart 1904 [gebundener unvollständiger Probedruck des Cotta Verlags, nicht erschienen].
– Die bezauberte Rose. Ein Gedicht in drei Gesängen. Poetisches Tagebuch, hg. v. Julius Tittmann, Leipzig 1868.
Stüven, Heinrich: Die Landschaft Moorburg in der Franzosenzeit und die Kämpfe um die Moorburger Schanze. Zwei Vorträge vom 6. und 13. Dezember 1908, Hamburg 1909. [Siehe auch: Erinnerungen an die Franzosenzeit in Moorburg, in: Gemeindebrief St. Maria Magdalena zu Moorburg, Sept.-Nov. 2013. Darin u.a.: Bilder von Carl Freiherr von Beaulieu-Marconnay und von Ernst Schulze, auch ein Auszug aus dem Tagebuch von Schulze.]
Tittmann, Julius: Vorwort. In: Ernst Schulze, Die bezauberte Rose. Ein Gedicht in drei Gesängen. Poetisches Tagebuch, hg. v. Julius Tittmann, Leipzig 1868.
Tomaševskij, Boris W.: Texte zur Theorie der Autorschaft, Stuttgart 2000.
Tütken, Johannes: Magister Ernst Schulze – Ein früh verstorbener Lieblingsdichter eines Jahrhunderts. In: Privatdozen-

ten im Schatten der Georgia Augusta, Teil II, Göttingen 2005.

Urania. Taschenbuch für Damen auf das Jahr 1818, Leipzig/Altenburg 1818.

Vaterländisches Archiv, Oder Beiträge zur allseitigen Kenntniß des Königreichs Hannover, wie es war und ist. Herausgegeben von G. H. G. Spiel, 3. Band, Hannover 1820. Darin: XXV. Ernst Schulze aus Zelle. Vf. der bezauberten Rose und der Cäcilie. Nachrichten aus einem bürgerlichen und litterarischen Leben. S. 274ff.

Weßling, Bernd W.: Ernst Schulze und die deutsche Romantik, in: Cellesche Zeitung vom 11. Dezember 1964, [Sachsenspiegel].

Zschokke, Heinrich: An Cäcilie in Paris. In: Erheiterungen. Eine Monatsschrift für gebildete Leser, hg. v. H. Zschokke und seinen Freunden, Aarau 1819. S. 97-142.

Einzelne Briefe Ernst Schulzes in Archiven

1807 14., 16. u. 18. Februar, Ernst Schulze an Friedrich Karl von Bülow, in: Stadtarchiv Celle, L 10, Nr. 0151

1807 29. u. 30. Oktober, Ernst Schulze an Friedrich Karl von Bülow, in: Universitätsbibliothek Leipzig, Slg. Nebauer, VI. H. 82 C. 303

1808 23. Juli, Ernst Schulze an Friedrich Karl von Bülow, in: Stadtarchiv Celle, L 10, Nr. 0152

1810 24. Januar, Ernst Schulze an einen Freund, in: Universitätsbibliothek Göttingen, 2 Cod. Ms. Philos. 182

1810 9. Juni, Ernst Schulze an Friedrich Karl von Bülow, in: Stadtarchiv Hannover, Autographen Nr. 2055 Slg. Culemann

1812 31. Oktober, Ernst Schulze an Friedrich August Menke, in: Universitätsbibliothek Göttingen, 2 Cod. Ms. Philos. 182

1814 5. April, Ernst Schulze an Friedrich Bouterwek, in: Universitätsbibliothek Göttingen, 2 Cod. Ms. Philos. 182 [dort fälschlich zugeordnet: an Thomas Christian Tychsen]

1816 18. Februar, Ernst Schulze an Theodor Hell, in: Universitätsbibliothek Göttingen, 2 Cod. Ms. Philos. 182

1816 20. Juli, Ernst Schulze an Christian August Brandis, in: Thüringer Universitäts- und Landesbibliothek in Jena, NL 295 Brandis

1817 5. März, Ernst Schulze an einen Hofrath (wahrscheinlich an Friedrich Bouterwek), in: Bibliothek der Historical Society of Pennsylvania [Sehr kurzer Brief Schulzes. Er schickt den ersten Band von Karl Ludwig von Woltmann, Memoiren des Freiherrn von S…a (1815) und verspricht weitere Bändchen, wenn er sie gelesen hat.]

Zwei spezielle Nachlässe zu Schulze

1. Staatsbibliothek Berlin, Nachlasskasten 192:

Nachlass von Professor Hermann Kunisch (München), vom März 1985, der ursprünglich aus einem Teilnachlass vom Berliner Literaturhistoriker Julius Petersen (1878–1971) stammt, der allerdings lediglich Abschriften (unterschiedliche Handschriften und abgetippte Blätter), aber keine Originale enthält. Die Vorlagen sollen seinerzeit von einer Familie W. Krauel zu Verfügung gestellt worden sein. (Siehe hierzu: Hermann Kunisch, *Julius Petersens Fontane-Nachlass. Bericht u. Edition*, in: Jahrbuch Preußischer Kulturbesitz Band. 20, 1983. S. 267-325, zu den Schulze-Blättern S. 268-322) Es ist möglich, dass dies Abschriften aus dem Bestand sind, den das Leipziger Antiquariat Hiersemann 1913 zum Verkauf angeboten hat und der bisher als verloren gilt. Diesen Abschriftenbestand wissenschaftlich zu prüfen und zu erschließen, muss einer umfassenden Werkausgabe, Biographie oder Briefausgabe vorbehalten bleiben.

Die Inhalte der Ernst Schulze betreffenden Mappen 3-12:

Mappe 3:

1813 Briefe, Ernst Schulze an Adelheit Tychsen, vom 7.6.; 12.6.; 16.6. [getippt];

weitere Briefe an Adelheit [156 Blätter, Handabschriften]

1813 vom 17.6.; 18.6.; 19.6.; 20.6.; 21.6.; 22.6.; 23.6.; 24.6.; 26.6.; 21.8.; 17.9.; 22.9.; 23.9.; 24.9.; 25.9.; 27.9.; 28.9.; 29.9.; 30.9.; 1.10.; 2.10.; 4.10.; 5.10.; 7.10.; 8.10.; 9.10.; 10.10.; 11.10; 13.10.; 14.10.; 16.10.; 24.10.; 27.11.

1814 vom 27.1.; 22.3.; 2.4.; 11.4.; 17.4.; 18.4.; 20.4.; 21.4.; 22.4.; 24.4.; 25.4.; 28.4.; 29.4.; 1.5.; 12.5.; 24.5.; 27.5.; 29.5.; 5.6.; 6.6; 9.6.; 10.6.; 14.6.; 15.6.; 23.6.; 2.7.; 10.7.; 17.7.; 23.7.; 25.7.; 27.7.; 15.8.; 16.8.; 17.8.; 18.8.; 19.8.; 10.9.; 15.9.; 14.10.

1815 vom 29.7.; 2.9.; 11.9.

1816 vom 25.5.; 26.5.

Mappe 5, Ernst Schulze Briefe an Hofrätin Tychsen:

1814 vom 22.3.; 2.4.; 19.4.; 2.6.; 20.6.; 3.7.; 25.7. [sehr lang!]; 27.7.; 19.8.

Mappe 6:

1812 Ernst Schulze, Brief an Bergmann (vom Bußtag vor Weihnachten), dort fehlt der Schluss (Zensureingriff der Familie Schulze?)

Mappe 7:

1810 Ernst Schulze, Brief an N.N. vom 24.1.

Mappe 8:

1813 Ernst Schulze, Brief an N.N. vom 28.5. (Schluss fehlt)

Mappe 9, Adelheit Tychsen, Briefentwürfe an Ernst Schulze:

1813/14 vom 18.9. [?]

1814 vom Juni; Juli

1815 Juli

Mappe 10:

1811/13 Aufzeichnungen von Cäcilie und Adelheit Tychsen (Memorandum Book), 35 Blätter

Mappe 11:

1813–1817 Tagebuchblätter von Adelheit Tychsen 1813 bis 1817 (Auszugsweise Abschriften)

Mappe 12:

Nachrufgedicht, Herkunft ist unklar (A. Tychsen?), Abschrift

2. Stadtarchiv Celle, L 10, Nr. 0157:

Teil-Nachlass von Dr. Walther Voigt. Zettel- oder Karteikasten mit nicht zu Ende geführten biobibliographischen Einträgen und zahlreichen Abschriften zu Ernst Schulze, diese anscheinend mehrheitlich bereits bei Marggraff und Franzos publizierte Texte. Die Kartei wurde von 1913–1916 geführt, die Arbeit daran wahrscheinlich kriegsbedingt unterbrochen. Voigt plante eine Ernst-Schulze-Biographie und die Kartei ist eine unabgeschlossene Vorarbeit dazu. Er hat seine Arbeit zwar nicht fertiggestellt, aber 1919 bei Professor Albert Köster in Leipzig über *Die bezauberte Rose* promoviert. Die Herkunft des Nachlasses ist unbekannt, das Celler Stadtarchiv hat ihn vom Bomann-Museum in Celle erhalten, wo bis zur Gründung des Archivs (1930) alle eingegangenen Archivalien gesammelt wurden. Auch dieser Bestand sollte einmal wissenschaftlich geprüft und erschlossen werden, was ebenfalls einer zukünftigen umfassenden Werkausgabe, Biographie oder Briefausgabe vorbehalten bleiben muss.